法医档案04

终结之语

戴西◎著

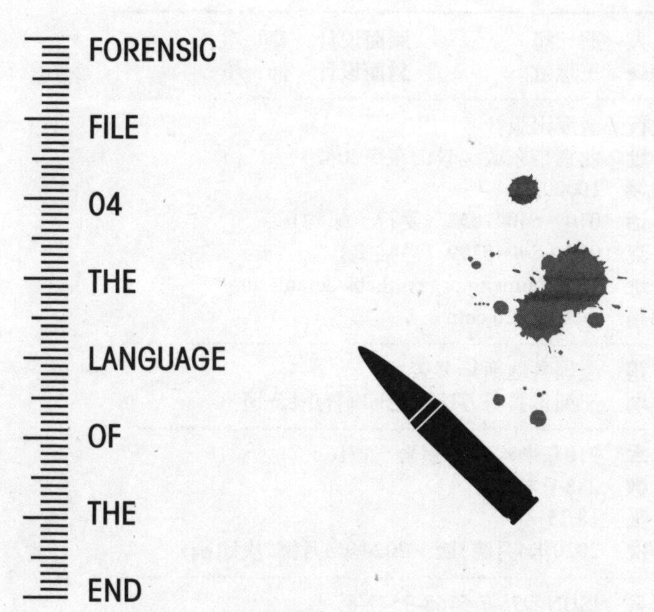

台海出版社

图书在版编目（CIP）数据

法医档案. 04, 终结之语 / 戴西著. -- 北京 : 台海出版社, 2020.4（2024.3重印）

ISBN 978-7-5168-2577-8

Ⅰ. ①法… Ⅱ. ①戴… Ⅲ. ①侦探小说－中国－当代 Ⅳ. ①I247.5

中国版本图书馆CIP数据核字(2020)第047245号

法医档案04：终结之语

著者：戴西

出 版 人 蔡 旭　　**版面设计** 曹 宝
责任编辑 王慧敏　　**封面设计** 仙 境

出版发行 台海出版社
地　　址 北京市东城区景山东街20号
邮　　编 100009
电　　话 010－64041652（发行、邮购）
传　　真 010－84045799（总编室）
网　　址 www.taimeng.org.cn/thcbs/default.htm
电子邮箱 thcbs@126.com

经　　销 全国各地新华书店
印　　刷 三河市嘉科万达彩色印刷有限公司

开　　本 710毫米×1000毫米 1/16
字　　数 288千字
印　　张 18.75
版　　次 2020年4月第1版 2024年3月第2次印刷

书　　号 ISBN 978-7-5168-2577-8
定　　价 59.80元

目录

Contents

故事一

Story One

楔　子

山顶的背面是一片宽阔的绿地。

绿地北边的斜坡上矗立着一棵黑色的橡树，瘦骨嶙峋的树枝伸向月色弥漫的苍穹。这是一棵古老的树，枝叶茂盛，但树叶丑陋，叶片厚而窄，叶子两边长满了尖锐的毛刺。粗壮的树干呈暗灰色，上面有规律地分布着几条长长的突起，使得整个树干看起来就像是很久之前被潮水冲到这里的一块化石。树根部附近的树皮已经有些脱落，露出了里面褐黄色的木头，凑近了可以闻到一种苦涩难闻的气味。

但这股气味却并不属于眼前的这棵孤零零的黑橡树。每逢温暖的夜晚，当清冷的月色笼罩万籁俱寂的大地时，橡树下便会弥漫出一股特殊的气味。和树枝上的树叶以及土壤里的树根一样，这种气味已经成为这棵孤树的一部分。那是混杂着汽油、烧焦的人肉、人的粪便、烧煳的毛发、熔化的胶皮和燃烧的棉织品的气味。这种气味背后似乎隐藏着痛苦的死亡，隐藏着围观者的嘲笑，也隐藏着临近死亡时极度的恐惧和绝望。

走近大树，就会发现接近地面的树枝已经被彻底熏黑，树干上有一个深深的凹槽，风吹日晒，凹槽变得有些模糊不清，但那却是一个人在这世界上留下的最后的痕迹。没有人会愿意去切身体会死者临终前到底经历了何等的痛苦，除了这棵树——树干上被生生地蹬掉了一块皮，而留下的凹槽也永远都无法被自我修复。

这处凹槽是见证死亡的唯一纪念物。除此之外，周遭一切的证据似乎都已经荡然无存。

夜深了，旷野里的风吹过树枝，暗影绰绰，树叶沙沙作响。

山下，灯火辉煌。

他独自伫立在这棵橡树下已经有很长的一段时间了，长得足够让他能够忘记自己的存在，又或者说他的灵魂早已经与身边这棵漆黑的死亡之树融为一体。

他忘不了那个女人即将被烧死的一刻，女人被剥掉脸皮，浑身涂满油脂，头上和脸上布满血迹，身体蜷缩着，却依旧在徒劳地挣扎，尽管已经什么声音都发不出来了。大火最终燃起的那刻，他听到了火中女人迸发出的尖叫声和蹬踏树干时沉闷的声响。

这是自己的错觉吗?

不，绝对不是!

也不知过了多久，树下灰飞烟灭，一切又复归平静，只是气味愈发难闻。

自始至终，他都不用担心周围会有人经过，哪怕是大白天，哪怕山下就是那宁静的天长小城，因为这里就像是另外一个世界。站在这个位置，山脚下沉睡的天长就像是一个孩子的涂鸦，不受任何想象力的约束，橙色的街灯就像残留在棒棒糖上的揉皱的糖纸，而参差不齐的房屋则可以被认为是一定角度摆放的火柴盒，彩笔描绘的门窗，精致的塑料街心花园……几乎应有尽有。

天长城里没有人会抬头往上看，因为他们已经习惯了自己身边的平静和安逸。

他把手插在口袋里，然后向前一步，离开树下的阴影，俯瞰远处山脚下的天长城。风在自己耳边不停地吹着，似乎在努力吹散他在这个世界上所留下的一切痕迹。

第一节　楼顶的尸体

1.

又失眠了，应该是饿的。

一阵重重的叹息，章桐无奈地睁开双眼，瞬间便被满屋子的焦煳味给熏得头疼。

开了一晚上的厨房排气扇，锅底被烧煳的气味依旧没有散去的迹象。

昨晚临睡前才想起自己还没吃晚饭，便去厨房打开冰箱，在一堆过期食品中勉强找出了最后一个还能吃的鸡蛋，别的都被顺手丢进了垃圾桶。家里方便面倒是现成的，保质期也长得足够让人放心。她利索地撕开包装，将凉水灌满整个炖锅后，就一股脑儿在水里丢下鸡蛋、面条和一堆调料，在等水烧开的工夫，便走回卧室继续阅读那篇还没来得及校对完的尸检报告。

对于一个饿急了的法医来说，食物的美味与否是次要的。那一刻，章桐的要求并不高，也什么都考虑到了，却偏偏忘了时间，最终，面对一片狼藉的厨房，除了庆幸没有着火之外，便只能悻悻然爬上床睡觉了。

发了一会儿呆，章桐的目光扫了眼书桌上的夜光闹钟屏。现在是早上 4:03，窗外昏黄的路灯光隔着厚厚的窗帘，在卧室的墙上留下了怪异的光晕。

安静，真的是太安静了！总觉得会发生点什么，却又说不出是哪里不对劲。

正在这时，楼下突然传来了一个男人沙哑的嗓音，在这清冷的早晨听来显得尤其刺耳突兀。

"章医生……出诊啦！……章桐，章医生……"或许怕没人听到，紧接着便是两声刺耳的喇叭。

她听出了这个熟悉的声音，旋即脸涨得通红，顺势滑下床，光着脚扑到窗边，探身压低嗓门对下面吼了句："见鬼，别叫啦！"

倚靠在警车门上的童小川见状嘿嘿一笑，耸耸肩，做了个无奈的手势。

章桐换好衣服，拿着挎包走到门口时，这才看见自己养的金毛"馒头"正可怜兮兮地趴在门边上，她轻轻叹了口气，便狠心关上房门，一溜小跑着冲下楼去。

大楼外飘着零星的雨点，看见章桐就像一头愤怒的母狮般从漆黑的门洞里向自己冲过来，童小川赶紧回身钻进驾驶室。车一直都没熄火，车顶的警灯在细雨中无声地闪烁着。章桐钻进后排座位，用力关上车门的刹那，警车便滑出便道，顺着小区的花坛向外开去。

"你这是扰民！我会被邻居骂死的。"章桐嘀咕了句，声音中充满了强烈的不满。

童小川瞥了眼后视镜，轻轻笑了笑："先别忙着发火，看看你的手机再说！"

章桐手忙脚乱地从大挎包里摸出手机后，看着漆黑的屏幕，她这才意识到不知什么时候手机因为没电而自动关机了。

"我本来想按门铃应答机的，谁想到一点反应都没有，情急之下就只能用这最原始的方法了。"也不知道抽了多少烟，童小川说话的声音显得愈发沙哑。他把车开上了环城高架，窗外尚未熄灭的路灯光在他脸上不断跳跃着。

“这……小区里有新规定，晚上0点到早上6点，应答机是统一关闭的。”自知理亏，章桐小声嘀咕，见对方没有反应，免得自讨没趣，便转了个话题，“童队，今天怎么你当司机？”

“他们都不顺路。”童小川的目光中闪过一丝阴影，“现场在城北的映秀小区……这次的现场，和以往有些不同。”

“不同？”章桐有些意外。

本以为童小川会接着说下去，谁知他却就此闭上了嘴，章桐也只能作罢。

窗外，晨雾朦胧，凌晨4点后的街面上依旧空荡荡的，黄色路灯下，一切都宛若梦境般悄然无声。

十多分钟后，一个漂亮的漂移，童小川开着的警车稳稳地停在了映秀小区门口的路边上。此时，小区外的街面早就已经停了好几辆警车。因为是凌晨，又下着雨，所以围观的人并不多。门口台阶上坐着的保安脸色灰白，在细雨中本能地双手抱着肩膀微微颤抖。

“这个时候，来的人还真不少呢。”章桐说着，伸手拉开车门钻了出来。而童小川也拉上警车手刹，利索地锁门，接着便紧跟在她的身后朝小区里面走去。

法医现场勘察车紧挨着出事楼栋口停放着，方方正正的车屁股正对着楼栋，这样也方便等会儿的尸体转运。

章桐探头看了下车窗，驾驶座上空荡荡的，助手顾瑜并不在里面，想必这时候应该已经入现场了。她便在车边停下了脚步，见童小川还闷声不响地跟着自己：“没你的事儿了，童队，我要准备换衣服。”

“你知道尸体在哪吗？”童小川伸手挠了挠头，走上台阶没几步，伸手向上一指，瓮声瓮气地说，“楼顶，带上你那个抓鱼的裤子。还有啊，提醒你一下，你不能走电梯。”话音未落，便头也不回地走进了大楼。

章桐呆了呆，所谓“抓鱼的裤子”，其实就是下水裤。一年之中，章桐总要穿上几次，目标就是水中的浮尸，因为浮尸的尸表非常脆弱，有时候为了避免打捞器械对其二次伤害，法医就不得不徒手下去捞尸。时间久了，下水裤便成了法医现场勘察车上经济实惠的必备用品。

也就是说在23楼楼顶，有一具水中浮尸。

映秀小区在天长市内算得上是最早期的高档小区，楼体高23层。章桐抬头扫了一眼在晨雾中若隐若现的楼顶，想了想，便拖着工具箱和装有下水裤的背包，随着现场勘验组的人一起走上了台阶。

进了大楼后她才恍然大悟，弄懂了刚才童小川没头没脑的那两句话到底是什么意思——此刻，痕迹鉴定高级工程师欧阳力脚上穿着鞋套，花白的头发一丝不苟地被塞进了手术帽里，整个人就像一只处于高度警惕状态的老猫，撅着屁股紧贴着地板，右手提着指纹脚印勘查灯，在一寸一寸地辨别着电梯厢地面上那层层叠叠的脚印。在他身旁，徒弟小九大气都不敢出，双眼同样紧盯着电梯厢地板，只要欧阳招呼一声有异常发现，便迅速上前探身放下指示牌。

看来电梯是真的指望不上了。

“该死！”章桐暗暗咒骂了一句。因为饥肠辘辘，手中的工具箱顿时显得重若千斤。

2.

23楼楼顶是个宽敞的大平台，平台的正中央矗立着一个直径不超过3米，高7米左右的圆柱形水塔，水塔的外层被银灰色的不锈钢隔热材质保护着，而环绕着水塔外部表面直至顶端的部位，则装上了一圈仅能容纳一个人通过的铁质扶梯。

这个水塔是整栋大楼楼顶唯一的附带设施。而此刻的楼顶虽然站了好几个人，却只听到呼呼的风声。

明晃晃的应急灯照射下，章桐感觉自己脚下就好像踩着厚厚的棉花垫，身体有些轻微摇晃。她皱眉看着水塔，顾瑜坐在铁质扶梯上冲她点点头，脸上露出了无奈的神情。

来到近前，穿好下水裤，章桐问：“尸体在里面？”

“是的，主任。”顾瑜答，“还没有挪动过。”

“有通道可以下到底部？”章桐用力扣上了裤管上的防水皮扣，抓紧活动了一下有些僵硬的四肢。

“塔顶连着一个维修工专用的梯子，可以直达水塔底部。”顾瑜伸手指了指水塔上的铁质扶梯，“应该是清洗水塔的时候用的。我刚才看过了，里面的水现在还有一米多深。”

说话间，章桐笨重地迈步爬上了扶梯，耳畔的风声愈发猛烈，虽然已是初春，风刮在脸上还是有着一丝疼痛。

水塔顶部的盖子是打开的，借着强光手电，水塔内部的情形一览无遗。浑浊不堪的水中漂浮着一个粉红色物体，那是死者所穿的上衣，隐约可见穿着裤子的双腿，却因为水质的缘故而看不清楚裤子布料的颜色。死者一头长发静静地浮在水面上，呈现出极为放松的仰卧位。在强光手电的照射下，死者肿胀的脸部变得接近于紫黑色，五官扭曲变形，无法辨别其本来的面貌。

不得不承认水塔的内部密封性能非常好，此刻塔中的空气已经浑浊得让人近乎窒息。章桐小心翼翼地放下扶梯直至塔底，接着仰头深吸了一口冷风中新鲜的空气，这才果断拉上口罩，带上防水相机，开始顺着扶梯缓缓走向水面。

很快，单调的相机咔嚓声在水塔内部不断响起。

假设说一个人活着的时候，体重 100 斤，那么溺死后的浮尸体重就有可能达到 200，甚至更重，而皮肤会变得薄脆不堪，任何尖锐的物体都有可能让局面变得愈发不可收拾。

虽然有衣服的保护，不至于那么快就受到外部的破坏，但是尸体一旦离开水面后，留给法医寻找真相的时间就已经开始倒数了。章桐不能冒这个险，她必须尽快而又完好无损地把尸体带离现场，用绳索往上牵引是不可能的，那会给尸体造成死后创伤。

章桐没再犹豫，她回到塔顶，把相机递给小顾后，接过装尸袋和特制的帆布绑带，重新又钻进了水塔。

“她到底想干吗？”童小川见状，抬头大声地问守在扶梯顶端的顾瑜，“没带绳子怎么把尸体吊上来？”

“不，她要把尸体背上来。”顾瑜忧心忡忡地看着水面，高举起手中的强光手电。

“背？”童小川呆了呆。

3.

汗水湿透了内衣，脸上早就已经分辨不出到底是汗水还是水塔里的污水。爬上最后一级台阶，跨出水塔，又小心翼翼地下到楼顶，双脚接触地面的刹那，章桐一把拽掉了自己的口罩，几近虚脱，忙不迭地大口呼吸新鲜空气。

顾瑜慌忙帮她解开绑带，卸下了肩膀上黄色的防水装尸袋。借着朦胧的晨光，她注意到章桐脸色惨白，嘴唇微微有些发紫，便关心地问：“主任，你没事吧？”

稳住身形后，章桐摇摇头，苦笑：“我没吃饭，有些低血糖，回头填饱肚子就好了。”说着，她抬头看了眼童小川，“死者是年轻女性，具体情况得解剖完才知道。我中午给你报告。”

“她在里面多久了？”童小川伸手指了指地上的尸体。

“现在不好说，应该有一阵子了。”章桐帮着顾瑜把尸体搬上简易担架，想了想，便又回头嘀咕了句，“给个忠告，叫楼里三层以上的住户去检查下身体吧，以防万一。”

“三层？”童小川不解。

身边的痕检技术员崔正国嘿嘿一笑：“童队，这是基本常识，我们天长市自来水公司的管道只能提供到楼层三层以下，包括三层在内。至于说三层以上的嘛，水压的缘故，就望尘莫及了，只能靠水塔进行储水供给，不然的话，你说那水塔建那么大干吗？只是……”

“只是什么……”童小川顺着小崔的目光看了过去，晨光中，楼顶高大的水塔显得愈发诡异。

“死在这种地方的人，自杀的概率就相当低了。”崔正国轻轻叹了口气。

在回警局的路上，看着窗外逐渐变得透亮的天空，章桐伸了个懒腰：

“小顾，欧阳他们查电梯厢干什么？死者在水塔里至少待了三天以上了。”

顾瑜耸了耸肩，表示也无可奈何：“我来的时候听说有一段监控是被网监大队的头儿找到的，我想，痕检那边应该就是冲着那段监控去的，不然的话过了这么久再查，证据的有效性就不能保证了。”

电梯厢是整栋建筑中人流量最多的地方，进进出出就像个开在闹市区的杂货铺。不过，章桐琢磨着老欧阳是个性子沉稳的人，应该不会去做没把握的事，便也放心了。

“主任，下午1点市中院的开庭，你可别忘了。”顾瑜双眼紧盯着车前方的路面，因为刚下过雨，路面有些湿滑，而法医现场勘验车又是个极笨重的家伙，顾瑜不得不小心翼翼地驾驶着。

“开庭？”章桐脑海中顿时电光火石般记起了一周前的那通特殊电话，“哎呀，看我这记性，谢谢提醒。不过这么一来，我们手头的活就得加快进度了。”

顾瑜听了，便用眼角余光瞥了她一眼：“主任啊，只是一次旁听而已，你又不必上庭作证……”

“你不明白的。”章桐略微迟疑，她不知道该如何向顾瑜解释这件曾经让很多人感到困惑的案子，有时候犯罪嫌疑人被捕也并不意味着案子的彻底了结，更何况这案子本身就牵涉了那么多人。

一周前的下午，接到那个特殊电话的时候章桐感到有些意外。电话是一个叫赵志忠的男人打来的，对方在苏川市警局技术部门工作，也算是自己的同行。章桐在出差的时候曾经因为工作关系而见过他几次，却并未留下很深的印象，只知道是一个沉默内向的人，似乎总是心事重重，所以对于赵志忠突然来电让自己去旁听一次审判而感到很是诧异。紧接着，当对方在电话中提到“吕晓华”的名字时，她便立刻沉默了。

谁都知道吕晓华，却没有多少人会愿意提起这个名字。吕晓华被捕后，因为本身案情重大，为了防止意外事件的发生，后续的案件审理工作便从苏川市移交到了天长市。

赵志忠说自己之所以会给章桐打电话，是因为三年前的仲夏，天长市一个刚结婚没多久的年轻女记者秦玉珠在下班途中突然失踪，尸体至今下落不明，而她的失踪和苏川市发生的连环失踪案作案手法非常相似。

章桐对那个案子是有耳闻的。而赵志忠，就是那位女记者的新婚丈夫。

“章医生，吕晓华案被移交到天长审理，我想这是天意。再说，我也已经没有勇气去和这个混蛋再待在同一个房间里了……我怕我控制不住自己，见到他后，不知道会做出什么可怕的事情来。”说着，赵志忠轻轻叹了口气。

“那你头儿知道你妻子失踪这件事吗？”章桐问道。

“我和他说过，或许为了避嫌吧，案子移交后，他就给我下了死命令，不允许我去你们天长中院旁听，就连离开苏川一步都不行。”电话那头的赵志忠声音中充满了无奈，“章医生，你没有和吕晓华当面交谈过，对吗？”

“这不是我的案子，我不能随便见他。”章桐的声音轻得如同耳语。

“那请帮我听一听，从你的专业角度或许能发现什么……”

“可是，赵工程师，我只是法医，”章桐微微皱眉，“而且吕晓华案的证据都已经确定了，在我们天长，他根本就没有活动的时间线。所以，他不一定和你妻子的失踪案有关。你要有这个心理准备……该放手的时候还是放手吧。”

电话那头又是一阵沉默，半晌，赵志忠沙哑的嗓音微微颤抖：“我明白。这次我请你去听，只是想让你凭直觉在法庭论证环节中从专业的角度去寻找蛛丝马迹，因为我确信在这个案子上，他肯定还有什么没有说出来的，我知道你虽然没有经手苏川的案子，但是一直都在关注着案情与受害者，而阿珠的失踪案，又是发生在你们天长。总之，章医生，求你了，帮帮我，我只想让阿珠回家……”

听到这里，章桐明知道“拒绝”是自己此刻唯一正确的选择，但是她却放弃了，发自内心。

所以，今天下午的庭审会，她无论如何都不会缺席。

4.

因为一夜未眠，童小川愈发感到饥肠辘辘，刚想打发人去小区门口早餐摊随便买点东西垫垫肚子，可是看着眼前监控室的值班保安那张几乎发绿的脸，生怕他听到“吃”这个字时又吐了，话到嘴边就只能硬生生地咽了回去，勉强打起精神，问：“你再说说，到底是什么时候发现的尸体？”

值班保安本能地咽了口唾沫，结结巴巴地回答：“警察同志，好的，好的。如果，如果只是说水质问题的话，物业那边在一周前就开始接到投诉了，但是警察同志，你也知道，我们天长的饮用水质本来就不好……”

“别废话那么多，你们到底什么时候上去的？”童小川终于失去了耐心，他伸手朝天花板的方向指了指，冷不丁吼了句。

旁边的矮个子值班人员赶紧回答：“昨天晚上，8 点半左右。”

童小川的脸色立刻沉了下来：“为什么不及时报警？我们这边接到出警通知是今天 3 点 02 分，足足拖了 7 个钟头，你们到底干什么去了？难道说有人动过尸体？”

连珠炮般的追问让监控室里的气氛顿时紧张了起来，两个值班保安不由得面面相觑，高个子那个几乎哭了出来：“警察同志，我们错了，我们真没想到里面竟然会有死人！”

童小川刚要发火，就在这时，痕检的小九探头进来，他先是愣了一下，随即大声招呼：“童队，我师父叫你来一趟。”

童小川这才悻悻然地走出了值班室，嘴里嘀咕：“这帮家伙，直到瞒不过去了才想到找警察。”

小九长叹一声：“很好理解，这楼里的住户要是知道这几天发生了什么的话，不炸锅才怪。所以物业这边才会觉得封锁消息比寻找死亡真相要更重要一些吧。”

此刻，欧阳工程师站在电梯边，护目镜推到头顶，花白的头发支棱着，神情凝重。直到两人走到近前，这才伸手指着电梯厢内的一侧扶手：“小童，你注意看这边的指纹。”

童小川应声蹲了下去，顺手接过小九递过来的放大镜，却只是看到了模糊的一片，他站起身，茫然地摇摇头：“老欧阳，这里什么都看不清楚。”

欧阳力一脸的恨铁不成钢：“这不是专业的果然不行，你看着。”他探身指点了一下，“注意到这个没有？我们平常人坐电梯，再怎么拥挤，都不会用这种姿势抓着电梯厢的扶手，除非……”

“什么意思？”

小九回答：“除了两种情况，其一，电梯急速下坠，出于本能，乘坐人员会背靠电梯厢，双手反抓扶手来固定住身体，这一点是可以马上排除的，因为根据申报记录，这部电梯一个月以来根本就没有发生过任何故障。其二，则是出于乘坐人员自身的恐惧。”

“恐惧？”童小川脑海中立刻出现了监控视频里那空荡荡的电梯厢，不禁皱眉，“我可记得当时电梯厢中除了死者以外，明明是没有别人的。”

小九和欧阳不禁面面相觑。

“小童啊，我只是告诉你我们看到的，别的就不是我们的工作范围了。”欧阳力伸手指了指自己的脑袋，慢悠悠地摘下了护目镜。

童小川当然明白这个道理，趁师徒俩收拾工具的时候便缓步退出电梯厢，抬头看向大厅天花板，迟疑片刻，陷入了沉思。

郑文龙穿着作训服，背着电脑包走出了监控室，见童小川还没走，便走上前，顺手拍了拍他的肩膀：“童队，发什么呆呢？”

如果不是郑文龙，这段时长为 1 分 27 秒的楼层电梯厢监控录像根本就发现不了。

“龙哥，”童小川皱眉看着他，“那监控录像不能再放大一点了吗？”

郑文龙微微一怔：“你想干啥？虽然两个人穿的衣服颜色相同，但是这电脑在人像库里搜索具体的身份资料也是需要时间的，那毕竟是机器，又不是什么大罗神仙。”

童小川摇摇头：“我可不是为了那档子事。只是想确认一下当时她脸上的表情而已。”

“表情……”

童小川伸手指了指擦肩而过的小九师徒俩的背影：“刚才老欧阳说了，那女孩在电梯厢中时是处于一种极度恐惧的状态。我想知道当时是不是有什么东西被我们遗漏了。”

郑文龙脸上的笑容渐渐凝固住了，半晌，他嘀咕道：“说老实话，童队，我到现在还没法确定镜头里的是不是同一个人。至于说监控探头吧，也是有视野死角的……总之，资料我已经传回主机了，一切都等电脑出了结果再说吧。”

童小川点点头，两人并肩走出了一楼过道。

在开车回警局的路上，郑文龙随口问：“你知道吕晓华的案子吗？”

童小川瞥了他一眼：“当然知道，把苏川那边给整得人仰马翻的。结案的时候，重案大队的老安还给累进了ICU。”

苏川和天长相邻，作为同行，童小川自然也很关心这个扑朔迷离的案子。

“那下午的旁听，你会去吗？”

“会吧，如果有时间的话。”看着车窗外苍白的天空中一闪而过的飞鸟，童小川的脸上露出了凝重的神情。

第二节　如影随形

1.

想必她活着的时候应该是个漂亮的女孩吧？

章桐伸手拿起工作台上那套剥脱下来的紫红色内衣。被水浸泡多日，衣服已经脏得几乎面目全非了，但是尺码标签还在。她微微皱眉，把衣服放下后，视线便转回到眼前冰冷的解剖台上，尸体虽然已经经过了简单的尸表处理，发黑肿胀和腐烂的程度却依旧很严重。

尸僵已经完全缓解，这也就是说，不排除死者在水中所停留的时间为三到七天。天长市这几天的温度虽然在3到15摄氏度徘徊，但是水塔内部的环境温度至少比外面高了5摄氏度以上，再加上水塔内部的水是经过专门处理的，自然也就无法和野外池塘中的水温相比较。照这么推算的话，死者溺水的时间有可能更早。

在助手顾瑜的帮助下，章桐把尸体翻了过来，伸出右手手指在死者的腰部按压了几下后，看着暗紫红色的片状融合尸斑并未有颜色减退的迹象，她便冲着顾瑜点点头，示意做下记录，复又放平尸体。

这时候，章桐的目光被死者微微外露的牙齿吸引住了，她伸手掰开了死者的口腔：“玫瑰齿？”

顾瑜听了，赶紧凑上前看了看，随即点头：“没错，主任，难道说她死于窒息？”

“现在下这个结论还为时过早。”在检查完死者的眼穹窿部结膜后，章桐戴上护目镜，拉上口罩，右手从工作托盘中取出锋利的解剖刀，果断地分别从尸体的左右乳突向下切至肩部，再向前内侧切开至胸骨切迹处汇合，胸腹部切口向上，接着把解剖刀丢回托盘，腾出双手剥离颌下及胸前皮肤，将皮瓣上翻盖于颜面部，暴露颈前器官。

这一切犹如行云流水般一气呵成，把一旁站着的小九看呆了。他放下手中的相机，凑到顾瑜身旁，小声嘀咕：“说实话，我们老家镇上杀猪的也没这么利索。”

顾瑜狠狠瞪了他一眼：“你第一次来轮值，我就不教育你了。但请记住这是人，不是猪，两者不是一回事。”

小九顿时脸红了，赶紧摆手辩解：“我知道，别误会，我只是想说章主任的手法也实在是太快了，这得练多久啊？”

章桐头也不抬，应声说：“确实挺久的。以前医学院里供体不充足的时候，我们就是在猪身上练习解剖。我们这一行，严格意义上来说，性质和屠夫多少挂点钩。”接着，她转而对顾瑜吩咐，“记下。第一，死者上呼吸道出现明显白色泡沫。第二，呼吸辅助肌有出血迹象。第三，肺气肿，水性。”

“那就是说死者入水时还是活着的？”顾瑜有些惊愕。

“只能说有这个可能。”章桐左手提起心脏，使心尖向上，在心包脏层与壁层折转处依次剪断上、下腔静脉和肺静脉、肺动脉，最后是主动脉，使心脏与肺脏分离。接着把心脏按照正常位置平放在垫板上后，取下样本，小心翼翼地封装好递给顾瑜，“我需要尽快知道左右心血红蛋白含量。”

顾瑜点头，放下记录本，匆匆走向后面的实验室。

见小九一脸茫然地看着自己，章桐咧嘴一笑：“正常的排除程序而已，左心血红蛋白含量低于右心的话，就表明死者是在淡水中溺死的。”

“这周围……好像没有海。”

章桐脸上的笑容消失了：“上个月江滨花园溺死案，案发现场鱼缸里的水，就是海水。虽然硅藻类浮游生物也是溺水死亡者的一个判断标准，可是在遇到干性溺死的时候，检测不到硅藻类浮游生物，肺部也没有明显的积水，这时候检查血红蛋白含量比在确定案发现场的时间上就会变得更有效一些。”

小九脸色微变：“我知道干性溺死……那章主任，我们这个案件里的死者是什么情况？是不是自杀？”

“逻辑上说的话，不可能。”章桐果断地摇头，“我剖验过的溺死案尸体中，在这样一个现场中发现的，迄今为止还是第一起。尸表上也没有明显伤痕，尸斑也显示水塔是第一案发现场。死亡发生后，尸体本身并没有被移动过。所以，目前来看不排除他杀和自己失足落水导致的意外死亡两个选项，毕竟塔底到塔顶还是有一段距离的，光线不足的情况下，扶梯也不是很明显。”

“她到那里面去干什么？”小九脱口而出。

正在这时，童小川推门走了进来，他晃了晃手中放大的监控相片，指着相片中那张惊恐的脸疑惑不解地问：“你们看看这死者是不是见鬼了！”

章桐看也不看就否决了：“这世界上根本就没有鬼。”

童小川尴尬地笑了笑：“我也知道没有鬼，大科学家，但是你又怎么解释她脸上的表情？要知道那时候楼道里可是没有人的，更不用说电梯厢里。”

这确实无法解释，章桐一时语塞，无奈勉强扫了一眼：“这是她最后的影像画面吗？”

童小川点点头：“后面的监控录像，包括大楼外的都被龙哥给翻了个遍。这女孩再没出现过，也就是说，她就消失在楼顶了。对了，她的死因出来了没有？”

章桐摘下手套和护目镜，伸手接过顾瑜递给自己的结论报告，想了想，肯定地说：“溺水死亡。”

“不，你没明白我的意思。”

童小川刚想解释，章桐却摆手打断了他："尸表没有明显的外伤，尤其是抵抗伤，双手十指指甲缝隙内也没有明显的残留物，体内脏器所呈现出的指标与溺水死亡的特征相吻合……"

童小川脸上露出了苦恼的神情："难道说真的是自杀？这也未免太缺德了吧。一栋楼的住户……"

"不能这么草率，鉴于你刚才的论述，我还需要做一份详细的毒物检验才能最终确定。"章桐伸手指了指童小川手中的相片，"这个世界上本就没有鬼，真非得要说有鬼的话，我看，那就是人心里的鬼了！"

童小川尴尬地清了清嗓门："看来是一个装神弄鬼的凶手啊。"他转身走到门口的时候，突然停下了脚步，"吕晓华的庭审你去不去？"

"我当然会去。"章桐回答。

"听说，苏川的阿忠给你打电话了？"童小川皱眉看着章桐，欲言又止。

"没错。"

"他找你干什么？"童小川不解。

"邀请我去旁听。"

童小川还想再继续问下去，但很快便打消了念头，一声不吭地走了。

小九若有所思地看着章桐，半晌，轻声问："主任，那个……"

章桐平静地点头："赵志忠工程师的妻子阿珠失踪三年了，他怀疑妻子已经遇害，凶手就是吕晓华，只是没有证据，因为到现在尸体都没有被找到。"

顾瑜不安地问："主任，光是旁听，没多大作用吧？"

章桐想了想，嘴角溢出一丝苦笑："我也是这么认为，但是他一再要求我去，而刑事案件庭审过程中都会有一个质证物证的环节，怎么说呢，机会难得，听听也好。"其实章桐的内心是很渴望去旁听庭审过程的，因为她对这个案子一直隐隐感到不安。

2.

午后，微弱的阳光早早地缩回了云层的后面，天空灰蒙蒙的，愈发给人一种已经是傍晚的错觉。风越吹越猛，行人匆匆，街头的树叶被吹得漫天飞舞。虽说已经过了春分，但似乎春天还是非常遥远。

天长市中级人民法院的门口围了很多人，其中不乏扛着摄影机、手执话筒的记者和操着各种外地口音的陌生面孔。

下午的庭审马上就要开始了，围观的人越聚越多，而吕晓华的名字却始终都讳莫如深，被以“那个人”代替。

章桐不喜欢拥挤的感觉，站在人群中，听着耳畔嗡嗡的议论声，她感觉耐心正在一点一点地从自己的体内被剥离。顾瑜曾经说过，在安静的法医解剖室待久了，外面街头最正常的说话声和汽车喇叭声都会变得异常嘈杂，让人无法忍受。

她不断地低头看着手机屏幕上的时间，不明白1点开庭的，为何都1点半了，法院依旧大门紧闭没有丝毫动静。也难怪守在外面的人群中开始有了一些压抑的骚动。

“应该是路上堵车了吧，毕竟是这么重要的大人物呢。”身旁站着的中年男人低声喃喃自语。章桐下意识地扫了他一眼，对方穿着一件洗得发白的米黄色夹克衫、藏青色的裤子、廉价的黑色皮鞋，双手环抱在胸前，形容憔悴。在他的怀里是一个12寸的相框，相框上蒙着一块黑布。

章桐心中不禁微微一颤。她刚欲出言安慰，身后的人群中便传来了一阵互相提醒：“来了，来了！车队马上就到！……听说过桥时出了点小事故，耽搁了会儿，还好没出什么大事……”远处，警笛声响起，两辆警用摩托开道，一辆黑色的依维柯在前后警车的护送下出现在宁中路尽头的地平线上。

这时候，身后的大门开了。章桐便跟随着人流进入法院安检区，在出示工作证后，她顺利通过了安检，接着就按照大厅LED大屏幕上的指示，向二楼一号庭走去。

这是整个法院里最大的审判庭，能容纳100个座位，因为是对外公开审理，所以很快便会座无虚席。章桐粗略环顾了一眼，在靠后门边找了个位置坐下来，虽说因为视野的关系看不清楚整个审判区域，但是右手边有个14寸的高清实时投影屏幕，这样也就没有什么大的影响。她注意到方才自己身边站着的那个中年男人坐在了第三排，正对着被告席的后方，双手抱着相框，头低垂着一声不吭。章桐轻轻叹了口气，在这之前，她早就已经猜出了这个中年男人的真实身份，不禁对他产生了一点同情。

在所有工作人员都到齐后，法庭里瞬间安静了下来。法官宣读了法庭纪律，紧接着，一个身材中等，身穿囚服的中年男人便随着法警出现在审判区的入口处，旁观席上顿时一片议论纷纷。

章桐是见过卷宗里吕晓华的相片的，也知道他的落网全都是因为一次偶然。在过去的整整十年时间里，苏川市共发生了十一起女性人员失踪案，因为线索匮乏，警方始终毫无头绪。直到去年5月份的时候，房东因为房租问题与租客吕晓华发生争执，动静挺大的，邻居报了警。辖区警员接警后到场处理，本想调解了事，结果房东死活都不再愿意接纳这个“古怪”的房客了。警员无奈，便帮助吕晓华搬家，谁知在搬家过程中，无意中在吕晓华的行李里发现了疑似人腿骨的东西，警员当即便扣留了吕晓华并把他移交给了市局刑警队。

电话中赵志忠说得没错，章桐确实一直都在关注这个案件的调查进程。虽然她并不方便表述自己的意见和建议，但是心中的疑虑却是始终都无法消退的。吕晓华被捕后，便竹筒倒豆子一般把所有的案件都认了，审讯过程非常顺利，也指认了绑架受害者的大概位置，至于尸体下落，说是大部分都被海水冲走了。苏川市就在海边，当地居民大部分都是靠养殖海鲜过日子，所以驾船出海丢个东西啥的，确实是很方便的，也不容易被人发现。

而对于那根腿骨，吕晓华则解释说是留作纪念，至于是属于哪个受害者的，他已经记不清了。腿骨因为经过了特殊处理，所以已经无法提取到有效的DNA，而这根唯一的人骨，恰恰就是章桐内心一直忐忑不安的原因所在。

庭审的过程是异常枯燥的，机械般的一问一答几乎让人昏昏欲睡。正在胡思乱想之际，耳畔突然传来的一句话却仿佛晴天霹雳一般，重重地击打着章桐的胸口，她惊愕地抬起了头，目光看向前方的审判区域。

法官问：“吕晓华，你确定自己曾经所做的供述都不是出自你的本意？”

一阵几乎让在场所有人都感到窒息的沉默过后，吕晓华点点头，朗声回答："没错，我是被人冤枉的，我并没有杀人。"

"被告，你对自己曾经做出的口供是全盘否认吗？"法官晃了晃手中的口供报告，皱眉追问。

3.

"报告法官，我否认所有供述。因为我根本就没有杀人，这些口供都是对我的栽赃陷害。"吕晓华振振有词的回答瞬间打乱了整个旁听席上的秩序。尤其是坐在第三排的那个中年男人，情绪愈发激动了起来，他一把扯掉手中的黑色相框盖布，高举着相框，大声吼了起来："吕晓华，你看看呐！回头看看！看看这张脸，你敢亲口告诉她你不是杀害她的凶手？"

此刻，章桐注意到吕晓华的背影竟然纹丝不动，就好像根本没有听到中年男人的斥责，心中不禁感到不安。被告人当庭翻供并不是一件稀奇的事，但此刻的吕晓华却分明是底气十足，难道说苏川那边调查过程真的是出了问题？

中年男人的举动受到了法官的警告。就在这个时候，庭上的主检察官伸手接过了同事递过来的证据袋，神情严肃地说："法官，我现在申请出示证据，编号苏检A25874。"在得到允许后，便转头看向被告席上的吕晓华，"被告吕晓华，证据袋中的这根骨头是你行李中发现的，发现过程苏川警方做了相应的现场录影记录，你也认可了这是你的东西，对此你又做何解释？"

等看清楚检察官手中证据袋里的东西后，旁听席上的章桐顿时心中一沉。当初她就害怕这个证据站不住脚，如今却真的成了审判过程中最致命的一环，不禁暗暗叫苦。

果不其然，吕晓华不慌不忙地回答："报告检察官，这个确实是人骨，但这是我在老家村里的坟堆中挖出来的，不信你们可以去查。要是我没记错的话，那坟就在碾子村三组的村东头，里面埋的可是个百岁老太太……"

一听这话，检察官的脸色顿时变得难看了起来，他放下手中的证据袋，迟疑片刻后，说："被告，那你告诉我，你挖人家坟干什么？这骨头对你来说有什么重要意义吗？"

吕晓华的回答又一次出乎意料："百岁老人的东西拿了，那是可以给人带来好运的，她生前用过的所有东西可都是抢手货呢。"说着，他耸耸肩，做出一副无奈的样子，"我没赶上她的下葬，那就只能扒坟了，虽然这么做有些缺德，最后我可都把土填回去了，你们不信可以去看……"

吕晓华的公派律师不禁被庭上这突发的一幕惊得目瞪口呆。

旁观席上的章桐站起身，向法庭门外快步走去。

来到楼梯口，她立刻就拨通了赵志忠的手机："他翻供了！"

电话那头一阵沉默。

章桐口气冰冷："你是不是早就已经知道会有这样的结果？"

"我只是觉得他在审讯时承认得太过于顺利。"

"那根人骨，你们后来就没有再做进一步的检验？"章桐急了，她右手紧紧地抓着手机，回想起刚才庭上的那一幕，她感到自己被彻底愚弄了，便压低嗓门语速飞快地斥责道，"赵工程师，你是苏川市局唯一一个负责DNA检验的。你知道走正常途径是走不通的，我不能越权干涉，而你早就料到吕晓华会在庭上翻供，但是你却并没有提醒身边的同事，因为只有这样才能让这个案件顺利到我的手里，你……你实话告诉我，叫我来旁听，是不是就想让我介入这个案子？你为什么要这么做？"

天长的权限远大于苏川，所以但凡有重大案子的时候，只要天长市局按照程序接手，苏川市局就必须移交。作为法医，章桐比谁都要清楚这条规定。而此刻的她终于明白，自从接了赵志忠那个电话以后，自己就再也没有了退路。

一声重重的叹息过后，电话那头的嗓音变得愈发沙哑了起来："章医生，阿珠的下落对我真的很重要，活要见人死要见尸，而吕晓华是我唯一的线索。对不起！"

周围瞬间变得悄然无声，章桐默默地挂断了电话。走出法院大门的时候，刺眼的阳光晃得她几乎睁不开双眼。

4.

天长市警局会议室里鸦雀无声，政委李峰心事重重地坐在桌边，时不时地扫一眼墙上的挂钟。很快，走廊上便传来了杂乱的脚步声。临时召集的会议，在局里留守的人员陆续都到齐了。

副局长张浩一进门便冲着李峰点点头："政委，消息确定吗？"

"是的，"李峰长叹一声，"我刚接到法院魏法官打来的电话，他说我们只有十天的时间。"

"十天？这么短？"刚坐下的欧阳力吃惊地看着他们，"老李，时间不一定够啊，这案子牵涉的物证太多了。"

"不够也没办法，大家加班吧。法院那边说了，如果我们没有办法在这十天时间内找出足够有力的证据的话，那么他们就不得不考虑当庭释放吕晓华。"略微停顿后，李峰紧锁双眉，接着说，"苏川那边，都闹翻天了。"

"闹？"郑文龙不解地问，"难道说那十一个被害者家属已经得到消息了？"

"据说有被害者家属去旁听了中院的庭审，出来后就把这事儿给放到了网上，现在消息铺天盖地，舆论已经失控了。"李峰默默地摇了摇头，满脸无奈，"我们天长因为没有受害者家属，所以目前来说局面还算比较平静。我跟苏川市局的老丁通过电话了，他们现在开始起不能再插手这个案子，所以，"说着，他神情凝重地环顾四周，"接下来就要靠大家的共同努力了。……等等，小章呢？她怎么没来开会？"

童小川回答："下午的时候章主任去法院旁听了，现在这个时间应该就在回来的路上。"

"旁听？什么案子？"一旁的张浩忍不住开口问，"最近我们天长没有需要法医专家出庭的案子啊。"

童小川尴尬地点点头："是的，张局。章主任去法院旁听的，就是吕晓华的案子。"

张浩听了，不禁与李峰面面相觑，回头接着问："她什么时候也开始关心起这个案子来了？我怎么一点印象都没有。"

"据我所知，章主任接到了苏川市局赵志忠工程师的一个电话，对方请求她在今天去帮忙旁听一下，"面对张浩脸上逐渐露出恍然大悟的神情，童小川长长地出了口气，继续说道，"没错，赵志忠就是三年前失踪的天长市

《南江晚报》记者秦玉珠的新婚丈夫。”

正在这时，童小川的手机发出了轻微的震动，他瞄了一眼，随即点开屏幕，快速看完后，抬头说：“派去走访的人给我回复说，今天早上在映秀小区水塔中发现的女尸身份已经被确定，是我市南江中学初中部的英语老师金玉兰，22岁，本市人，入职刚满一年。她失踪的时间是上周五的晚上，据说去学生家家访后，就一直没回家，也没跟家里人联系，电话始终都处于关机状态。家属在第二天一早就去当地派出所报了案，但是查看小区附近以及她回家必经之路上的监控录像后，却并没有发现她的踪迹。”

“社会关系怎么样？”张浩问。

“正在彻查。”童小川想了想，接着说，“张局，我还需要一份法医处出具的毒物检验报告，才能最终给这个案子定性，最快明天早上报告就会出来。对了，张局，为什么吕晓华的案子我们才只有短短十天的时间来进行补充调查？苏川那边都弄了好几年了。”

政委李峰平静地看了他一眼：“一审虽然判处吕晓华死刑，但是他当庭提出了无罪上诉，十天时间是二审法院考虑是否受理的期限。目前状况来看，依法受理是肯定的，因为一审证据的缺陷事实存在，所以如果没有新的证据出现，这个案子，那十一条人命，或许就永远都看不到真相了。”

听到这儿，童小川心中不由得一沉。

第一节　那是谁？

1.

法医办公室里，章桐伸手接过了顾瑜递给自己的毒物检验报告，看了一遍又一遍，嘴里始终都没有说一个字。

“主任……”顾瑜感到了些许不安，却又不知道自己该如何开口。

半晌，章桐这才点点头，拿起笔在报告上签过字后，复又递给她，低声说了句：“谢谢，归档吧。”

“可是，主任，这样一来，我们又怎么解释死者在监控视频中那诡异的举动？”

顾瑜的质疑是有理由的，尸检工作结束后，章桐反复查看过那段视频。视频中，电梯停留在案发现场大楼的第23层，死者金玉兰不断按下多个楼层的按钮，但奇怪的是电梯却并未马上关闭，死者接着把头伸出电梯轿厢查看，来回进出电梯，可电梯依旧停留在原处一动不动。接下来，死者冲回电梯，躲在监控死角，中间有个下蹲的趋势，似乎在躲避着什么，随后几分钟内，她又再次走出电梯，在外面停留了不到30秒钟的时间，从监控中可以很清晰地看到死者冲着一个方向做出了许多古怪的动作，双手比画，似乎在和谁激烈地辩驳着什么。这是她生前最后一次出现在监控视频镜头中的影像，因为接下来她就离开了监控范围，电梯门也在几分钟后自动缓缓关闭。

监控视频所显示的时间，正是死者金玉兰失踪当晚的凌晨时分，而随后所有的视频资料中便再也找不到死者的身影了。这一点与尸检死亡时间的推断完全吻合，死者的胃内容物也显示她的最后一餐时间是在死前的四小时以上，也就是说，这与死者饭后前去家访，随后失踪，最终离奇死在水塔中这个事实也是基本吻合的。

想到这儿，章桐掏出手机拨通了童小川的电话："童队，我需要知道映秀小区死者最近的精神状况以及她的家族精神病史。"

"没问题。"电话那头传来了童小川沙哑的嗓音，"我正在李医生这，等下就去查。"

挂断电话后，章桐一脸狐疑地转身看着顾瑜："他上班时间跑去见心理医生干什么？"

2.

天长市第一医院心理诊室，阳光暖暖地洒在窗玻璃上。童小川在沙发床上翻来覆去了好几遍后，舒服地伸了个懒腰，这才依依不舍地坐起身，看着面对自己坐着的李晓伟，皱眉嘀咕了句："你笑什么？"

"我劝你还是去挂个号吧，钱不够的话，我叫护士给你打八折。"李晓伟笑眯眯地说。

"瞎扯淡，我缺那几个钱？"他站起身，心有不甘地走到外屋，一屁股在办公桌边坐了下来，对跟出来的李晓伟说，"我说李医生，咱谈正经事儿，最近怎么不见你去我们局里了？"

李晓伟微微一怔，不免有些尴尬："我有点忙。"

"拉倒吧，"童小川双手抱着肩膀，满脸不客气地瞪着他，"你虽然是心理医生，但我可是逻辑专家，咱半斤对八两，你那点小肚鸡肠瞒不过我的。”

憋了一会儿，李晓伟哭笑不得地举起双手：“好吧好吧，其实也没什么，我这么做是尊重章医生的意愿，暂时分开几天。”想了想，他又补充，“但是只要她需要，随时一个电话给我就行了。”

“难道就为了这？”童小川有些吃惊。

李晓伟忍不住一声长叹，脸上露出了沮丧的神情：“都怪我不好，最近这段时间见她有些焦虑的迹象，我就好意劝她来我这里进行正式咨询，谁知她却拒绝了，并且非常生气，和我大吵了一顿。”

“章主任可没病。”童小川皱眉，“但是也不至于反应这么激烈啊。”

李晓伟听了，欲言又止，他担心的是章桐的母亲患有严重的精神分裂，如今因为工作的压力，章桐的身上也出现了让人不安的焦虑症状，这可并不是什么好的兆头。但是这些，李晓伟是不方便告诉童小川的，打定主意后便只是耸耸肩，故作轻松地岔开了话题：“女人嘛，情绪波动很正常，别在意。对了，童队，你今天来找我干什么？”

“我？当然是请你帮忙了，公事！”童小川脸上的神情变得凝重了起来。

“公事？什么案子，说说看。”

童小川一声长叹：“你应该有所耳闻了，就是吕晓华的案子！不过，现在这案子已经归我们天长管了，并且，”说着，他低头扫了眼手机屏幕，“确切点说，还有九天二十一个小时。”

“原来网上的传言都是真的？”李晓伟惊愕无比。

“没错，如果我们天长再找不出新的证据，那么这家伙在九天二十一个小时后或许就能彻底自由了！”童小川的语气中充满了讽刺。

诊室里突然安静了下来，半晌，李晓伟哑声问道：“童队，你有没有想过我帮你们，但是九天后的结果或许和今天是一模一样的？”

“我当然想过。”童小川果断地站起身，整了整身上的夹克衫，平静地说，“别想太多，九天后，不管什么样的结果在那儿等着，我们都只要尽力还原真相就好。”

李晓伟默默点头：“既然这样，那好，我会全力帮你们。”

童小川环顾了一下诊室，脸上不由得露出了笑容："走吧，李医生，反正你这一亩三分地本就是鸟不拉屎的地方，不如陪我顺道走访个死者家属。"

"去苏川？"李晓伟有些意外。

"不，胡埭镇金老师父母家。"临出门的时候，童小川又补充了句，"章医生刚才电话里吩咐的。"

李晓伟开始还是一副懒洋洋的样子，听童小川这么说，便赶紧一溜小跑跟了上去。

3.

天长市警局档案室里，靠墙摆放的灰色的档案桌有半个乒乓球台那么大。面对摞起来几乎有一人多高的卷宗，章桐和痕迹检验工程师欧阳力面面相觑，不由得一声长叹，两人各自拿了卷宗在桌边坐下。

十年，十一起诡异的失踪案，没有尸体。章桐感到有些束手无策。虽然在这之前，自己对这个系列案子也多少有些了解，可是如今亲自查看这些卷宗的时候，却还是感到无从下手。想到这儿，她便转头问一旁忙着做清点记录的专案内勤于博文："小于，到底是什么时候开始确认这些不是失踪案而是命案的？"

"稍等。"作为移交卷宗的负责人，于博文马不停蹄地刚从苏川市局了解情况回来，他探身找出第五本卷宗，查看过编号后，把它交给章桐，"就是这个，第五起失踪案。失踪者名叫孙月娥，21岁，身高160厘米，体重52公斤，未婚，失踪前的职业是苏川市交通电台的主持人，专门主持一档心灵访谈类节目，时间是每周一、三、五的晚上9到10点。她最后一次出现的时间是2008年的7月2日晚上，根据她同事讲述，10点下节目后她很快就离开了单位，因为孙月娥唯一健在的母亲患了阿兹海默综合征，情感上对女儿的依赖性也就变得更强，所以她每次下班后总是第一时间就回家照顾母亲。但是偏偏当天晚上她却彻底消失了。"

老欧阳听了，不由得神情凝重："所以这是最不可能失踪的一个人。"

"情况不只如此。"章桐从卷宗中拿出一张现场相片递给欧阳力，"欧阳，你看看，这种状态下，人还活着的可能性有多大？”

相片中，大量的喷溅性血迹几乎布满了大半个墙壁。欧阳沉吟半晌后，点点头：“按照质量容积比计算，正常人体的血液总量占到人体自身体重的6% 到 8%，而根据卷宗记录显示，孙月娥的体重为 52 公斤，那么血液就在 4 升左右。除去墙面上的喷溅形血迹外，这墙角有好几处椭圆形血迹，我想，应该就是拳击或者钝物重击的结果，椭圆形越长越窄，袭击的角度就相对越小，尤其是这摊血迹，像车轮的轮辐一样扩散，”他用手指指着相片中的一角，“小章，你看，这明显就是同一个地方血液喷溅数次所留下的痕迹。你能建个模吗？”

章桐点头，她把相片扫描进自己随身带的笔记本电脑，在“无须实体线”程序中经过放大处理后，对血迹的几处撞击点进行连线绘图，以最恰当的角度拉出，最后汇聚到一点，然后再根据现场墙上的血迹喷溅模式进行制作，很快一个简单的 3D 示意模型便出现在电脑屏幕上。因为汇合点接近于地面，也就是说受害者受到袭击时就不会是站立的姿势。

“小于，这已经被证实是孙月娥的血迹了吗？”章桐转头看向于博文。因为尸体一直都没有找到，所以现场血迹的归属就显得非常重要。

于博文点头：“苏川的记录中就是这么写的。发现血迹的地方在苏川广电大厦旁的小巷子里，那里是监控盲区，这条线索差点就被忽视了，刚开始根本就没有人把这事和孙月娥的失踪联系在一起，只是以为是谁在恶作剧，便通知了居委会准备清理墙面，工作人员到了却怎么看怎么觉得不对劲，随即便报了警。派出所拍下相片后，就把它交给了市局技术科，赵工程师看到了，出于职业本能，就去现场做了 DNA 提取，结果很快就在库里找到了匹配对象。”

章桐心中一动：“你说的是赵志忠工程师，对吗？”

于博文苦笑：“主任，苏川市局的条件你也不是不知道，和我们天长没有办法相比的，赵工一个人不得不身兼数职。”

章桐没有再多说什么，她看着屏幕上的 3D 模型，想起了赵志忠在电话中对自己所说的那番话，不禁陷入了沉思。确实，光凭自己手头的证据，除了知道这是命案以外，是没有办法和吕晓华直接联系起来的。

那么，吕晓华为什么要那么快就主动承认了十一起案件呢？难道说他真的就只是一个知情人而已？看着桌上厚厚的卷宗，章桐不由得倒吸一口冷气，探身对欧阳力说：“欧阳，看来我们必须尽快和苏川市局的赵志忠工程师谈谈。”见欧阳力满脸狐疑的神情，便解释道，“当初批捕吕晓华，只是因为他的行李中有人骨，后来之所以会移交检察院起诉，那都是因为他主动供述并指认出了十一起失踪案所发生的地点和时间而已，这些全都建立在口供的基础之上，而物证这一块是非常薄弱的。我们现在手头没有尸体，更没有案发现场，除了自始至终都跟这个案子的赵工外，我还真想不出问谁最有效了。”

“你说吕晓华只是目击证人？”欧阳力不解地问，“那他当初承认所有的案子，到底是为了保护谁？现在又为什么要翻供？”

章桐神情凝重地摇摇头：“我不知道。”

这时候，一旁的于博文开口了：“对不起，章主任，这个要求估计有点难度。”

“赵工出什么事了？”章桐的心顿时一沉。

“我回来的时候，听苏川的小李说，庭审后赵工便直接去了督查大队，主动承认是自己失职，没有尽到责任，所以才会导致这次案件审理的受阻。我想，这个时候，他应该不方便再牵涉进来了吧。对了，主任，小李叫我转告你，说赵工留下话说，他想表达的都在卷宗里了。”

章桐不由得呆住了，许久，她轻轻叹了口气，目光忧郁：“欧阳，这么看来，我们要调查的或许就不止这十一个人了。”

“你是说赵工的妻子秦玉珠？”欧阳力吃惊地看着她。

4.

警车开下环城高架的时候，偏偏遇上了堵车高峰期。看着被堵得严严实实的车道，童小川沮丧地顺势趴在了方向盘上：“两个车位的距离就能下桥了，难道就不能再朝前挤一挤吗？”

李晓伟却不以为然，他全神贯注地在手机上查看着有关下午那场特殊庭审的消息，随口问：“既然你都把我拉去胡埭镇了，那就跟我说说那个金老师的案子吧，不然我等会儿恐怕帮不了你。”

“金玉兰，本市南江中学英语教师，”童小川从仪表盘上拿过手机，给李晓伟发了那段监控视频，“这是她临死前在案发现场附近的最后一段监控视频，地点就在映秀小区7栋的顶楼，时间是凌晨0：30前后。一周后，该栋大楼的住户不断反映说日常用水的水压偏低，并且水有异味，尤其是20层以上的住户反应更是强烈。物业人员就此前去水塔查看，结果在里面发现了死者的尸体。”

“那她的死因呢？”看着手机里的监控视频，李晓伟不免有些吃惊。

“符合溺水身亡的特征，而且在她身上并没有发现他杀的迹象，除了……”他应声用手指了指李晓伟的手机，“除了这段监控视频。在排除了他杀和意外身亡的因素后，我们就只有一个问题需要解决了。”

“我懂了。”李晓伟满腹心事，目光转而投向了窗外，“那她的父母报案了吗？”

“报了，失踪。第二天早上就报了案，却始终都找不到金老师的下落。”

就在这个时候，前方的拥堵终于有了些许缓解，童小川赶紧放开刹车，警车便缓缓顺坡而下，拐上了出城的车道。二十多分钟后，顺着路牌，警车拐进了胡埭镇。

天色早已擦黑，胡埭是个外来人口密集的集镇，虽然与市区有一定的距离，但是因为靠近工业区的缘故，所以一点都没有郊区小镇所应有的冷清感。此时，昏黄的路灯光下，街头人来人往，沿街到处都是正在营业的商铺店面。

教职工宿舍小区就在镇中央的开元大道上，离镇口的路标不到五十米的距离。童小川伸手关掉了警车的顶灯标志，锁好车后，便和李晓伟并肩穿过大门，走进了教职工宿舍区。

金老师父母家就在最靠外的1号楼3单元。来的路上童小川本打算给他们打个电话，可是很快又觉得电话中也不一定说得清楚，毕竟对方年纪大了，沟通起来会有一些困难，所以在和李晓伟商量后，便决定直接上门。

果然，两位老人对童小川和李晓伟的突然到访流露出了明显的不安情绪，坐在沙发上都好一会儿了，金老师的父亲却还是紧紧地抓着老伴的手，面色惨白，嗫嚅着说不出话来。

“警察同志，你们……你们找到我家兰子了？”老太太惴惴不安地颤声问，“她在哪？是不是出事了？”

童小川刚要上前解释，却被身边坐着的李晓伟伸手拦住。后者只是柔声说道：“阿姨，我们只是来了解一下情况，这是正常的办案程序，放心吧。”略微停顿过后，他又接着问，“跟我们说说你女儿金老师，好吗？”

一听这话，老太太这才长长地出了口气，脸上的神情也稍微缓和了些，可随即又面露愁容，摇头叹息：“兰子失踪整整四天了，我怎么打她电话都没有人接，学校那边也快急死了。”

“那她以前有过这样的情形吗？”李晓伟若有所思地看着两位老人。

老太太又摇摇头，苦笑：“兰子哪有时间啊，她因为要上班，便住在天长市里，工作忙，一周才回来一次。但是每天都会和我通两次电话，这是雷打不动的，早饭前和晚饭前，我这不刚动过肺癌手术么，肺腺癌晚期，都已经转移到了脑子里，也就没有救的必要了。兰子孝顺呐，知道我们就她一个女儿，她放心不下我们两个老的，又要忙工作，唉，两头忙，也就只能每周末回来看我们。警察同志，你说，她怎么可能会平白无故丢下我们两个？”

老头在旁边听了，焦急地凑上前，哆嗦着说道：“对，对，警察同志，我们之所以报警，就是因为兰子从不会不给我们打电话，也从不会不接我们电话。她是个很乖的孩子，非常听话的。所以在打她电话打不通后，我，我就坚决要求报警，我知道兰子肯定出事了，她肯定出事了……”

“老头子，你冷静些……”老太太紧紧抓住自己老伴的手，低声安慰。

李晓伟想了想，接着问：“阿姨，金老师有没有可能跟男朋友出去玩了？她在天长是一个人住的吗？”

“兰子还没有男朋友。”老太太果断地说道，“她一直都一个人住。两个月前我在市里动手术，老头子就暂住在兰子的家，要是她交了男朋友的话，老头子不会不知道的。警察同志，我家兰子是个体面的姑娘，不然也当不了重点中学的英语老师，你说对不对？”

话音未落，身旁金老师父亲的声音突然响了起来，并且逐渐大声，他目光呆滞，身体前后摇晃，嘴里不断地重复一句话："兰子肯定出事了，兰子肯定出事了……"

李晓伟心中一沉，正欲开口，老太太却摆了摆手："你们走吧，我累了，要休息了。改天我和老头子去公安局找你们就是。"

走出金家，直到开车回城的路上，李晓伟一直紧锁着双眉没有说话。童小川瞥了他一眼，忍不住用右胳膊轻轻碰了碰他："李大神医，怎么了？发癔症呢？"

李晓伟却反问他："刚才在金老师父母家，你看出什么来没有？"

童小川想了想："那老爷子好像……怎么说呢，是不是精神不太正常？"

李晓伟摇摇头："他得的是阿兹海默氏症，一种由于蛋白质在脑部沉积而造成脑神经细胞死亡的神经退化性疾病，这种病在 65 岁老年人身上发病概率在 70% 左右，金老爷子现在是处于第一期和第二期之间，失语特征很明显。虽然这种病有遗传的可能，但是在金老师那样年纪发生的可能性是不存在的，至少目前为止。"

"那，不就是没有精神方面的家族遗传史了？"

"严格意义上来讲是如此。"李晓伟没有再接着说下去，回想起方才那段监控视频中的诡异场面，他内心的狐疑始终都无法解开。

警车无声地驶入了城区，刚下过一场势头不小的阵雨，马路两旁来往行人并不多。路面上出现了几个不小的积水坑，警车开过，车轮溅起了阵阵水花，很快便又恢复平静，前面不远处就是市局公安大院。

警车开进大院，饥肠辘辘的两人刚想锁了车门去食堂填饱肚子，一眼就看见了快步向他们跑来的小九，身后台阶上，痕迹工程师欧阳力花白的头发在风中不断飞舞着，他冲着两人用力挥了挥手，身边的章桐默不作声地站着，脸上神情凝重。

小九穿着警服，拎着沉重的工具箱，刚到近前便伸手想打开车门，嘴里咕哝着："搭个便车，童队，今晚要去两个地方，赶紧的，我们时间不多了。"

童小川麻溜开了车门，刚钻进去，回头拦住了李晓伟：“你就甭去了，这不是你该干的活。”

小九则几乎瘫坐在后座的椅子上，刚才走得匆忙，工具箱狠狠地磕了膝盖，当时没觉得什么，现在感觉上来了，疼得倒吸一口冷气：“童队，老欧阳的指示，咱先去金玉兰最后出现的地方，希望还来得及。”

警车箭一般地开出了公安局大院，在拐出大院的那一刻，童小川顺手从仪表盘上方取出警灯，交到左手，麻溜地按在了车顶上，打开开关的刹那，刺耳的警笛声便撕破了宁静的雨后夜空。

“你怎么来了？”身后传来了章桐的声音，李晓伟赶紧转身看去，不知何时，欧阳力已经不在了，楼前的大理石台阶上，章桐的身形愈发显得消瘦单薄。

“童小川找我去了。”李晓伟尴尬地笑了笑，“他想请我参与这个案子，吕晓华的。”

“童队工作的时候一直都是这么拼的。”章桐若有所思地说道。稍过片刻后，她点点头：“走吧，吃晚饭去，对面的黄鱼面馆这个时候应该还开着。”

李晓伟听了，心中一暖，嘴角便不自主地扬起了笑意，他知道这就意味着章桐早已经不生自己的气了，此时此刻，他竟然开心得像个孩子。

第二节 幻 觉

1.

夜深了，一轮圆月高挂天空。

透过天长市看守所冰冷的不锈钢防护栏，吕晓华的目光落在漆黑的夜空中，久久没有舍得合上双眼。因为是临时关押的重刑犯，所以吕晓华所待的号房属于单人配置，不只是 24 小时监控，门外的走廊上更是每隔半小时就响起查房狱警的脚步声。

过了今晚，想想剩下的九个晚上，自己都必须这么度过。吕晓华不禁轻轻叹了口气，翻了个身，紧接着便面冲着墙，闭上双眼陷入了沉思。

下午庭审结束后，虽然对死刑的结果早就有所预料，但是他的心里多少还是有那么些恐惧的，毕竟，这是自己这一辈子真正与死亡近距离接触的时候。当庭提起上诉后，前几日压在心头的郁闷与纠结感再次浮现了出来，压得他几乎喘不过气，从法院出来的那一刻，他便眼前一黑晕倒在了地上。

醒来时已经是在看守所的医院里了，吕晓华读懂了白口罩上那双眼睛所流露出的厌恶之情。不过，他只是平静地接受这一切，从那双冰冷而又不情愿的手中接过了药片，就着水，仰头吞了下去。

晚饭后见了律师，对于上诉的审理，因为有了下午的经历，律师自然是信心十足滔滔不绝，他却还是什么都没有说。约见时间一结束，吕晓华便被押进了这个单人号房。

时间在慢慢流逝，耳畔静悄悄的，脚步声在走廊上又一次响起，和前两次相比，似乎这一次的声音有些许轻微的异样。不过此时的吕晓华已经有了浓浓的睡意，就连在门口停下的脚步声都没有让他睁开双眼。没多久，号房里便响起了沉沉的鼾声。

凌晨 3 点的时候，先是不锈钢杯砸落在大理石地面上所发出的清脆的碰撞声，紧接着，急促的两声痛苦而又凄厉的叫喊便陡然在看守所的监舍里响起。值班的狱警迅速顺着声音来源找到了吕晓华号房的门外，隔着窥视孔朝里一看，顿时紧张了起来，忙不迭地跑回不远处的办公室抓起钥匙回来打开门，同时用肩头的步话机呼唤同班值班的同事。

而此时的吕晓华已然面色发青，嘴唇发紫，浑身僵硬地倒在地板上不省人事。十多分钟后，看守所医院的救护车便拉着昏迷不醒的吕晓华开往天长市医疗设备最好的第一医院。

章桐几乎在同时接到了看守所打来的电话，她伸手揉了揉发酸的眼角，随即站起身，匆匆向办公室外走去，同时果断地吩咐顾瑜：“快去车库，我们要去一趟市第一医院急救中心。”

“出了命案？”顾瑜感到有些诧异，因为通知出警的红色电话机今晚并没有响起过。

“不，”章桐迅速回头看了她一眼，“是吕晓华，他现在生命垂危。”

拎着工具箱走出办公室的时候，章桐突然想到了什么，她略微沉思过后，便把箱子交到右手，掏出手机，边走边给欧阳力打了个电话，脸上神情凝重：“欧阳，我是章桐，我需要你马上去看守所吕晓华的号房，我要排除他是被人下毒的可能……没错，他现在被送去了急救中心，突然送去的，事前一点征兆都没有……”

尽管很疲惫，但是章桐此刻却一丝睡意都没有。

2.

映秀小区 7 栋 23 层顶楼，小九已经在高大的银色水塔里待了足足两个小时，虽然说水塔里的水早就已经被排放干净，底层水垢和杂质还是有的。童小川有些担心这个比自己年轻五六岁的小兄弟，一时却又帮不上忙，他就像只热锅上的蚂蚁一般焦急地绕着水塔转圈，时不时地抬头看向塔顶。而在他右手边不远处，是物业临时搭建起来的简易蓄水池。每隔半个小时，蓄水池便会在柴油发动机的运作下发出嗡嗡的声音，进行日常的抽水蓄水。

童小川根本就闻不惯这让人作呕的柴油味，但是水塔里又迟迟没有动静，正着急的时候，身后头顶方向终于传来了小九兴奋的叫声：“童队，终于找到了！”

“什么？”童小川激动地几步跨上了铁扶梯，来到小九身边的时候，才终于看清楚他手中竟然是一截脏兮兮的树枝和一个黑色的无线耳机。在看过无线耳机后，他没吱声，又拿过树枝来对着手中的警用手电筒，皱眉看了半天，小声嘀咕：“这是什么？一截树枝？”

小九顺手抹了一把脸上的汗水，笑嘻嘻地说道：“没错，就是树枝。”看他的神情，耳机和树枝之间，他明显对后者更为看重。

“这水塔里混进杂质飘个树叶子啥的都很正常，你怎么偏偏就像捡了个大宝贝一样？”童小川满脸狐疑，“它有这么重要吗？”

“这是橡树的树枝，树叶发黄，说明掉落时已经是深秋，这还不是最主要的，”小九跨出水塔，从身上摸出两个塑料证据袋，先放好了黑色无线耳机，接着便又小心翼翼地把树枝放了进去，“根据我们的记录，我们天长市林业规划方面，可从来都没有人种植过橡树，这是其一。其二，在来这里之前，章主任和物业通过电话，询问了他们清扫水塔的方法和所使用的工具，虽然是人工作业，但是却穿了连体隔离衣和水质过滤网，而水塔的网孔是根本通不过这段树枝的，也就是说，他们再怎么偷懒，也不可能把这么一段奇怪的树枝给落在水塔里。”

话已经说得非常明白了，能把这段树枝带进水塔的，就只有死者金玉兰老师了。

童小川转头问小九：“这树枝，是正常脱落的吗？”

小九摇摇头：“我刚才看了，横切面有两厘米左右，正常来说是一棵有年份的树，并且是树枝偏中段的地方，也就是说，是人为用锋利的工具取下来的。”说着，他用力关上工具箱，嘿嘿一笑，信心十足，“走吧，童队，还有下一个点，回来时正好顺道在臧书羊肉馆吃个夜宵。”

这一提醒，童小川才记起自己也没有吃晚饭，不禁饥肠辘辘，便狠狠地咽下了一口唾沫。两人爬下铁扶梯，快步向楼梯口走去。

童小川并没有再提起耳机的事，相反，那截看似再平常不过的树枝，却总是在他的脑海里打转。

（市第一医院急救中心）

重症监护室门口，当班的主治医师一脸愁容地看着章桐，果断地摇摇头：“你现在不能进去，我们刚给他上了 ECMO，最终他能不能活下来还是一个未知数。”

章桐怔住了：“怎么变化这么快？”

“是的，刚入院抢救的时候，病人最初的症状还只是显现出疑似创伤性窒息。我们刚对他进行手术插管，病情就急转直下，他出现了喷射性呕吐，同时心跳呼吸都瞬间停止了，我们虽然尽力把他救了回来，但是病人在呼吸方面却始终都无法做到自主，而且随时都可能引起心肺功能衰竭，尤其是血氧饱和度，都已经低于四十了，”说到这儿，他不由得一声长叹，“总之，在彻底弄清楚病因之前，我们只能给他临时上了ECMO，别的不管，先保住命再说。”

章桐听了，不禁神情凝重，她透过玻璃窗看了看病房内，已经无法分辨出病床上的人到底是谁了，回想起下午法庭上那一幕，心中难免五味杂陈。

“主任，我们下一步该怎么办？”顾瑜在一旁小声提醒。

章桐瞥了一眼主治医师的胸牌：“赵医生，我要打包带走病人到你们医院后的所有衣物和呕吐物。”

主治医师点点头：“这没问题，我懂规矩的。”他伸手指了指对面的护士站，“都在那儿，我已经安排人用专门的医用废弃物袋子装着，包括他的鞋子在内，一样都没少，就等你们来了。”

3.

快到凌晨4点半的时候，童小川把警车停在了一处废弃的拆迁工地旁。天空中淅淅沥沥地下起了小雨，空气中充满了潮湿的泥土味，远处的霓虹灯在晨雾中若隐若现。

“就这？”童小川转头问副驾驶座上的小九。

“没错，安贞路38号院。”刚才已经昏昏欲睡的小九朝窗外瞥了一眼，瞬间便来了精神头，腾出手拉开车门钻了出去。

“你慢着点，这边到处都是建筑垃圾。”童小川紧跟在小九的身后也下了车。或许是雨天的缘故，此刻的拆迁工地上安静极了，只有远处时不时地传来一两声狗吠，很快便又消失得无影无踪。

深一脚浅一脚地在一片狼藉的拆迁工地上穿行，或许是值钱的玩意儿都没有了吧，工地上自然也就没有人看守了。

“小九，你都没说我们为什么要来这个鬼地方，”童小川一边用强光手电照射着前面的路，小心前行，一边嘴里嘀咕，“再说现在的视觉条件也不够啊。”

小九听了，不由得一声长叹：“没办法，章主任和我们头儿欧阳在档案室蹲了整整一下午，才终于找到这条线索，就怕耽误久了，证据会灭失。”说着，他停下脚步，打开手电朝四周仔细扫视了一眼，随即便伸手一指，“就是前面了，那栋二层小楼。”

顺着小九手指的方向，童小川把手电光投射了过去，那个位置非常偏僻，在整个拆迁工地的最后方，虽然正门已经损坏，但是包括屋顶在内，整体建筑竟然还基本保持原状。

两人小心翼翼地穿过工地，来到独立的小楼门前，小九上下打量了一番库房后，便在门前的草地上放下了工具箱，取出防水相机和鲁米诺灯头背上，又抽出一罐鲁米诺喷剂别在背心胸口，这才冲着童小川点点头：“38号院总共四栋住宅楼，隶属于我们天长的广电部门，而这里是单独的招待所，秦玉珠失踪当晚的手机讯号最后就出现在这里。”

雨渐渐地越下越大，童小川顺手抹了一把脸上的雨水，沉声说：“那个案子虽然不归我们重案组管，但是我知道这事，治安大队当时把这里翻了个底朝天，却一点线索都没有。”

小九若有所思地看了他一眼：“你说的是尸体吧？”

童小川点头。这是命案的唯一立案标准，除非能有像孙月娥失踪现场的血迹分布状态来佐证，否则，就只能以“失踪”来做出结论了。而吕晓华的案件中，连一具尸体都没见过。

“都已经过了三年了，还能有证据留下吗？”

小九轻轻叹了口气：“死马当活马医吧。”说着，他便径直走上了长满杂草的台阶，“其实呢，童队，我还挺相信命数的。”

“为什么？”童小川听了，感到有些意外。不过他很快就领悟了过来，顺势仰头看了眼这破旧的危房，“是啊，都三年了，还好没被拆除。”

（法医办公室）

老欧阳毕竟上了点年纪，不能再像年轻人那样熬夜，所以一丝倦容明显地留在了他脸上。他推门进来后，便径直把手中有关看守所号房的检验报告递给了章桐，然后伸手拽过一张板凳，坐在了李晓伟的面前，笑眯眯地说：“年轻人，我们局里可没有钱给你付加班费啊。”

李晓伟顿时涨红了脸，他偷偷瞥了眼章桐，见她依旧神情专注地低头看着报告，便轻轻松了口气："欧阳大叔，你就别开玩笑了，我在这工作可是一分钱都不拿的，纯属……"

"奉献？你拉倒吧。"欧阳笑了，"醉翁之意不在酒，你的心思我可明白的。好了好了，我逗你玩呢，看你急的。"说着，他压低嗓门凑近李晓伟："怎么样？坐一晚上冷板凳了？"

李晓伟尴尬地笑了笑，他很清楚章桐的心结不是一时半会儿就能打开的。

"一点异样都没有？"章桐皱眉抬头问欧阳力。

欧阳力点点头："没错，号房里干干净净的，包括口杯和毛巾，枕巾以及房间里的空气采样，就差没挖地三尺了，最终的结论还是一样的。"

"房间里有呕吐物吗？"章桐追问。

"没有。"

"那就怪了，从医院的最终报告来看，他明明所显示的症状是病因不明的中毒性休克，难道说还没进看守所，吕晓华就已经中毒了？是谁冒这么大的风险一心就想要杀了他？"章桐的目光看向了李晓伟，"这不符合常理啊，吕晓华的案子，检察院的都说了，毫无悬念就是冲着死刑去起诉的，而且所有证据也支持这点，但是现在看来，有人就是想要他死，而且是死在自己手里。这分明就是复仇。"

此刻，也说不清到底是什么原因，章桐的脑海中突然闪过了那个在自己面前抱着黑相框的男人，尤其是法庭上那声低沉的怒吼，犹在耳边。虽然在法庭外，对方极力克制着内心的痛苦，但他的眼神却是异常冰冷而游移的。

仔细想来，这分明就不是一个愤怒的人所应该拥有的平静。

就在这时，欧阳的手机响了起来，他赶忙接起电话，简单聊了几句后，便神色严峻地挂断电话，手一挥："走吧，小九那边发现了线索，安贞路38号院，童队也在那里，我们马上坐重案组的车过去。"

"我也去！"李晓伟果断地站起身说道。

三排座警车开出公安局大院的时候，已经是凌晨 5 点，雨停了，天空也逐渐变得明亮了起来。

“欧阳工程师，你是说秦玉珠的案子真有线索了？”后座上的李晓伟吃了一惊。

身旁的欧阳并没有直接回答他，只是看着车窗外，脸上露出了无奈的神情：“这个凶手太狡猾了，他吃准了我们找不到尸体就无法立案。”

章桐一直依靠在中间排的座椅上，沉默许久都没有说话。

警车飞速穿过尚未完全褪去夜色的街头，消失在朦胧的晨雾中。

第三节　我是谁

1.

（两小时前）

大巴车的座位狭小而又拥挤，所以在大巴车厢里无论发生什么都很难逃过周围乘客的眼睛。大巴车厢几乎密不透风，尤其是刚下过一阵雨，车厢里便更是显得闷热而充满了各种让人作呕的异味。

他蜷缩在座位上，借着窗外时不时闪过的路灯光，终于看清了那块蓝底白字的路牌——天长，40 公里。

就要到了呢。他扭动了一下自己的屁股，试图换个姿势，因为自己已经蜷缩着过了整整三个小时，一动不动，就像个死人一样。

对，死人，自己其实已经是个死人了。他不无沮丧地品味着这揪心的两个字。突然，他迅速伸手从前座椅背上掏出一个晕车袋，然后紧紧地捂住嘴，从肺部深处咳嗽，把某些东西呕进口袋，口袋应声渐渐鼓了起来。这样的一幕，在这种大巴上是随处可见的，再加上车厢里本就没有多少人，所以，他的身边自然也就少了不满的目光。

他环顾四周，嘴唇沾着混有黑色斑块的红色黏液，就好像在咀嚼咖啡渣。他的脸上毫无表情，只是茶色镜片背后的双眼红得可怕。他伸手摸了摸右手手腕处的那块红色凸起，是星星状的，很快，这种美丽的斑点就会遍布全身，而斑点下便是大块的紫色斑块。

他病了，病得快死了。但是在这之前，他还有事要做。

大巴车驶过高速收费口的时候停了下来，等待刷卡过关。他打开了手机屏幕，现在是凌晨4点08分，这么看来，5点就可以到天长市区了。他闭上双眼，轻轻靠在后面坚硬无比的椅背上。这个椅背磕得他脊椎骨几乎都快断了，但是此刻，再多的疼痛与即将到来的那件事相比，都已经不值一提了。

人活着，有时候只是为了享受，而更多的时候，却是为了一个信念。他又一次打开了晕车袋，咳得几乎窒息。

大巴车继续在天长市凌晨的街头行驶着，无声无息，像极了一个远方而来的灵魂。最终，在天长市公交总站门口停了下来。

这一趟大巴上的乘客到终点站的人本就不多，所以司机把车熄火后，径直拔了车钥匙就去交班了。周围瞬间安静了下来，他慢吞吞地最后一个下车，手里的塑料提兜中装着一路上所使用过的晕车袋，右手拉着个小行李箱。在公交总站外，他把手中的晕车袋小心翼翼地用密封袋装好，以防里面的呕吐物漏出来，最后一并装进行李箱，这才拉上拉链，紧走几步钻进了一辆等候在路边的出租车："师傅，麻烦去第一医院急诊中心。"

这时候的他似乎已经耗尽了身上所有的力气。他感觉自己整个人都硬邦邦的，像是动一动就会扯断体内的什么东西。这种症状表明自己体内的血液正在缓慢凝结，要不了多久，自己的肝脏、肾脏、肺部、双手和双脚，以及大脑内就会塞满凝固的血块，整个人就像是一个中风晚期患者。想到这儿，他不由得一阵哆嗦。谁都怕死，但是死其实并不可怕，可怕的是在等待死亡来临的这段时间。

扳着手指数自己死亡的日子，真的是一种最痛苦的煎熬。

（安贞路38号院废弃招待所内，早上6点）

因为已经是早上，又是个难得的好天气，所以当警戒线在安贞路38号院废弃招待所外被拉起来的时候，很快便在圈子外聚集了一些围观的群众。

严格意义上来讲，整个38号院其实不能被称作"院"，因为它并没有完整的围墙，而曾经的围墙所在地已经被稀稀拉拉的一些拆迁广告标语所替代。只要站在外面的马路上，就能一览无遗。至于说拆迁为何不进行下去，以及工地上的工人到底是何时撤走的，没人知道，也没有人关心。如今，这片废弃工地上只留下了两栋建筑，而那个招待所则是其中之一。

招待所除了前后门窗以及一楼的玻璃不见了踪影外，还不能被当作是危楼，因为里面的房间格局依旧存在。此刻，天长市警局的警察们在里面忙碌地进进出出。二楼最东头的房间门外，章桐却似乎变得清闲了起来，她双手抱着肩膀，神情严峻地盯着房间内。

房间里只有小九一个人，欧阳力看着自己的徒弟忙得满头大汗，不由得一声长叹，脸上充满了愧疚："早知道现在，当初我就该查到这个地方来，说不准……"

童小川听了，顺手搭在了欧阳力的肩膀上："老欧阳，你不是先知，这个世界上有些东西不是你想就能改变得了的，更何况从这个现场来看，不管受害者是谁，她当时能存活下来的可能性都已经是零了。"

"那能确定这是秦玉珠的血吗？"李晓伟忧心忡忡地看着眼前的墙壁，上面用标尺注明了血迹的所在点，而这样的血迹几乎遍布了这个二楼最东头的整个房间。

章桐摇摇头："很难，三年了，希望还能提取到有用的 DNA 样本。"

"没错，"童小川转头看着李晓伟，脸上的笑容消失了，"我们当初只知道秦玉珠的手机讯号最后消失的地方就在这个院落的外面，派出所也来这里面走访过，几乎敲遍了每一扇门，但是人就这么消失了。"

突然，他想到了什么，便伸手在兜里摸了一圈，取出两个塑料证据袋交给章桐："这是在水塔里发现的，你们还真料事如神了。"

章桐晃了晃装有无线耳机的证据袋："这个可以理解，我在死者随身衣物中并没有发现手机，所以我建议小九去寻找一下，回头交给大龙处理就可以了。至于说这个，"她的目光落在了证据袋中的那截树枝上，"这倒确实是意外的收获。"

"哦？"童小川笑了，"你也看出来了？"

章桐看着他的眼神中充满了同情："这是橡树枝，学过生物的人都知道，而我们天长没有这玩意儿。”

李晓伟点点头：“橡树一般生长于我国北方和西南部区域，它在这里出现，而且是出现在一个案发现场，就有点让人无法理解了。”

童小川听了，皱眉说：“如果金老师是生物老师的话，也还能解释，她偏偏是教英语的。”回想起在电梯中那诡异的一幕，他不由得心中一紧，“回头看看大龙那边有没有什么收获。”

“对了，你们去查了金老师家，她的父母兄弟有没有精神病史？”章桐问。

李晓伟果断地摇头：“她父亲是阿兹海默氏症，别的都很正常。”

“那也就是说金老师是自己下到水塔里淹死的，这是个意外。”说归这么说，但是童小川心中很清楚，一个正常人是绝对不会用这种方式把自己活活淹死的。

正在这时，章桐的手机响了起来。她看了一眼屏幕显示，又下意识地看向小九工具箱中那小山一般的证据袋，心中不由得一阵酸楚——电话是苏川的区号。

没有不透风的墙！

2.

（早上 7 点 08 分，天长市警局重案组）

从苏川市区到天长，直线距离 78 公里，正常车程来算，路上开得再快也需要将近一个半小时的时间，可是心急如焚的赵志忠却在一个小时后便匆匆赶到了天长市警局重案组。

他没有穿警服，身上的灰色衬衫皱巴巴的，加上满脸的胡茬和红肿的双眼，明显可以看出这个男人已经到了精神崩溃的边缘。他快步走进了童小川的办公室，嗓音沙哑，径直问道：“童队，找到我妻子的下落了吗？她是不是就在里面？我来的时候特地绕过去看了，那边不让我进去……”

童小川微微皱眉，他示意对面坐着的大龙关上办公室门，房间里便只剩下他们三个人，屋外时不时地传来急促的电话铃和杂乱的脚步声。

“现场已经封锁了，我们刚从现场撤回来没多久，本以为你今天下午才到。”童小川若有所思地看着他，“你跟你们头儿打招呼了吗？”

赵志忠摇摇头：“他还没上班，我在他办公室桌上留下了一张纸条。”

赵志忠焦急的心情，童小川是完全能够理解的，目光也随即变得柔和了许多：“其实你真的不必亲自赶过来，因为目前我们还没有什么有效的进展。”

“不，我要来，三年了，我必须知道阿珠的下落。”赵志忠深吸一口气，试图让自己平静下来，“所以，当我从章医生的电话中确定了这件事后，我就连一分钟都不能再等了。”

沉思片刻，童小川轻轻点头：“好吧，我正好也有一些事情要向你核实。”说着，他打开了面前的工作笔记，“你妻子秦玉珠平时从事什么工作？”

谁想赵志忠并未直接回答童小川的问题，相反却追问：“童队，你们怎么会想到去安贞路38号里的招待所寻找线索的？阿珠又怎么会在那儿？”

童小川看了他一眼，慢吞吞地说：“我记得我还从没在你面前正式确认过安贞路38号院废弃招待所房间内的疑似受害人就是你的妻子秦玉珠。”

听了这话，赵志忠不由得怔住了，渐渐地，他的目光中充满了阴郁，小声说了句：“对不起。”

“阿珠在市里的电视台工作，具体是哪个项目，我不清楚，反正是社会民生一类的。我们之间聚少离多，应该是怕我担心吧，所以她从不跟我说起她的工作内容。在她失踪当晚，我跟她通过电话，时间大约是晚上9点刚过，我正准备从单位回宿舍。她在电话中告诉我说不久就可以休假了，会去苏川看我……对了，我们每天都通电话的，虽然没有固定时间，但都是约在下班后。”赵志忠的声音中充满了苦涩，“所以，第二天直到晚上10点，她都不接我电话，我才确信她出了事。”

“在天长有秦玉珠的亲人吗？”童小川问。

“只有一个92岁的外婆，在养老院住，阿珠每周去看她一次。她的父母早年就离婚了，各自去了外地，据说也都成了家，互相之间现在都断了联系。”

“最后一个问题，”童小川抬头看着赵志忠，“安贞路38号院是她每天上下班的必经之处吗？”

“不，虽然那个院落里分布的都是广电部门的家属楼，但是我们的房子在城市的另一头，海滨区，她完全没有必要去。尤其是下班后那么晚的时间点上。”赵志忠果断地回答。

“那她有没有理由临时赶去38号院招待所？比方说有认识的朋友之类或者……”童小川“线人”两个字没有说出口。

赵志忠摇摇头：“她去哪，都会跟我说的。而她只有一个闺密，住在海滨区的月至桥，和安贞路隔着半个城的距离。所以，她没有理由在那里出现。”

童小川看着自己工作笔记本上那行小字备注，不禁双眉紧锁——时间23点33分，地点——安贞路38号院。

一分钟后，秦玉珠的手机讯号便彻底消失了。

“她用的是什么手机？”

赵志忠没明白童小川话里的意思。

“我说的是手机牌子。”

“诺基亚，我们办婚礼之前，特地在天长的东方百货买的。”赵志忠回答。

东方百货是天长市级别最高的购物娱乐场所，东西虽然贵一点，却从不用担心质量和真假。童小川合上工作笔记，上身后仰靠在了椅背上：“赵工程师，那你为何会认定你妻子秦玉珠就是死在吕晓华之手？”

“直觉！因为我们苏川失踪的几个都是单身女性，而且都是在下班途中消失。”赵志忠喃喃地说道。

一旁的大龙听了，忍不住问：“赵工程师，你和你妻子平时除了电话，还有什么联系方式？你知道她的社交账号和密码吗？”

赵志忠想了想，便探身从办公桌上拿过拍纸簿，写下了几行字，然后撕下来递给大龙：“这是我所知道的她的qq账号，至于说密码……”

看着纸上的账号，大龙咧嘴轻轻一笑：“没事没事，有这些就足够了。”

临走的时候，赵志忠有些犹豫，半天才说：“请问章医生在单位吗？”

“她不在，出警去了。”童小川冷冷地回答。

赵志忠不禁感到一丝失落。

听着脚步声在走廊上逐渐消失，郑文龙探身问："童哥，你怀疑是他干的？"

"我想不通他为什么那么坚信就是吕晓华杀害了他的妻子，真的就只是直觉？你可别忘了他是搞技术出身的，这种人脑子都比较理性，重证据，想象力不会很丰富的，"童小川脸上的神情愈发显得严肃了起来，"而且他身为警队技术人员，这次明知故犯坑了整个警队同事兄弟不说，更是把章医生给直接拖下了水，我总感觉他的动机不纯。……哎，大龙，你有没有听我说话，你在发什么呆呢？"

童小川说话时，郑文龙一直都在低头注意自己面前的电脑屏幕，没过多久，他突然尖声叫了起来："不对啊，他昨天就离职了。苏川那边都已经把他的名字上报了，按照程序，一个月后正式生效，他刚才在这时为什么不说呢？"

惊愕之情在脸上转瞬即逝，童小川没有说话，他默默地伸手从文件栏中翻出了那份三年前的秦玉珠失踪调查报告，这份报告属于常规性的调查报告，只有薄薄的两页纸，拿在手里轻飘飘的。看完报告后，他拨通了欧阳力办公室的电话。

"老欧阳，问个事，你们是怎么想到说要去招待所查的？这概率也太低了吧？"

电话那头的欧阳力嘿嘿一笑："其实我们也只是用的排除法。三年前，手机还是个稀罕物，秦玉珠在和自己丈夫赵工通过电话后，便和一个陌生号码通了电话，时长是38分钟21秒，在这过后一个小时不到的时间，她的手机就关机了，最后出现地点就是38号院招待所附近，这些是推理的结果，而另一半嘛，那就是运气了。"

"运气？"

"当然咯，你想啊，要是招待所被彻底拆除的话，证据可真的没地方去找了。"欧阳工程师的嗓音中充满了得意，"而且，我现在可以透露一点消息给你，那间客房里消失的人不是秦玉珠。"

"不是？"童小川惊得目瞪口呆，"那是谁？"

“我们的第七号失踪者，王蓉，她最后出现的地方便是苏川市新野区淮东大厦。”欧阳力沉声说道，“两者血样 DNA 完全匹配。”略微停顿后，他又说道：“这还不是最主要的，大龙现在在你身边吧？”

“是的。”童小川点头。

“我刚把那段她失踪前的监控录像发给他，因为时间已经过去几年了，当年的设备也不是很好，所以需要他帮忙解析复原一下。”

话音未落，郑文龙的电脑便发出了邮件到达提示音。

（天长市第一医院急诊中心，早上 7 点 10 分）

章桐一脸凝重地匆匆推门走进了急诊中心，来到护士站：“我是公安局的法医，请问你们值班的医师在吗？”

“你是说赵医师？”护士甜甜地一笑，竭力掩饰住眉宇间的疲惫，“他现在应该在查房，请稍等，我这就通知他过来。”

章桐点点头，便退到一旁，找了个椅子坐下。

早晨的急诊中心经过了一晚上的忙碌，总算是能够清净一会儿。大厅等候区三三两两坐着几个家属，脸上无不透露着浓浓的倦容。

很快，值班的赵医师匆匆走了出来，他抬头一眼就看见了坐在护士台旁椅子上的章桐，便迎了上去：“章医生，有什么事吗？”

“病人昨天晚上怎么样了？”章桐问。

“稳定了许多。今天上午就可以考虑移除 ECMO。”

“我需要你给我拍一组他身上的相片，”章桐皱眉说，“你知道我现在进不去。”

“是什么样的相片？”

“全身，我要看到他的皮肤组织，每个部位都不能遗漏。”章桐把手中的一份毒物检验报告递给赵医师，“我在他的呕吐物中查出了大剂量的兴奋剂，我也查过他的病史，他患有先天性心脏室间隔缺损症，这种病症平时并无症状，但是在大剂量的兴奋剂作用下，初期会出现气促、呼吸困难、多汗和乏力等症状，紧接着便是胃肠功能紊乱，刺激性喷射状呕吐，心力衰竭，并伴有明显肺动脉高压的症状出现。”

赵医师神情凝重地点头："没错，我们就是在他身上发现了肺动脉高压的症状，但是因为当时太危险，不上ECMO的话，他的命就完了。"

"我仔细查过他的衣物，上面没有异常的反应，所以，我怀疑有人对他使用了皮肤给药。"

一听这话，赵医师的脸色顿时变了。他刚把手中的检验报告递给章桐，左手方向便传来了一声重重的人体倒地的声音——就在等候区，一个男人双手双脚不停地抽搐着，而嘴里正在不停地往外吐血。在他身旁的病人和病人家属们慌忙起身，想尽办法避开地上的男人，同时嘴里大声呼叫着医生。

章桐记得很清楚，自己进来的时候，这个男人就已经坐在等候椅上了，看不清脸上的容貌，因为他躲在阴影里，一动不动，就好像一尊没有生命的雕像。

最初的惊慌过去后，护士和护工跑出来，推着简易轮床，他们将地上的男人抬上轮床，飞奔着推进了后面的重症监护病房。同时，广播里开始了召唤医生的通知——急诊中心ICU病房来了一名患者，流血不止。赵医师匆匆和章桐打了声招呼，便紧跟着追了进去，而身后不断有脚步声响起，一个个年轻的医生冲进病房。走廊上延伸过来的是一条明显的水滴状血迹，在病人被抬上轮床的时候，章桐注意到了他的脸，那是一张毫无血色的灰色的脸。她下意识地咬住了自己的下嘴唇，心中一丝不安的感觉油然而生。

很快，她看见一个年轻小护士手里拿着个相机快步走了出来，便迎上前去："是不是赵医师给我的？"

小护士点点头，随即从相机中拔出了一张储存卡塞给章桐。

"谢谢！"章桐转身匆匆离开了急救中心，走过刚才那个男人曾经坐过的地方，她注意到了一个古怪的20寸旅行箱，便示意保安把它收好。

站在急救中心外，章桐仰头看向天空，那是一望无边的蔚蓝。

3.

（上午9点10分，天长市公安局）

案情分析室里挤满了人，和第一次开会时不同的是，除了暂时离不开的，整个天长警局几乎所有的在岗人员都被动员过来了。不过虽然人多，但是房间里却鸦雀无声。

政委李峰神情严肃地扫视了大家一眼："还有整整八天八小时五十分，大家可以跟我对下表。总之，留给我们的时间已经越来越少了。我知道此刻大家都很疲惫，但是对于这个案子，我们在这个有限的时间里，既要给死者一个公道，也要给犯人吕晓华一个明明白白的结果。这样，才对起群众对我们的信任！"说着，他看向一边坐着的童小川。

"根据法院提供给我们的资料来看，吕晓华，男，41岁，苏川市人，医学博士，曾经在苏川大学医学院病毒研究室工作过八年时间，职务是副研究员。后因作风问题被学院解聘开除，从此不知去向。而在他被解聘前后，苏川市发生了一系列年轻女性失踪案，人数达到十一人之多。苏川警方历经多年调查却始终毫无头绪，直到一年前，苏川当地警方在一次例行检查过程中，无意中在吕晓华的随行行李里发现了疑似来历不明的人体骨骼，便当即把他扣留。他一到派出所，便把这十一桩失踪案全都认了下来，并且表示说尸体都被他丢到海里了。"说到这儿，童小川长长地出了口气，话锋一转，"但是，就在昨天的法庭上，吕晓华全盘推翻了自己曾经的口供，说凶手并不是自己，可是，还未容我们进一步询问，他就突发疾病入院抢救了……"

话音未落，坐在对面的顾瑜突然把电脑屏幕转过来面对大家，同时放大了音量。章桐没有办法离开实验室，所以她吩咐顾瑜打开了视频镜头。

此时，她身穿实验室专用白大褂，推开隔门往外走，边走边果断地说道："吕晓华不是突发急病，他被人用了药，这种药里含有超高剂量的迷幻制剂，也就是我们通常所说的兴奋剂，我在他的呕吐物里检出了亚甲基二氧甲基苯丙胺，也就是我们通常所说的非常纯净的MDMA。"

来到办公桌前，章桐打开了电脑，接着说道："我已经排除了注射和口服两种方式，他是被人贴了一张'邮票'！位置就在这！"说着，她点开第四张相片，那是人体后脑靠近颈部的位置，"这个几乎可以完全被忽视的白点只要72小时，就可以在人体表面完全消失，而这，就是'邮票'所留下的唯一痕迹。一般人如果使用了'邮票'，只会产生迷幻的作用，但是他不一样，他患有严重的先天性心脏室间隔缺损病症，这种病症最怕的就是过度亢奋。”

童小川突然想起了什么，便转身对一旁做记录的于博文吩咐：“小于，你立刻带人去苏川大学，落实清楚当年吕晓华被解聘的真正原因，如果真的是传闻中所说的作风问题，你也要亲眼见到对方。明白吗？”

于博文点头，起身离去。

副局张浩问童小川：“童队，难道说你怀疑所谓的作风问题就只是一个借口？”

童小川紧锁双眉：“是的，张局，我在禁毒大队待了这么多年，对无论哪个类别的品种都很熟悉，包括他们的销售方式和大约价钱。而这种所谓的‘邮票’既然纯度这么高，那么，价格也必定不菲，这不是一般人能弄得到的，而且也根本不会有人傻到用它来做下命案。因为这个太好查了，只要知道大概纯度，就能找到相应的销售区域和渠道。所以，我觉得这不像是一起简单的滥用药物所致的死亡事件，更有可能是有人处心积虑要除掉吕晓华。”

第一节　怨　恨

1.

（上午 11 点 32 分）

到了中午休息时间，章桐却半点食欲都没有，案发至今已接近 24 个小时没有睡觉了。她感觉浑身的骨头就像散了架一般，脑子里却格外清醒，右太阳穴愈发痛得就像针扎一样。这可不是什么好事，自己是医生，多少懂得一些这方面的理论的，再这样下去的话，自己可能离猝死也就不远了。

章桐胡思乱想着，伸手在办公桌抽屉里来回掏了一下，果然什么都没有，包括那该死的散利痛。想到这儿，她便站起身，对顾瑜说："我出去一趟，吃点东西。"

顾瑜头也不抬地摆了摆手，表示一切都有自己守着，放心就是，然后继续专心致志地研究小九刚送来的那几张现场血迹分布图。她跟章桐说了，案子结束后，自己打算考研，在职的那种。

匆匆走出一楼大厅，章桐心事重重地来到大门口，对面的商业街上依旧是人群摩肩接踵。没办法，天长市警局所在的位置是整个市中心，要想闹中取静是几乎不可能的。就在这时，手机响了起来，章桐一边过马路，一边拿起手机放在耳边接听。

电话是李晓伟打来的，章桐并不感到意外，眼看着绿灯亮起，她便匆匆穿过马路，同时问：“有什么事吗？”

“也没什么，中午了，提醒你吃饭。”无论何时，电话那头李晓伟的声音永远都是那么轻柔体贴，章桐稍微迟愣了那么一会儿，甚至还有些微微的耳根子发热，但是很快便被眼前别的事给冲淡了。

“你好，章医生。”眼前这个男人满脸的憔悴，但是却无法掩盖住他眼神中的亮光。

“你……”章桐感到自己脑子里一片空白，她本能地放下手机，确信自己认识对方，却又一下子想不起来，直到他开口的时候才恍然大悟，“你是赵工程师？”

瞬间，热闹的大街似乎变得鸦雀无声。

“你找我有事？”章桐问。

赵志忠点点头，嘴角露出一丝苦笑：“我知道吕晓华住院了……”

“你消息很灵通嘛。”章桐说。

“而且知道他的身体正在恢复中。”赵志忠平静地看着章桐，“你能让我见见他吗？”

“这不可能。”章桐果断地拒绝，“现在他还处于羁押过程中，除了相关法院的人，谁都没有办法和他见面。”

赵志忠的目光中闪过一丝失落，他默默地低下了头。

“其实呢，你也不用太担心，回去好好工作。听我一句劝，这个案子，你离得越远越好。”章桐不免动了恻隐之心，她竭力寻找着语句来安慰眼前这个男人。

“谢谢你……”赵志忠的嗓音愈发显得沙哑，他喃喃说道，“我不会放弃的，我一定要找到阿珠。”

看着赵志忠的背影慢慢消失在街道拐角处，章桐不由得双眉紧锁，废弃招待所房间内发现的血迹 DNA 与第七个受害者王蓉相匹配，也就是说秦玉珠依旧杳无音讯，而在苏川市失踪的王蓉又为何会在天长的一家招待所里出现，并且生死未卜？一个大活人不可能就这么凭空消失，难道说秦玉珠真的如她丈夫赵志忠所言——她的失踪和吕晓华有关？

“章医生，这个家伙找你有什么事吗？”身后有人突然来了一嗓子，虽然声音并不大，但是章桐也着实吃了一惊，她转身看去，面前站着童小川和郑文龙，两人手里正各提着一袋包子和半只咸水鸭、半只烧鸡。小巷子的尽头新开了一家农林大的卤味店，因为口味正宗，门前就从未断过顾客。

“你们条件不错嘛！”章桐伸手指了指，“大中午的打牙祭。”

大龙马上给自己换上了一脸愁容：“食堂换了川北师傅，我吃不惯。”

童小川闻声便瞪了他一眼：“拉倒吧，反正不是吃你的，你就从没跟我客气过。”接着，他脸上的神情变得凝重起来，压低嗓门对章桐说：“赵志忠已经离职了，他没跟你说吧？”

章桐一愣，摇了摇头。

“果然！”童小川和郑文龙对视了一眼，轻轻叹了口气，“本来呢，他妻子失踪了，影响工作出岔子，我们也是能理解，毕竟咱们警察也是人。但是，这也架不住往死里坑自己的同事啊，说正式一点，那叫同事，说通俗一点，那就是咱的兄弟手足，你说对不对？”

章桐无奈地点点头，表示认可。

“他找你干什么？”

“他想通过我与吕晓华见面。”

“不行！这是违反规定的事！”童小川斩钉截铁地说道。

话音未落，一阵奇怪的滴滴声响起，郑文龙顿时面露喜色，挥挥手：“赶紧走，马上回办公室，那段监控视频，老欧阳塞给我的那个，电脑终于识别完了！”

三人便匆忙穿过马路，向警局大院里走去。

刚才这一幕，被右手边一家小烟酒店门口站着的中年男人看得一清二楚。因为过于出神，他甚至于都忘了去接老板娘找给他的零钱，经过提醒才猛地回过神来，便匆匆地接过烟盒和打火机，快步走向不远处的公交站台。

（中午 11 点 30 分）

市第一医院急救中心 ICU 病房内，他苏醒了过来，耳畔静悄悄的，除了心肺检测仪所发出的滴滴声。他尝试着动了动自己的右手，奇怪的是，他感觉不到任何疼痛，这可不是麻药的作用，相反，这是一个极坏的征兆，因为这就意味着自己正在经历一个可怕的"人格解体"过程，大脑内堆积的血液凝块正在缓慢地阻断脑部供血，不久脑损伤便会毫不客气地抹除掉他原有的人格，生命活力和性格特质渐渐消失，那时候的自己便会最终变成一个"机器人"，一个没有情感、没有任何感觉的麻木不仁的"机器人"！而这样的过程是绝对不可被逆转的。也就是说，自己正在逐步走向死亡。

研究报告上写得很清楚，大脑里的分区组织会先逐步液化，意识的高级功能首先被磨灭，只剩下脑干深处区域——那叫什么来着？原始的鼠脑？——还有活力，它仍会工作下去，但是那时候的自己，灵魂是没有了的，只是身体还活着罢了。

说实在的，十年前的自己还真没想过就这么离开人世，本以为自己会安详地在睡梦中结束生命。如果真要是那样的话，现在想来，可就是一种莫大的福分了。

他转动目光，终于在墙角的那张床旁看见了自己想要找的人。他浑身上下被各种各样的管子包围着，他身边站着的人目光警惕、身材健硕。那绝对不是护士！那是法警！

脚步声响起，那是软底鞋摩擦胶质地板所发出的特有的沙沙声，他听得很清楚，都是因为自己的病，他身体越来越糟糕，但是听觉却愈发灵敏了起来，难道说自己接下去就会瞎了吗？

来的是护士和当班医生，他们围在那张特殊的病床旁，议论了一番后，便关闭了 ECMO，然后开始很耐心地逐步拆除这个巨大的怪物。这也就意味着，那家伙的病情已经逐渐好转了。

这真是讽刺啊，自己却快要死了！

他深吸了一口气，回忆着自己最初患病的时候，他从未对疼痛的感觉那么灵敏，一次小小的扎针竟让他痛得发出一声惨叫，那声惨叫惊住了房间里所有的人。那时候的他还以为自己只是得了普通的感染，但这种疼痛逐渐弥漫全身的时候，他开始吐血。

那时候，他才知道自己病了，这种病症他只在一本实验报告中见过。而那个写下实验报告的人，此刻就躺在自己的对面床上，这短短的两三米距离，却仿佛横跨了整个地球。

2.

（中午 12 点 03 分）

刚才还是阳光耀眼的天气，转瞬间便是乌云密布，眼看着一场大雨就要到来。街面上的风呼呼地吹着，裹挟着泥土与雨水的腥味，落叶在空中飞舞，行人纷纷加快了脚步。

“啪——”一声猛烈的撞击，重案组的窗台上顿时落满了碎玻璃，显然，老旧的木框玻璃窗已经无法承受住这多变的风向，挂钩松脱，在用力撞向窗台边的水泥墙的同时，便四散碎裂了。

童小川神情阴郁，他抬头看向窗台，重重地叹了口气，身后的电脑屏幕上正在不断地重复播放着两段几乎一模一样的监控视频记录。

监控视频中，失踪者王蓉在重复着金老师出现在映秀小区视频中的动作——按电梯按钮，惊恐，躲藏，发抖，愤怒……有那么一瞬间，童小川几乎就认定了这是金老师的那段监控视频。眼前这两段相隔了三年以上时间的监控视频，为何会这么高度相似？而金老师的尸体找到了，那王蓉的尸体又去哪里了？他站起身走到办公室的门边，伸手打开门，朝外面大办公室叫了声：“小于，于博文在吗？”

听到童小川的招呼，于博文便赶紧来到近前：“童队，你找我？”

“王蓉失踪的地址是苏川市新野区淮东大厦，对不对？”童小川问。

于博文点头：“没错。”

“那栋大楼到底是什么性质的？商住还是民用？楼顶或者大楼里有这种类似于映秀小区案发现场的水塔吗？”

“那是商住楼，最高 18 层，使用的是直供水，楼顶和楼内没有水塔和水箱一类的东西。”于博文语速飞快地回答着。

“她失踪当晚，周围没有人发现什么异样吗？”童小川不甘心地追问道。

“没有，虽然淮东大厦属于商住楼，也是在闹市区，但是那么晚，楼里的商户都下班了，保安说也不知道王蓉是怎么进去的，又是怎么消失的……”

身旁的郑文龙突然抬头问道：“王蓉的职业是什么？”

于博文想了想，果断地回答：“苏川大学的在读研究生。”

这话一出，童小川不由得看了一眼郑文龙：“你能拿到当时淮东大厦的所有商户名单吗？”

这大半夜的，单身女性跑到一栋陌生的楼里去干什么？金老师案件中已经证实映秀小区案发现场大楼里的住户中并没有和受害者直接或者间接产生关联的人，那么，如果这淮东大厦里的情况也如出一辙的话，两个案件之间的关联度就更高了，只是金老师的尸体被找到，但是王蓉却至今下落不明。

于博文走后，童小川回到办公桌前坐下。他看着郑文龙，沉吟半天，说：“苏川警方当时并没有怀疑上吕晓华，吕晓华在被传唤后却反而主动承认了这十一件失踪案，而这个王蓉又是苏川大学的在读研究生，看样子我得亲自跑一趟苏川才行。”

郑文龙听了，不由得嘿嘿一笑：“童哥，你找李医生，那‘李大仙’看人可准，没人能在他面前撒谎。”说着，他头也不抬地伸手抓过桌上塑料袋里剩下的一个包子，用力咬了下去。

法医办公室里静悄悄的，章桐没有买到散利痛，便不得不给自己煮了杯咖啡，趁热喝了下去。黑咖啡能扩张自己脑部的血管，加速血液的流通，希望能借此减少一些太阳穴的刺痛感。

“主任，我有些问题想不通。”顾瑜小声嘀咕，这两天外出的任务减少，顾瑜就多了些在办公桌前看文件的时间。

“哦？说来听听看。”章桐抬头看向她。

“我们见过单一的凶杀命案现场的血迹分布，那是有一定规律的，并且能够从血迹分布的形状和规律中尽量还原出当时的命案发生经过。”

章桐点点头：“没错。”

“虽然说那个废弃招待所属于一个被破坏的案发现场，但是，这些血迹的形状也不应该是泼洒型的啊，你说是不是？而且是遍布整个房间。”说着，她递给章桐一张经过自己分类标注的血迹分布图，“就好像是一个人站在房间中间，然后手里拿着一盆血，就这么往墙壁上泼洒……主任，这分明就是一个被伪装过的现场，你说呢？”

此刻的章桐已经全然感觉不到太阳穴中的刺痛了。

“除了这张以外，你能找齐所有十一个案发现场的血迹分布图吗？”

顾瑜点头：“没问题，我这就去痕检找小九，结果出来后立刻通知你。”

顾瑜走出办公室的时候，正好和专案内勤于博文擦肩而过，他给章桐送来了两份实验室的检验报告：“我正好经过那，章主任，就顺道给你拿过来了。现在他们那边都忙翻天了，小九给他们的那些样本，足够他们三天三夜查个不停。”

章桐点头苦笑，这是规定，所有命案现场的采集样本都必须经过逐一比对落实，从而排除有第二个受害者存在的可能，哪怕到头来什么结果都没有。

“那个无线耳机的报告出来了吗？”章桐随口问道。

于博文摇摇头：“水里泡得太久了，已经没有办法再提取任何DNA线索，欧阳工程师说正在联系厂家，拿到原始编码后通过销售记录确定是哪一部耳机，郑工那边才能做下一步工作。”

于博文离开后，章桐的目光便落在了那份橡树枝的报告上——不排除被酸性物质腐蚀过。章桐心中一动，略微思索后，便把报告塞在兜里，站起身，走出办公室，紧走几步推开了隔壁法医解剖室的活动门，穿过冷得刺骨的解剖室，经过一道狭窄的走廊，径直来到后面的冷库。

她从靠墙的工作台上取出一副乳胶手套戴上，然后拉开其中一个柜子的柜门，一股寒气扑面而来。拖出活动轮床，接着便是揭开盖在尸体身上的白布，看着金老师灰色的脸颊，章桐想了想，随即从另一个兜里摸出一把强光小手电，打开，对着死者的口腔开始仔细查找起来，突然，她呆住了，一个可怕的真相就摆在自己面前——死者金玉兰的口腔双侧颊黏膜以及舌根和软腭部分遍布黑褐色的恶性肿瘤，死者很有可能患上了严重的鳞状口腔细胞癌。她赶紧摸出手机，拨通了李晓伟的电话："能不能麻烦你和童队再去一趟金老师的父母那里，她女儿在去世前有可能患上了严重的口腔恶性肿瘤，我想知道他们是否知情，如果有病历档案就更好了。"

李晓伟一口答应了下来："这没问题，对了，你为何会怀疑到这点？"

"那段树枝！"章桐皱眉，轻轻叹了口气，"老欧阳在上面找出了疑似人类牙齿留下的痕迹，我的老家是北部地区的，我曾经听我母亲说过的一个民间土办法——咀嚼橡树树枝的汁液能抗癌。"

"那是瞎扯！"李晓伟脱口而出。

"但是有人就是信了！"章桐冷冷地回答。

第二节　当年的秘密

1.

（午后 1 点 17 分）

警车通过高速收费站，终于进入了苏川市区。午后的阳光并不是很好，很快就被天空中越聚越多的乌云给遮盖住了。

"这该死的天气！"童小川咒骂了一声。

"童队，你到底有多久没睡觉了？"李晓伟皱眉问。

童小川没吱声，这是个不需要回答的问题。

警车开过苏川市区那标志性的双拱门高楼后，便看见了不远处的苏川大学校门。苏川市并不大，仅仅一个苏川大学城就几乎占据了市区的五分之一。门卫见是安字号开头的警车，便也没有阻拦，提前就打开了安全闸。警车顺利进入校园。

"医学院就在这栋红色的主体建筑楼后面，"李晓伟一边查看着手机上的实时地图，一边嘀咕，"你开慢一点，这里毕竟是学校。"

童小川撇了撇嘴，他实在不习惯李晓伟用这种口吻和自己说话，便小声抱怨:“婆婆妈妈!”

很快，警车便在医学院教工楼门口停了下来。一位四十出头的中年男人站在楼洞口等着他们，下车后寒暄了几句，随即就把他们带进了教工楼。

“我们院长在办公室等你们。”中年男人边走边说，“我是后勤处的石老师，有什么问题可以随时找我。”

因为在来之前就已经和医学院的陈院长电话沟通过，所以一切都还算顺利。来到院长室门口，石老师敲了敲门，在得到回应后便转身离去。

童小川没想到苏川大学的医学院院长室竟然如此寒酸。一张普通的办公桌，一张靠背椅，还是20世纪的那种棕红色人造革皮面。地板是木质的，斑驳不齐的表面勉强能看出它本来的颜色是咖啡色，踩上去吱吱嘎嘎响个不停。房间内的墙壁刷着绿色的普通墙漆，老旧的书橱里堆满了书。不只如此，整个办公室里几乎到处都是书，靠墙整齐地垒得高高的，都快到天花板了，而唯一能凸显出整个房间特殊性的便是办公桌上的那块金属铭牌——院长。

办公桌的后面坐着一位年过五旬的老者，头发花白，戴着厚厚的眼镜片，身上穿的是那种再普通不过的灰色老头衬衫。

看到这些，童小川不由得和李晓伟对视了一眼。

“坐吧，警官同志，你们大老远地来，我也没什么好招待的。”陈院长边说着边摘下自己的眼镜，揉了揉发酸的鼻梁，“年纪大了，别介意。现在但凡干一点活，眼睛就受不了，落下病根了。”见童小川一脸尴尬，便随意地笑了笑，算是缓和下气氛，“你们是不是觉得我不像个院长？”

李晓伟摇摇头:“陈院长是做学问出身的吧？不像是行政的。”

“是的，我以前在病毒研究所工作，后来身体不是很好，便离开了一线，到这算是养老吧，反正也清闲。”说着，他复又戴上眼镜，环顾了一下自己的办公室，目光中满是留恋，“在这干了一辈子了，看什么都有感情。”

童小川从自己的公文包中取出吕晓华的相片，轻轻放在办公桌上，然后用一根手指点着，慢慢推到陈院长的面前:“陈院长，你应该对他还有印象吧？”

老人点点头，却僵直着上身，始终都没有用手去拿起那张相片，半晌，他轻声说道："他是个人才，只可惜……浪费了。"

"浪费？"童小川听出了老人话语中的难言之隐，"为何会说是浪费？"

老人的目光一直都没有离开过那张相片，他似乎已经陷入了回忆："作为南方地区唯一一个在大学医学院创立的BSL-4等级的实验室，我们无论是安防措施还是设备的引进，都是国内一流的。他作为一名研究员，本来可以做出更有益于人类的科研事业，可惜的是，他放弃了。这对他，甚至于对我们整个学院和学术研究界来说，都是一个很大的损失。"

"陈院长，方便告诉我当年他到底是怎么离开的学院吗？"童小川问。

"年轻人嘛，作风问题，他，他自己离职的。"老人果断地回答。

再问下去是问不出什么来了，童小川整理了一下公文包，站起身。见老人的脸上闪过一丝如释重负的神情，他突然随口说道："陈院长，你知道你们苏川大学前几年有一个女研究生失踪的事儿吗？"

陈院长一愣，脱口而出："知道，家属都找到学校了，叫王蓉，是我们医学院的研究生。"说着，他重重地叹了口气，"这年头，年轻人一点都不知道自重自爱。"

一听这话，童小川就像个泄了气的皮球，满心都是沮丧。

走出教工楼，两人刚上车，李晓伟便问："童队，你知道什么是BSL-4级别的实验室吗？"

童小川摇摇头，老实说："我不懂。"

李晓伟神情凝重："这种实验室不仅会用电脑控制各个出入口，而且所有废气和废水的排放，都会经过严格的消毒和处理，不会随意流向实验室外，同时还会配备最高规格的防范措施，能够摧毁所有的生物危害的痕迹。目前世界上仅有五个这种同等级别的实验室。你说，做学问的人图个啥？"

"图啥？"童小川很是疑惑。

李晓伟皱了皱眉，"做学问的人，尤其是搞这种研究的人，是挤破脑袋都想进这种实验室工作，因为成名会相对容易很多。一个博士念出来已经非常难了，又能够有机会来这里工作，这种人必定自制力极强，智商高情商也不低。他会轻易放弃这一切，甚至于冒着身败名裂的危险，去玩什么作风问题吗？”

这回，童小川算是听明白了，他果断地摇头：“陈院长在糊弄我们。”

李晓伟耸了耸肩：“他至少还是说了实话的。”

“你的意思是……”童小川放下手刹，将车缓缓开出教工楼前的空地。

“很简单。其一，当年吕晓华离职必定是出了什么事，但绝对不会是什么所谓的‘作风问题’，那件事是学院不愿意对外说起的一个秘密，而当初的吕晓华应该是认了的。其二，就是王蓉的失踪，与吕晓华也有关系。第三，那十一件失踪案……”

童小川的脸色顿时阴沉了下来：“我明白了，他之所以能如数家珍地咬出那十一件失踪案，要么是他干的，要么他就是一个知情者，真正的凶手另有其人！”

“照你这么说，他为何要承认得这么快，在法庭上却又立刻翻供，说自己是被人冤枉的？”李晓伟感到有些不解，“难道说有什么事情让他在很短的时间内改变了主意？”

童小川没有吱声，他看着车前的方向，目光犹如锥子一般——应该说是“有什么人”。

2.

（午后 2 点）

天长市公安局一楼痕迹鉴定办公室的门被用力撞开了，随即顾瑜急匆匆地跑了出来，手里抓着一沓刚打印出来的现场血迹分布标识图，纸张上的温热还没有散去。顾瑜双眉紧锁，边跑边紧张地扫一眼手中的打印纸，生怕自己不小心会遗漏一两张。小九从身后的门洞里探出头，焦急地高声招呼：“你跑那么急干什么？”话音未落，顾瑜早就跑没影了。

小九呆呆地看着顾瑜离开的方向，无奈地摇摇头，缩回了办公室。

这一幕，被恰好路过的郑文龙看见，他忍不住推门问小九：“出什么事了，惹得人家小姑娘火急火燎地跑了？”

小九抬头，见是郑文龙，便苦笑：“龙哥，其实也没啥，就是那十一个现场的血迹分布图，我们总算做完了分类标记。”

“这不是好事吗？怎么看小顾脸上阴沉着，就好像祸事临头一样？”郑文龙斜靠在门框上，笑嘻嘻地说。

小九摇摇头：“龙哥，这回你猜错了，根本就不是什么好事。”

郑文龙一愣，笑容顿时在脸上凝固住了：“你……你说什么？”

“因为这十一个现场血迹分布图中，和命案有关的，我们只标识出了一张，也就是 2008 年 7 月 1 日晚失踪的孙月娥现场，别的十个失踪现场的血迹，都和那个废弃招待所墙上的一模一样，也就是说，都是人为造成的假现场……”说到这儿，小九略微停顿了一下，声音也变得沉重了起来，“但是那些血迹却都是人血，这点确凿无疑。”

郑文龙惊得目瞪口呆，小声嘀咕道：“你不会告诉我说这些血迹都是那些失踪者留下的吧？”

答案已经写在了小九的脸上，他无奈地点点头：“案件最初都是以失踪案上报的，自然家属就会留下 DNA 入库以供比对，这是失踪案处理的标准程序……所以，包括这次的王蓉，我也是通过库里的样本比对上的她。”

“那得赶紧通知童队，”郑文龙焦急地看了看自己的手机屏幕，语速飞快地说道，“他应该就快回来了……等等，说真的，小九，这么一来，案件的整个方向都变了。”

（天长市第一医院急救中心，午后 2 点 12 分）

要想在 ICU 病房里动手有些不太可能，因为不只有法警 24 小时守护在身边，医生和护士更是从未间断过。他不得不耐心地等着，他很清楚属于自己的机会只有一次，所以，他必须珍惜。

或许是自己的虔诚打动了老天爷，也或许是因为抗生素治疗的缘故，他感觉自己好多了，至少，浑身的痛感不是那么明显了。虽然这些都只是假象，就像人临死之前的“回光返照”，但是至少，他能有足够的机会去完成那件事。

人的一生就是如此奇特，他知道自己生病这个消息只用了短短一分钟的时间，但是证实这就是那个可怕的病却用了他生命中漫长的三年。三年，他拼命用尽生平所学去挽救自己，就像一个生命的赌徒，守在开奖机边，筹码就是自己的命，一次次下赌注，一次次输。最终，当他意识到自己的生命很快就要耗尽的时候，他终于放弃了挣扎。但是在永久解脱之前，他还有一件事要去做。

还好，机会来了。

在离开 ICU 病房后，他被推进了急救中心的普通观察病房。

午后的观察病房里安静极了，虽然一墙之隔的走廊里似乎从没有停止过哀号声和怒骂声，但是这里却只有一台心肺功能监测仪。护士也是要你按铃了，她才会出现。

他知道那个自己最关注的人被推到了隔壁的病房，现在和自己虽然隔着一堵墙，却明显比在 ICU 中拉近了很多距离。

这个病房比较小，只有两张病床，靠墙壁摆放着带软垫子的绿色长椅。清澈的阳光穿透一排窗户，落在靠窗的小茶几上，将方形亮斑投在灰色的仿大理石地面上，房间里弥漫着消毒水的味道，却丝毫无法掩盖住自己身上浓烈的血腥臭味。他知道，平静都是表面的，内在的自己正在一点点地消失。

终于，他清楚地看见法警走过了门口，而走廊的那个方向是卫生间。他下意识地深吸了一口气，尽管喉咙口的血腥味让他作呕，但他忍住了。护士给自己的挂水药物中含有儿茶酚胺类激素，这个会让自己感觉更像是个正常人。

其实，在踏进这个城市的那一刻，因为自己的病，他也曾经有过担忧，但是很快，他就把这个懦弱的念头抛到了九霄云外，因为“怨恨”这种东西，他可不想带着下地狱去。

就在这时，他听到门口走廊上由远至近传来了一阵缓缓的脚步声。和周围的嘈杂和不安相比，这个脚步声非常沉着。

病房的门开着，他想看看那是谁。

3.

（午后 3 点 30 分）

天长市警局负一楼，章桐推门从解剖室里走了出来，迎面便看见了一脸憔悴的童小川斜靠在长椅上，正习惯性地伸手去摸兜里的烟盒，目光交汇之际，他本能地一哆嗦，赶紧把右手收了回来，假意挠了挠头发。

“童队，你找我？”章桐左右看了看，长长的走廊里除了他们俩外，并没有别人。

童小川神色凝重地点点头：“是的，我想和你单独谈谈。”

章桐略微迟疑了一下，随即答应道：“你说吧。”

“我希望你不要再单独和赵志忠见面了，如果他给你来电话，你一定要立刻通知我。”童小川压低嗓门说。

章桐愣住了：“出什么事了？”

“我担心……”童小川张了张嘴，他搜肠刮肚地寻找着合适的字眼，努力了一番后，却还是不得不放弃了这个念头，一声轻轻的叹息后，便直截了当地说，“我怀疑他和吕晓华之间有关联。”

章桐看着童小川的目光瞬间变得复杂了起来，她知道童小川和李晓伟下午去了苏川大学，便追问道：“是不是苏川大学那边的事？”

“吕晓华的背景并不一般，他是个医学博士，而且又在条件非常优越的实验室里工作，”说着，童小川看了看章桐，缓缓说道，“他和你一样，是个做学问的人。一个能取得如此大成绩，并且前途无量的人，却突然因为所谓的‘作风问题’而毁了这一切，你说，这符合常理吗？”

“还有就是，在被捕前，苏川警方并没有真正锁定吕晓华，而他一被捕，就立刻全盘托出，并且准确无误地说出了那十一个失踪案的时间和人物，你说，这是不是来得太容易了？”

章桐依旧默不作声地听着。

“其三，”童小川伸了伸懒腰，“我们刚开始的时候认为吕晓华在庭上翻供，那只是他怕死，或者说别的什么原因，因为他根本就没有必要把自己送进去，又设套把自己弄出来。除非，除非有什么事情突然改变了他的想法，让他觉得那种牺牲不值得。你说，有什么样的人能够在吕晓华被捕后，却又能够随时见他呢？答案很简单，那就是我们系统里的人，苏川的人！”

章桐觉得难以置信，她摇摇头：“如果真是他，那他这么做的目的到底是什么？”

童小川若有所思地看着她：“那就要你告诉我了，我相信在那十一起失踪案中，必定就有这家伙的影子，他可绝对不是在吕晓华被捕后才介入的。”

章桐心中闪过一个名字，不禁脱口而出：“秦玉珠？”

“你仔细想想，是谁一直在对你说秦玉珠是被吕晓华绑架并杀害了？而法庭上的事情发生的同时，那家伙就自动离职了。他可不是一个动机单纯的人。”说到这儿，童小川站起身，向楼道口走去。

“你去哪儿？”

“我在办公室眯十分钟，反正你的电话随时能找到我，别担心。那该死的李大仙说我再这么下去的话，案子还没破，我就先完蛋了。还有啊，你也要注意休息，别太玩命了。”说着，他头也不回地冲着章桐挥挥手，趿拉着步子走了。

“看来真是一物降一物啊！”她话音未落，顾瑜突然在办公室里探出头，焦急地对章桐说：“主任，快，第一医院急救中心发生异常状况，他们来电话请求我们立刻过去支援。”

“支援？我们是法医，他们怎么会想到找我们？”章桐感到一头雾水。

“是吕晓华，吕晓华被人挟持了！”

“不是有法警在吗……”章桐脑中猛地一沉，从离职到正式离开有一个月的时间，而这段时间对于他来说，已经足够了。她瞬间感到一阵彻骨的寒意。

4.

（午后3点）

吕晓华缓缓睁开双眼，他是被疼醒的，胸管拔出后，裹着纱布的伤口就像被插进了一把刀子，疼得他几乎叫出声来。这时候的他突然感觉自己的周围安静得可怕，虽然隐隐约约会听到急救车的声音，还有人的叫喊和说话声，但是却都离自己很远，时断时续。

午后的阳光慵懒地洒在自己房间的病床上，这让他感到了一丝燥热。

吕晓华环顾了一下整个病房，房间里就一张病床，这里的空间虽然狭小，却并不让人感觉有多讨厌，毕竟这里是活人待的地方。病床旁有一张椅子，靠墙放着，那种墨绿色的丑陋的铁椅子，上面放了块软垫，椅子上现在空着。不过，从椅子上摆着的那本半合着的书来看，自己并不是这个狭小病房里唯一的人，因为那本书是书脊朝上的。

吕晓华突然明白了那里坐着的人的身份，他下意识地挪动了一下身体，一阵清脆的金属撞击声随即响了起来。他这才恍然大悟，怪不得法警并不担心自己会逃走，因为自己的右手和金属床架上正连着一副锃亮的手铐。

刹那间，他清醒了过来，不由得苦笑，刚闭上双眼休息，耳畔却传来了脚步声，那脚步声是冲着自己这个方向而来的，因为他在门口的时候并没有犹豫，径直就走进了自己所在的这间病房。

事后吕晓华回忆时才想起，当时自己之所以没有怀疑，那是因为那个脚步声太沉着冷静了，他也就顺理成章地认为是法警而已。

对方在自己床前停了下来，没有再挪动脚步，确切点说就站在自己面前。吕晓华的嗅觉非常灵敏，他闻到了一股熟悉的气味，便猛地睁开双眼，他先是看见了穿着和自己一样条纹病号服的人影，紧接着，他看清楚了对方那双通红的眼睛，不由得倒吸了一口冷气——那张脸，已经因为痛苦和激动而变得严重扭曲。可是尽管如此，他还是认出了眼前这个人的身份——自己曾经的研究室同事，医学博士官月平。

“你……你怎么会在这里……”心跳加速，吕晓华能感觉到肾上腺素瞬间充盈了自己的全身，他憋住呼吸，本能地双手紧紧抓住病床围栏，身子向后退去，试图把自己的身体塞进病床深处。

“你怕了？”沙哑的嗓音带着明显的嘲讽。虽然已经病入膏肓，但是官月平的目光中却活力充沛。

“你病了！你，你需要治疗！”吕晓华声音微微发颤。

“治疗？别逗了！”官月平冷冷地说道，“我五年前就已经是一个死人了。”

“不，不，不，你胡说些什么呢？”吕晓华一边徒劳地向后缩着，一边不停地竭力想把自己的右手从手铐中挣脱出来。刺痛感随着每一次挣扎的动作而不断地涌现，再加上身体虚弱，他很快便满头大汗。面对着逐步靠近自己的官月平，吕晓华紧张地咽了口唾沫，目光时不时地看向他身后敞开的病房门。

他不敢呼救。

官月平当然明白吕晓华的顾虑，他先是一怔，随即哈哈大笑了起来，笑声中充满了鄙视和嘲讽，一缕殷红的血液顺着嘴角滚落，他笑得声嘶力竭，最后几乎耗尽了他身上所有的力气，整个身体摇摇欲坠。

就在这时，急促的脚步声由远至近，在病房门口停了下来，气喘吁吁的法警出现在打开的房门边，眼前这一幕让他惊呆了，在确认病床上的吕晓华手上的手铐完好无损后，正欲扑上前抓住官月平的病号服将其带离，耳畔却传来吕晓华竭尽全力的一声嘶吼："别，别碰他！马上隔离病房！他，他的病会传染！"

法警惊呆了，这时候，他也闻到了一股浓烈的腥臭味从眼前这个怪异的病人身上散发出来，而病床上吕晓华虽然面色惨白，但是却一点都没有开玩笑的意思。略微迟疑过后，法警便迅速退出了病房，但是他没有马上走开，只是在病房对面的走廊上拨打电话请求支援。

很快，得到消息的急救中心护士和值班医生跑了过来，而此时，病房门已经被官月平关上了，他背对着外面，身体完全遮住了病床。

"是他？"在简单地听法警叙述方才病房中的一幕后，值班医生认出了这个奇怪的病人，回想起抢救这个病人时那诡异的一幕，不禁面如死灰，嘴里喃喃说道，"难道说他真的患有血液方面的传染病？……天呐，这可怎么办……"

急救中心外的停车场上，尖锐的警笛声由远至近，一辆警车和法医现场勘察车一前一后开了过来，停下后，章桐一把拽下耳机塞在口袋里，语速飞快地对身边的顾瑜吩咐："刚接到通知，一级暴露，已经通知疾控中心。"

"那我们怎么办？"顾瑜感到有些错愕，毕竟从未真正面对过一级暴露的威胁。

“我们是法医，不是疾控中心的，我们做好自己的分内工作就可以了。”章桐平静地看着车窗前方。

“可是……”

话音未落，章桐一眼就看见了正匆匆走出急救中心大门的赵志忠，不禁屏住了呼吸，脑海中响起了童小川的提醒，便果断地吩咐顾瑜：“待在车上别动，立刻打电话给童队，就说我看见赵志忠了，把时间、地点都告诉他。”说着，便拉开副驾驶座边上的门钻了出去，同时打手势制止住了警车里的人，示意他们在车上待命，自己则快步跟了上去。

赵志忠低着头，脚步飞快，眼见着就要走出急救中心外的院门栅栏，这时身后传来了章桐的声音：“等等，赵工程师！”

赵志忠停下了脚步，略微迟疑过后，他转身看向章桐，脸上露出了恍然大悟的神情：“哦，是你啊，章医生，有事吗？”说着，他顺势扫了一眼急救中心入口处，“你也是来看病的？”

章桐知道自己现在没有证据，也就不能阻拦他，想了想，便问：“赵工程师，你还想见吕晓华吗？”

“这个……不必了，你不是说我没有这个资格吗？”赵志忠的目光中闪过一丝迷茫，转而便冲着章桐点点头，“我要去赶车回苏川，我们下次有机会再详细聊吧。再见！”

站在人行道上，看着赵志忠迅速远去的背影，章桐的心中有着一种说不出的滋味。

天空中，接近傍晚的阳光依旧是那么刺眼，此刻，虽然还没有到真正的夏季，但是灼热的空气却让章桐感觉几乎喘不过气来。

很快，一辆警车迅速开进了急救中心大院，车还没停稳，童小川便拉开车门跳了下来：“情况怎么样了？赵志忠人呢？”

“他走了，说是要赶车回苏川。”章桐站在法医勘察车的后门边上，伸手接过顾瑜递来的防护服，“我没有证据，所以也不能对他做什么。”

童小川张了张嘴，硬生生地把一句抱怨给吞回了肚子：“他有没有再说别的？”

“有。他很奇怪，提到说目前不打算再见吕晓华了，说什么资格不够之类，而在这之前，他是坚决要求见他的。”章桐想了想，说，“而且，他没有提到自己失踪的妻子秦玉珠。”

童小川看着随后开进大院的疾控中心标记车辆，脸上的神情愈发显得凝重了起来：“我在来这里的路上和急救中心的主任通了电话，他们说是一个特殊的不知姓名的病人，今天早上刚住进去，还没来得及核实身份，所表现的症状只是失血过多。他们起初是怀疑病人的凝血功能出了问题，所以是按照一般的急救程序处理的，以止血为主要目的，显然也是起到作用的。在病人止血后，便把他送进了观察病房。而吕晓华也因为病情好转，意识恢复，被送进了同一个病区。”

“该死！那个区域我知道，急救中心本就人手不够。”章桐用力抖开了防护服，“那是谁通知的医院？”

“法警。”童小川尴尬地清了清喉咙，“一个刚下单位的年轻人，没什么经验，不过病人24小时戴着手铐，一般情况下也不会出什么问题……”

章桐冷冷地看了他一眼：“接着说下去。”

“那法警说，自己去上洗手间的工夫，那个奇怪的病人就去了吕晓华的房间，他刚要进去阻拦，却被吕晓华制止了，还说什么对方患的是传染病，必须隔离处理。”

章桐一个不留神，没接住顾瑜递给自己的工具箱，随即耳畔便传来了工具箱狠狠砸在地面上的声音，她不禁皱眉，头也不抬地对问童小川：“医院抢救的时候没做病理分析？”

“做了，但是前面需要分析的样本实在太多，所以，结果还没出来。”看着章桐脸上愈发严肃的表情，童小川心中一沉，不禁倒吸了一口冷气。

第四章 欺骗

第一节 救赎

1.

（下午4点52分）

除了不得不留在急救中心的病人外，很多病人家属和观察病区内病情较轻的病人都被迅速转移到了第一医院别的楼层，大厅里顿时空荡了许多。一条蓝白相间的警戒带把两个病区隔离开，年轻法警独自一人坐在外面的候诊区，脸上露出焦急不安的神情。

此时，疾控中心的工作人员已经撤了出来，他们钻出隔离带，摘下口罩和头套，这才长长地出了口气，关掉了手中的空气采样检测仪。看见走进大厅的章桐和顾瑜，知道是警局的法医，便点点头，大声招呼："你们可以进去了，人很虚弱，这时候也应该差不多了。还有啊，我们检查过，空气是正常的，但是你们还是要戴上口罩，以防万一。"

"里面还有谁？"顾瑜问。

"就只有那个病人和病床上铐着的。"矮个子工作人员皱眉想了想，补充说，“对了，说到那病人，似乎他还挺懂我们手里的仪器的，专门告诉我们说不用太担心，他不会害别人。”

也就是说他的目标只是吕晓华，章桐心里有了底，便伸手拦住正欲朝里走的童小川：“你还是别进去了，没有多余的防护服，还是留点精力对付外面快要来的媒体吧，里面有我和小顾就行了。”

童小川顿时脸涨得通红，却也只能眼睁睁地看着章桐和顾瑜弯腰钻进了隔离带。

“童队，还有件事，我记得那天有个特殊的行李箱，不是很大，银灰色的，20 寸左右，应该是被保安收起来了，你们请疾控中心的帮忙查一下，小心一点，是那个患者的。”章桐叮嘱完后，便戴上帽子和口罩，头也不回地提着工具箱走进了通往观察病房的走廊。箱子里因为被塞进了特殊的双层裹尸袋，所以拎在手里显得格外沉重。双层隔离鞋套在寂静的走廊里发出沙沙的声响，直至逐渐消失。

病房内，官月平布满斑点的双手已经放在了吕晓华的脖子上，可惜的是，此刻的他已经再没有多余的力气按下去了。而病床上的吕晓华因为过于恐惧导致严重缺氧，嘴唇发紫，意识正在逐渐消失。

眼前的一切都缓缓地变成了血红色，官月平知道，此刻自己的大脑中正在不停地出血，手上的大片斑点则是破裂的皮下毛细血管。自己苟延残喘的生命终于进入了倒计时，但是心中的怨恨却根本无法被消除，难道就这么放弃？官月平不由得流下泪来，鲜红的泪水滴落在吕晓华的胸口，突然，他心中一喜，赶紧腾出右手抹了一把脸上的泪水，然后轻轻地抹在吕晓华的嘴唇上，这一刻，他完全能够感受到对方所流露出的几近崩溃的恐惧。

“放开他！”身后传来了章桐的怒斥。

官月平听了，身体微微一震，随即缓缓转身，面带笑容顺着病床无力地跌坐在地板上，看着章桐和顾瑜，他轻轻叹了口气：“你们来迟了。他现在和我一样了。”

“你对他做了什么？”章桐赶紧来到病床前，掏出强光手电查看吕晓华的双眼。

“你放心，他还活着，至少目前是，这个病的潜伏期是三到五年，没药可治！”官月平本想笑，一阵剧烈的咳嗽袭来，他便大口大口地吐起了血，见顾瑜想要上来帮自己，他连忙摆手制止，虚弱地在地上躺了下来，“我，我不行了，你们不要碰我，马上联系苏川大学医学院病毒实验室，他们会知道怎么处理我的尸体的，这个病，他们知道……”

话没说完，一股黑色的血便从口中喷了出来，官月平不再动弹了。顾瑜不由得和章桐面面相觑。此时，病床上的吕晓华发出了微弱的呼救声：“救救我，救救我……”

2.

（傍晚 7 点）

由于急救中心死亡事件的特殊性，层层包裹的官月平的尸体被直接拉到了火葬场。此刻，天长警局唯一的一辆法医验尸车正静静地停在火葬场后院，这里静悄悄的，平时很少有人来，除了呼呼的山风。

夜幕中，章桐从车窗里看到一辆白色的依维柯顺着山道缓缓开了过来，便打开车门走下车，静静地站在车头的灯光中。

依维柯停下后，从车上下来了三个人。前面两个是童队和重案组的于博文，最后面下来的是个年过五旬的老人，脸色煞白，神情沮丧。

来的正是苏川大学医学院的陈院长，同时也是病毒实验室的负责人之一。只是老头此刻的脸上已经全然没有了上次的矜持。

一见面，还未等自我介绍，他便打开手中的公文包，找出一份实验报告递给了章桐：“章医生，这是你电话中要的病毒株报告。”

章桐接过后，打开，目光急切地在报告上来回搜索着，很快便合上报告，皱眉看着陈院长：“非洲登革热？我记得登革热患者的出血状况不会这么严重的，而且患者的年龄大都在 15 周岁以下，难道说出现了病毒的变异？”

陈院长听了，欲言又止，脸上的神情愈发显得尴尬了起来。

“我是亲眼看着那个病人死去的，他此刻就躺在我身后的车里，他死亡时的样子和登革热病人完全不同。”

章桐突然明白了，她有些愤怒：“死者在临死前拼着最后一点力气警告我无论如何都不能碰尸体，还说这个病的潜伏期是三到五年。一般的登革热潜伏期最多只有八到十四天，哪怕是原始的非洲登革热病毒，也绝对不可能有三到五年的潜伏期，而且出血情况这么严重！出现现在这种糟糕的局面只有一种可能可以用来解释，那就是你们病毒实验室里面的人人为改写了病毒株的遗传编码！我不知道他的出发点到底是什么，但是你们这么做分明就是借科学之名，行杀人之实！急救中心抢救室的那些医护人员怎么办？那些病人怎么办？你们考虑过他们的生命吗？”

陈院长在章桐的怒斥声中不禁跪地痛哭失声，嘴里喃喃说道：“对不起，对不起……”

一旁的童小川不禁呆住了，他没有想到眼前这个身材娇小的女人竟然能爆发出如此巨大的愤怒。

说完这些话后，章桐便果断地转身走进了法医验尸车，用力关上车门，把三个人就这么丢在了车外。

看着依旧跪在地上抽泣不止的老人，童小川心中五味杂陈，于博文把老人扶了起来。童小川伸手一指后面的依维柯：“你先带他回警局做笔录，事情没那么简单。”

老人突然意识到了什么，急切地顺势抓住了于博文的手臂：“她们，她们在解剖是不是？”

于博文点点头：“怎么了？”

“我担心……”

于博文没好气地瞪了他一眼：“不用你操心，这车有专门的防护功能，不输于你们的实验室。”

老人微微一怔，脸上露出尴尬的神情，随即又追问：“那，吕晓华是不是还活着？”

“你那么关心他干什么？”于博文不解地问。

“我……这个病毒株，是他编写的。警察同志，你听我说，他可不能死啊！”因为过于激动，老人的右手在山风中不停地颤抖着。

3.

（晚上7点15分）

所有的现场准备工作都已经做好。

打开灯，小小的工作间里顿时亮如白昼。紧接着便是穿上两套防护服，防护服的接口处都用密封胶带严严实实地封死，戴上三层口罩、防护镜片、防护面具，最后戴上三副手套，而每副手套手腕处同样用胶带把接口给密封。等这一切都穿戴好，最后再接上氧气瓶。氧气的含量只够自己工作80分钟，打开开关的刹那，章桐差点晕了过去，她不得不强迫自己大口呼吸，去习惯那股发霉的甜味。

帮章桐穿戴好后，顾瑜小心翼翼地退出了工作间，来到外面的观察室，那里有一块特制玻璃和一个扩音喇叭，只要保持足够大的音量，房间内外就都能听得一清二楚。而喇叭上是三层专业的过滤网，一点都不用担心工作间内的细菌病毒会顺着喇叭扩散出去。这本就是一辆专门为特殊情况下的解剖工作而设计的车辆。

工作间内有专门的高清录音录像设备，靠墙是一个不锈钢抽屉式冷柜，体积能装下一整具成年男性的遗体，冷柜内常年保持足够的低温，以防止意外情况的发生。而冷柜下便是活动的轮床，遗体可以被毫无障碍地转移到轮床上，工作台就在右手能够够到的地方，非常方便。

章桐用力拖出装有官月平遗体的裹尸袋，把它平放在轮床上，接着便关上柜门，然后拿起相机，开始对裹尸袋表面进行拍照取证，单调的相机快门咔嚓声在小小的工作间里四处回荡着。接着，放下相机，开始逐层打开裹尸袋，而墙角的摄像头则如实地记录着眼前所发生的这一切。

在开始前，章桐已经研究过几次官月平入院后的病历报告，虽然只有短短的两页纸，但是对于病症的描述是很准确的——莫名原因大出血，疑似胆结石急性发作所导致的凝血功能障碍。所以，她把切口放在肝脏上方，拉开所有组织脂肪层，最后见到的一幕让她不禁有些吃惊，同时又感到说不出的愤怒：肝脏肿胀发红，呈现出典型的病态，腔内充满积血。虽然官月平已经死去了几个小时，血液却根本无法凝结。也就是说，改变后的病毒株能够成功摧毁人体的凝血功能。现在看来，肾脏已经衰竭，不只如此，所有的器官无一例外都呈现出了严重的衰竭现象，而如此程度的衰竭不是一天两天就能形成的。毫不夸张地说，官月平来到医院的那一刻，就已经是个彻头彻尾的死人了。而他之所以能够坚持下来，完全是靠着对吕晓华刻骨的怨恨。

章桐取过针管，仔细地抽取了一管血液样本，密封好后，想了想，又在死者的眼部抽取了一管房水。这种本来无色透明的水状物，此刻已经变成了淡红色。显然，死者的出血状态是全身性的。

收好这两管样本后，章桐便接着开始寻找下去。很快防护服里的衣服已经被汗水牢牢粘在了一起，汗水流淌进双眼，让她感到刺痛难耐，不得不频繁地用眨眼来让自己感觉好受一些。

死者的脸部毫无表情，浑身布满了红疹和瘀斑，这些都是因为出血而造成的。打开脑部，看着同样殷红的一片，章桐的双手不由得微微颤抖了起来，她还从未见过能够侵袭脑部到如此程度的登革热变种病毒。她已经分不清楚大脑的中央前回和后回的分界线到底在哪里，更不用提小叶的形状了，整个脑部就像被狠狠地丢进了一个粉碎机，搞得一塌糊涂。

她呆呆地看着眼前的这一幕，脑海中出现了一个可怕的名词。正在这时，耳畔传来了顾瑜焦急的声音:“主任，时间快到了，你的氧气快不够用了，需要我帮忙吗？”

章桐腾出右手，摊开手掌朝着观察窗的位置摆了摆，示意不需要，接着便埋头迅速对各个部位取样做称重登记，时不时地还进行近距离拍照留存证据。

时间在一分一秒地过去，最终，在还有不到五分钟的时候，章桐把遗体推了进去，用力关上了冷柜门，这才长长地出了口气，而每走一步，自己袜子里的汗水都会发出轻微的声响，这种感觉简直糟透了。

利索地脱下防护服，一并胡乱地塞进特制垃圾桶，最后脱掉帽子和口罩，章桐走出工作间，径直打开车门。她一屁股坐在了台阶上，深深地吸了一口充满了野外气息的山风，顿时，肺里感觉好受多了。

“主任，累坏了吧？”顾瑜在她身边坐了下来。

“还行。”章桐若有所思地说。天长市的火葬场就建在天长城外的这座小山上，远离热闹的城区，也远离活着的人。对面是成片的墓地，右手边是山，山上树影绰绰，随着阵阵山风，树叶的沙沙声在这宁静的野外听来，显得尤为清晰。章桐抬头看向山顶，那里树木少了许多，光秃秃的，就只有一棵大树。

“那是什么树？”章桐顺手一指，“山顶的那棵，应该有些年头了吧？感觉和别的树不太一样。”

“不知道，这么晚也看不太清楚。”顾瑜耸了耸肩，“我们现在回去吗？”

章桐听了点头，随即站起身钻进了副驾驶座：“你开车吧，我太累了。”

在回城的路上，章桐看着窗外不断闪过的路灯，半晌，轻声说道：“我经手的至少有一千件案子了，还从没见过这么惨不忍睹的人脑。”

“是什么时候恶化成这样的？”

“有一段时间了。我想，完全是一种可怕的信念的支撑，才能驱使他不顾病痛，长途跋涉来到我们天长，找到吕晓华算账。”章桐想了想，皱眉问，“小顾，死者官月平从进入我们天长市到最终死去，根据现有记录显示，前后不超过二十四小时。也就是说他必定是得到了确切的消息后，才会直接去了第一医院急救中心，因为他知道吕晓华就在那里，他确信无疑，所以他宁可用自己最后的一天生命来做筹码！难道真的是他干的？他通知了远在苏川，已经病入膏肓的官月平？”

顾瑜无声地点点头。

赵志忠是苏川人，而且手中掌握着有效居民讯息，他找到官月平一点都不难，对他的事情肯定也是了如指掌的，而自己在下午的时候在急救中心门口又看到了赵志忠。官月平为了复仇愿意付出一切代价，而赵志忠为了能让吕晓华闭嘴，显然也是费尽了心机。

想到这儿，章桐默默地拿过手机，同时把蓝牙耳机塞进了耳朵，本想听听音乐，平和一下焦躁不安的心情，突然，她看到了李晓伟的头像，心中一暖，便顺势在微信中打了句话：“休息了吗？我想找你聊聊。”

几乎在消息发出的同时，李晓伟就给章桐发来了回复：“我现在正在你的办公室门外走廊等你。”

第二节　执　念

1.

（晚上 9 点 03 分）

章桐走在警局负一楼的走廊里，硕大的玻璃窗外，是几乎与地面平行的花坛，月光透过窗口静静地洒在走廊的地砖上，无声无息。

听到熟悉的软底鞋脚步声由远至近，李晓伟便从绿色长凳上站了起来，他感到些许莫名的激动，脑子里不断猜测着章桐找自己的目的到底是什么。

“你来了？”章桐平静地说着，因为走廊里的灯坏了，所以李晓伟无法看清楚她脸上此刻的表情。章桐双手插在兜里，顺势在他的身边坐了下来，紧接着便是一声轻轻的叹息。

“出什么事了？”李晓伟心中一动。

章桐昂起头：“我想问你，如果一个人知道自己快要死了，究竟是什么样的意志力能够驱使他不惜冒着死在半路上的风险，放弃亲人陪伴在自己身边的最后机会，而大老远去了另外一个陌生的城市？去……杀一个人？”

“心结！”李晓伟吐出了两个字。

“心结？”章桐不解。

“或者说执念，有的人是为了见自己爱人最后一面，而有的人则是想在自己死之前解开心结，不留遗憾地离开这个人世间。我想，你所说的应该就是这后面一种吧，对吗？”李晓伟侧脸看着她，却依旧看不清楚她脸上的表情，因为始终都有一片阴影遮挡住了她的脸，心中不免有一丝遗憾。

“今天有人就死在我面前，”章桐小声说道，“我刚结束他的遗体检验工作，我还从没见过如此糟糕的大脑，简直都被融化了一般。”

李晓伟听了，不禁倒吸一口冷气，他知道章桐作为法医见过很多死亡后悲惨的场景，久而久之，她已经学会了在脑海中隔离这种糟糕的感官冲击，但是今天，她却明显无法释怀。

“那是怎么形成的？”李晓伟小心翼翼地问道。

“病毒感染。”章桐突然把脸扭向了他，这一回，她脸上的神情在月光下完全展现了出来，尤其是眼神中，那是一种说不出的恐惧。她一把抓住李晓伟的胳膊，声音坚定却又微微有些发颤，“真没想到这个世界上居然有人会擅自改变病毒株的遗传基因链，而不惜让身边的人感染上这种可怕的病毒。这个世界上，我们离人的恶念到底有多远的距离？”

李晓伟不由得呆住了，张了张嘴，半天才问道：“你，你说什么？”他突然想起了下午的时候，自己与童小川去了苏川大学医学院，便忍不住脱口而出，“难道是苏川大学出事了？”

章桐摇摇头：“你们第一医院急救中心，下午的时候有个病人死了。”

“难怪了，我们医院群里都说急救中心出了事，我下午没去上班。”李晓伟皱眉想了想，“我那时候还奇怪说急救中心那里也是经常有病人因为病情过于严重而去世，为什么这次大家的反应会那么特别？”

章桐看了他一眼：“一个病人在医院被另一个病人劫持，而后者所感染的是前者所亲手设计的病毒株。这样的事情也不是天天能发生的。”

“那遗体呢？”李晓伟不安地问道。

“我处理过了，你不用担心，单独存放的，就等着案子结束后火化。”章桐想了想，奇怪地问，“你为什么会立刻想到苏川大学出事？”

李晓伟耸耸肩：“没什么，直觉吧，现在看来我的直觉也是错的。对了，有个报告给你。”他从身旁椅子上的公文袋里取出两张打印纸和三张脑部的螺旋 CT 扫描片，递给章桐，“下午我刚从苏川大学回来，就接到了金玉兰老师母亲的电话，我就开车去了趟胡埭镇。”

这是一份天长市第二人民医院出具的正规检验报告，章桐不由得心中一沉，她紧走几步，伸手推开解剖室的门，来到灯箱旁，然后分别把三张扫描片夹在灯箱架子上，这才打开开关，她皱眉逐帧仔细查看着，半晌，一脸惊讶地转头看向身边站着的李晓伟：“我说她为什么会产生幻觉呢，原来如此！”

“你是说她有可能得了星形细胞瘤？”李晓伟感到有些意外，在来这里之前，因为心绪烦乱，他并没有认真阅读过那份检验报告和 CT 扫描片。

章桐点点头：“这种肿瘤主要位于脑白质内，呈现出浸润性生长，与周围的脑组织无明显界限区别，而且多数不限于一个脑叶上生长，范围非常散，而它的生长可侵及皮质，向内可破坏深部结构，甚至可以经过相应的部位越过中线最后直达对侧大脑半球。正常人尚且容易在早期被忽视，而死者被发现前在水里已经浸泡了很长的一段时间，所以遗体检验的时候，就更加难区分开来，更不用说这种肿瘤的发现概率很大程度上是需要借助于专业的CT扫描机的。”说到这儿，她伸手关了灯箱，“为什么在这个节骨眼上，他们家属会想到向你提供自己女儿的病史检验报告？”

“既然已经排除了他们家族的精神病史，我就想人之所以会产生幻觉，要么是毒品，要么就是脑瘤了。金老师吸毒的可能性不大，你提到说遗体发现的地方有橡树枝，并且怀疑被咀嚼过，而传说中橡树枝叶是治疗癌症的偏方，所以我才给金老师的母亲打去了电话，直截了当问她金老师的病史。”说到这儿，他不由得一声长叹，“这么年轻，真是可惜了。”

章桐的脸上却依然神情凝重，她逐一阅读着病历上的每一个字，包括所使用的药物。许久后，说：“等等，水塔上的那个铁梯子我爬过，非常陡，像金老师这样处于二期的脑瘤患者，是根本无法一个人单手打开那个特制的盖子的，她必须稳住自己的身形，铁梯离地面非常高，有将近两米到两米五。你别忘了，她的体型非常瘦，身高和我差不多。那么沉重的盖子需要一个成年男人才能用力把它挪开，她是怎么顺利进去的？又是怎么一个人把梯子放下去的？如果说幻觉的话，在她触到冷水的时候，就会立刻清醒过来，如果现场真的自始至终都只是她一个人，那她为什么不爬上来呼救？”

“难道说现场真的有第二个人？”李晓伟是亲眼见过那两段监控视频的，他实在难以相信这种特殊的情况下居然还有第二个人存在。

章桐若有所思地看着他：“不知道老欧阳他们在那个黑色耳机上有没有找到新的线索。”

李晓伟果断地摇摇头：“我见过声音催眠，但是正如你所说，只要触碰到水塔里的冷水，死者必定就会醒过来，她又是如何心甘情愿地让自己被一整座塔里的水给活活淹死而不呼救？”

章桐突然回过神来，她利索地从兜里摸出手机，拨通了童小川的电话："我需要知道一个问题，最初到达现场时，现场那个水塔盖子到底是谁打开的？"

"是映秀小区的保安和物业，因为业主投诉，他们要查看水塔的问题，这才发现了死者。"电话那头，童小川的办公室里一片嘈杂声，使得他不得不提高了说话的音量。

这回答显然是在情理之中的，章桐看了李晓伟一眼，接着又说道："童队，建议你派人查一下死者金老师来往苏川的交通记录以及银行往来记录，我怀疑她在向人私下购买治疗癌症的非法药物。"

"这没问题。"

章桐扫了一眼手中的病历本："具体时间是去年8月23号过后，到她今年去世为止。"

"我马上派人去处理，还有什么需要我做的吗？"童小川问。

"我现在怀疑金老师出事的现场有第二个人存在，尤其是最后盖上那个水塔盖子的人，你能找到相应的监控记录进行核实吗？"

"离案发现场直线距离不到八十米的地方就是天长酒店，我去那里碰碰运气。"说着，他便挂断了电话。

2.

（晚上9点17分）

童小川把警车开出了飞机的速度，只用了不到十分钟的时间，便顺利穿过天长市中心嘈杂的中山路，拐过解放南路的岔道口，开上宁崇路。车前方两百米左右便是案发所在地映秀小区，而小区对面那栋30层楼高的锥体形建筑的顶上，"天长酒店"四个霓虹灯招牌异常醒目。显然，天长酒店的级别并不低。

随着一阵刺耳的轮胎摩擦地面的声音响起，警车稳稳地停在天长酒店的门口。副驾驶座上的小九长长地出了口气，脸上露出了劫后余生的表情。他匆忙解开安全带，钻出警车，跟在童小川的身后快步走上了台阶。

对于童小川的要求，酒店大堂经理略微思考以后，随即便面露难色：

“我们非常想协助你们工作，但是对于酒店外，除了街面，对面的映秀小区居民住宅楼，按照派出所规定，我们是不能够安装监控的，这涉及个人隐私方面的问题。”

“我要的是对面小区楼顶的情况。”童小川有点不甘心，他不想空手而归，“麻烦你再仔细想想，就是对面23号楼，小区入口处的那栋。”

大堂经理尴尬地点头：“我知道那栋楼，听说了上面死人的事，水臭得要命。”

小九感到有些意外：“你怎么知道……”

大堂经理听了，不禁嘿嘿一笑：“这早就不是什么秘密了，在你们去之前三四天的样子，大楼里就已经陆续有住户来我们酒店登记入住，提到说水质突然莫名变差，还有股说不出的异味，物业方面却总是拖着不处理。你们也知道的，那栋大楼里住着的可都是有身份的人，进出宝马奔驰是标配，自然对自己的生活质量是要求不低的。”

正说着，一个行李服务生打扮的年轻人凑了过来，冲着大堂经理的耳边小声嘀咕：“经理，那个18楼的客人不还住着吗？”

大堂经理一愣：“你说那个成天盯着要物业赔钱卖房的？”

童小川察觉到了异样，便一把推开拦在中间的大堂经理，急切地追问道：“快说，那个客人到底怎么了？”

行李员咧嘴：“挺怪的一个人，有点神经兮兮，喜欢自拍，还特别迷信……”

“说详细点！什么时候入住的？”童小川问。

大堂经理显得有些委屈：“就是映秀小区你们警车出现之前三天的凌晨，3点左右登记入住的，还非得叫我们服务员寸步不离地陪着她。看她情绪那么不稳定，我们本来是不想接受她的入住要求的，但是经不住她闹腾啊。她是最早来的，而且登记入住的时间非常古怪，别人都是大白天，或者傍晚什么的。现在可好，还说什么物业不帮她把房子卖了并且赔偿她的损失的话，她就不走了。”

小九和童小川面面相觑，随即问：“这么作，多大年纪的人？”

“37岁，一独居老姑娘，叫杨秀丽，就住映秀小区23栋21楼2单元

202，”说着，大堂经理忍不住一声长叹，摇摇头，“现在是我们酒店唯一一个还赖着不走的人了。”

小九笑了：“愁什么？给钱的话，谁不是住？”

大堂经理白了他一眼：“她自始至终就没给过一分钱，说这钱得物业给，轮不着她来发善心。”

童小川想了想，问：“现在她回酒店了吗？”

行李员点头：“大约两个小时前，我送她上去的，买了好多东西。”

“那晚和这位住户一起来酒店登记入住的，共有几个是映秀小区的客人？”童小川严肃地看着大堂经理。

“那天凌晨就她一个。”大堂经理果断地回答。

“房号告诉我。”童小川头也不回地向电梯口走去，“你们就不必跟着了，我和我的人上去就行了。”

“1802。”行李员直着嗓子叫了一声，随即便被大堂经理不满地瞪了一眼。

走进电梯，童小川对小九说：“你还记得映秀小区案发现场有多少层楼吗？”

“22层，23楼是顶楼，直通楼顶平台，并没有人居住。”小九回答。

“我安排人去走访的时候，因为这个21楼的住户没有在家，所以当时没有被及时走访到，”童小川说，“21楼和23楼之间只隔了一道楼层，也就是22楼，23楼电梯口出来就是一个小楼梯间，面积不超过1.5平方米，是否可以这样推论——住在21楼的这位奇怪住户在那天晚上无意中看到了什么，因为过于惊慌，所以当天晚上没过多久便离开家来住宾馆了。”

“小九，你说，一个人如果看见了让自己感到害怕的东西，本能的念头是什么？”走出电梯口的时候，童小川随口问。

“当然是逃跑，不过我只会想想罢了，可不会真的那么干。”小九不满地嘀咕。

童小川的脑海里又一次浮现出了监控视频中金老师那惊恐的神情。那晚，她究竟看到了什么？

敲开酒店1802号房的门并不是一件难事，尤其是小九身上穿了一套刚浆洗过的警服。相反，眼前站着的这位素颜朝天的女人可让他们俩怔住了。倒不是她长得有多奇怪，全是因为她的眼神，平静之下竟然夹杂着一种莫名的痴迷。

“你们是哪里来的？”女人一手撑着门框，毫不客气地问。

“市局的。”童小川和小九出示了工作证，“你是杨秀丽对吗？我们想找你了解下映秀小区的情况。”

“我还没告他们，物业竟然反咬一口先把我给告了？”杨秀丽满脸的惊愕，说话声也同时高了八度，震得身后酒店安静的走廊里嗡嗡作响。

童小川耐着性子解释：“不是物业，我们有别的事想向你了解下情况，方便让我们进去谈吗？”

“当然可以。”杨秀丽气冲冲地转身走进了房间。

第三节 不该存在的人

1.

（晚上9点30分）

章桐的手机响了，是疾控中心打来的。自从第一医院急诊中心出事后，吕晓华便被转送到了疾控中心进行专门的隔离治疗，而急诊中心所有的医生护士都被要求进行了相关的血液抽检，以防万一。

“吕晓华醒了。”章桐看着坐在自己对面的李晓伟，“他们说他想见我，有话要和我说。”

“现在？”李晓伟的目光中闪过一丝担忧。

章桐点点头。

“我和你一起去，我也是医生。”李晓伟的声音显得理直气壮。

章桐笑了：“你只是个顾问，关键时刻怎么可以让你承担风险？再说了，他只是有话和我说，我想，只要做好防护，就没什么好担心的。何况人都到了这个时候，他还有什么可以隐瞒的？”

“你一个人去太危险。”李晓伟不安地看着她，“这么晚了，我开车送你去。”

见李晓伟态度依然这么坚决，章桐便不再阻拦，吩咐过顾瑜，随即就走出办公室，向车库走去。路上给于博文打了电话，童小川不在，于博文作为专案内勤是必须到场的。

警车在夜幕中无声地行驶在天长市的街头。

回想起最后在病房中的那一幕，章桐皱眉：“我和官月平说话的时候，吕晓华应该还有意识。刚才电话中，疾控中心的赵主任跟我说对方醒过来后第一句话就是要找病房里阻止官月平行凶的那个人，在得知我的身份后，吕晓华犹豫了一段时间，最终还是要求和我见面，说有重要事情要告诉我。我想，他应该是念着我救了他吧。”

坐在副驾驶座上的于博文可不这么认为：“那可不一定，章主任。我刚整理完苏川大学医学院陈院长的询问笔录，在他看来，吕晓华可不是一盏省油的灯。这人不只是智商高，情商也不低，整个病毒研究所还就只有他会编写病毒株的DNA。那陈院长说，本指望有了吕晓华，自己的病毒实验室能够创下奇迹得个医学奖啥的，结果到头来还是竹篮打水一场空。”

李晓伟乐了：“这智商高，情商也高的人，怎么就反而搞得一团糟了？”

“物极必反嘛。”于博文长叹一声，“照理说，这搞学问的人，情商方面会相对弱一点，尤其是个人感情问题。你看我们章主任，不也是到现在还孤家寡人一个？”

一听这话，章桐顿时涨红了脸，紧紧咬着嘴唇，把目光转向了车窗外。

于博文却依旧滔滔不绝：“陈院长说，这个吕晓华不只是在学术方面数一数二，个人生活作风也是挺让人头疼的。据说还和一个有夫之妇搞得不清不楚，就因为这个，最终逼得吕晓华不得不辞职离开了学院。”

李晓伟心中一动：“生活作风问题？”

“是的，”于博文点头，“起初，大家还只是当玩笑，毕竟吕晓华性格外向，在业务上也确实是优秀，而坊间的流言蜚语也没有什么实质性的东西，大家说过也就算了。直到后来，吕晓华的身边出现了一个有夫之妇，据说长得还挺漂亮的，吕晓华对她动了真感情，甚至还偷偷摸摸地把那个女的带到学院实验室。陈院长见到过好几次，用他的原话就是——屡教不改。后来，这事被实验室的同事举报了，而这个女人的丈夫也闹到了学院，这样一来，陈院长再怎么爱才都不行了，他只能劝吕晓华主动辞职。”

说到这儿，章桐突然倒吸一口冷气：“那个同事，是不是官月平？”

“没错，就是他，吕晓华辞职后，官月平就接替了他的位置，当上了病毒实验室的研究员。”于博文回答，“所以这次官月平出事，陈院长才会这么激动。看来，他五年前离职时就已经埋下了病毒株的种子，这样后面的官月平一旦接触他移交下来的工作，自然就逃脱不掉被感染而死的风险。这人太可怕了。”

李晓伟突然问：“第一个失踪案发生的时间是什么时候？”

“2008 年。”

“他什么时候辞职的？”

“2014 年 9 月份。我查过学校的人事登记档案。”于博文回答。

章桐恍然大悟：“最后一个失踪案，秦玉珠的案子，失踪时间是 2016 年。所有的失踪者都没有找到尸体，而根据现场血量来看，她们存活的可能性为零。这么看来，如果真是吕晓华所为的话，那他的辞职，不只是因为所谓的作风问题，或许还受到了一些别的因素影响，逼迫他不得不放弃职业生涯，离开学院。”

李晓伟沉声说道：“我也是这么觉得，他肯定受到了什么威胁。也就是说，第一，他即使不是凶手，也是这系列杀人案的知情人；第二，他有把柄落在别人手里。他今天的遭遇，我觉得，官月平实质上只是一个被人利用的工具而已。有人就是要置他于死地，不惜一切代价。因为只有死人的嘴，才是最严实的。”

章桐没有说话，她感到心里沉甸甸的。

（与此同时）

天长酒店 1802 号客房里，空气中弥漫着一种尴尬的气氛。

杨秀丽双手抱着肩膀，瞪着童小川和小九，满脸的怒气：“有什么好说的，他们物业什么时候解决问题，我什么搬走就是。”

童小川微微皱眉：“再跟你说一遍，杨女士，你的问题属于民事纠纷，我们管不了，建议你直接去法院起诉。”

“那你们今天来找我干什么？”杨秀丽问，“别的，我又帮不上你们什么，我每天除了上班就是待在房间里不出去……”

童小川可没时间继续和眼前这个女人耗下去，干脆单刀直入说道：“跟我们说说案发那天，你到底看到了什么？”

“案，案发？”杨秀丽一怔，目光变得复杂起来，“我不懂你的意思。”

“就是你在这家酒店登记入住的当天凌晨，你在映秀小区的家中，到底听到了什么？”小九不满地重复了一遍童小川的问题，并语速飞快地追问道，“我们知道你独居，也知道那天早晨，你是匆匆忙忙来到这个酒店的，登记入住后竟然还要服务员寸步不离。你说，你到底怕什么？”

一听这话，杨秀丽的脸色顿时煞白，她迅速盘起双腿，整个人摆出一副防御的姿势，说道：“我……谁，谁说我怕了？你们别胡说八道！”

童小川突然笑了，他伸手一指杨秀丽的背后，咕哝了句：“看，她就在你身后站着呢，那个穿着紫红色外衣的年轻女人。”

话音未落，杨秀丽一声惨叫，像一头鸵鸟一般把头钻进了沙发，浑身发起抖来，嘴里连连讨饶：“别过来！别过来！……”

这场面把小九惊得目瞪口呆，半天才回过神来，他小声嘀咕：“童队，你这招也太狠了点吧。”

童小川一咧嘴，嘿嘿笑道：“这叫一物降一物，没办法，谁叫她不说实话，她心里有鬼，我可没时间陪她耗！”

2.

（晚上9点58分）

夜色中的天长市疾控中心大楼里灯火通明，警车在前院停下后，章桐一眼就看见了疾控中心赵主任正站在门口焦急地四处张望着，便赶紧下车迎了上去。

“赵主任，情况怎么样了？”两人边说着边并肩朝身后的一楼大厅走去。李晓伟和于博文紧跟在他们身后寸步不离。

“病人的情况是相对稳定了些，但是因为病情发展方向不明，所以我们对下一步工作也不能放松警惕。”赵主任神色凝重地说道，“不过还好的是，急诊中心送来的检验样本中并没有发现被相同的病毒株所感染的迹象。而吕晓华的样本还在复核，目前还没有得到确切结果。”

章桐明显感觉到了赵主任话音中最后所流露出的一丝不安。

来到隔离病房门口的观察室，隔着双层玻璃窗，章桐看着静静地躺在病床上的吕晓华，不禁微微皱眉，轻声说：“我能不能进去？”

“最好不要。”赵主任赶紧制止，他看了章桐一眼，随即便伸手指了指墙上的通话器，“你可以通过那个和他对话，声音会放大的，不受任何影响。对了，他特别要求和你单独谈话。”说着，他便率先退了出去，李晓伟和于博文尽管心中不愿意，可是碍于赵主任的要求，也还是跟着走了出去。门关上后，两平方米的房间里就只剩下了章桐一个人。

瞬间安静下来的观察室让章桐感觉有些不习惯，她沉吟了一会儿，便深吸一口气，伸手按下了通话按钮：“你能听得见我说话吗？”

吕晓华缓缓转过了头，目光看向章桐所在的方向，旋即耳畔便传来了他沙哑的嗓音：“你好，章医生，我等你很久了。”

“等我？我想我应该帮不上你什么忙。”章桐冷冷地回答，“我只是法医，严格意义上来讲，我只会在你死后对你的尸体负责。”

通话器中很快传来了两声干笑：“说到底，我们两个人之间其实没有什么本质上的区别。唯一不同的是，我把她们切割开的时候，她们还都活着，而你所面对的，就只是死人罢了。”

这话一出，章桐顿时感到自己的后脊背阵阵发凉，虽然她早就知道吕晓华必定与这些命案脱不开干系，但却还是头一回从他口中亲耳听到。迟疑片刻后，嗓音愈发显得冰冷而厌倦：“我今天不是来和你探讨这个问题的。你不是说有话要跟我说吗？如果没有的话，那我就走了。”

通话器中没有任何声响，章桐正要转身离开，那种让人听了头皮发麻的声音却又一次响了起来，但口气与先前截然不同：“好吧好吧，我……我需要你的帮助！”

难道吕晓华真的妥协了？章桐不解地问："帮助？我能帮你什么？我们素不相识。"

"不，我对你的大名已经早有耳闻。你要知道，苏川和天长之间离得并不远。"那干涸的嗓音犹如在金属片上不断地来回滑动，发出刺耳的摩擦声，"更不用说你还救了我，如果没有你恰好赶到，并且阻止了官月平的话，我早就已经是个死人了。对了，他的尸体，应该已经经过你的手了，是不是？"

章桐没有否认。

通话器中传来一声长长的叹息："真可惜了。"

"为什么你会觉得可惜？"章桐忍不住反问。

"我还真想看看他的脑子，被类马尔堡病毒感染过的脑子，可不是那么容易见到的。"吕晓华的嗓音中充满了深深的遗憾。

章桐张了张嘴，硬生生地把一句到了嘴边的咒骂给吞了回去，她感到说不出的恶心，实在厌恶这个与自己一墙之隔的男人，却又不知道自己该说什么才好。

"你不是也被感染上了吗？"章桐反问道，"有什么好幸灾乐祸的。"

"不，使他被感染的病毒株是我自己亲自编写的，所以，我不可能那么轻易就被感染上，虽然他是那么想杀了我！"吕晓华阴阴地笑着。

"你……你真恶毒。"章桐终于骂出了口，"难道你就没有考虑过后果？"

通话器中刺耳的笑声戛然而止，吕晓华冷冷地说道："他比我更恶毒。"

"你说的是谁？"

"赵志忠。"

章桐心中一紧："难怪他总是想见你……"

"我想我在这儿的消息，就是他透露给官月平的，他想借官月平的手让我永远闭上嘴。"吕晓华愤愤然说道，"我已经尽力避开他了，他却还是要我死！"

"难道说你知道什么？"章桐脱口而出，"对了，秦玉珠，你把秦玉珠的尸体到底藏哪儿了？"

通话器那边半天都没有响动。章桐的心顿时悬到了嗓子眼，她焦急地四处张望着，正在这时，耳畔又一次传来了吕晓华的声音："我没有杀她，你救救她，这就是我今天找你的目的，请你一定要想办法救救她。那个人也绝对不会放过她的。"

"为什么是我？"章桐情急之下，双手撑住了眼前的隔离玻璃窗，"还有，赵工程师为什么会和这事有关？"

这一次，虽然隔着那么远，她竟然看清楚了病床上吕晓华脸上的表情。他笑了，只是笑容中带着些许绝望："因为我爱上了他的妻子。"

"难道说，秦玉珠还活着？"

吕晓华并没有直接回答这个问题，他只是默默地看着章桐："我不相信别人，我只相信你，你一定要救救她！"

"为什么？你为什么会相信我？"隔着观察室厚厚的双层玻璃，章桐隐约感到了心中的不安，"她在哪？还有那十一具尸体，到底在哪？"

话音未落，吕晓华突然开始全身抽搐起来，那种剧烈的震动使得整个病床都被挪动了，他痛苦地扭曲着自己的脊椎骨，仿佛要撕裂自己一般。心肺检测仪发出了刺耳的尖叫声，守候在一旁身穿防护服的看护人员立刻扑了上去，与此同时伸手把病床旁的隔离布用力拉上。

章桐注意到隔离布的颜色是一种让人看了会感到很不舒服的土黄色。她默默地闭上双眼，再次睁开时，眼前依旧是那似乎已经被凝固了的土黄色，心中不免感到一种莫名的厌烦。仔细回味吕晓华刚才对自己所说的每一个字，章桐突然意识到吕晓华已经被感染无疑，哪怕是更改了病毒株的基因链，但是因为这种病毒的构成非常复杂，集合了狂犬类与登革热病毒的所有特征，目前为止，国内是完全没有有效的药物能够预防的。即使有，抗病毒疫苗的有效期限一般也不会超过六个月，而在这之前，吕晓华根本就不知道会与官月平见面，那他又怎么能够未卜先知而给自己种下疫苗？他之所以在自己面前撒谎，那是因为官月平曾经说过，这种病的潜伏期是三到五年。吕晓华有着严重的心脏病，而他又面临着死刑判决，所以，他绝对不会让自己在痛苦中死去，才会想到要自己出面保护秦玉珠。

走出观察室，章桐一眼就看见了正站在走廊中的李晓伟，他满脸焦急地迎了上来："怎么样了，你没事吧？"

章桐摇摇头，突然问："为什么吕晓华说他只信任我？"

"我想，或许是因为你的职业吧。"

"不，"章桐神情凝重，"他打过比方，说我跟他其实没有本质上的区别，唯一不同的就是，他切割开了活人，而我，却是面对死人。"

李晓伟想了想，嘴角划过一丝苦笑："我想我可能明白他的想法了。因为死人不会说话，死人很单纯与执着，近朱者赤近墨者黑。所以，他信任你！"

回想起吕晓华说过的话，章桐突然一把抓住了李晓伟的手，神情严肃地说道："秦玉珠还活着，我们必须尽快找到她。她有生命危险！"

3.

（晚上 10 点）

天长酒店 1802 号房内，杨秀丽终于从歇斯底里的状态中清醒过来，她啜泣着在沙发上坐正，目光却犹如受惊的兔子一般，时不时地流露出惊恐的神情。

"你还真那么相信她会来找你啊？"小九终于憋不住了，"这个世界上根本就没有鬼，你懂不懂？"

"我……我……"

眼瞅着杨秀丽又要哭出声来，童小川终于憋不住了，他长叹一声，顺手从茶几上拿过纸巾盒，准确无误地丢到杨秀丽怀里，这才点点头："你放心，有我们在，你是安全的。再说了，如果你不把那天晚上你看到什么告诉我们的话，我们怎么帮你？难不成你真的就打算在这酒店长住下去？这样也不是个事儿吧，你说对不对？"

"我……我真的看见鬼了！"杨秀丽总算松口了。

童小川双手抱着肩膀，小声嘟囔："净瞎扯，这世界上哪来的鬼，都是人装的……等等，你是怎么看到的？对方长啥样？"

杨秀丽双手开始了大致比画说道："喏，跟我身高差不多，长发，浑身湿漉漉的，就跟那电影里演的水鬼差不多。"

童小川一听，顿时警觉了起来："你在哪里看到她的？"

"门……我家门口，她经过我家门口。"杨秀丽声音发颤。

"你打开门了？"

"没错，我，我听到楼上传来女人尖叫的声音，好像就在楼梯口的位置，我怕出事，就，就打开门看了一眼，起先什么都没看到，后来，后来就是这个……从我房门前飘过去了，她还回头看，看，看了我……"杨秀丽拼命摆着手，脸上神情惶恐不安，"那张脸，吓死我了，分明就是鬼啊！"

小九刚要开口说话，却被童小川一把摁住了。

"所以你就连夜搬家了？"童小川慢悠悠地问道。

"是的，是的，我哪还敢在家里待啊，你说是不是？"

"那好，杨女士，我有三个问题。第一，你是什么时候听到楼上有异常响动的？"

"这我记得很清楚，深夜12点左右，好像在吵架，具体讲的是什么，我没听清楚。不过警官，你也知道，这大楼早就已经不是当初的样子了，住了很多出租户，素质变低了，环境也变得糟透了，所以这大半夜的女孩子尖叫，准没什么好事！"杨秀丽悻悻然地抱怨。

童小川微微皱眉："第二个问题，你仔细想想，那个人是怎么走过你门前的？"

"飘，飘过去的……"

童小川鼻息里发出一声重重的叹息，他耐着性子又问："我知道是飘，我就想知道她是朝哪个方向走的，在你门前是从左手到右手，还是方向正好相反？"

身旁的小九顿时明白了童小川的意图。映秀小区案发现场的楼层虽然很高，但是每一层楼的布局却很简单，电梯门出来右手方向依次是3单元、2单元和1单元，要想去防火梯就必须经过这三家住户的门前。所以，住在2单元的杨秀丽既然在门口看见那人经过，而小区的监控，包括电梯内的监控中在案发前后又没有发现异常的人出现，那么她所逃跑的方向就至关重要。

“往左边去的！”杨秀丽果断地回答。

她所说的左边，也就是电梯口的相反方向，而防火梯则在另一个位置，那里只有住户。

童小川脸色一变，略微沉思过后，接着问道：“最后一个问题，她的脸，你看到了什么特别的地方吗？”

“她，她披头散发的，我怎么看得清？再说了，她浑身湿漉漉的就像个水鬼一样，我吓都快被吓死了。”杨秀丽仰着脖子，愤怒地回答，“总之，警官，那就是一张死人脸！”

走出天长酒店大门的时候，时间已经到了晚上11点03分，眼看着一天又要过去，童小川的心里愈发感到焦急。拉开车门钻进车里，他低头查看手机，才发现郑文龙半小时前发过来有关金老师一年内往返于苏川的交通记录和整理过的同样时间段内的银行流水记录。仔细看去，固定每个月月初的3号去一次，而在这之后，雷打不动会划出3500块钱，接收账户的户名也很熟悉——吕晓华。

“这混蛋！”童小川忍不住暗暗咒骂了一句。

“童队，我们先回去吗？”小九问。

“不，”看着不远处“映秀小区”四个大字，童小川果断地说道，“我们去查查21楼1单元住的到底是谁。”

说着，他便拉开车门，反手关上后，快步向马路对面的映秀小区走去，小九见状赶紧跟上。

夜晚的天长街面上行人并不多，一阵风吹过，空气中夹杂着雨水和泥土混合后所产生的特有的泥腥味。远处，树影绰绰，犹如一个个鬼魅在黑暗中摇摆着。

因为接连工作了两天两夜，童小川感到有些头脑发晕，便随口找了个话题边走边问：“小九，你知道橡树吗？”

“当然知道，壳斗科的一个分属科目，总共600个种类，450种来自栎亚属，150种是青冈亚属，橡树主要分布在北半球温和地区。”小九回答道，“橡树可是个好东西，浑身都是宝贝呢，可惜我们天长现在不种这个。

不过听说以前在天长森林公园那里种过，一场野火过后就全被烧完了，剩下的也被挖走了。后来就改种了别的树，因为橡木的成本实在太高，生长速度又太慢……"

正走到楼栋下的平地上，童小川的手机响了起来，电话是章桐打来的，通话时间很短。小九看着童小川脸上阴郁的神情，便关切地问："童队，出什么事了？"

童小川并没有直接回答，他转而反问道："小九，难道说那个杨秀丽在案发当晚所看到的女人是秦玉珠？"

话音未落，一个黑影从楼上摔了下来，小九猛地向前一扑，两人顺势倒在了台阶旁，磕得脑袋生疼。那个黑影也几乎在同时被重重地砸在了地面上，瞬间裂了开来。

童小川被彻底摔蒙了，他迅速从地上爬了起来，焦急地上前查看小九的情况，却见他坐在地上，右手摸着脑袋，脸色灰白，双眼死死地盯着面前地面上一个长条状的东西。此刻虽然是深夜，但是身后一楼门厅里的灯光却把楼栋前的平地给照得犹如白天一般，童小川看清楚了——那是一只断手，不远处的地上躺着一具尸体。

第一节 她的抉择

1.

（晚上 11 点）

工作一旦忙起来，生物钟的概念就完全不存在了。或许是因为自己严重缺乏睡眠的缘故，章桐总是能够在不经意之间听到有人在耳畔轻声说话。这种感觉让她感到困惑不已，便把担忧告诉了身旁坐着的顾瑜，最后，不安地问道："难道这是幻听？"

"那身体别的方面呢？有没有明显的头痛头晕？"顾瑜扫了一眼后视镜，那辆出租车不紧不慢地跟在自己身后已经有一段时间了，这让她感觉很不自在，反正快到现场了，见对方依旧没有要超过去的意思，便腾出手伸出车窗，向前挥了几下，示意它赶紧走。

"你在干什么？"章桐注意到了她的异样，便也顺势转过头去看，这时，那辆出租车竟然在路边停了下来。很快，法医现场勘察车开上了高架，出租车消失在茫茫的夜色中。

“我不喜欢被人跟着。”顾瑜小声咕哝了句。

“他或许是觉得我们是警车，就不打算超吧？”

正说着，前面下了高架便出现了通往映秀小区的指示路牌。穿过岔道，勘察车终于艰难地拐进了小区。

“上次来的时候，是走的另一个方向，所以不会这么倒霉，我还指望能绕个近路，唉……”顾瑜一边抱怨一边把车熄火，拔下钥匙跳下车。

章桐刚下车，早就等候在一旁的童小川立刻迎了上来，低声说道：“你们总算来了。”

“尸体在哪？”

童小川伸手指了指自己身后的平台，那里正俯卧着一具尸体：“小九他们已经带人上楼了。”

章桐这才注意到警戒带内外多了很多制服警：“今天怎么来了这么多人？”

“人是当着我的面从楼上下来的，我需要搜查整栋楼。”童小川紧锁双眉。

顺着他的目光，章桐顿时明白了他的情绪为何如此异样——尸体身下并没有渗出殷红的血迹，取而代之的是大量的水渍，而断裂的手掌部位则呈现出明显的灰白色。章桐戴上手套，把手探进尸体的头发中，很快又缩回，手套表面布满了水渍。打开强光手电仔细查看死者的颈部，看着那大片不规则的瘀痕，章桐愈发双眉紧锁，她站起身，抬头看向楼栋高层：“她在掉下来之前，早就已经死了，并且尸体被冷冻过一段时间，所以全身体表的皮肤才会呈现出不正常的黑紫色，断肢面则是灰白色。”

童小川皱眉看着地上的尸体：“她掉下来的时候，我就感觉不对劲，所以才立刻调人过来搜查整栋楼，凶手应该还没有离开。只是，一个被冻过的人，应该是很沉的，看她体型又不小，为什么一个年轻女人能够搬得动？”

“谁跟你说是一个年轻女人干的？”章桐面露不悦，“死者这样的身高体重，从被解冻到高处推下楼层的话，整个过程至少要一个身材魁梧的成年男性才能勉强做到，除非，凶手是两个人。”

童小川碰了个软钉子，不由得涨红了脸。

一阵杂乱的脚步声响起，由远至近，很快，重案组的两名实习警员带了个人出来："童队，人找到了，就是这小子干的！"

童小川一看，随即愣住了："怎么是你？你们哪儿找到他的？"

两名身材高大的实习警员中间夹着的那个，正是映秀小区物业监控室的矮个子保安，低着头，哭丧着脸。

"童队，咱这可是地毯式搜查，逐门逐户走访到位。结果就在你所说的21楼1单元，这小子正在柜子里躲着呢。我们一进去，他就浑身发抖跟通了电一样，被我们给一把提溜出来了。"实习警员说道。

童小川双手叉腰，瞪眼看着小保安："你叫什么名字？哪里人？"

"方，方文杰，东湾人。"小保安结结巴巴地说道。

"这个人是你推下来的对吧？"童小川没好气地问，"其实你也不用回答，一查监控就可以了。不过，我可要提醒你，这是连环命案，法院那边的话，死刑是逃不了的。"

一听这话，小保安顿时双膝一软，整个人瘫坐在地面上，哭出了声："不，不，我没杀人，我真的没杀人！你们要相信我……"

章桐自始至终都站在一边冷眼旁观，她上前一步拦住了童小川，低头对小保安说："你站起来。"

见他依旧一脸不知所措的样子，章桐不禁皱眉："别浪费我时间，你赶紧站起来给我看看，不然的话我怎么知道你是不是真的清白？"

小保安惶恐地赶紧站了起来，面对章桐。

"把手举高！"

他就像个木偶一般赶紧照做。

"两手前伸，用力！"

章桐语速飞快地说道："人不是他杀的，但是可以坐实抛尸。"

"我……我，我错了，我错了，我不该为了点钱干这事。"小保安吓得脸色惨白，跪地求饶。

章桐懒得再搭理他，转身对童小川说："我不管活人的事，先走了。"

童小川苦笑着点点头："没问题。"

“对了，你怎么会知道21楼1单元？”章桐记起了什么，便停下脚步问道。

童小川耸耸肩：“我找到了目击证人，能够证明案发当晚有人回到了那个房间，并且那个人有点怪。”

“怪？”章桐突然明白了，“你说的是金老师被害那晚，有人看到凶手了？”

童小川点点头：“待会儿局里见！”便转身走向了一楼门厅。

在回警局的路上，顾瑜忍不住问：“主任，你刚才是怎么看出不是那个小保安杀的人？”

章桐靠在副驾驶座上，看着窗外宁静的城市，昏黄的路灯光不断在她脸上划过，声音中带着一丝倦意：“死者体长在173厘米左右，体态中等，体重在120斤上下，而这个小保安身高是165，体态偏瘦，体重不超过100斤。死者的颈部有不规则的大量瘀痕存在，痕迹呈现出典型的黑紫色，面部也是这样的情况，这是人体缺氧所导致的。要是我没看错的话，死者的真正死因应该是扼颈所导致的机械性窒息，这就需要行凶者的双手非常有力。”说到这儿，她伸了个懒腰，重新调整了下坐姿，“而我们的嫌疑人，有着严重的营养不良症状，他的胸骨向前隆起，属于中度胸廓畸形。除了遗传外，不排除这种病症是由于反复慢性呼吸道感染而形成的。我观察到他的呼吸比一般人要沉重许多，而长期慢性呼吸道感染使得肺组织的顺应性减低，呼吸功能减弱，为满足呼吸需要，人体的膈肌运动就必须加强，牵拉郝氏沟内陷。”章桐伸出双手，在空中比画了一番，“我们正常人的手指是有力的，同手掌一样运动自如，但是患有胸廓畸形的病人，他们的手部功能虽然不受影响，十指却没有办法做到弯曲自如，更不用说使劲掐死一个人了。虽然说做这个动作也是需要手掌的借力，可手指才是关键。也就是说，要他活生生掐死一个人，那是不可能的，因为他根本做不到！”

2.

（凌晨1点03分）

天长市上空不见半点星光，空气中弥漫着浓浓的晨雾。远远看去，疾控中心高楼上的红十字霓虹灯标记若隐若现。

大楼里静悄悄的，三楼病区值班室的灯光因为有些接触不良而时不时地跳动一下。

三楼病区本就没有多少病人，除了那两个国外回来过海关时被检测出体温异常升高的病号外，就只有吕晓华了。他的症状一直起伏不定，时而大汗淋漓，时而浑身发抖，值班护士感到很奇怪，因为从各项生命体征来看，他除了心脏方面的问题，别的都是正常的，所幸的是，从晚上 11 点过后，他就一直都处在昏睡状态，并没有再出现白天的症状。

当值班保安最后一遍巡视过整栋大楼后，他关上了角门，沉闷的关门声在大楼里回荡，久久不能散去。

吕晓华睁开了双眼，他其实一直都醒着，而此时的他目光中已经全然没有了虚弱的病态，完全就是一个正常人。他从床上坐了起来，顺手拉开了床边的隔离围栏，下床，利索地拔掉了手背上的输液管，娴熟地关掉了心肺监测仪。他手上已经没有了手铐，因为自己身处疾控中心隔离室，症状不明且又昏睡不醒，所以法警早就已经不需要 24 小时看护，只是白天的时候才会来门口坐着值班。这一切，吕晓华早就已经一清二楚。而他等的，就是这个时候。

因为如果自己不走的话，那么，所有的期待都将成为泡影，那个人是绝对不会放过自己的。本以为一切都在自己掌控之中，自由也很快就会回到自己身边，可是，当官月平出现在自己面前的时候，吕晓华就瞬间陷入了无比的焦灼之中，再加上一直都没有阿珠的消息，他不禁心急如焚。难道说，就眼睁睁地看着阿珠去承受那本该自己去面对的惩罚？

黑暗中，吕晓华已经简单收拾好了一切，他从床垫底下拿起那件偷偷藏好的疾控中心工作服，那是自己在被送去检查的时候顺手从检察室的墙上偷的，鞋子也是现成的软底轻便鞋。虽然身体明显有些虚弱，他还是咬着牙穿戴好，最后，环顾了一眼整个隔离室病房，他便头也不回地伸手推开门而去。

门外的空气与隔离室内完全不一样，那是流动的，带着些许淡淡的空气清新剂的味道。吕晓华深吸了一口，肺部随之而感到隐隐作痛，那是两次插管后的特殊反应，今天听查房医生说自己的肺部还有积水，估计要半个月才会明显消退。可是自己已经等不及了，在那张该死的病床上的每一分每一秒对他来说都不亚于一场沉重的煎熬。

他现在必须立刻去找阿珠，只有亲眼见到阿珠，并且嘱咐她一定要远远地离开天长，他才能够安心。

约定的地址深深地刻在自己的脑海里，在最后一次通话中，阿珠说过，自己一定会等他，但是现在看来，活着比一切都重要。

吕晓华头也不回地走过长长的走廊，他尽量加快自己的脚步，虚弱的身体使他大汗淋漓，但他一点都没有要停下来休息的打算。终于，他看到了底楼的那道防火门，淡绿色的逃生应急指示灯在门上方显得格外醒目。吕晓华快步走下楼梯，在最后一级台阶的时候，他腿一软差点摔倒在地。

心跳得厉害，自己显然是太大意了，也或许是因为渴望自由的念头已经让他忘记了所要面对的风险。双手用力推开防火门的刹那，吕晓华的心悬到了嗓子眼，呼吸也似乎在这一刻停止了，他几乎是冲出了大楼，一头就扎进了凌晨的天长街头，踉跄的身影很快便消失了。

直到早上 6 点，值班护士在巡查病房时才发现吕晓华的病床空了，屋内的各种仪器上一片漆黑。

（凌晨 1 点 05 分）

满脸疲惫的小九走出了 21 楼 1 单元，对站在走廊上的童小川摇摇头，叹了口气。

童小川不由得皱眉：“什么意思？”

“房间里我都搜查过了，没有任何迹象表明这里曾经住过一个女人。”小九摘下手套揣进警服裤兜，“房间里太干净了，连个指纹都没有。这个小保安的除外，”他伸手指了指蹲在走廊角落里的小保安，忍不住抱怨道，“全是他的，到处都是，尤其是两个大衣柜的门把手上。”

“脚印呢？”童小川有些不甘心。

小九重重地打了个喷嚏：“也是他的，这房间里根本就没有第二个人曾经在这里生活过的迹象。我那几个兄弟几乎查遍了房间里的每个角落，连厕所抽水马桶的把手都没有放过，一切都是干干净净的！毫不夸张地说，跟章主任的法医解剖室干净程度都有的一拼了。”

一听这话，童小川不禁心中一怔，他把狐疑的目光投向了角落里蹲着的小保安方文杰，想了想，便走上前，冷冷地问道：“1 单元的租客身份讯息是假的，对她，你难道真的没有任何印象了吗？”

小保安摇摇头：“时间太久了，我只记得对方是个女的。”

“你确定是女的？”

“当然当然。”小保安点头犹如鸡啄米。

“那你又是如何接受委托去抛尸的？”童小川死死地瞪着他。

“我……我在自己的，自己的更衣室柜子里，发现了一个信封，里面就是，就是钱和一把钥匙，还有具体的指示。只是，警官，那时候我真的不知道要丢下去的是一具尸体，我真的不知道哇，直到最后打开那个箱子，我才看见，当时我的腿都吓软了……”小保安语无伦次地拼命为自己辩解。

“你们这里的租户是怎么付租金的？”

“通过银行转账。”小保安果断地回答。

“到哪个户头？”

“我们物业的，这些房子的房东都是把房产委托给我们进行托管出租的，租金也是我们代为收取，时间是每个月的 8 号。”

“现在大楼里总共有多少套房在出租？”童小川急切地追问。

小保安伸手一指 1 单元：“连这套在内，总共四套，毕竟，毕竟这里有点贵。”

童小川暗暗松了口气，他示意一旁的实习警带走小保安，随即下楼。钻进警车的同时，他拨通了郑文龙的电话：“大龙，帮我立刻查下映秀小区案发现场所在大楼出租户交房租的汇款账户明细，要精确到姓名，时间是每个月的 8 号。”

几分钟后，当电话中传来“杨秀丽”的名字时，童小川的脸色顿时沉了下来。

他讨厌被人愚弄的感觉。

3.

（凌晨 2 点整）

只是靠在走廊的长椅上简单休息了一会儿，章桐就感到难以忍受的腰酸背疼，睡眠严重不足是自己神经衰弱的主要来源，而作为一名医生，她深知自己这么死撑下去，幻听的情况会越来越严重。可是，这成堆的工作，自己根本就没有办法放手。

窗外，不知何时下起了蒙蒙细雨。雨水打在窗玻璃上，变成一条条细痕，缓缓滑落，最终汇聚成透明的水珠，消失在颗粒起伏的水泥墙面上。印象中已经有好多天没有下雨了。章桐站起身，略微活动了下有些僵硬的脖颈，正要向法医解剖室走去，身后传来了一阵急促的脚步声，紧接着耳畔便传来童小川的声音："章主任，等等我。还没开始，是吗？"

章桐双手插在工作服兜里，点点头："我休息了会儿。现场情况怎么样？那房间里住过的是不是失踪的秦玉珠？"

"不。"童小川看了她一眼，神色凝重，"那房间里根本就没住过人，租客身份讯息是假的，真正的租客是住在隔壁 2 单元的杨秀丽，这女人差点把我耍了。如果没有租金转账这条线的话，还真抓不住她的破绽。"

"她不是目击证人？"章桐心中隐隐感到了不安。

童小川摇摇头，疲倦的脸上露出一丝苦笑："她说那晚亲眼见到一个白衣女人，披头散发，浑身湿透地跑过她门口，她还坚称自己是看到那张脸的，所以她当晚才会因为害怕而匆忙带着行李去住酒店。而她事后却对我们警方只字不提，现在想来，这本来就不是简单的'迷信'所能解释的。"

章桐耸耸肩，显得很无奈："原来如此，那她应该说的就是她自己吧。最起码她提到衣服湿了这一点就是实话，因为案发当晚如果没有她的帮助，身患重病且神志不清的受害者金老师是绝对不可能自己就这么爬进水塔，并且最终淹死在里面的。不过，保险起见，可以和盖子上的指纹比对下。我赌十块钱，肯定是她的。"

一听这话，童小川呆呆地看了她一会儿，长叹一声，便伸手从牛仔裤兜里摸出一张皱巴巴的十块钱塞到她手里，嘴里咕哝了句："我本来打算留着去买烟的，这下可真的身无分文了。”

“你们比对过了？”章桐感到有些意外。

“是的，我刚从小九那边过来，盖子上的两枚大拇指印正是杨秀丽的。”童小川说。

“这下你们重案组那边可要忙了……”

说着，两人便一前一后走进了解剖室，一阵寒风扑面而来。章桐把头发盘起，用夹子固定住，然后穿上围裙戴上手套，拿过顾瑜早就放在一边的工作记录本，仔细核对后，便顺手拧开了解剖台上方的照明灯。

“你徒弟呢？”童小川窝在水槽边，远远地看着解剖台。

“我打发她去休息了。”章桐头也不抬地回答。

童小川愣了半晌，突然问：“你，喜欢这个工作吗？”

章桐不解，便抬头看他：“我不明白你话里的意思。”

童小川尴尬地笑了笑：“没事没事，只是突然想到这个问题，就是觉得这活儿，年轻女人干久了，心理压力能承受得住吗？毕竟，毕竟你所面对的，可是各式各样的死人啊。”

章桐认真地看着他，半晌，轻轻摇头：“我还是挺羡慕你的。”

“羡慕我？有啥好羡慕的？”

“我羡慕的是你到现在还会有情绪，我是指面对我这房间里的每一个受害者。”章桐埋头继续工作，她做完记录后，便从工具盘中拿过解剖刀，最后看了一眼死者平静的面容，若有所思地说道，“无论是愤怒、恐惧，抑或是悲伤，这些情绪，对于我来说，都已经变得很遥远了，有时候看着那些来局里认尸的受害者家属，我每次都不忍心去面对。因为我很难感受到他们身上生离死别时的那种痛苦。不知道哪天我会彻底放弃自己干了十多年的这份职业，但是有一点可以肯定，那就是短期内不会，因为我觉得对这份职业，我有无法推脱的责任与义务。”

听了章桐这样的回答，童小川不禁陷入了沉思。

凌晨的街面上静悄悄的，昏黄的路灯光透过高大的法国梧桐树投射在马路上，斑斑点点，使得整个城市与白天截然不同，仿佛就是两个世界一般。

天空中的细雨不断地飘落在吕晓华的身上，他的头发已经湿透了，但是他一点都不感觉冷，只是一味地低着头向前走去。他听到了耳畔呼呼的风声，甚至还听到了自己愈发激烈的心跳声。心慌和头晕的症状越来越明显了，他知道自己此刻就应该坐下休息，身体已经快垮了，但是他的心不能垮。已经将近三个月没有收到阿珠的讯息了，东躲西藏这么多年，最终本以为已经躲过一劫，可以名正言顺地与自己所爱的人生活在阳光下，但现在看来，一切都将成为泡影。

站在雨夜的街头，身上的白色工作服被雨水打湿，眼前的视线也变得模糊了起来，他下意识地伸手抹了一把脸，抬头竭力想去看清楚边上那块路牌上的字迹。

自己身无分文，手机也没有，吕晓华暗自懊悔，他不知道自己该如何才能到达姚山澳，但是他清楚自己必须去，因为去晚了，可能就再也见不到活着的阿珠了。

终于，他看清楚了路牌，还相距十公里左右的路程，他全然不顾，低着头匆匆向姚山澳的方向走去。

如果一个人的一辈子只剩下一个目标的话，那么，他是绝对不会放弃的，哪怕代价是搭上自己的性命。

在吕晓华身后不远处，一辆灰色的小车在雨中行驶着，起先它还只是缓缓跟随，一两公里后，车内的驾驶座上发出了一声叹息，随即加快了车速，在吕晓华前面十米左右停下，没有熄火，副驾驶一边的车门打开，静静地等待着。

这一幕，让吕晓华不由得吃了一惊，雨越下越大，犹豫片刻后，他便踉跄着上前，钻进车坐下。关上车门的刹那，他终于看清楚了眼前的司机，震惊之余，不由得脱口而出：“怎么是你？你怎么知道我在这？”

“我一直都守在疾控中心的门外。”赵志忠轻声说道，“我想见你！但是我一直找不到机会。”

灰色轿车在雨中继续行驶着，开往天长城外。

吕晓华的心顿时悬了起来，他突然意识到了什么，声音变得微微颤抖起来："你，你不是警……"

话还没说完，赵志忠笑了，嘴角露出一抹苦涩："我早就已经辞职了，从我在苏川派出所里见到你的那一刻开始，我就上交了辞职报告。"

"为什么？你不是干得好好的吗？"吕晓华不解地问。此时，他注意到了方向盘上的那双手，因为过于用力，手指指关节已经有些明显发白，而赵志忠的脸上却依旧是平静如水，吕晓华的心顿时沉了下去：

"阿珠是什么时候被你找到的？"

第二节　断舍离

1.

（凌晨3点04分）

安静的解剖室里，时不时地传来金属工具撞击托盘和工作台的声音。一旁的童小川靠在身后的墙上，早就睡着了。

章桐却睡意全无，眼前的死者不只是因为扼颈所导致的机械性窒息死亡，她还在死者断裂的右手腕上发现了一道残存深约5厘米的切创。排除心理因素不谈，死者生前光靠自己是绝对没有办法造成这么深的切创口的。

工作这么多年，见过好几起自杀者身上的切创。自杀切创创口常位于大血管表浅的部位，如颈部、腕部等，创口的方向决定于自杀者握住物品的习惯，多数创口平行排列，多在本人手能达到的位置，损伤部位一般不会超过两厘米，并且常在死者坐位、立位时造成，小部分是仰卧位。另外，自杀者的切创周围常常存在试切创或者抵抗伤。

因为这是人的求生本能和主观自杀意识之间最后的博弈。

而他杀切创的存在位置却并不拥有那么固定的范围，位置方向凌乱不说，与受害者本人的用力方向也不同，伤势较重。眼前死者的右手断腕上残存的切创口几乎切断了半个手腕，这才导致在尸体下坠过程中，由于猛烈地撞击地面，手掌与身体离断。

扼住颈部已经给受害者带来致命的伤害，为何还要在她失去意识的状态下割断她手部的大动脉？

章桐脑子里飞快搜索着记忆中的画面，突然心中一沉，赶紧把尸体头部转向一边，拨开头发露出颈后大动脉所在的位置，果然，呈现在自己眼前的是一个非常明显的锐器创。这个锐器创创面非常古怪，面积并不大，长 1.2 厘米左右，创面裂口的皮肤由外向内缩了进去。她迅速从第二层工具盘中找出一根橡皮导管，把导管放在创面处略微比对了一下，结果是完全吻合的，也就是说，受害者在濒死状态下便被人几乎放干净了全身的血液。这绝对不是一次简单的杀戮。

想到这儿，章桐赶紧摘下手套和围裙，抓过一旁工作台上的白布给尸体盖上，随即冲出了解剖室，来到隔壁的法医办公室，一进门便急切地对顾瑜说："DNA 比对结果出来了没有？"

"刚出来，"顾瑜指着自己面前的电脑屏幕，"技术室发过来的，小九说与十一名失踪者中的第十位完全吻合。"

"这是十一位失踪者中我们目前为止唯一找到的一具尸体，"章桐不甘心地说道，"偏偏还是凶手主动送给我们的。"

"主任，死亡时间能判定吗？"顾瑜问。

章桐摇摇头："被冷冻过，目前还无法做出精确判断。只是，"她看着顾瑜，双眉紧锁，"凶手把死者的血液都放干净了，他想干什么？"

"小九说十一个失踪现场中，就只有孙月娥的现场是不规则的血迹分布，别的都是被伪造的，"顾瑜说着，伸手从面前的文件栏中找出了那份痕迹鉴定组送来的报告，递给章桐，"这是老欧阳他们傍晚的时候送来备份的，我还没来得及交给你。"

章桐接过鉴定报告，仔细阅读过后，便在上面签了字，这才又对顾瑜说："天亮后联系下疾控中心，如果吕晓华醒过来了，让童队和他谈谈，打开缺口，或许就能借此机会找到那剩下的十具尸体。"

走出办公室的时候，章桐又一次在耳畔听到了吕晓华沙哑的嗓音："……我和你所做的事是一模一样的，如果非要说区别的话，那就是我把她们切开的时候，她们还活着，而你，面对的却只是死人罢了……"那阴阴的笑声使得她不由得倒吸一口冷气，本能地环顾了一眼走廊，确定没有别人后，便一头扎进了解剖室。

郊外的公路上，雨越下越大，一辆灰色的小车在雨中行驶着，虽然时不时左右摇晃，却依旧没有要减速的迹象。

车内，吕晓华一次又一次地试图抢夺赵志忠手里的方向盘，却因为身体虚弱的缘故，被后者很轻易地就推开了。

"你这么做是没用的。"赵志忠冷冷地说道，"当初你就该意识到会有如今这样的局面。"

眼泪瞬间蕴满了眼眶，吕晓华心如刀割，他颤声说道："你杀了我吧，杀了我你就不会这么怨恨我了，你不是一直想杀我吗？那就动手吧，我只求你一件事，不要动阿珠，阿珠是无辜的。"

赵志忠看了他一眼："这个世界上根本就没有'无辜'这两个字。"

吕晓华突然紧紧地抱住赵志忠的胳膊，泪流满面，哀求道："求你了，别杀阿珠，我什么都听你的，只要你放了阿珠，我什么都给你，什么都听你的。"

赵志忠的目光里闪过一丝阴冷，他慢悠悠地说道："你不是要去举报我吗？你们俩不就是想置我于死地吗？我现在满足你们就是。"

一听这话，吕晓华顿时绝望了，不知哪里来的力量，他猛地朝赵志忠扑了上去，两人便在行驶的小车中厮打了起来。

车窗外，伸手不见五指，大雨倾盆的夜空中仿佛无数个灵魂在四处游荡哀号。

（早晨 6 点 05 分）

一阵刺耳的电话铃声撕破了法医办公室的宁静，顾瑜猛地坐了起来，本能地把手伸向办公桌上的电话，接起来后，电话那头一个中年男人惊慌失措的声音随即响了起来："法医办公室吗？章主任在不在？我们疾控中心出事了，出，出大事了！"

"出什么事了？你慢慢说。"此时，章桐还在隔壁的法医实验室里工作，顾瑜打算把留言记下来，这一大早地打来电话可不是什么好事。

“吕晓华，就是那个杀人犯，他跑了！他昨天晚上跑了！这可怎么办啊……”

深深的绝望从电话那头猛地扑了过来。

2.

大雨倾盆。

6点10分，揪人心肺的警笛声响起，四辆警车飞速开出警局大院，径直向疾控中心开去。童小川坐在第一辆警车中，他耳朵上戴着蓝牙耳机，一边开车，一边保持着和警局情报中心的简短通话。副驾驶座上的于博文则显得神情紧张，出于本能，他双手紧紧地抓住了警车车内的固定扶手，尽管如此，车辆时不时出现的大幅度转弯和刺耳的刹车声还是让他的心被提到了嗓子眼。

车窗外的天长市街头在雨雾中若隐若现，猛地看过去，就好像海市蜃楼一般，显得是那么不真实。

童小川忧心忡忡，吕晓华会出事，这早就在大家的意料之中，只是没想到会是现在这个局面。和一般的连环杀手不同，吕晓华似乎急于想进看守所，在证据不足的前提下，他竟然一反常态，慷慨地把一份“大礼”送给了警方。

童小川很清楚吕晓华身上必定有问题，但是破案是要靠证据的，就像在玩一幅复杂的拼图，现在就差最后一块——吕晓华既是杀人凶手，同时也是这一连串凶案的真正知情者。

脑海中突然浮现出“秦玉珠”的名字，本以为“秦玉珠”是杀害金老师的凶手，她或许也是吕晓华系列杀人案件的帮凶，但是当自己再次面对杨秀丽那个女人的时候，他吃惊地发现人心的恶原来可以可怕到如此的程度。

凌晨4点多的时候，在审讯室里，与那个小保安不同，杨秀丽还在不停地躲闪，直到看见摆在自己面前的银行转账记录、现场水塔盖子上自己的指纹以及手机中的微信联系记录时，她这才不得不承认自己假扮学生家长，通过网上买来的虚拟电话引诱金老师上门做家访，然后依照自己事先得到的指示，在金老师的咖啡中加入了过量的异丙安替比林和无水咖啡因混合物。一旁的章桐听了，终于明白为什么自己在金老师的体内并没有查到异样的药物。因为这种半衰期在三小时以内的合成药物能迅速降低肿瘤患者的白细胞比例，急速下降的免疫力以及无水咖啡因的联合作用让金老师同时产生头晕和意识混乱的症状。那一刻，或许是她本能地感觉到了自己所处环境的危险，所以尽管头晕目眩，却还是跌跌撞撞地挣扎着跑出了杨秀丽家，她本想按电梯下楼，情况却越来越严重，而杨秀丽却尾随而至。现在已经无法知道凌晨的电梯中到底上演了如何可悲的一幕，结果就是金老师被杨秀丽裹挟着，一步步来到水塔边，紧接着，便被推入了漆黑的水塔。这一切，却都只是为了区区的五万块钱。

正在这时，耳机里传来了网安大队郑文龙工程师的声音，打断了童小川纷乱的思绪："童队，杨秀丽供出来了，雇她杀人的犯罪嫌疑人是约她在苏川见面的，时间是上个月 8 号的晚上，地点是苏川市港区木渎桥。那里没有监控，但是我们通过 GPS 定位到一辆正好经过的水泥罐车，根据车头的行车仪所记录的影像资料，证实了当时现场中除了杨秀丽以外的另一个人的身份，他就是赵志忠。"

童小川双手紧紧地握住方向盘，目光中流露出一丝冰冷："我早就知道是他干的，但是一直都没有证据。"

电话中，郑文龙轻轻叹了口气："杨秀丽说赵志忠约她见面，就是为了给她钱和药物，这种药物在市场上是被严格管控的，而钱，我想，对方是怕留下电子证据吧。"稍微停顿一会儿后，郑文龙又接着说道，"童队，我们已经查看过全市的所有主干道和进出天长市区的入口。现在时间很早，雨这么大，就只有三辆车还在路面行驶，其中一辆车速极不正常，是辆灰色的双排座小车，方向是城外的清水山，现在应该已经快到了。"

一听这话，童小川按下车辆转向灯，迅速扭转方向盘，警车在马路上画出一个近乎完美的弧度，随即便向城外的清水山开去。

警局法医解剖室内，章桐静静地站在金老师的遗体旁，屋外的走廊上，断断续续地传来金老师母亲啜泣的声音，而金老师的父亲则呆呆地倚靠着墙壁，目光久久地凝固在窗外灰暗的天空中。

两位老人一接到警局的电话，便立刻联系了葬仪社的工作人员，开着葬仪车一路来到天长警局，准备接女儿回家。

一切准备工作就绪后，章桐便缓步来到解剖室门边，看着走廊上情绪悲恸的两位老人，正欲推门召唤他们进来认领女儿的遗体，手搭在门把手上许久，却只是一声叹息。

虽然自己对童小川说起过已经对人的情感变得很麻木，但是真正面对时，心中还是难免会感到一丝伤感与同情。

金老师的母亲看见了隔着玻璃窗站着的章桐，便赶紧掏出手帕抹了下眼泪，然后迎了上去，抱歉地招呼道："给你添麻烦了，章医生。"

章桐打开门，轻声说道："没事，这是我的工作，你们这么早就把遗体带去火化吗？"

老太太摇摇头，声音中含着浓浓的苦涩："不，带回家，得先让这丫头回家。"

章桐听了，便闪到一旁，身后的轮床上盖着一条长长的白布，白布下正是金老师的遗体。两位老人谢绝了工作人员的帮忙，自己推着便走出了门。看着他们的背影逐渐消失在走廊里，章桐忍不住一声长叹，转身回到解剖室，正在整理桌上的交接文件，一个年轻的葬仪社工作人员跑了过来，递给章桐一张草草写就的便签条，是老太太在葬仪车上写的——我本以为丫头的病能被那个家伙治好，所以我全力支持丫头去找他，结果，反而害了丫头，我现在什么都没有了，章医生，只求你别放过那家伙，他该受到法律应有的惩罚！章医生，我替丫头谢谢你！

看到这儿，章桐默默地把纸条放在桌上，心中五味杂陈。

"主任，你说只为了五万块钱，就忍心去杀人，这简直……"顾瑜皱眉看着窗外阴郁的天空。

"人心的恶与贪婪，是你永远都无法想象的。"章桐轻声说道。

3.

（早上 6 点 52 分）

大雨滂沱，清水山脚下的道路变得愈发泥泞难行。赵志忠停下车，抬头看了一眼后视镜，车后座上的吕晓华一动不动，就像死了一般。

嘴角又一次传来钻心的疼痛，赵志忠用手背抹了一下，他看到了上面的血痕，便知道刚才那一拳已经打破了自己的嘴角。

“喂，快醒醒，我们到了！”赵志忠粗暴地说着，同时打开车门，来到后座边上，用力把吕晓华拖下了车，“你不是要见秦玉珠吗？我这就满足你！”

漫天的雨水已经把天地都融合在了一起，赵志忠全然不顾自己被淋个湿透，他一把揪住吕晓华的前胸，然后就像拖一个大口袋一般，脚步沉重地向坡上爬去。

而吕晓华则目光呆滞，因为雨太大，他看不清眼前的世界，也同样看不清赵志忠脸上那近乎扭曲的表情。他已经耗尽了力气，根本无法反抗。

清水山位于苏川市和天长市之间，它的北坡属于苏川市，而站在南坡上，则可以很清晰地看到天长市整个城区。南坡靠近悬崖边上有一片宽阔的绿地，绿地北边的斜坡上矗立着一棵黑色的橡树，瘦骨嶙峋的树枝伸向灰色弥漫的苍穹。这是一棵古老的树，枝叶茂盛，但树叶丑陋，叶片厚而窄，叶子两边长满了尖锐的毛刺。粗壮的树干呈暗灰色，上面有规律地分布着几条长长的突起，使得整个树干看起来就像是很久之前被潮水冲到这里的一块化石。橡树根部附近的树皮已经有些脱落，露出了里面褐黄色的木头，凑近了可以闻到一种苦涩难闻的气味。

这是一棵经历过大火而幸存下来的树，它的生命力无疑是顽强的，只是它不再像一棵树，和山下茂密的树林相比，更像是一个没有灵魂的躯壳，站在能够俯瞰整个天长市的地方，在风雨中不断地摇晃，发出无声的呐喊。

赵志忠气喘吁吁地爬上南坡，来到橡树下，然后用力把吕晓华丢在地上，解开他手上的塑料手铐，接着伸手一指旁边那黑黑的树干：“你不是要找她吗？喏，她就在那儿！”

吕晓华本能地回头，不由得呆住了——那股特殊的气味，和树枝上的树叶以及土壤里的树根一样，已经成为这棵孤树的一部分。那是混杂着汽油、烧焦的人肉、人的粪便、烧煳的毛发、熔化的胶皮和燃烧的棉织品的气味。这种气味背后似乎隐藏着痛苦的死亡，隐藏着围观者的嘲笑，也隐藏着临近死亡时极度的恐惧和绝望。

因为恐惧，他赶紧坐了起来，发现接近地面的树干已经被彻底熏黑，树干上有一个深深的凹槽。风吹日晒，凹槽变得有些模糊不清，但那却是一个人在这世界上留下的最后的痕迹。没有人会愿意去切身体会死者临终前到底经历了何等的痛苦，除了这棵树——树干上被生生地蹬掉了一块皮，而留下的凹槽也永远都无法被自我修复。

吕晓华脸色煞白，他下意识地俯卧在黑色的泥土里，是的，他闻到了，那股特殊的气味。吕晓华心中一凉，他默默地闭上双眼，任由漫天的雨水打在自己的后背上。他相信赵志忠并没有骗自己，因为已经整整四个月都没有收到阿珠的消息了，他知道阿珠必定已经出事，只是没想到这一天会来得这么快。难怪警方始终都找不到阿珠的下落，原来她早就死在赵志忠的手里，而且死得这么惨。

一阵钻心的疼痛袭来，赵志忠脚上穿着的那双黑色皮靴正死死地踩着他的后背，让他几乎窒息，耳畔随即传来赵志忠的怒吼："我对你那么好，我把你当兄弟，你却背叛了我。她到死都没有松口承认错误！她到死都在说爱你。为什么？为什么？你配吗？你就是个杀人犯，那么多人死在你手里，除了死刑，你什么都不会得到，但是她却宁愿为你去死，还求我放过你，就像你求我一样，为什么……"渐渐地，赵志忠的声音变得沙哑了，他抽泣着，最终变成了痛苦的哀号，像极了一头受伤的野兽。

此时，童小川的警车已经到了赵志忠停车的位置，见灰色的小车前车门和后车门都开着，他便立刻刹车，把警车停在路边后，语速飞快地对身边坐着的于博文边吩咐便做了个合围包抄的手势："时间来不及了，我先过去，你们从山坡的另一面支援我，我们包抄他。"

"放心吧，童队。"于博文用力点头。

童小川随即跳下车，顺着路上泥泞的脚印向山坡上追去。很快，登上山坡后，他便看到了那棵孤零零的古怪的橡树，而橡树下那个情绪已经崩溃的男人让童小川心急如焚。此时，耳机中传来章桐急切的声音："童队，赵志忠有药学博士学位，他与吕晓华是同学，你要小心！"

“明白。”童小川环顾了一下四周。

“你发现他们了吗？”

“是的，在那棵橡树下，我现在就在清水山山顶的南坡。”童小川回答。

章桐心中一动，殡仪馆后面的那座山就叫清水山，她回想起了那晚解剖工作完成后，自己所看到的山顶的树影：“你在周围看到秦玉珠了吗？”

“没有。”童小川果断地回答，“只有吕晓华，他显然被控制住了。”

突然，赵志忠从随身的背包里取出一根绳子，向地上躺着的吕晓华走去，童小川焦急地说道：“不好，他要下手了。”随即挂断电话，收好耳机，然后冒雨躲到树后，看准机会便向赵志忠扑了过去，两人顿时扭打在一起。

赵志忠毕竟也是受过专门训练的人，他拼命还击着，雨水混合着地上的泥土和杂草四处飞溅。童小川看准机会，狠狠地一拳打在对方脸上，顺势抓住赵志忠的两条胳膊，略微弯腰，用力背摔，把他重重地摔在地上并且牢牢控制住了他的双手，这才腾出一只手从腰间摸出手铐，利索地给赵志忠戴上，顺便抹了一把脸上的雨水，没好气地抱怨道：“这么糟糕的天气，还要逼着我出手，唉……”

童小川目光落在一旁已经翻身坐起来的吕晓华身上，略微迟疑了一下，说道：“我就带了一副手铐，你等着，后援马上就到。”

听了这话，倚靠着树干坐着的吕晓华脸上露出了无奈的苦笑。他深知自己已经无法再逃脱，便默默地低下了头：“放心吧，我不会再逃了，我告诉你们那些尸体在哪里。”

一听这话，被控制住的赵志忠挣扎着，愤愤然说道：“不用你说，我知道。就在苏川大学医学院病毒实验室下面的废弃冷库里，我早就已经发现了。你当初突然辞职并不是因为爱上了秦玉珠，你是怕这些尸体被人发现。你就是个魔鬼，杀人的魔鬼！阿珠就是中了你的邪，拼命帮你，她根本就听不进我的劝告！”

童小川低头看看赵志忠，又看看一旁不吭声的吕晓华，这才恍然大悟。

此时，于博文带人已经赶到。童小川便打了个接管的手势，然后站起身，从裤兜里摸出无线蓝牙耳机，在自己衣服上擦了擦戴上，拨通了指挥中心的电话，果断地吩咐道：“吕晓华案中那十具失踪的尸体就在苏川大学医学院病毒实验室地下的废弃冷库里，赶紧带人去搜……等等，”他转头看向吕晓华，“秦玉珠呢？你把她弄到哪儿去了？”

赵志忠冷冷地说道：“她死了。”

第三节　无声的尖叫

1.

（早上9点32分，苏川大学）

雨停了，天空中虽然还是灰蒙蒙的一片，但是远处的天边已经看到了一些光亮。

苏川大学里出现了好几辆挂着天长车牌的警车，那辆笨拙的厢式车纯黑的厢体上写着四个大字——法医勘验。因为专门的运送车辆不够，还特地调来了当地葬仪社的三辆遗体转运车。现场有很多人围观，看着他们稚嫩的脸庞上写满了惊愕的神情，章桐暗暗叹了口气，这些都是苏川大学医学院的学生，他们这辈子里或许都不会一次性见到这么多被冷冻的尸体。这场噩梦虽然已经结束了，但是对于那些失踪者家属来说，却一辈子都不会忘记今天的场面。

“主任，你觉得那些受害者家属，他们会愿意看到今天吗？”顾瑜小声问道。

章桐摇摇头。

两人拎着工具箱，穿着厚厚的工作服拐了几个弯，下了一层楼面，才终于走进病毒实验室所在的地下室。地下室的门口挂着“隔离区”的牌子，这里虽然已经不再被校方使用，但是通风和供电设备依旧完好无损。地下室足足有100平方米，靠墙摆着一排冰柜，每台冰柜上都安装了一个小型的变压器，这样能保障冰柜长期供电。打开冰柜，一层冷雾扑面而来，因为长期冷冻而表面发黑的尸体被一层厚厚的冰晶包裹着，犹如一个量身定制的透明玻璃壳。

就是这里了，章桐冲着身后的小九点点头，加上已经发现的孙月娥的尸体，总共十一具，数目是吻合的。如果不是赵志忠主动说出来的话，真不知道什么时候才会发现它们的下落。

“去……去打开……”有人又在自己耳畔低语，这一次总算听清了，章桐不由得一惊，手中的工具箱失手砸落在地面上。她顺势左右环顾，看到的只是面露惊讶的小九和顾瑜，并没有人和自己说话，难道说自己的幻听症状愈发严重了？突然想起母亲患病最初也是这样的症状，她的心不由得沉了下去。

院长办公室里，童小川静静地看着陈院长，于博文站在他身边，陈院长灰头土脸地坐在椅子上，局促不安地紧握着双手。窗外的人声和车门不断开关的声音此起彼伏，显然尸体已经被逐渐运送了出来。

半晌，童小川点头道：“我很好奇啊，不知道此刻你的学生会怎么看待你这么个威望极高的院长。”

老头哑口无言，脸涨得通红。

“你早就知道吕晓华的所作所为了，对不对？”

“我……”陈院长欲言又止，沮丧地低下了头，略微迟疑后，突然又急切地抬头说道，“我这不也是为了我们实验室么，他的研究成果让我们学院的病毒实验室在国际上得到了不少殊荣，值得载入史册的。”

童小川惊得目瞪口呆，他皱眉看着面前的老人，似乎不太敢相信对方的回答。他站起身，来到陈院长的椅子旁，把他从椅子上拽了起来，拖到窗前，伸手指着窗外那不断往外抬出的裹尸袋，厉声质问道：“你仔细看看，那些袋子里的人，这么多年来，就在这座大楼的下面，她们得到过公道吗？得到过最起码的尊重吗？不错，吕晓华是个有才能的人，但是，如果你真的可惜这个人才的话，当初他做出那么可怕的事情的时候，你就不该纵容他继续下去。任何冠冕堂皇的理由都不是你们能够用来杀人的借口！走吧，跟我回天长，我想你这辈子都不可能再踏进这所大学一步了，因为你不配！”

这冰冷的话语让老头顿时瘫软在地板上。

开车回天长的路上，淡淡的阳光已经钻出了云层，下过雨的路面犹如被水清洗过一般干净。

顾瑜问："主任，你说，吕晓华的杀人动机是什么？这毕竟是十一条人命呢。他怎么下得去手？"

"还记得那个病毒株吗？陈院长交给我们的。"

顾瑜点点头。

"还有官月平的死，表明这家伙是在做血液方面的病毒研究。"说到这儿，章桐轻轻叹了口气，"研究病毒学的人都知道，这个世界上最难寻找的，就是活体血液样本，有些研究，不得不靠四处重金寻找志愿者来提供，所以我想，这就是为什么他会不惜一切代价去绑架别人。不然的话，这么优秀的病毒株，他是根本就没有机会去弄出来的。"

顾瑜突然想起了什么："哎呀，看我这记性，我都差点忙忘了，今天早上我在食堂听重案组的马凯说，那个把吕晓华弄得住院的家伙来局里自首了。"

"你是说看守所的那档子事？"章桐皱眉。

"对，听说那家伙挺厉害的，花钱买通了看守所医院的一名男护士，然后冒用他的门禁卡给吕晓华下了药。"顾瑜说。

"他为什么这么干？"

"据说那位大叔的妹妹是十一名受害者之一，他去过法院旁听，或许你们还见过面。"

章桐心中一震，脑海中顿时出现了那个捧着黑纱相框，面容平静的中年男人。

"自首……唉……"

顾瑜轻轻叹了口气，车窗前方已经出现了天长市局那灰色的大楼。

而此刻的阳光也终于洒满了天空。

2.（尾声）

再次见到吕晓华的时候，他的气色和前几次相比，明显好了许多。

看到章桐走进来，吕晓华脸上露出了笑容，只是眼眶依旧红肿着。护士刚才在走廊里已经跟她说过，吕晓华一直都在流泪，看来他对秦玉珠的感情是真的很深。

“我今天来想知道两件事，”章桐说着，从包里拿出了两张相片，分别是两个案发现场，其中一个被证实是冯月娥当初失踪时的案发现场，血迹几乎布满了整面墙。

“第一，冯月娥的现场为什么会这么糟糕？”章桐问。

“她挣扎了，反抗得很厉害，”吕晓华若有所思，仿佛回到了记忆深处的那一幕，“所有的人中，就她这么做了，我一时失手，割破了她的颈动脉，整个场面彻底失控了。”说着，他把相片还给了章桐，“我不是想杀她，真的不想。我跟她说得很明白，请她做我的志愿者，我需要志愿者，要知道那时候的我，时间已经不多了。”

“时间不多了？”章桐不解。

吕晓华点点头：“就差最后几个步骤，而我被人逼得不得不辞去职务，只能偷偷进行试验，随时都有可能被人赶出去……对了，章医生，你找到阿珠的遗骸了吗？”

章桐看了他一眼，轻轻叹了口气：“恐怕已经找不到了，犯罪嫌疑人做了事后的处理。”

眼泪瞬间滚落脸颊，吕晓华轻轻闭上双眼，摆摆手，哑声说道：“我不上诉了，人都是我杀的，赶紧执行吧。”

“等等，我最后想问你个问题。秦玉珠是不是也得病了？”章桐认真地问道，“这是不是你要加快试验的另一个原因？”

吕晓华听了，不由得一怔，随即点头：“是的，她被确诊患有珠蛋白生成障碍性贫血。”

“我知道，这是一种分别位于16号染色体和11号染色体上的珠蛋白基因出现了遗传方面的问题，导致的血液类疾病。”章桐重重地叹了口气，“看来，你是真的爱她，不惜为她付出一切。”

吕晓华看着章桐，嘴角露出一丝微笑：“章医生，你恋爱过吗？”

章桐愣住了，把目光转向窗外那株无花果树：“爱过。”

“你会愿意为了救你所爱的人去做违法的事吗？”吕晓华的目光中充满

了急切的神情。

“不。”章桐果断地回答，“我绝对不会让我的感情与正义背道而驰！”说着，她站起身，头也不回地离开了病房。

临近傍晚，夕阳洒满了整个警局大院。二楼重案组办公室里静悄悄的，只剩下为数不多的留守人员。毕竟高强度地工作了这么几天，大家都累了，所以童小川便把大部分人都打发回去休息，只留下了自己和于博文。

他刚走进办案区走廊，一眼便看见了正站在走廊里发愁的于博文：“怎么了，小于？一脸的哭丧相。”

于博文伸手指了指后面的询问室：“说不见到你，他就什么都不肯说。”

童小川想了想：“那好吧，我来好好和他聊聊。”

于博文点头，两人便一前一后走进了询问室，看着栏杆后的赵志忠，童小川问：“不管怎么说，咱们都曾经是同行，你也应该很熟悉我们的工作程序。”

赵志忠点点头，被童小川狠狠打了一拳的右眼依旧乌青红肿着，这让他脸上的表情显得有些滑稽。

“那我们就节省时间吧，我想你告诉我，你究竟是什么时候知道吕晓华杀人的？”童小川问。

“阿珠突然变了，而她那段时间所接触的人，就只有吕晓华。我去过他的实验室，看见了我最不想看见的一幕。但是阿珠却不听我劝……”赵志忠的话语中充满了后悔。

童小川看了一眼手中的报告：“秦玉珠得病了是不是？”

“没错，血液方面的毛病，所以我们不能有孩子。”赵志忠回答。

“你既然知道吕晓华做出了违法的事情，你为什么不通报？”

一听这话，赵志忠便把头转向了另一面，嘴里喃喃说道：“我不能，因为只有他才能治好阿珠的病。得上这种病的人，都活不过四十岁。”

童小川顿时脸色阴沉了下来：“那你后来为什么忍心活活把她烧死？”

“因为那时候的她已经不再属于我了，她怀上了那个混蛋的孩子。”

童小川吃惊地看着他：“你说吕晓华竟然治好了她的病？这不是一件值

得高兴的事吗？”

赵志忠干笑了几声：“你知道吗？我倒是宁愿阿珠一直病着，这样，至少她的心里还有我。只要能够和她在一起，金钱，孩子，都不重要。”

童小川听了，不禁一愣，道：“那你为什么要杀死金老师？”

“她？有一次我陪阿珠去天长第一医院复查，和她在候诊的时候认识的，阿珠和她一见如故，两人谈了很久，阿珠说自己有个朋友能治这方面的病，那女人还真信了。她要了吕晓华的联系方式，然后每个月都会去一趟苏川，阿珠被我杀了后，吕晓华又被抓了，我怕她供出我。”赵志忠就像在说别人的故事，脸上丝毫看不出异样的情绪。

“那你为什么要把尸体从那么高的地方丢下来？”于博文忍不住插嘴道。

赵志忠笑了：“我只有用这个办法，你们才能真正发现吕晓华到底干了什么。反正那女人，为了钱什么都肯干。”

童小川皱眉看着他，心情久久难以平静：“当初吕晓华为什么直接就承认了这十一起凶案？那时候你们苏川可是没有任何证据的。”

赵志忠的目光中闪过一丝狡黠：“因为他看见了我，他知道我绝对不会放过他。他心中有鬼，便主动钻进了笼子，希望能来天长。后来我找到了阿珠，那么接下来就是他吕晓华了。”

童小川不禁慨然道：“难怪你要利用章医生来找到接近吕晓华的机会，你不是要找秦玉珠，你真正的目的是要杀了吕晓华，而吕晓华是想利用天长的这次审讯漏洞彻底换得自由身。”

赵志忠长叹一声：“我找到阿珠的时候，她住在一个地下室，潮湿阴暗的地下室里，条件恶劣到极点，但是她很幸福，很幸福……你懂什么叫幸福吗？我到现在都不明白，她为什么对吕晓华会这么痴情！”说着说着，他哭出了声。

看着眼前这个被嫉妒和愤怒所包围的男人，童小川无奈地摇摇头，对身边坐着的于博文说：“叫他签字吧。”

周末的傍晚，难得的清净时光，章桐约了李晓伟来到清水山山顶，远处山脚下是美丽而又安宁的天长城。

“我想问你个问题。”

李晓伟点头：“你问任何问题，我都会回答你的。”

章桐的目光中闪过一丝暖意，她长长地叹了口气，仰头看向山上那棵孤零零的橡树：“橡树，有什么特别的含义吗？除了生物学方面的解释。”

李晓伟耸耸肩：“我记得我的导师曾经说过，在北欧神话中，橡树是有灵气的，它能听见人的心声，也能守护人的灵魂，使逝者在下一辈子中能够忘却这一辈子的痛苦。”

章桐呆呆地看着他，半晌，吐出两个字：“瞎扯！”

话音未落，微风阵阵，树影婆娑。

故事二

Story Two

第一节　台风夜

1.

入夜，天长市狂风呼啸，树枝拍打着木质窗框，不断地噼啪作响，门缝里时不时地传来尖锐刺耳的风声，像极了一个个午夜幽灵在门外拼命地跺脚嘶喊。屋内的灯光毫无征兆地熄灭了两次，虽然很快又恢复了，但是总让人感觉到不安。

“……受今年第九号台风‘斑马’的影响，在未来六小时内，我市将出现严重风雨天气。根据天长市政府安委办关于切实做好强风暴雨天气安全生产工作的紧急通知……”电视播音员一如往常那般语速飞快而不带任何情感。

一下、两下、三下……单调而又缓慢的重击，他知道自己在做什么，也知道这么做的后果是什么，但是他脸上的表情平静极了，哪怕沾满了血污，他却有一种如释重负的感觉。

身后的墙上，他的影子像是在跳舞，若隐若现，挥舞着手臂，血花四溅。

窗外下起了暴雨，哗哗的雨水在狂风中失去了往日的矜持，旋转着在伸手不见五指的夜空中肆意倾盆而下。

台风，终于来了。

（一个月后）

酷热的盛夏是一年中最难熬的时候，早上 7 点刚过，路面的温度便已经达到了将近 35 摄氏度，一下公交车，闷热的感觉便扑面而来。

章桐顺势抬头看了眼天空，刺眼的阳光晃得她头晕。正在这时，警局对面沿街店面传来了一阵嘈杂的声响，围观的路人越聚越多。

因为上班的时间还早，章桐想着顺道去对面小吃街上吃碗早面，便信步穿过马路，向围观的人群方向走去。

事发地是一家五谷膳食养生店的门口，章桐站在一边听了会儿，便明白了事情的原委——一位 73 岁的老太太在这家养生店接受了店主的针灸和拔罐治疗，结果昨天回到家后，晚上便感觉呼吸困难，凌晨的时候老太太没来得及等到家属打 120 就去世了。家属今天一早便怒气冲冲地抬着老人的遗体前来养生店讨个说法。

章桐一边给围观的路人打招呼，一边挤进人群："我是对面警局的法医，能让我看看老人的情况吗？"说着，她伸手指了指地上的担架，担架上的老人被从头到脚盖了一层白布。

在查看过章桐的工作证后，死者的儿子点头默许了章桐的请求。一旁站着的店主脸色一变，神情愈发显得沮丧起来。

围观的人群随着章桐的介入而瞬间安静下来。章桐在老人身边单膝跪下，从挎包中取出一副乳胶手套戴上，这才轻轻揭开盖在死者脸上的白布。

老人的眼睑上布满了出血点，嘴唇发青，这是典型的窒息症状。舌骨正常，尸体还未完全僵硬，只是体现在各大关节处，而颈部尸斑已经融合成片并扩大，呈紫红色，周界范围模糊不清，说明去世时间在 6 个小时以内。这些都与死者儿子方才所说完全吻合。

章桐抬头问道："你给她总共做了几次理疗？具体有哪些项目，能给我演示下吗？”

店主一听便欲上前，结果却被死者儿子给狠狠瞪了一眼，赶紧缩了回去，说道：“也就昨天一次，我主要是对她进行背部的针灸和拔罐治疗，老太太说自己腰背疼得厉害，我就寻思着给她免费治疗一次，警官……”

章桐微微皱眉：“警方并没有正式介入这次事件，你叫我‘医生’吧，我姓章，立早章。”

店主赶紧点头：“章医生，你听我说，我真的是出于好心才帮她，更何况我一分钱都没收，纯粹只是帮忙。再说了，这么大年纪的老太太，身上总是有这个那个病的，也保不齐是别的病要了她的命啊，怎么就偏偏赖上我了呢？”店主可怜巴巴地看着章桐，越说越伤心。

“你能给我比画下对哪些部位进行了施针吗？”章桐一边脱下手套塞进兜里，一边看着店主。等他手忙脚乱地比画完后，章桐脸上的神情顿时变得凝重了，转头对死者儿子说：“这是典型的医疗事故，我现在怀疑他涉嫌无证行医，你可以去报案了。”

“医疗事故？”

章桐点头：“目前看来，你母亲不排除是由于针灸不当所引发的双侧肺脏破裂继发双侧气胸，最终导致呼吸功能障碍死亡，我建议你报案并申请对尸体进行进一步司法检验。”

死者儿子愣住了，半晌才回过神来，双膝一软跪倒在母亲身边号啕大哭起来。而周围的人群中也瞬间议论纷纷。

这一幕倒是让章桐感到有些手忙脚乱，她轻轻叹了口气，便转身退出了人群。

刚欲向小吃街走去，身后传来一个年轻女人的声音：“章医生，请留步。”

声音很陌生，章桐本能地停下了脚步，她转身，用手挡住刺眼的阳光，这才看清楚是一位与自己年龄相仿的年轻女性，身穿鹅黄色长裙，裙摆上是一道仿古花边，长发则盘在脑后，整个人看上去显得干净而不失优雅。

“请问你是……”

“齐媛媛。我刚才就站在你身后，”齐媛媛诚恳地说道，“章医生，你真的很厉害呢！”

章桐微微皱眉，她着实不喜欢别人当着自己的面恭维自己，便摇摇头：“这是我的工作，还有别的事吗？”

齐媛媛略微迟疑了会儿后，见章桐转身要走，便赶紧拦住她：“等等，章医生……我，我真的有个问题，想请教你。”

“说吧。”章桐心里暗暗寻思着那碗面是没时间吃了，只能买个黄桥烧饼垫垫肚子了。而天空灼热的阳光晒得她愈发感到心烦意乱，却又只能耐着性子等对方说完，至于说原因，她一时半会儿也说不清楚。

“我……请问，章医生，如果一个人的他杀被精心伪装成自杀或者意外事件的话，你能看出来吗？”齐媛媛若有所思地说道，她的脸上毫无征兆地露出了笑容，“还有啊，章医生，叫我小媛吧，我们现在开始就是朋友了。”

刹那间，章桐觉得整条街上的阳光都变得暗淡了下去，一股寒意油然而生。她呆呆地看着眼前这个举手投足之间无不流露出优雅姿态的精致女人，半晌，冷冷地说道：“齐女士，恐怕你搞错了，我们之间并不是朋友。至于说你刚才所提到的问题，因为太过于笼统，我只能这么回答你——只要你做了任何违法的事，就都会受到法律的制裁，只是发现的时间早晚罢了。”说着，章桐礼貌地冲着她点点头，不等对方再次开口，便快步地穿过马路，走进了警局大院。

虽然肚子还饿着，但是章桐已经没有胃口再吃东西了。接下来整整一天的时间里，齐媛媛那古怪的笑容更是深深地印在章桐的脑海里，这让她的心情糟透了。

傍晚的时候，李晓伟来等章桐下班。因为警官学院就在天长市局不到一站公交的地方，所以李晓伟便经常在这个时候出现在章桐的办公室门口。

晚餐还是在那家小小的黄鱼面馆里解决，和白天不同，晚上还是很容易找到座位的。在面条端上来的时候，李晓伟也终于弄明白了章桐的心结，便苦笑着摇摇头：“别太介意，现在这社会里，很多人都会多少带些妄想型人格。”

章桐没吱声。

2.

入夜，突然而起的阵风吹散了白天的燥热。因为离海边也就是一个小时不到的车程，时不时刮起的海风让天长市的午夜和白天相比，要显得温柔许多。

公交车在小区门口停了下来，晚饭时在小面馆一时兴起喝了几杯啤酒。章桐本就是个不胜酒力的人，这样一来就难免感到有些醉意。刚才在市局门口的站台上，她一口回绝了想送自己回家的李晓伟，坚持一个人摇摇晃晃地上了公交车。她需要时间来好好整理一下自己纷乱的思绪。

不管怎么说，章桐知道自己的脑子自始至终都是很清醒的，只是走路有些不稳罢了。再说了，她此刻的心情出奇地好——因为李晓伟竟然向自己求婚了，虽然颇感意外，并且她也立刻拒绝了，理由是不能在小面馆这个满屋子油烟味，还人来人往声音嘈杂的地方决定终身大事，还有呢，就是自己还想再过几年单身的日子。章桐看到了满脸通红的李晓伟目光中所流露出的失落感，却也只能当作没看见，毕竟自己有些喝多了。

小区花圃里成片种植的栀子花开了，香味扑鼻。章桐愈发感到有些疲倦，再加上醉酒头晕，便在一旁的长凳上坐了下来。

正在这时，她眼前闪过一个似曾相识的身影，匆匆向小区门口的方向走去。她心中不由得一动，站起身快步走出花坛，可是小区岔道上已经不见了刚才那个身影，昏黄的路灯光下，只有一位手里拎着塑料袋的老太太缓缓走过。老太太就住在这个小区，章桐和她有过好几次照面，却并不相识，她看着老太太拐进了前面的2号门。

章桐皱眉想了想，还是难以驱散心中怪异的感觉，追到门口时恰好见到了正在值班室低头擦桌子的保安老郑，便打招呼道："郑叔，刚才有没有见到一个年轻女人走出小区，年龄和我差不多，身高比我略微高半个头，穿着条裙子。"章桐没说裙子的颜色，因为在那样的路灯光下，她是不可能看清的，便只是说个大概。

老保安摇摇头："没有啊，就只有住2号门的盛老太太刚进去，还跟我打招呼来着。"

章桐顿时感到有些沮丧，在回自己所住楼栋的路上，她摸出挎包里的手机，拨通了李晓伟的电话：“我刚才在我住的楼栋下好像看见那个齐媛媛了，但是一转眼她就消失得无影无踪，难道说她跟踪我？”

电话那头的李晓伟先是一愣，随即尴尬地笑了笑，柔声说道：“你应该是看错了，赶紧回去休息吧，明天还要上班。”

章桐张了张嘴，刚想争辩，可是很快便打消了这个念头。挂断电话后，她走进楼栋，电梯门正好开着，便快步走了进去，按下了4楼的按钮，电梯门缓缓关上，章桐疲惫地倚靠在边上，脑子里一片混乱，齐媛媛的身影总是在自己眼前若隐若现。

很快，电梯到了4楼，电梯门打开，她走了出去，向左拐，顺手拂过墙壁上的感应开关，楼道里的灯顿时亮了起来，她离自己的家门还有不到5米远的距离。

章桐瞬间清醒了过来，自己的门上贴着一张纸条，上面一行娟秀的钢笔字，那是个地址，除此之外没有抬头也没有落款。她刚准备再次打电话给李晓伟，可是转念一想，便打消了这个念头，顺手从门上扯下那张纸塞进挎包，这才摸出钥匙开门进屋。很快，这件事便被她丢到了脑后。

凌晨4点刚过，还没睁开双眼，章桐便闻到了“馒头”身上特有的气味，紧接着便是一阵窸窸窣窣的声音，没多久“馒头”的头就出现在章桐的眼前，嘴里哈出的热气差点让她窒息。

章桐赶紧从床上坐了起来，卧室的灯都没关，自己身上依旧是昨天上班时所穿的那套衣服，头是不晕了，但是一阵阵的偏头痛不断涌来，这让她又一次感到心烦不安。直到两粒止痛药下肚，才长长地出了口气。

窗外的路灯还亮着，章桐轻轻推开“馒头”，信步来到窗边，脸上顿时露出了沮丧的神情。没错，那辆缓缓开进小区的正是童小川的警车，黑色的车厢，安在驾驶座的上方的警灯虽然没有发出声音，但那不断闪烁的刺眼的光芒离得老远都能让人记住。

这个时候来找自己准没什么好事，章桐用眼角的余光瞥了一眼桌上的手机，想了想，还是摇摇头拿了起来，拨通了童小川的电话，童小川的声音里充斥着惊喜："哟，我的章大主任，你在等我？"

"我在窗口看见你了，怎么，又有案子？我怎么没接到电话？"章桐没好气地嘀咕，"你老是大半夜出现，真让人头疼。"

"说实在的，我也不想这么招人厌的，真没办法。"童小川长叹一声，"指挥中心那边，你就别指望了，他们不会给你打电话的，因为我说我顺路来接你去案发现场。"

"真的出事了？"章桐一愣。

"是的，一堆人在现场等着你去呢，你赶紧下来吧，我已经到你楼洞口了。"说着，童小川便挂断了电话。

章桐连忙拿起挎包和手机向外走去，走到门口的时候，想了想，便又折返了回来，轻声安抚了一下"馒头"后，这才放心地走出家门。

每次出门的时候，章桐都是不敢回头看"馒头"的。虽然知道这忠心耿耿的狗子自打跟了自己后，就没过上几天好日子，但是真要放弃"馒头"，章桐却又于心不忍，感情这东西，有时候是很自私的。

钻进警车，章桐一边给自己系上安全带，一边随口问道："案发现场在哪？"

童小川扫了一眼警车的自动导航仪，嘀咕："溪南小区。"

章桐有些吃惊，抬头看他："那可是个老小区。"

童小川点点头："指挥中心电话中说现场可能有些糟糕，还有就是，目前还不能判定是不是他杀，所以组里的兄弟我都打发他们回家睡觉去了。"

"溪南小区……"章桐似乎并没有听到童小川后面所说的话，只是在嘴里翻来覆去念叨着这四个字，直到警车最终在案发现场楼下停下时，章桐透过车窗抬头看清楚了门牌号，她突然伸手一指，满脸惊愕地叫了起来："这个地址……怎么一模一样？"

"你说什么？"童小川狐疑地瞪着她，随即诧异地问，"你是不是喝酒了？满嘴酒味。"

章桐赶紧用手背擦了擦嘴，尴尬地说道："昨天晚上的时候喝的，"想了想，她又补充了句，"放心吧，不会影响工作的，我现在就是感觉有点头疼罢了。”

童小川脸上露出了苦笑。

章桐在包里一阵翻腾，终于找到了那张纸条，递给童小川：“喏，就是这个，昨晚上有人贴在我们门上。”

“溪南小区 3 栋 302。”童小川一个字一个字地读着，脸上的笑容悄无声息地消失了。

3.

（半小时前）

房间里静悄悄的，身边的老伴徐老伯早就已经进入了梦乡，但是张阿姨却怎么也睡不着。这眼看着气温是逐渐升高，还没到三伏天，就已经热得让人感到心烦意乱。

溪南小区的房子是 20 世纪的产物，设计上有着这样那样的缺陷，快三十年了，设备老旧不说，房间格局更是显得阴暗狭小，天气一热就让人透不过气来。张阿姨的心脏是老毛病了，她也只能忍耐，毕竟这房子住了几十年，不是说放弃就能放弃的。张阿姨也就尽量把家里打扫得窗明几净，几乎纤尘不染。

可不知道从什么时候起，房间里便多了一股说不出的怪味儿，尤其是晚上，气味愈发浓烈，像极了谁家养的小猫死在通风管道里的感觉，其中似乎还带着点说不出的臭鸡蛋和腐烂的酒糟相混合的气味，闻多了就想吐。白天的时候，开窗通风，房间里的味也就淡了，可一到晚上，风湿的老毛病就逼得她不得不关窗开空调，这样一来，屋里的气味又浓烈起来。张阿姨在家里坐卧不宁，没几天，就病了，去医院住了一个多礼拜。

奇怪的是老伴徐老伯一个人在家的时候却根本就没有闻到这股怪味儿，或许是男人粗枝大叶的本性使然，也或许根本就是张阿姨自己在胡思乱想。为了让即将出院回家休养的张阿姨打消顾虑，徐老伯甚至还去了社区打听，结果自然是一无所获，因为小区里住了很多短期租户，根本忙不过来的社区自然也就形同虚设。

今晚，张阿姨毫无悬念地又失眠了。那股怪味儿让她头昏脑涨，便干脆坐了起来，环顾了一下房间，略微思索后，随即下床，伸手抓过桌上起夜用的手电筒，顺着那股怪味开始找了起来。

没多久，她惊奇地发现气味的来源竟然是自己家的大衣柜所在的方向。可是打开柜子，并没有发现什么异样，衣服叠放得整整齐齐，过冬的大衣也在原处放着。难道说自己真的像徐老伯所说的那样是更年期的缘故？张阿姨心头涌起一丝不快。她转身刚要离开，可是那股怪味却还是不依不饶地跟着自己，并且愈发浓烈起来。

不会吧，难道是在大衣柜后面？

张阿姨心中一紧，便转到大衣柜的旁边，把手电筒抬高，向那道狭小的缝隙照去。

小小的圆滚滚的白色虫子几乎拥挤着快要爬满整面墙了，张阿姨被惊得目瞪口呆。顺着手电光往上去，那里是空调管道的通风口，而虫子就是顺着通风口爬下来的。

那里不只有虫子，还有褐色的凝固物。正在这时，有个小小的黑影在张阿姨面前快速飞过，停在了墙上。张阿姨屏住呼吸，把手电对准了黑影所停的位置——竟然是只大得出奇的苍蝇。

“老徐！老徐！你快来啊！……”张阿姨惊恐地大声叫着。

被惊醒的徐老伯看清楚墙面上的虫子后，顿时睡意全无。家里虽然曾经因为楼上邻居装修时没做防水层而漏得一塌糊涂，但是却绝对不会出现眼前这些让人头皮发麻的虫子。

徐老伯跌跌撞撞地跑到卫生间，几乎把吃下去的晚饭都吐得干干净净。他不明白为什么自己竟然闻不出味来，要是能早一点发觉的话，家里的局面就不会变得如此糟糕了。

楼上到底是怎么回事？徐老伯的脑子里飞速寻找着答案。

渐渐地，他的脸色变了。徐老伯是见过楼上的租客的，那是个三十岁上下的单身女人，虽然不知道她叫什么，但是却留下了很深刻的印象——不同于一般的租客，她是个很懂礼貌，且举手投足之间都让人感觉非常优雅的女人，说起话来轻声细语，就好像怕自己的嗓门吓着别人一样。

只是自己从未见过对方家里养猫或者养狗，而出现这种情况就只有可能是家里的猫狗死了没有及时被清理干净，天热了，自然也就招惹苍蝇……对了，已经有差不多一个月的时间没见过楼上的那个女人了吧。是出差了吗？还是回老家了？

没错，从上个月的台风天过后，徐老伯就再也没见过那个优雅精致的年轻女人了。

“老徐，你傻站着干什么，还不赶紧报警！”张阿姨冲着自己的老伴喊道。

站在溪南小区3栋302室的门口，还没进门，章桐就已经闻到了那股熟悉的气味，从程度上判断，结合现在的平均气温，得出结论已经死亡一周以上。

在门口，章桐穿上防护衣，戴上口罩，把头发小心翼翼地塞进无缝帽檐，最后套上长筒靴，这才站起身，冲着身边跟着的童小川问道：“里面没人了吧？”

童小川脸色尴尬地点头，小声嘀咕：“没人能在里面待上五分钟，太臭了。”

章桐耸耸肩：“习惯就好，人死后都差不多。”

“我跟你一起进去。”童小川从旁边窗台上拿过一双鞋套，给自己套上后，便跟着章桐一起走进了302室。

第二节　她

1.

这是一套小型的一室一厅结构的房子，进门就是玄关，右手边是简单的厨房，接着过去是卫生间、客厅和卧室。客厅连接着阳台，阳台上还挂着几件衣服，在凌晨的夜风中缓缓摇晃。卧室的门虚掩着，而那股臭味便是来自卧室的方向。

章桐并不急着进卧室，她先是推开厨房的门，只见灶台面板被擦得干干净净，碗筷也被叠放整齐，地面上看不见任何水渍，厨房一角的架子上放着半袋子还没吃完的米，一旁的果蔬篮里黄瓜和西红柿已经发霉变黑。

章桐轻轻叹了口气，随即关上厨房门。经过客厅的时候，她注意到了通往阳台的拐角窗台上放着一束已经干瘪凋谢的花，看不出它本来的颜色，却可以大致猜出应该是丁香一类，其中还夹着一支天堂鸟。

章桐从工具箱里摸出个口罩递给童小川，示意他戴上，这才伸手推开卧室的门。眼前所呈现出的景象，与外面的房间相比，完全是另外一个世界。

迎面而来的不只是难闻的臭味，还有一股阴冷，墙上空调开着，虽然温度并不太低，维持在25度，但是却足可以在一定程度上延缓尸体的腐败速度。房间并不大，仅能容下一张双人床和一个衣柜，靠墙摆着一张木质沙发，沙发旁是一盏开着的落地灯，这是此刻卧室里唯一的光线来源。

卧室的窗紧紧地关着，拉着窗帘。

死者仰面躺在那张木质沙发上，穿着一件沾满污渍的睡衣，因为过度腐败而根本辨别不出本来的长相。在她身边的地板上，是一只同样腐烂发臭的死猫，那些白色的虫子不断地在死者的全身和猫的尸体上爬来爬去。

章桐微微皱眉，她的目光顺着木质沙发看过去，地板的角落里连通着楼下的通风管道入口处，她伸手指给身旁的童小川看："就是从那里漏下去的。"

"这情况应该有好多天了吧？"童小川的脸色有些灰白，因为房间里的气味确实难闻。

章桐点头："虽说现在天气炎热，但是看分解的程度，至少在一周以上。"想了想，她又补充道，"可是这房间的空调一直都在运转，就不太好说了。"

"会不会是场意外？"

"我不知道，要等送回去解剖，腐败的情况实在太严重了。"章桐低声回答。

"这死猫怎么办？"

"一并带走。"说着，她环顾了一下卧室，注意到了墙上的空调，便转头问，“他们进来的时候房间就是这个样子？”

童小川走到门口，高声叫来了最初到达现场的派出所警员：“你们动过卧室的东西吗？”

警员摇摇头：“只是在门口看了一眼，就没再进去过，里面都保持原样的。”

“也就是说，死者死亡时，是晚上。”童小川说，“难道是猝死？”

死者的样子确实显得很安详，面部的样貌虽然已经辨认不出来，但是脸部表情却是平静的，就像睡着了一般。

只是地上的猫却有些怪异。章桐弯腰准备把猫装进裹尸袋的时候，心中一沉——手中猫的头部竟然呈现出一个怪异的角度，她抬头看了一眼童小川，右手顺势轻轻转动了一下猫的头部，自己的担忧很快便被证实了：“这猫的脖子被人扭断了。”

“什么意思？”童小川一时没弄明白。

“有人扭断了猫的脖子，我想这可能就是它的死因。”章桐语速飞快地说道。

“会不会是不慎跌落导致的？”

章桐果断地摇头，她拉上裹尸袋的拉链，然后站起身：“这个世界上最灵活的就是猫，狗会摔断脖子，但是猫可不会那么容易摔断，除非你把它拧断，就像这样。”说着，她利索地做了个用力拧开瓶盖的姿势，“而且力气要非常大，着力点就是第四节颈椎这里，360度。我觉得一般人做不到，”章桐的目光落在了死者的身上，“尤其是女人。”

很快，死者被抬离了房间，章桐跟着下楼的时候，她注意到了两位神情慌张的老人正站在202室的门前，向这边张望着，时不时还议论几句。等章桐经过他们身边时，那位老大爷小声地叫住了她，神情尴尬地问道：“姑娘，你，你是跟派出所同志他们一起的？”

章桐点点头，她本想说明自己的职务和身份，但是转念一想，便换了个比较含蓄的方式：“大爷，我是技术人员，医生那种。”

“好的，好的，我刚才打了报警电话，我姓徐，”徐老伯似乎轻轻松了口气，“姑娘，上面是不是真的，真的出事了？”

章桐并不否认。

老人显得有些忧心忡忡，他不安地看了眼身旁站着的张阿姨：“有件奇怪的事啊，姑娘，你，你刚才说你是医生，我有个问题，为什么我家老伴儿能闻到那股臭咸鱼味，我却偏偏闻不到呢？”

章桐一愣，随即明白了什么，便从自己的工作服口袋里摸出了随身带着的强光手电：“大爷，让我看看您的鼻腔，好吗？我就看看，很快的，你只要闭上双眼就可以了，不要看我的手电筒。”

徐老伯赶紧点头。

章桐便打开强光手电，检查完后，她轻声对徐老伯说：“大爷，您只是鼻子的地方恰好长了点东西，尽快去医院检查下，记得让孩子陪您去啊。就是因为这个，才让您的鼻子丧失了部分嗅觉。”

徐老伯感激地点点头：“我明白了，明天就让我女儿请假陪我去。”说着，便千恩万谢和张阿姨回了家。

再次下楼，章桐迎面看到了正在楼梯口等自己的童小川，便加快脚步跟了上去。

“怎么这么迟？”童小川问。

章桐重重地叹了口气：“这案子报案的是个老大爷对吧？住死者家楼下的。”

童小川点头：“没错。”

“你知道那大爷为什么会闻不到死者的臭味吗？”章桐忧心忡忡地说道，“我刚才看了他的鼻腔外侧壁，有典型的颈淋巴结转移的迹象。我怀疑他很大概率患上了鼻腔癌，所以才会丧失部分嗅觉功能。”

“那你跟他说明了吗？”童小川有点错愕。

章桐摇头：“他年纪大，而且他老伴也有严重的冠心病迹象，所以我不敢说，只是建议他在子女的陪同下去看专科医生。”

童小川沉默了会儿，突然问道：“我记得你跟我说起过那张纸条是被人贴到你家门上的，对吗？”

章桐点头："你们查明死者身份了吗？"

"派出所那边查了租住登记资料，身份证上租客的名字叫齐媛媛……"

一听这话，章桐的脑子里顿时炸开了锅，她冲着童小川摆了摆手，脸上神情痛苦："头疼，真是大白天活见鬼了！"

2.

章桐停下手中的解剖刀，抬头不解地问顾瑜："看来这死亡时间和脏器的腐败的速度确实不太对，小九那些样本检验结果出来了没有？"

顾瑜回头看了一眼墙角的电脑，惊喜地说："刚传过来，稍等。"说着，便凑上前查看，"根据现场所取回的蝇蛆样本的生长发育程度来看，确定为 3 龄幼虫。"

影响蝇蛆生长发育的主要因素是温度、湿度和食物。温度方面，最适宜的是 34 到 40 摄氏度，发育期为 3 到 3.5 天；温度为 25 到 30 摄氏度之间时，发育期为 4 到 6 天；温度为 20 到 25 摄氏度时，发育期为 5 到 9 天；16 摄氏度时，发育期会长达 17 到 19 天；如果低于 12 摄氏度，高于 48 摄氏度，那就完全不能发育。而现场所发现的 3 龄期蛆虫最适宜的发育湿度为 60% 至 70% 这个程度，但是死者长期处于空调房间里，是绝对没有办法达到这个湿度的，也就是说，尸体被人为延缓了腐败的时间。

章桐双眉紧锁："小顾，最近的一次台风天是什么时候？"

"上个月的 29 号。"顾瑜回答。

"已经整整 31 天了，我们不该见到这么活跃的蝇蛆的。"

"主任，那你的意思是……"

章桐伸手一指："记录下——加上她颅骨有多处明显的骨质缺损和骨质压痕，可以判定这是一起典型的杀人后伪造现场的命案，死亡时间目前推断是在 15 到 30 天前。死者生前最后的一顿晚餐中含有谷物和蔬菜，根据消化程度来看，是在晚餐后一小时内死亡的。"

"脑组织检查情况？"章桐问。

顾瑜仔细查看了下托盘上放着的死者大脑："小脑扁桃体被压向枕骨大孔，确定有疝性脑挫伤迹象。"说着，她小心翼翼地取出切片，来到工作台边的显微镜旁，“脑神经轴索节段性可见明显断裂，收缩球已经形成。”

“颅骨损伤的打击方向模拟图汇总出来了吗？”

章桐听了，点点头，顺手摘下了手套，丢进脚边的废弃物回收桶：“也就是说，死者的脑部已经产生弥漫性神经元和轴索损伤，加上硬膜下血肿的产生，可以下结论她是被活活打死的，死因是创伤性休克伴随严重的颅脑损伤。而现场的血迹虽然被清理，但是却因为清理得并不彻底，加上腐败的过程，所以才会导致蝇蛆顺着痕迹的不正常转移。小顾，看来，我们得回去一次。”

“回溪南小区现场？”

章桐神情凝重：“我想现场应该会留下一些证据。”

顾瑜点头：“那我这就去做准备。”

章桐心中一动，她看了眼墙上的挂钟，便叫住正要出门的顾瑜：“等等，你不用去了，我叫童队另外派人陪我去吧。”

顾瑜感到很意外：“主任……”

“快下班了，”章桐指了指挂钟，咧嘴一笑，“还有一刻钟，你收拾一下，今天就按时下班吧。有人跟我说过了，今天是你的生日，他在等你呢。”

顾瑜脸红了。

章桐笑眯眯地看着她：“小九挺不错的，好好交往吧。看你，都来了两年多了，也该有自己的私生活了，别到头来像我就好。”

话说出口的刹那，章桐的心里有一种空落落的感觉。

顾瑜走后，章桐拦住了自己的老搭档——痕检室的负责人欧阳工程师，直截了当地说道：“老欧阳，你徒弟带我的助手去约会了，那你发扬下风格，就和我一起去趟现场吧。”

欧阳工程师一听就乐了：“哎呀呀，小九那家伙终于有人要了，真不错真不错，不然可把我愁死了。”

“老欧阳，你愁啥？”章桐一边把车倒出车库，一边随口问道。

欧阳工程师伸了个懒腰，乐呵呵地回答：“章大主任，我一直都把小九当我亲儿子，要知道这孩子可聪明了，悟性特别好，又踏实肯干，将来在痕检这方面肯定会干出一番成绩的。”

章桐听了，却笑不出来：“希望他真的能如你所愿，不然的话，老欧阳，你该数数，你手下一年中有多少人辞职了。”

被说中了自己的伤心事，欧阳工程师不由得满脸通红，干脆赌气看着车窗外，不再说话。

车很快便到了溪南小区，因为此刻正是下班高峰，溪南小区的岔路口被来往的车辆堵得严严实实，根本就找不到能停车的地方。没有办法，章桐只能把车直接开进当地的派出所大院，在说明来意后，就下车和欧阳工程师一起步行到案发小区的楼下。

两人拎着各自的工具箱来到3楼，门上贴着封贴，章桐腾出一只手正要揭去封贴，突然，身后传来飞快的脚步声，一个人跑过章桐和欧阳工程师的身边，径直下楼而去。很快，脚步声便消失在楼道里。

老欧阳在章桐身后幽幽地问道：“章主任，刚才你听到关门的声音了吗？”

“没有啊。”话音未落，章桐猛地意识到了什么。

章桐丢下工具箱，快速追下楼道口，站在小区楼下，看着来往的人群和热闹的大街，那人早就已经消失得无影无踪。

3.

傍晚时分，酷热渐渐散去。如血的夕阳染红了天空，给整个天长城都蒙上了一层神秘的色彩。

天长市局副局长办公室内，童小川一声不吭地看着坐在办公桌后的张浩，后者正在仔细阅读着他刚递交的案情分析报告。

张局看完了报告，沉吟了一会儿，随即点头，果断地说道：“按照法医处的报告来看，确实有疑点，那就按照命案走，我批准了。”

童小川赶紧抓过报告，转身就要离开，想了想，却又停下了脚步，对张浩说：“张局，这个案子，有点邪门。”

“邪门？”

童小川点头，他回到办公桌边坐了下来，神情严肃地把发生在章桐身上的奇怪遭遇说了一遍，最后从自己兜里摸出一个小的塑料证据袋："这是章主任亲手交给我的。天底下没有这么大的巧合，而且名字也一模一样。"

张局脸上的神情顿时凝重了起来，他对章桐做事的严谨与细致程度是深信不疑的，结合尸检报告来看，事情必定有蹊跷："童队啊，办这个案子，务必要注意章主任的人身安全。要知道就今年，我们系统内已经有三个法医在办案现场殉职了，一个是意外，而另两个，却是因为我们一线刑警没有保护到位，我可不希望这种事情发生在我们局里，你明白吗？"

童小川不由得愣住了，回道："放心吧，张局，这事绝对不会在我们这发生，我一定会保护好章主任的。"

（与此同时，映秀小区案发现场门口）

楼梯间昏黄的照明灯光下，欧阳工程师双手抱着胳膊，看着章桐一脸沮丧地走上楼，来到近前后，他便问道："没追上吧？"

章桐摇摇头："没有，她跑太快了，我下去的时候已经迟了，都怪我，反应太慢。"

欧阳工程师轻轻一笑："没事，我们进去吧，这抓人的活儿，留给童队他们去做就行了。"

章桐不甘心地说道："这里的社区环境实在太复杂，连个有效的监控都没有。"她用力推开了302室的房门，穿上鞋套，走了进去，打开了屋里的照明灯。

"这是出租户？"欧阳工程师打量了一下客厅，问道，"我还从没见过把个厨房弄得这么干净的出租户呢。"

"你的意思是……"章桐感到不解。

老欧阳笑了："你仔细看看这厨房的灶台，边边角角擦得多干净，这地板砖都好像专门用氯水擦过一般，"他一边说一边摇摇头，"太干净了，你说谁家会用氯水擦地板砖？难道说屋子主人有洁癖？"

"不可能。"章桐果断地否决，她的脑海里又一次出现了自己门上夹着的那张纸条，"洁癖到这种程度的人，强迫症也会达到相应的层面，一般来说出门在外都会手套不离身，尽量不去接触外面的事物，又怎么会往人家门上贴纸条？”

“这样啊，那就怪了。”欧阳工程师耸耸肩，显得很无奈。

“我们到卧室去看看，我要想办法重现一下案发当晚的情景。”说着，章桐推门走进卧室，窗开着，房间里的空气变得好了许多，尸体已经被搬走了，地面却基本没动，本来是打算等明天远在外地的家人赶到后，陪同葬仪社的人过来清理，现在看来没有这个必要了。

章桐指着木质沙发上的人形标记：“死者当时就是在这里被人发现的，在她脚边有一只死猫，脖子被人活活扭断了。看来凶手对房间里进行过清理，所以表面看不出血迹，我需要用鲁米诺对整个房间进行血迹分析。”

老欧阳听了，点点头，活动了一下筋骨：“没问题，好久没这么大场面了，那咱开工吧，我去关窗。”

章桐弯腰打开工具箱，从里面摸出一瓶500毫升装的鲁米诺混合溶液，轻轻摇匀，鲁米诺和过氧化氢完全融合后，她戴上手套，开始在房间里顺时针方向喷洒了起来。她做得非常仔细，尽量让每一块墙面都被喷洒上，然后她戴上眼镜，并给了欧阳工程师一副备用的：“准备好了吗？关灯吧。”

房间里顿时一片漆黑，可这只是暂时的，瞬间眼前便出现了一个诡异的场景——就在木质沙发后面的墙上，杂乱地分布着一片让人心悸的蓝色荧光，这就意味着那里曾经有过血迹，并且被精心擦拭过。而蝇蛆虽然对血腥味趋之若鹜，但却没有本事爬那么高，因为蓝色荧光最高的位置已经与天花板齐平。

“我看过死者的颅脑损伤情况，”章桐轻声说道，“至少不下三次重击，位置与墙上的飞溅血迹完全相符，这么看来，这个位置就是案发第一现场，死者后来虽然被挪动过，凶手却还是把她放了回去。”

“出了好多的血。”欧阳工程师说，“她反抗过吗？”

章桐摇摇头：“双手上没有看到任何抵抗伤的痕迹，应该是第一击就直接让她昏迷了。”她伸手打开了卧室的顶灯，皱眉继续说道，“老欧阳，这个案子有过度杀戮的迹象，难道是仇杀？”

“有这个可能。”此时欧阳工程师的脸上已经没有了先前的轻松，他从兜里摸出手机，拨通了痕检办公室的值班电话，在报出案发现场的地址后，让两个轮班的下属过来帮忙。

“你们准备加班了？”章桐问。

欧阳工程师苦笑着点点头。

章桐走出案发现场，抬头看了看布满星星的夜空，这时候她才感到肚子里空空的，犹豫着是不是要就近买点吃的先垫垫肚子。自打有过一次低血糖的经历后，她对填饱肚子这个事总是很上心。

突然，耳畔一阵风响，她本能地抬头一看，一把菜刀正从空中落下，重重地砸落在水泥地面上，激起一串火星。

菜刀几乎是刀刃擦着自己的鼻子落下的，那一刻，章桐本能地闭上了双眼。她已经不会跑了，双脚就像灌了铅一般，被牢牢地钉在地面上。

第三节　轮到你了

1.

一股浓浓的泡面味充斥着天长市局重案组办公室里的每个角落。

虽然童小川的鼻子已经习惯了各种味道，但是不知怎的，泡面却是他无论如何都无法强迫自己去坦然接受的。

“童队，我看你是以前吃太多了，所以现在才会这么抵触。”专案内勤于博文笑眯眯地看着童小川。

童小川皱眉：“你们吃完了没？吃完了记得给我开窗通风……对了，齐媛媛的个人情况调查得怎么样了？给我看看。”

于博文却是一副欲言又止的样子，这让童小川感到有些意外：“你怎么了？”

“这个死者的丈夫，和我们系统还曾经有过一些特殊的关系。”于博文有些犹豫，他搜肠刮肚地寻找着合适的字眼。

“我们系统？你是说我们单位？”

于博文赶紧摇头：“不，不，不，是江城，离我们这也不远，苏川过去就三百多公里。她的丈夫叫黄俊和，曾经是江城市局的法医，但是……前年殉职了，唉，挺惨的。从那以后，据说死者齐媛媛就搬离了江城市，独自一个人来到我们天长居住。”

“她是我们天长人？还是只是想换个环境而已？”童小川的声音中多了一些同情。

“她的户籍地是江城，在天长举目无亲，至于说为什么选择来这里，应该只是为了工作吧，我查过她申报的暂住证资料，她在溪南小区租住了一年多。”于博文回答，“询问过房东，得知租房费用是一年一付的。”

“一年一付？这在我们天长倒是挺少见的。”童小川小声嘀咕，“那她家里人呢？”

“她父母早就去世了，就一个姑母，在苏川市居住，她明天上午就会到我们局里办理手续认领尸体。”

“唉，她们来了也没用，案子没结，这尸体就没法交接，看来明天又要头疼了。”童小川随手敲了敲脑袋，突然想到了什么，便叫住正要离开的于博文，“等等，于博文，她的工作单位你查到了没有？社保局那边没记录吗？”

于博文双手一摊，显得很无奈：“上报的就是自由职业，都左邻右舍问了一圈了，没人知道。这年头，只要大门一关，门外无论发生什么事都与自己无关。”

童小川心中不由得一动：“那个她的丈夫，殉职的法医，抚恤金是多少？”

“童队，这你倒是问到点子上了，我还专门查了下，当年丧葬抚恤和保险总共加起来四十万，二十万归黄法医的父母，二十万归了齐媛媛。”

单纯二十万的话，在天长这个二三线城市里生活，也能有个最起码的保障了。想到这儿，童小川脸上的神情变得缓和了些。

于博文却摇摇头，他猜到了童小川的想法：“别想得太美了，童队，齐媛媛名下的银行账户上一分钱都没有，那二十万块钱入账后没三天时间，就没了。”

“没了？”童小川的嗓音不自觉地提高了八度，“二十万呐！”

于博文用力点点头，目光复杂："她都捐了，一分不留，全都捐给了江城市局殉职警员家属安抚委员会。"

每个市局几乎都有这么一个特殊的机构存在，而有些痛苦，金钱确实是无法修复的。童小川似乎一下子明白了齐媛媛当初那一刻所流露出的复杂心情，却又无能为力，他只能轻轻叹了口气。失去亲人的伤痛，有时候也只有自己才能用时间去愈合。

一个社会关系如此简单的女人，为何会以这么一种凄惨的方式孤独地死去呢？看着桌面上那张死者生前的相片，童小川陷入了苦苦思索之中。

（溪南小区案发现场楼下）

"……哎呀，你没事吧……"

"楼上丢什么东西下来啦……"

"……天呐，谁这么缺德啊，是菜刀……"

……七嘴八舌的议论声瞬间把章桐淹没了，她右手紧紧地抓住自己的左手手腕，尽量让自己站稳而不倒下："我没事，我没事，不要碰那把刀！"

"需要报警吗，医生，你没事吧？"耳边传来急切的问候声。章桐循声望去，认出了正是住在死者家楼下的那位徐老伯，妻子张阿姨站在他身边，两人显然刚刚散步回来。

章桐摇摇头，轻轻一笑："我没事。"说着，她便从兜里摸出手套戴上，弯腰在地上倒着拿起那把从天而降的菜刀，右手用力抖开一个纸袋子，随后小心翼翼地把刀尖朝上放了进去。做完这些后，这才得空朝楼上看了一眼，不出所料，楼上并没有什么异样，相反自己身边围观的居民却越聚越多。可以想象，现在即使通知了派出所，除了手中这把菜刀外，也是查不出任何别的有用线索的。章桐便打消了重新上楼去找欧阳工程师的念头，只是在开车回到市局后，顺带着给老欧阳打了个电话，提醒他等下收工时注意安全。

（天长市局）

"竟然有人光天化日之下敢朝你扔菜刀？这简直就是谋杀！"老欧阳在

电话那头拼命吼叫的后果就是让章桐感到了什么叫震耳欲聋，她不得不把手机朝反方向挪了挪，“我说老欧阳，我这不还活着吗？我死不了，命硬着呢！你们可得小心就是，因为下次不知道朝下扔啥了……”不管老欧阳在电话那头如何抱怨，章桐随手便挂断了电话。提着沉重的工具箱拐过走廊的时候，她看见了弯着腰坐在绿色长椅上的童小川，他满脸愁容，一根接一根地抽着烟。章桐停下脚步，顺势向他头顶的天花板看去，果真被自己猜中了——那个本来应该是烟雾报警器的地方，现在空荡荡的，就留下个连接插头吊在半空中。

“我说这里怎么烟雾腾腾的，”章桐伸手一指，虎着脸说道，“给我安上！”

童小川立刻涨红了脸，他嘿嘿笑着，从兜里摸出那个被拆下的烟雾报警器，想了想，哀求道：“能再给我两分钟时间吗？这丢了的话，多可惜啊！”

“装上！赶快！”回答不容置疑。

童小川重重地叹了口气，沮丧地掐灭烟头，这才利索地爬上长凳，踮着脚尖把烟雾报警器拧好，跳下凳子，冲着章桐双手一摊，用近乎恳求的语气说道：“行了吧，我的章大主任，别再虎着脸啦。”

章桐无奈地看着他，摇摇头，口气缓和了许多：“抽烟真的没好处，肺癌是现在死亡率最高的癌症，一旦发现就是晚期，没有救的。”

童小川没有吱声。

“好了，你来找我干什么？”章桐从口袋里摸出了办公室钥匙，打开房门，走了进去，“进来吧，我们坐下说。”

一杯热茶下肚，童小川这才认真地打量起章桐：“章主任，你脸色这么差？”

“是吗？”章桐下意识地用右手紧紧地握住自己的左手手腕，那把菜刀还在自己的工具箱里锁着，所以，刚才那一幕绝对不是自己在做梦，“我没事，只是有人没有公德心罢了。”

还好童小川并没有马上刨根问底，他心事重重地看着章桐：“现场看下来怎么说？”

“过度杀戮，”章桐的目光中流露出了一丝同情，“案发第一现场就是那张木质沙发，第一下重击就让她失去了反抗能力，但是凶手并没有就此终止，相反，接下来所发生的可以说就是一场屠杀。”

“那死者，是什么时候死的？可不可能一下就要了她的命？”

“虽然她没有反抗，但是，”章桐的脑海中又一次出现了案发现场墙上那蓝色荧光，“现场墙上有几处明显的动脉血喷洒痕迹，所以我只能告诉你，她并没有马上死。”

“她为什么不呼救？”童小川下意识地重重一拳打在办公桌上，神情激动地说道。

章桐顿感意外，因为在以往的命案调查工作中，从未见过童小川会这么动容：“你怎么了？”

“你应该对前年江城市局法医黄俊和殉职这件事还有印象吧？”童小川幽幽地说道，“齐媛媛是他的妻子。”

听到这个消息，章桐的心不由得一沉：“我当然记得，因为我当时就在现场。”

2.

那简直就是一场灾难。

现在回想起来，章桐的心中依然是心有余悸。

前年初夏，靠近海东地区的江城市一连出现了好几起莫名的火灾。根据报警群众反映，火灾初发时在现场听到一两次明显的小爆炸声，随后，火势异常猛烈，即使救援人员飞速赶到现场，所能做的也只是尽可能地控制火灾范围，不让它继续蔓延，殃及更多无辜。

火灾发生的时间是不固定的，地点从最初的废弃工厂，发展到牲畜养殖场，最后居然到了人口聚集区。大火过后，案发现场就只找到了遇难者的尸体。而监控探头在火灾现场附近除了捕捉到一个模糊的人影外并无所获，警方就只知道每一次火灾的引燃物都是汽油。

最后那场火灾发生在下午 1 点多的时候，因为是初夏，正值午休期间，人们昏昏欲睡。烈日暴晒下，江城市 SOHO 区的街面上很少有人经过。就在这个时候，位于盂兰街口的楼兰文化传媒公司一楼临街窗口突然玻璃碎裂，屋内蹿起熊熊的火苗，紧接着便传来了惨叫声、杂乱的脚步声和桌椅被推倒的声音，随着两声沉闷的爆炸声响起，火势变得愈发不能控制，很快便从二楼的窗户内蹿了出来。

这家文化传媒公司位于一栋三层楼高的独立建筑内，因为整条盂兰街区都是主打民国风，所以沿街的建筑都是清一色的民国小楼，外墙装饰几乎都是木质结构，在这么大的火灾面前，根本就是不堪一击。

事后，根据清点在场的幸存者，得知现场失踪和死亡人数达到了八名。

而这，还不是最让人感到揪心的。

当时，章桐接到了支援江城的指令，便带了工具箱火速赶往三百多公里外的案发现场。当她赶到现场的时候，面对的却是九名死者，第九具尸体是江城市局法医黄俊和的。

原来，火灾被扑灭后，为了能尽快找到罹难者所处的第一现场，先期赶到的江城市局黄俊和法医就带着助手进了那栋小楼，他们分头登记尸体所在的具体位置和呈现出的第一表象，并拍照记录。助手负责顶层和天台，而黄俊和法医则负责剩下的楼层。他无意中发现了小楼中竟然还有个地下室。因为地下室的门是用专门的防火材料做的，所以火势并没有蔓延到地下室来。黄俊和打开地下室门，径直走了下去，他担心还有被遗漏的受害者。

惨剧就是在那个时候发生的，门背后突然跳出了一个黑影，还没等黄俊和法医反应过来，对方手中的尖刀便猛地扎了下去，深深地扎在了年轻法医的颈动脉上，瞬间破裂的动脉血管喷涌出温热的鲜血。黄俊和法医根本就来不及呼救，他本能地伸手要去抓住刀柄，试图阻止对方拔出凶器，可这是完全不可能的，随着对方手臂的扬起，带出的血液几乎溅满了身后的整面墙壁。

最初的疼痛和恐惧过后，失血过多的后果便是浑身渐渐冰冷，意识逐渐丧失，周遭的世界也变得安静了下来，黄俊和法医倚着墙壁缓缓瘫坐在地面上后，生命就定格在了那个闷热的午后。

凶手后来被抓了，当时是因为来不及逃，报警的群众已经堵住了门口，面对燃起的熊熊大火，为了不被活活烧死，他才躲进了地下室。

“你知道我是怎么想的吗？”章桐给童小川面前的茶杯里又续上了热水。

童小川摇摇头。

“诚然，凶手必须受到法律的严惩，可是，如果当时在场的警队人员能先行确保案发现场的安全性的话，黄俊和法医就不会死得那么惨。”章桐的目光中闪过一丝阴郁，“发现他的时候，他身上的工作服几乎被血浸透了，右手断了三根手指，那是被刀刃拉断的，死因是失血性休克。”

章桐的话语字字句句砸在童小川的胸口上，他哑声问道：“那，他妻子齐媛媛的死，会不会和这件事有关？”

“我是觉得她故意接近我就有点不对劲，可是，”章桐皱眉，转而说道，“现场的尸体死亡时间明明是 15 天到 1 个月前，那我前几天遇到的，还有在我门上贴条子的，到底是谁？”

“你确定看到的就是齐媛媛？”童小川问。

“那张脸，我是不会忘记的，因为她的双眼视力有些同向性偏盲。”章桐顺手抓过自己办公桌上的人头部模型，一边比画，一边解释道，“颞叶肿瘤的早期症状就是视野改变，当肿瘤位于颞叶深部时，由于影响和破坏视束及视放射，患病初期会出现对侧同向性上象限四分之一的视野缺损。随着肿瘤的增大，象限性缺损就发展成为同向性偏盲。而这个结果，在解剖中得到了证实。”章桐把办公桌文件栏里的那份病理报告递给了童小川：“傍晚刚出来的。”

“你是说死者齐媛媛患上了脑部肿瘤？”想起于博文曾经提到过的齐媛媛捐出二十万元的事，不禁心中五味杂陈。

章桐点头：“没错，并且已经有一段时间了。”

“那有治好的可能吗？”童小川有些不甘心。

“不可能，已经到了晚期。”

也就是说，无论如何，死者都已经是一个将死之人。突然想起尸体脸上那特殊的平静表情，章桐似乎明白了什么。

3.

童小川走后，章桐靠在椅子上休息了会儿，本打算连夜把新的尸检报告赶出来，这时候她才发觉自己根本就没有办法再集中注意力，心慌不说，尤其是右手，总是微微发颤。知道是因为方才在案发现场时那意外的一幕所致，只是没想到后果会这么严重。目光落在身旁的工具箱上，这才记起那把菜刀还在里面放着，便弯腰打开工具箱，戴上手套，然后小心翼翼地取出装有菜刀的纸袋，径直来到刑科所的痕迹鉴定办公室。

一进门章桐便把纸袋重重地放在桌上，咣当一声，把前脚刚从现场赶回来的欧阳工程师吓一跳，等看清楚了那把菜刀的外形后，他脸上露出了凝重的神情："小章，你可别跟我说这就是人家朝你脑袋上丢的那把。"

章桐点点头："没错，你猜中了，就是那把差点劈开我头骨的菜刀。老欧阳，麻烦你的小徒弟帮我提取一下上面的指纹，说不定能逮住那家伙，省得他以后再去祸害别人。"

"没问题。"欧阳力戴上手套，拿起纸袋递给了正坐在工作台边的徒弟，"结果很快就能出来。"

"多谢，"章桐看了眼墙上的挂钟，"我回趟家，结果出来后随时通知我……对了，老欧阳，江城那个案子你还记得吗？"

欧阳力愣了一下，随即点头："我当然记得，咱一个同行还殉职了，你问这个干什么？"

章桐没有正面回答："那你还记得事情后来是怎么处理的吗？"

"凶手被判了死刑，一年后执行的。这种在现场直接就抓住的案子，一般都很快。"欧阳工程师想了想，接着说道，"不过，我听说这事后还起了不小的风波。"

"风波？"章桐不解。

见章桐一脸茫然，欧阳工程师咧嘴笑了笑："章大主任，我看你是光知道守着你那一亩三分地，成天两耳不闻窗外事。"

章桐有些尴尬："我确实不太喜欢听这些传言。"

"殉职法医的家属，据说把江城市刑警队重案组给告了，理由是他们渎职，没有及时清场保障后续技术人员的人身安全，所以才会导致她的丈夫成了该案的连带受害者。”老欧阳的脸上露出了若有所思的神情。

“那事情最终是怎么处理的？”

老欧阳摆了摆手，说道：“甭提了，撤了中队长的职，那可是个在基层干了多年的老刑警了，据说被直接发配到乡派出所去了，通报批评，记过一次，一年内不能评功。”说到这儿，他看了章桐一眼，“其实呢，话说回来，这确实是江城刑警队的重大过失。唉，太难了！”

“难怪我们副局一天到晚念经似的强调‘清场安全’‘清场安全’。”说话间，做指纹比对的工作人员把打印出来的报告递给了欧阳工程师。

老欧阳紧盯着报告：“结果出来了，你猜猜刀柄上都是谁的指纹？”

章桐站起身往外就走，边走边说：“省点劲儿吧，老欧阳，是死者齐媛媛的指纹。明天见，我下班了。”

欧阳力转身吃惊地看着身边的小徒弟，嘀咕道：“我还没说呢，她又是怎么猜出来的？”

小徒弟嘿嘿一笑：“头儿，这点真的难不倒章主任，和你熟悉的人都知道，你的脸上向来藏不住秘密，心里想啥直接就往脸上写了。”

老欧阳听了，顿时臊得满脸通红，连连责怪道：“看这脸丢的，干吗不提醒我！”话音未落，脑子里突然回想起了案发现场那一幕，他呆住了，心中顿时感到了惴惴不安，“不对啊，这把菜刀不就是冲着小章去的吗？”说着，他便一把抓起桌上的话机，刚要打给章桐，转念一想，拨通了童小川的电话，“童队啊，我是欧阳，那把菜刀……对，差点砸死章主任的那把菜刀，就是直接冲着她去的……理由？菜刀手柄上的指纹是死者齐媛媛的，你说，一把她厨房里的菜刀，怎么会不偏不倚就正好在咱们的法医走出楼栋的刹那掉了下去，位置还那么精准……不，我还没来得及通知她。”

回家的最后一趟末班车上只有两三个人，且分散坐在车厢内的各个角落。

章桐斜靠在窗边，看着掠过眼前的城市夜景，她不由得陷入了沉思。前天早上，齐媛媛出现在自己面前的那一刻又一次浮现了出来——

“我……请问，章医生，如果一个人的他杀被精心伪装成自杀或者意外事件的话，你能看出来吗？”

她为什么问自己这么一个问题？溪南小区的案发现场，只要是一名合格的法医，就很容易能看出是他杀，难道这是让她感到困惑的原因所在？

不，事情显然没这么简单。老欧阳谈起殉职的黄法医家属告刑警队这件事的时候，章桐记得很清楚，老欧阳目光中所流露出来的，是一种自己从未见过的无奈。当初，黄法医的死已经给当时在场的每一个人心里都留下了不可磨灭的阴影，接着还要被警队家属告，这么做虽然在理却也伤情。或许，这是齐媛媛在江城无法待下去的原因之一吧。

想到这儿，她掏出手机拨打了江城市局陈法医的电话，黄俊和殉职后，他的工作便被这位陈法医接手了，章桐在去省城开会的时候，和陈法医有过几次照面。简单说明了自己心中的疑问后，电话那头的陈法医略微迟疑了一会儿，说道：“确实没那么简单。我记得很清楚，当时她先找的是时任刑警队中队长老田，两人据说还激烈地吵过一次，局里很多人都看到了，影响非常差。我想，老田后来之所以被发配到乡派出所管户籍，其中这个原因也是占了很大比例的。至于说刑警队的人事几乎被重新洗了一次牌，那是后话了。”

“明白了，谢谢你，再见。”挂断电话后，眼见着公交车正好靠站，车门打开的刹那，章桐赶紧下了车，这并不是她的目的地，之所以临时起意下车，那只不过是她想赶紧换车回市局。就在她转身之际，眼角的余光中出现了诡异的一幕——一个人似乎也要下车，对方是紧跟在自己身后的，却因为时间太短而被关在了车内，可以看到对方恼怒地拍打了一下车门，便悻悻然地走了回去，重新坐下。

章桐无意中看到的这一幕，让她不免心中开始惴惴不安起来。

就在这个时候，手机响了起来，是童小川打来的。

第一节　谎言堂

1.

章桐不敢再在车站过多停留，挂断电话后，她就伸手拦了辆出租车，径直回到市局大院。刚下车便看见了童小川。

“你可回来了，要是再看不见你，我就直接开车去找你了。”童小川焦急地说道。

“我没事，大龙那边怎么说？”章桐匆匆走进一楼大厅，下楼梯，向自己的办公室走去。刚才在电话中，她让童小川找郑文龙要那天早晨市局对面的监控视频资料。

童小川点头：“视频检索结果出来了，她是跟在你身后去了马路对面，而在这之前，她一直守在市局外围的树荫下。”

“难道说她一开始就是针对我的？”章桐停下了脚步，回想起刚才公交车上那一幕，她感到无法理解，“我与她没有任何瓜葛，她为什么要针对我？暂且不说那个时候她是否还活着，当初她丈夫的死也是与我无关的，她这么做的动机到底是什么？”

童小川双眉紧锁：“我还是无法认同那时候你遇到的就是齐媛媛本人。”

“两个人脸上不可能有同一种医学镜像特征，又不是克隆人。”章桐说道。

“我已经派人去调你刚才坐的那趟公交车的监控视频了，希望能有所收获。”童小川轻轻叹了口气，把话题扯开了，“你怎么突然想到回局里来？”

章桐停下脚步，转身认真地看着童小川：“江城那边，你有没有认识的人？”

“你的意思是……”童小川没明白。

“我总觉得现在这事和江城黄法医当初遇害的案子有关，”章桐想了想，说道，“那天，齐媛媛在大街上对我说的原话是——请问，章医生，如果一个人的他杀被精心伪装成自杀或者意外事件的话，你能看出来吗？”

“你想，她特地来找我，然后就为了这句话，她必定是知道了什么内情，但是却不方便说出来。可惜的是，我当时并没有注意到她这句话里的真正含义，却过多地去关注了她后面的突然胡言乱语。”章桐脸上露出了茫然若失的神情，“在车上，我联系了江城现在的陈法医，他是接手黄俊和法医工作的人，他对我说黄俊和的妻子齐媛媛在提出行政诉讼之前，曾经和当时的刑警队长老田起过争执，而这直接导致了老田被降职。当时的刑警队也遭遇了从未有过的人事大洗牌，包括技术中队的人。”

童小川顿时明白了章桐的意思，脸色瞬间凝重了起来：“这属于平级调查，确实有些难度，但是事关殉职的警务人员，再难也得试试。”

章桐点点头：“先帮我把黄法医的尸检报告弄过来，他的尸体不是已经火化下葬了吗？你找档案室的帮帮忙。”

童小川欲言又止，想了想，有些担心地说道：“这事儿，可真得暗地调查，不然的话，可就犯大忌讳了。”

“我想齐媛媛当初离开江城，应该也是和这个有很大关系，拜托了！我必须排除一切可能。”

“好吧，你等我消息！”童小川若有所思地看了章桐一眼，转身便匆匆地离开了底楼走廊。

现在最大的难题就是要确认齐媛媛的准确死亡时间。章桐匆匆给自己换上工作服，戴上手套和口罩，推开解剖室的门，穿过过道，直接来到后面的房间，打开灯的刹那，房间里冷气所形成的烟雾在缓缓缭绕。章桐打了个哆嗦，她伸手拿下记录本，找到尸体编号，仔细核对过后，便拉开柜门，打开裹尸袋，刚想把活动轮床推出去，转念一想，便又重新打开旁边的柜门，那是个特殊的小裹尸袋，里面就是那只死在齐媛媛尸体旁的成年母猫。她先把母猫的尸体搬到外面的解剖台上，伸手打开上方的照明灯。

章桐记得很清楚，在现场猫的身体是被摆得工工整整的，这完全可以认定为凶手最后重新布置现场时所为。这是一只怀孕的母猫，她心中不由得一动，要知道怀孕的动物都有一种天生的护犊本能，也会比以往有更大的攻击性，就连自己的主人不留神的话也会被攻击。它在临死前，出于本能，应该会有攻击的行为产生。章桐依次剪下了母猫的指甲，最后在查看口腔时，她看到了一丝淡淡的血痕，悬着的心这才终于放了下来。

做完这一切后，章桐正在犹豫要不要先送去痕迹鉴定办公室那里，一阵急促的脚步声响起，解剖室的门应声推开，小九气喘吁吁地站在门口："章主任，我，我回来了。"

"你走错了吧？"章桐有些错愕，"出门左拐上楼右手第二个门才是你该去的地方。"

小九伸手挠了挠头，憨憨地笑了笑："没错没错，我刚才给师父打了个电话，问他今晚要不要帮忙，你也知道，这整个单位的人都在忙，我也不可能闲着，你说是不是？结果师父说不用，说他看到你回来了，就打发我过来帮你。小顾她妈身体不太好，她叫我转告你说今晚我替她值班。"

"这样啊，那我就不客气了，给，"章桐把手中刚提取的两个样本递给小九，"你尽快给我结果，我要知道上面是不是有人类 DNA，如果有的话，是谁的，尽快！"

"没问题！"小九用力点头，护着托盘，风一般地跑了。

半个小时后，结果出来了，虽然是在意料之中，章桐却还是呆住了——样本 DNA 与齐媛媛的并不相符。她拨通了童小川的电话："童队，现场发现一组 DNA，但是却并没有能够在库里找到比中对象。"

"这就是说要么没被我们处理过，要么就是从未做过案子。你是在哪里找到的？"电话那头童小川的声音有些嘶哑，背景像是在嘈杂的马路上。

"猫的身上。"章桐说，"那只被拧断了脖子的猫，它在死前做过挣扎。"

听到这儿，童小川一声叹息："我现在开车去江城，有什么事随时和我联系。还有，我的去向只有副局知道，我不在的时候，你找他吧。"

"没问题。"章桐匆匆挂断电话。她回到工作台边，看着显微镜下怪异的一幕，不由得双眉紧锁。

2.

自从楼上出事后，虽然尸体已经被警方转移走了，但是徐老伯和老伴平静的生活却也就此被打乱，每天晚上总要在床上翻来覆去很多次，甚至到了天亮都不一定能睡着。张阿姨本来身体就不好，这一折腾再也受不了了，干脆搬去女儿家住，徐老伯却不愿意走，毕竟是自己的家，有了感情，总担心这一走，就再也没机会回来了。

这人一旦安静下来，难免胡思乱想，以前被忽视的或者并不在意的人或者事，就会再次出现在自己的脑海中。

凌晨时分，徐老伯躺在床上，双眼紧盯着黑漆漆的天花板，陷入了沉思——楼上那死去的女人是一年多前搬来的，应该是夏天吧。记得那天是大中午，天很热，女人却穿了一件长袖，还戴着帽子，给人一种弱不禁风的感觉。女人平时很少出门，即使上下楼梯时遇到，点个头就算打过了招呼，除此之外，就是那两次自己去过她家抄燃气表。印象中那个女人的家被收拾得干干净净的，只是那只灰猫，却似乎对生人很是警惕，冲着自己不断炸毛嘶吼。女人见了，便上前赶紧抱起猫并不断道歉，说那猫是她一个朋友的，受到过虐待，被她救助后就对她产生了很深的依赖，就只认她一个人。

渐渐有些热了，徐老伯干脆坐起身，从床头柜里摸出一本书，打开台灯，戴上老花镜，翻开第一页的时候，他突然心中一怔——耳根子边好安静啊！从上周开始，每天晚上就特别安静。他记得那只灰猫有个坏习惯，总是喜欢在凌晨的时候在阳台上叫，院落里的野猫就会跟着起哄，叫得他和老伴心烦意乱，却又碍于脸面不好意思上门理论，毕竟只是一个单身女人居住，便只能时刻提醒自己，这只不过是一只被宠坏的猫。

可是，从上次台风夜开始，他就没再听见猫叫，只是有人半夜三更还在房间里走来走去，而直到上周，脚步声消失了，猫的叫声也没再出现过。

想得烦了，徐老伯便干脆把书往床上一丢，下了床，在房间里绕圈踱步。突然，他跑到电话机旁，皱眉想了想，终于打定主意，摘下话筒。

那个长得很漂亮的女医生说过，如果想起什么，无论什么时候，一定要找她，徐老伯不断地安慰自己。

天亮了，还在睡梦中的欧阳工程师被自己饥肠辘辘的声音惊醒，他从办公室的沙发椅上坐了起来，目光便被面前茶几上那张检验报告给吸引住了，落款是章桐的签名，工整有力。他赶紧揉了揉眼睛，仔细地一行行读下去，很快便睡意全无，抓着报告便匆匆走出了办公室，一眼就看到了用两张活动电脑椅拼起来当床睡得正香的小九，想都没想就一脚踹在了椅子上："快醒醒，还睡！"

小九睡眼蒙胧地从地上爬了起来，委屈地说道："师父，我才眯了半个多钟头。"

老欧阳愣住了，随即尴尬地清了清嗓子："哦，这样啊，章主任这报告是什么时候送过来的？"

小九看了眼墙上的挂钟："有两个钟头了，章主任说你要是有什么问题，这个点儿她一准就在食堂。"

老欧阳乐了，刚走到门口，想了想，便回头对小九笑眯眯地说："小家伙，去我那沙发上睡吧，白天你就不用干活了，我等下给你在食堂拿点东西回来吃。"

小九咧嘴一笑："还是师父心疼我。"

欧阳工程师在食堂找到章桐的时候，她正在慢条斯理地喝着白粥，在食堂，章桐只吃白粥白饭，从不吃菜。老欧阳也顾不得别的了，他把检验报告放在章桐面前，激动地说道："这是真的？"

章桐点点头："没错，我向二院皮肤科的专家做了咨询，确诊这就是猫癣。猫癣极易传染人，虽然在人身上呈现出的是体癣的特征，但是这种疾病的感染源却是犬小孢子菌，属于真菌的一种，所以感染在人体的皮肤上，和其他皮肤癣的癣菌所造成的结果是非常类似的，主要表现为片状红斑，以及红斑基础上的鳞片状皮屑，唯一的不同就是边界清楚，呈中心自愈的现象。如果不进行积极的抗真菌治疗的话，这种病会成片发展得非常迅速。我就是在死者的左手臂内侧发现的，而传染来源就是那只母猫。"

"照这么看来，猫在临死前抓了凶手，也就是说凶手有可能被传染上猫癣。"老欧阳皱眉说，"但是这极短时间就能传染上吗？"

"那是只长毛猫，只要抱过它的，时间够长，加上自身抵抗力弱，那就都有可能被传染上。"章桐慢吞吞地说道，"那住在楼下的老人家早上给我打了个电话，电话中提到了这只猫，说它每天凌晨喜欢叫唤，可是后来，就是那天台风夜后，猫却不叫了，晚上只听到楼上传来脚步声，就是在房间里睡不着踱步的那种，这样持续到一周前，猫的叫声没再出现过，脚步声也消失了。老欧阳，你告诉我，你推断出了什么？"

欧阳工程师双眉紧锁："成年猫狗的习惯一般很难改变，除非遇到了很大的变故。"

"我查看过母猫的胚胎，证实母猫死亡时间确实不超过一周，这和死者是一样的。而母猫的四肢非常干净，也就是说它几乎和死者是在同时死亡，所以没有沾染上死者的血。"章桐轻声说道，"死者从受到伤害到最终死亡，中间足足相隔了两周左右的时间。我查看了她的心脏壁，上面有注射过的痕迹，不排除是肾上腺素。而从心肌坏死的程度来看，差不多是一周左右的时间，所以死者真正死亡的时间应该是一周前。显然我最初的判断有误。"

"你是说凶手人为地延续了受害者的生命？"

章桐点点头："没错，我想，应该是对凶手还有利用价值吧，直到一周前，不知怎的，他就下了毒手，最后打死了受害者，顺带拧断了猫的脖子，重新布置了现场。凶手和猫以及死者在同一个房间里待了两周左右的时间，所以他患上猫癣的可能性非常大。”

“对了，童队去哪了？我打他电话，他没接。”欧阳工程师边说边又掏出电话准备拨打，“他一定想知道这个消息。”

“不知道，好像出差了吧。你跟副局汇报就可以了。”章桐喝光了碗里最后一口白粥，站起身，走出了食堂，远远地飘来一句话：“我去办公室睡会儿。”

三百公里外的江城市局门口，童小川把车停在临时停车位上，抽完了最后一根烟，他顺手在车载烟灰缸里掐灭烟头，直到看见有人走出警局，向自己这个方向走来时，本来略显焦躁不安的脸上这才露出了笑容。

3.

江涛是童小川当初在禁毒大队工作时的搭档，后来因为工作的缘故被调去了江城，现在已经调离了禁毒大队，转去了督察部门工作。

“童哥，怎么想到来江城转转了？你们天长现在这么有空吗？”一钻进警车，江涛便笑嘻嘻地说。

“忙着呢。”童小川神情尴尬，“这次我特地来是求你帮个忙，兄弟。”

“帮忙？”江涛脸上的笑容渐渐消失了，“我还以为你不进去找我，是因为我是督察的缘故……童哥，不会是什么见不得光的事吧，那可是要犯错误的。”

“神经病！”童小川狠狠瞪了他一眼，“你是见多了犯错误的人，现在看谁都是犯错误的了。咱再怎么说也是干过禁毒的人，死都不怕，多少值钱的玩意儿放在面前更是眼皮子都不会眨一下，还会犯这种错误？你也不动动脑子。”

江涛嘿嘿地笑了：“那你干吗这么鬼鬼祟祟地不进去找我？偏要搞得跟地下工作似的，我们督察部门就这么不招人待见吗？”

童小川长长地出了口气，脸上的神情显得有些沮丧：“我手头有个案子，目前不方便惊动你们头儿，想请兄弟你帮忙拷贝一下档案。”

“既然是办案，为什么不走正常程序？”江涛敏锐地感觉到了什么，口气也凝重了许多，“难道说是我们警队内部出了内鬼？”

童小川犹豫了会儿后，直截了当地说道：“兄弟，我别的也不求你，当初出任务的时候，我也帮你挨过人家一刀，不看僧面看佛面，你就当还我人情吧。别的，你先别问了，说到底，我也是应人之托，”说到这儿，他略微停顿了下，目光看向车窗外，远处，江城市局的牌子醒目可见，“我要一份尸检报告，包括现场的原始相片副本。”

车厢里的气氛瞬间变得凝重了起来，江涛压低嗓门：“什么案子的？”

“黄俊和法医。”

又是一阵让人感觉压抑的沉默，出乎意料的是，江涛竟然答应了，他伸手拉开车门，钻出警车，想了想，回头又叮嘱道：“我只有一个要求，案子结果出来后，务必第一个让我知道。”

童小川突然心头一震，他看着自己多年的老搭档，语速飞快地问道：“难道说，你对这个案子也有疑问？”

“我看过现场，怎么说呢……不符合逻辑！在这等我。”江涛头也不回地摆摆手，快步走回了江城市局大院。

逻辑这个东西是很让人头疼的，它无影无踪却又是必然的存在，并且固执地左右着人的判断力。

半个小时后，江涛的身形再次出现在市局门口，他通过打开的车窗塞给童小川一个公文袋：“都在里面了。”

“谢谢，兄弟。”童小川感到鼻子有些莫名的发酸。

江涛轻轻一笑，眉宇间神情却有些落寞：“我一直以为这件事就这么过去了，不过现在看来，总算有个结果也未必不是一件好事，尽管这个结果或许是谁都不愿意去看到的。”说着，他长叹一声，用手掌轻轻拍了拍警车顶部，“走吧走吧，童哥，下次出差去天长，有机会我们再好好聚聚！”

虽然离开禁毒大队已经有好几年了，但是内心深处却怎么也忘不了当初那惊心动魄的一幕幕场景，还有手足一般的战友情谊。车都开出去老远了，后视镜中却依然能够看到江涛站在风中的身影，童小川不禁感慨万千，眼中竟然有了一些泪光。

李晓伟下午没课，便兴冲冲地跑来市局找章桐，请吃中午饭是假，其实他心里最大的疙瘩就是前段日子自己求婚被婉拒。那之后的几天里，他沮丧极了，想和章桐进一步沟通，她又很忙，连回个电话都有些不太可能，知道依照章桐倔强的个性，自己不能急于求成，便只能像以前那样蚂蚁搬家式地继续培养感情再说了。

不过还好，对于雪菜黄鱼面，章桐是毫无抵抗力的。一大碗面条下去后，她一边掏出手帕擦汗，一边说道："无事不登三宝殿，你说吧。"

李晓伟顿时涨红了脸，面对这个智商高于自己很多倍，情商却又低得让人感觉头疼的女人，有时候他还真的不知道该如何开口："我……对了，你幻听的毛病最近怎么样，有没有减轻一点？"

前段日子因为工作压力的缘故，章桐确实不止一次向他抱怨说自己有些幻听。她耸耸肩："好多了，最近都没犯了。"

"那就好，那就好。"李晓伟有些词穷，突然章桐脸上的神情凝重了起来。

"怎么了？"李晓伟不安地压低嗓门问道。此刻，小面馆里的食客已经逐渐散去，周围的环境也变得安静许多。

章桐皱眉想了想，说："那人死了，是他杀。"

"天呐。"

"可是，我总觉得哪里有些不太对劲。"章桐抬头认真地看着李晓伟，"你说一个人为什么能完美复制对方的容貌，包括对方脸上的医学镜像式特征？"

"我见过我们医院里整形科专用的硅胶式面具，确实能够做到以假乱真的地步，如果不仔细看的话，是完全分辨不出来的，尤其是两人之间隔着一定的距离。"李晓伟说，"那天，你和她面对面的时候，中间隔着多远的距离，你还记得吗？"

章桐皱眉想了想："等等，那天，她是背光站着的，离开我两米远左右。"

"这么看来，确实有可能戴了某种特制面具，要知道连皮肤纹路和血管分布都能做到以假乱真。那天我听整形科的人说了，这年头只要有钱就行。”

章桐脸色顿时沉了下来：“那，她所说的话，前半段我还可以理解，那后半段，为什么要说那么怪异的话？要知道那时候，真正的受害者已经去世了。”

李晓伟略微斟酌过后，说道：“我个人觉得她是想和你套近乎。”

“可她后来又想杀我！”再次提到自己在案发现场楼下差点被一把菜刀砸死的经历，章桐心中仍然有些愤愤不平。

“那是因为你发现了她不想被人知道的秘密，她想灭口。”李晓伟若有所思地说道，“我曾经遇到过一个病人，对自己的母亲非常亲近和依赖，可就是因为母亲当着别人的面无意中说了一些他不喜欢的话后，当天晚上回家后他就把自己母亲给掐死了。那个病人属于中度残障，智力只有 7 岁孩子的程度。我举这个例子就只是想告诉你，对于某些人来说，一件事情的发生能瞬间改变他最初的决定，包括杀人。”

“我不明白到底是什么原因能让他这么孤注一掷。”章桐小声嘀咕。就在这时，手机提示栏里出现了童小川的名字，点开后，是一份扫描的尸检报告。章桐一声不吭地看着，许久，她站起身，匆匆对李晓伟说：“我得赶紧回单位去。”

“那……那就下次再约。”李晓伟有些失落，脸上勉强挤出一丝笑容。

章桐快步走出面馆，穿过马路的时候，她迫不及待地掏出手机拨通了欧阳办公室的电话：“欧阳，叫上小九，马上来法医处的三维成像室，我们要对一具已经被火化的遗体进行模拟尸检！”

第二节　灰烬里的答案

1.

模拟尸检的房间是独立的，就在法医处最里面，是间不足 8 平方米的小房间，里面空荡荡的，除了靠墙角的位置摆了个工作台和一台电脑外，就是天花板和墙角四面各自对角放置了几台成像仪。

章桐拿出三副眼镜，分别递给欧阳和小九，然后自己也戴上。伸手按下电脑运行键的同时，房间的正中央便出现了一幅三维模型，和正常人一般身高。

“黄俊和法医身高 175 厘米，身体健康状况良好，没有其他病症。”章桐解释道，“根据这份尸检报告和现场相片来看，黄法医的致命伤在左面颈动脉处，死因是锐器创所导致的失血性休克，创伤深度将近 4.8 厘米，创口边缘有棱角，不排除为军刺一类的凶器。这些，我都没有什么疑问，只是……”说到这儿，她突然停下了脚步，抬头对小九说，“小九，你身高多少？”

“172 厘米。”

“凶手和你差不了几厘米。”章桐点点头，伸手一指，“麻烦你站到这边来，对，就是这个位置，你站着不要动。”说着，她回到墙角工作台旁，在电脑上敲击了旋转的指令，模型便直立了起来。

“好，假设你现在手中就有一把尖刀，你向死者右面颈动脉刺去，要非常准，一击到位。”章桐认真地说道。

小九依照吩咐做出了动作，只是有些说不出的别扭。

一旁的欧阳见状，感到很诧异：“不对啊，能一击就贯穿颈动脉 4.8 厘米的力量，凶手要么是个左撇子，要么就必须用很大的劲才行。不然的话，习惯用右手的人左手是做不到能够一击就克制住死者的。”

章桐点点头，又按下了翻转指令，模型变为正面面对小九。

“你接着来！重复刚才的动作。”

小九这回是顺手多了。但是章桐脸上的神情却依然很严肃，她截取了两处受伤的地方进行对比：“欧阳，问题出在这，能造成黄俊和法医尸体上伤口形状的人，必须身高在 165 至 168 厘米之间，而且是正好面对着黄法医。”

“当时他是不是有蹲下的动作？”小九问。

“不可能，蹲下的话，所造成的创面角度就更接近于直角垂直面。”章桐回答。

“难道你的意思是凶手另有其人？”欧阳紧锁双眉，满脸疑惑。

“被抓的纵火犯身高在 186 厘米，而且，他的右手有残疾，所以就更不可能一击致命。黄俊和法医毕竟也是受过一定训练的人，”章桐看了欧阳工程师一眼，“我担心凶手是女人！一个身高 165 至 168 厘米之间的女人。”

小九突然想到了什么，伸手一指面前的模型：“章主任，你是怎么拿到这份尸检报告的，这个案子好像不归我们天长管吧？”

“没有归谁管这个问题，只要有疑点，谁都可以提出来。”欧阳狠狠地给了徒弟肩膀一巴掌，“脑子别那么轴，好不好？我怎么就教不会你呢？”

小九满脸委屈。说归这么说，欧阳看向章桐的目光中却也是充满了疑虑和关切。

“小九说得对，是我找人要的尸检报告，因为没有办法进行二次尸检，而我又有疑问，无奈就只能用这个办法了。这么看来，凶手果真另有其人。”章桐皱眉说道，“如果真是个女人的话，那齐媛媛死亡现场那段时间里所出现的情况就完全可以被解释得通了。”

副局长张浩的办公室里，童小川忧心忡忡地说道：“副局，黄俊和法医当年的助手就是个女的。”

“可是我们不能光凭这点就贸然要求对她进行处理啊，这条证据链关联不起来。随随便便就进行调查的话，很容易处于被动地位。”副局果断地摇头。

“她的身高也和章主任所得出的结论相吻合。”童小川有些急了，不想看着好不容易得到的线索白白断了。

“除了进行外围调查，别的，我没有办法批准。”副局严肃地看着童小川，“你给我听好了，不能动她，可以蹲点守，在拿到更直接的证据之前，你们不能动手。”

几秒钟的僵持过后，童小川妥协了，他重重地叹了口气，沮丧地说道：“好吧。我答应你就是。”

离开副局办公室，童小川一边等电梯，一边拨通了江涛的电话："兄弟，我还需要你帮个忙。"

电话那头的江涛嘿嘿一笑："尽力而为。"

"黄俊和法医的助手是个女的，叫邹小琴，对不对？"童小川直截了当地问道。

江涛一愣，随即点头："没错，是这个人，但是现在已经不在我们江城了，黄法医殉职后没多久，警队那边便进行了一次很大的调整，我记得我跟你说过的。"

"我知道，帮我找到这个人现在的下落，我这边不方便查，不在职权管辖范围内。"

"没问题。"江涛挂断了电话。

童小川心事重重地按下了电梯下行键，看着屏幕上不断变化的数字，他皱眉陷入了沉思。

事情的结果永远都是出人意料的。

夜幕降临，章桐锁好办公室的门，便顺着走廊向楼梯口走去，快到转弯的地方，一个黑影从椅子上站了起来："你好，章医生。"

章桐停下了脚步："你是……"

因为转弯处没有灯，所以章桐并不能看清楚对方的具体长相。

"我来拿一样东西，我一个朋友留下来的东西。"对方笑盈盈地说道。

"东西？现在是下班时间，认领遗物的话，明天来吧。"章桐刚走出两步，突然怔住了，转头看向对方，"你的声音好熟，你是谁？"

话音未落，一把形状怪异的刀便顶在了章桐的腹部，而那张逐渐靠近的脸让章桐不由得倒吸一口冷气："你是邹小琴？"

对方却只是默默地摇摇头，嘴角的笑容显得格外诡异。

2.

一个死人是不可能活过来的，除非她根本就没有死。

看着眼前这张毫无表情的脸，章桐可以立刻确认上面绝对没有被覆盖任何的硅胶面具，而这双冰冷的眼睛，让她恍然大悟，随即轻轻出了口气，一字一顿地说道:“你是齐媛媛，死的是邹小琴，而你根本就没有死。”

对方没有说话，算是用沉默认可了自己的身份。

章桐的视线顺着对方的手臂看过去，这把刀，刀刃长度在8厘米左右，上面有道细细的凹槽，刀背非常薄，不到1厘米，所以能够轻易地就刺透自己的肝脏，虽然外部伤口会非常小，但是自己却可能会因为大出血而死。确切点说这并不是一把刀，而是一把刺，一把能够用来杀人的军刺。

“这就是你用来杀害黄法医的凶器，对不对?他可是你的丈夫，你怎么能下得去手?”章桐皱眉看着她，自言自语地说道，“等等，江城的火灾现场那天我也在，你究竟是什么时候到的?放火的人并不是你，难怪他被抓的时候在不断地说没有杀人，只是放了火而已。当时，却并没有人相信他语无伦次的话，人们都被愤怒的情绪所包围了……”

“你错了，我不是故意要杀他的。”齐媛媛平静地说道，“事后，我也自责过。”

章桐一阵冷笑:“自责?你真要是自责，为什么不投案自首?为什么还要杀害黄法医的助手?等等，你们的病历，难道是被换过了?死者明明患有脑瘤……”章桐的思绪一片混乱，她不安地看着眼前这个浑身冷冰冰的女人，“你到底做了什么?”

“她是个好人。”齐媛媛眼中的泪光转瞬即逝，“你既然已经知道了，那就把邹小琴的东西交给我。只要你不说出我的事，我就不会伤害你。”

“她没有给我留下过任何东西，我发现她的时候，她就已经死了一个多礼拜了，一个死人是不可能给我东西的。”章桐果断地说道。

显然齐媛媛并不相信她说的话，但是却找不到任何理由来推翻，便沉声说道:“你现在带我去解剖室，我要看看她的尸体。”

“这不可能!”章桐脸色沉了下来。

正在僵持之际，走廊那头传来了脚步声，齐媛媛皱眉说道:“我还会来找你的，即使找不到你，我也会去找李医生，他可是个很善良的好医生，从不会让人失望。”说着，她轻轻一笑，便灵巧地爬上走廊的大玻璃窗，跳窗走了，身影很快便消失在浓浓的夜色中。

出于安全考虑，章桐没有去追，因为只要位置对了，齐媛媛手中的那把刀子是足可以夺人性命的，所以她不能冒这个险。

很快，脚步声在离自己不远处停了下来，是童小川，他看到章桐站在窗口发呆，不禁有些意外："章主任，你还没下班？"

章桐转头看着他："你怎么来了？"

童小川晃了晃手中的备用钥匙，那是解剖室所独有的，他嘿嘿一笑："我以为你下班了，就去问安保处要了你这边的备用钥匙，我想再验证一下。"

"什么？"章桐心中一紧。

"好吧，我想确认下死者齐媛媛的真实身份。"见章桐依旧没吭声，童小川便解释道，"我下午跟你说的黄俊和法医的助手叫邹小琴对不对？"

章桐点头："没错。"

"她已经失踪很久了。"童小川紧锁双眉，"江城的朋友通知我说自从黄俊和法医出事后，邹小琴的情绪就非常不稳定，很快，她便主动要求调离了岗位，去了一家研究机构，可是上班没几天，她又离职了，据说也来了我们天长市。我调看过她来到天长后的暂住地周围的监控录像，看了两个钟头，终于发现了一个人……"

回想起刚才的一幕，章桐轻轻叹了口气："齐媛媛。"

童小川有些吃惊："你怎么知道？"

章桐伸手一指窗外漆黑的夜色，无奈地说道："她刚才就在这儿，她没死，死的应该是邹小琴。"

话音未落，童小川急了，就要转身去追，被章桐一把拦住："她身上带了致命的凶器，而且后面的巷子里老宅子居多，我怕她狗急跳墙。放心吧，她还会来找我的。"

"为什么？"童小川不解。

"因为她要一件东西，我可以肯定我这边没有她要的。也就是说邹小琴必定留下了很重要的证据，她在凶案现场之所以停留那么长时间，很有可能是在寻找那件对她来说至关重要的东西。但是齐媛媛最后还是失望了，因为那件东西并不在凶案现场。"章桐转头看着童小川，"邹小琴和齐媛媛都没有被我们警方打击处理过，所以我们的数据库里不可能有她们留下的DNA或者完整的指纹样本，她们两人的身高长相年龄都差不多，而案发现场的尸体因为伤在头部，又过了一段时间才被人发现，以至于面目全非，根本无法辨识，我们一开始的时候就因为对方是死在那个房间就自然而然地认定死者是屋子的住户，现在看来，是我们大意了。”

童小川点点头：“我再去案发现场周围看看，同时找老田聊聊，这边就拜托你了，确认下死者的真实身份。我总觉得，江城的这个案子没有我们想象中那么简单。”

“我明白。”章桐心中感到了阵阵的不安。

夜深了，徐老伯一个人躺在床上，刚有了些睡意，门口却传来了急促的敲门声。这个时候会有谁来？难道是警察？不会啊，都快凌晨了。徐老伯不由得感到有些生气，本想不搭理那略显无礼的敲门声，可是对方却敲了一次又一次，根本就没有停下的打算。

徐老伯从床上坐了起来，还好老伴儿又去了女儿那里，他下床穿了拖鞋，睡眼蒙眬地走过玄关，伸手打开门。

门外站着一位身穿鹅黄色长裙的年轻女人，她笑眯眯地对徐老伯说：“老伯，打扰了，我来拿我放在你这里的东西。”

徐老伯呆呆地看着她，结结巴巴地说道：“你……你不是死了吗？”

年轻女人也不恼，依旧笑眯眯地看着老伯：“徐老伯，死人就不能来拿寄放在你这里的东西吗？”

徐老伯顿时感到自己心跳得厉害，眼前一黑便向后重重地倒在了地板上。

年轻女人轻轻一声叹息，跨过徐老伯的身体，走进了房间，门在她身后被缓缓关上。

3.

凌晨1点多的时候，江城市下属安七县城关派出所值班室的电话铃声响了起来。没多久，老田的身影便出现在派出所的门口。他冲着童小川的警车招了招手，示意他这就进去，童小川微微一笑。

城关派出所值班室的条件当然没办法和市局的比，尤其当一墙之隔是菜场杀鸡摊位的时候，那扑鼻的异味就更加无法用言语来表述了。

老田已经习惯了，他为童小川沏了壶茶水，话语中充满了歉意："童队啊，你这大老远地赶来，也没啥招待的，就将就着喝点茶吧！"

童小川和老田并没打过多少交道，只是因为工作的缘故见过几次。两人脾气秉性挺投缘，在这特殊的环境下，自然也就无话不说了。

"小黄的脾气是出了名地好，平日里叫他加个班啥的，一个电话就来，也从不抱怨什么。"老田的目光变得有些蒙眬，"印象中和我们刑大合作这么久的，小黄是最认真投入的一个法医，只是可惜，他走得太早了。"

在警队工作过的人，几乎都会忌讳说一个"死"字。

"老田，在来你这之前，我又去看了那个现场，都过了这么久了，那地方还是老样子啊，也不知道修修。"

"那场火灾中死了那么多人，那栋楼的修复快不了，涉及赔偿方面的舆论压力太大了，而个人观念也不是一天两天就能随意改变的。"老田苦笑道，"从感情上来说，死了的人不可能再复活，但是活着的人却不一定能马上接受自己亲人的离去，理由就这么简单。"

"跟我说说邹小琴吧，黄法医的助手，她为人怎么样？"童小川看似随意地问了一句。

老田紧锁双眉，犹豫了一会儿后，这才说道："那姑娘，生活的压力太重了，所以她后来辞职不干也是情有可原的。"

童小川心中一动，深知老田是在刻意回避自己的问题，便轻轻笑了笑："田哥，你也是个聪明人，我今天突然来找你，而且不是选择大白天你们所里人多的时候，我想，你应该能够明白我的良苦用心吧？"

老田没有吭声，只是嘴角微微抽动了一下，显然他在拼命克制自己内心的起伏。许久过后，他把脸埋在双手中，一声长叹，等再次抬起头时，眼角已然有了一些泪光："那孩子，我不止一次听小黄讲过，是个资质很不错的好苗子，小黄一再强调要好好培养，因为我们基层的法医实在是太少了。谁知，这话讲过没多久，一天晚上，也就是像现在这个时候，我前脚刚下班回到家，后脚便被小黄打电话叫了出去。在他车里，他犹豫了半天，才跟我说无意中发现那孩子在做假鉴定。”

“假鉴定？”童小川突然感觉自己有些喘不过气来，“等等，田哥，我知道你们基层法医有时候也会应群众或者单位要求，出面做一些非刑事案件方面的鉴定工作，但是这假鉴定……责任就太大了，你确定你没听错？”

老田摇摇头，苦笑道：“我听了这话后，当时的表情和你现在的样子是一个模子里刻出来的，就连所说的话都差不多。可是后来，”说到这儿，他脸上的神情变得凝重起来，“我确信小黄没有撒谎。那时候，我才意识到情况已经是非常严重了。”

“那为什么不立刻上报并且停她的职？”童小川不解地问，他相信老田绝对不会犯这种愚蠢的错误。

“停职？没有实际的证据，是绝对做不到的。”老田看了他一眼，没有再继续说下去。

童小川突然明白了老田那复杂的眼神，不禁愕然道：“原来这就是她要的东西啊。”

“谁要的？”老田警惕了起来，他做过多年的刑警队长，如今虽然下放了，但是脑子里那根弦却始终都紧绷着。

“田哥，你也知道瞒不了我，咱毕竟是一个系统的，”童小川若有所思地看着老田，“那我就直截了当地说了，你别介意。”

“说吧。”老田清了清嗓子，似乎早就知道这一刻必定会来临，他把身体蜷缩进了灯光的暗影中。

“你的下放，应该不是上面的决定。如果真是那样的话，那最多只是一次小小的处分，绝对不会降级下放这么严重。要是我没判断错的话，那是你对你自己的惩罚，而这惩罚，也并不全是因为黄法医在案发现场时的意外去世，相反，是因为你知道凶手是谁，你却没有说出来，你受不了良心的谴责，故此，你才会做出后面的举动。”童小川的话语中透露出隐隐的冰冷，“田哥，你干了一辈子的刑警，江州的兄弟都以你为傲，”说到这儿，他环顾了一下这间狭小潮湿的值班室，“我想，如今的局面，应该也不是你所愿意面对的吧……”

话没说完，让童小川感到吃惊的一幕发生了，眼前的老田就像一只受伤的狮子，缩在阴影里呜呜地哀号了起来。男人的哭和女人的哭是不一样的，那是一种缓慢而又沉重地从心中往外宣泄痛苦的过程。

半晌，他抬头看着童小川，泪水顺着脸颊无声地滚落："那天晚上在车里，小黄对我说，那孩子还有救，因为她的假鉴定只做过一次，而且是出于同情，帮一个想摆脱自己家暴丈夫的女人打官司，申请司法保护。但是谁想到事情还是被小黄发现了，出于职业要求，他告诉了我，但是同时他又恳求我再给那孩子一次机会。我同意了，正如他所说那孩子本性并不坏。"

"你这么做是在犯错误！"童小川无奈地说道，"做假鉴定犯法！"

老田默默地点头："这身衣服穿了三十多年了，我知道底线在那，谁都不能去触碰，触碰就必须付出代价。但是当我知道那个女人的特殊经历后，我同情她。你知道吗，童队，一个杂种从她十二岁起就开始侵犯她，等她成年后就骗她结了婚，表面上做得毫无瑕疵，但是一关起门来就变成了可怕的恶魔。可惜的是那女的根本就没有证据去彻底摆脱那杂种，走投无路之下便找到了黄法医的助手小邹，后来的事，你也就知道了。"

童小川突然意识到了什么，便急切地追问道："那这假鉴定总共做了几次？"

"好像就那一次。"老田神情落寞地回答，"至于说凶手，正如你所说当时的现场一片混乱，烟很大，我看见有人从发现黄法医尸体的地方跑了出来，身材瘦小像个女的，仅此而已，我没有直接的证据去证实这件事，因为我没有来得及看清对方的脸。事后，我找了小邹，她却对我避而不见，那时候我就知道该是我承担责任的时候了，写完案情报告后我便去找了领导，把这所有的事情都和盘托出。我的错在哪我心里有数，因为黄法医的被害绝对不是一次简单的工作过失，所以我当时请求的处分不是下放，而是渎职，这是要被公诉的，最不济也是被开除，但是领导在商量过后，却因为证据不足而拒绝了，结果改成了下放。"

"证据不足？"童小川问。

老田点点头："除了现场那个模糊的身影，没办法证明黄法医是被我们自己人所害，所以他的去世，最终被定性为凶手的附带伤害，上面也对他的遗属依法做出了赔偿。”

听到这儿，童小川的脑子里不禁嗡嗡作响，他皱眉看着老田：“田哥，最后问你一个问题，那份假鉴定，你亲眼见到过吗？”

老田果断地摇头。

第三节　离恶不远

1.

一阵急促的电话铃声撕破凌晨的宁静。

“溪南小区 3 栋 202 发生疑似命案，请求支援。”

童小川刚去了江州，不可能及时赶回天长，章桐也就只能自己打车前往案发现场。凌晨的街头清冷而又寂寞，等了几分钟却让人感觉已经过了半个世纪。

案发地址是再熟悉不过的了，章桐感到有些揪心，脑海里不断地闪过徐老伯的脸，她不禁有些自责。终于，出租车停在了案发现场的楼下，在给过车费后，章桐便急匆匆地向警戒线走去。

“谁报的案？”章桐问最先赶到现场的派出所民警。她注意到现场楼下并没有市局的法医现场勘察车。

“下夜班的租客，就住在死者家楼上，上楼的时候偶然发现门半开着，死者的右手伸出了门外，就好像在求救，”说着，他伸手指了指自己身后不远处的 120 急救车，不无遗憾地说，“最先通知的他们，我们前后脚的工夫就都赶到了，但是那时候人已经没了。”

“符合急性心梗的症状，这个年龄段的老人半夜发病的概率很高。”身穿绿色制服的 120 随车医生显得很无奈，他递上了出车记录表，“这上面所记录的就是我们刚接手时的病人数据，已经没救了，但是可以判断出死亡时间在一个小时以内。尸体现在还是保持着最初发现时的姿势，总体来看死者是想出门求救，可最终还是没有了力气，所以倒在门边。”

“谢谢！”章桐心中算是放下了块石头，转而对身边的现场民警说，“既然是正常死亡，为什么要通知我来？”

“前段日子这栋楼的 3 楼不是正好出了命案么，案子还没破，你们技术大队的人又差点出事，我们所里就加强了这里的警戒，多装了个探头以防万一，探头是广角的，正对着这栋楼。接到报案后，我们立刻查了监控资料，发现了这个，所以就打电话通知了市局值班室，他们说童队紧急出差了，会通知当班法医过来确认下。”说着，他从手机里调出了一段监控资料，时长只有 58 秒，但是镜头却是高清的，当画面中出现那个身穿黄色连衣裙的年轻女人时，章桐长长地叹了口气：“果真是她！”

302 室门口的封条完好无损，房间内外也没有外人进入过的痕迹，而 202 室意外去世的徐老伯自然就成了明显的疑点。

回到 202 室玄关处，门敞开着，尸体头东脚西呈匍匐状俯卧在地，显然老人在去世前最后的念头是爬出门呼救。房间里床铺有睡过的痕迹，电话机就在手边，他却并不选择这个最便捷的方式，而宁可选择可能性最低的出门求救，原因只能是老人的发病状态来得非常突然。

章桐的目光在狭小而又凌乱不堪的房间玄关处来回仔细查看着，这是老式的 80 式居室，玄关处的地面是坚硬的水泥质地。她拧开了强光手电，几处不明显的痕迹呈现了出来。痕迹总共有三处，第一处是在尸体的小腿位置下方水泥地面上，另一处是旁边的灰墙墙面，而最后一处则是在靠近门边贴脚线的上方不到 30 厘米的位置，略低于第二处，却与它在同一个弧度上。目测老人的身高在 172 厘米左右，他上身穿了一件藏青色睡衣，棉质的，睡衣的后背上有明显的墙灰痕迹，也就是说曾经和玄关处的墙灰有过摩擦。章桐心中一紧，便又一次蹲在老人身边，分开老人花白的头发，借着手电光看去，血迹虽不多，却在白发中显得非常刺眼。

“后脑有骨折的迹象，”章桐轻声说，“死者应该是站在门边给人开门的时候向后倒地的，后脑重重着地陷入昏迷，但是并没有马上停止呼吸。他事后有过短暂的苏醒，凭着直觉他坐了起来，却已经没有了力气再次回到床边用电话求救，死者便出于本能靠在这灰墙上。从这两处血迹拖曳的方向来看，他有过想站起来的努力，但是最终却失败了，死者便向前匍匐，想爬出门去向邻居求救，最终耗尽了力气死在门边。”

“这么说真的是意外？”

章桐点点头：“最好和家属沟通一下，可以的话做个尸检确认下结果。不过，这大半夜的，老人来到门边只有一个可能，那就是给人开门。对了，你找人问问，晚上有没有人听到明显的敲门声。有结果就通知重案组的于博文警官，他是专案内勤，童队不在就由他负责。”

“没问题，我这就去。”

只要能够确认案发时间段有人敲门，那么，徐老伯的意外就能和齐媛媛联系起来了。想到这儿，章桐的心中感到一丝不安。齐媛媛重新回到案发现场楼下的目的只有一个，那就是找到邹小琴留下的证据，可是，自己已经找遍了邹小琴的尸体，根本就没有证据的影子，为什么齐媛媛那么紧追不放呢？难道说自己有什么地方疏漏了？

小九拎着工具包匆匆跟了出来，刚才在房间里忙着查窗台外的脚印痕迹，他没顾得上和章桐打招呼，此刻，小九远远地叫道：“章主任，等等我，我们一起回去。”话音未落，耳畔便传来一阵野猫的叫声。章桐猛地转身，呆呆地看着走到近前的小九，一把抓住他的肩膀：“快，回局里，我知道东西在哪了。”

早上6点刚过，李晓伟便开着车来到章桐家的小区楼下。在来的路上他顺路买了热气腾腾的早餐，都是章桐爱吃的永和豆浆和刚出炉的芝麻包。李晓伟和章桐两人之间的关系虽然还处在说不清道不明的阶段，但是对章桐的家却已经很熟悉了，毕竟来过好几次，尤其是两次她晚上发高烧，都是直接打电话给李晓伟，然后告诉他备用钥匙在哪，并且答应他以后可以随时使用这把备用钥匙。毕竟再怎么坚强的女人，一个人居住也会有脆弱的时候。

心疼章桐好几天都没好好休息，今天是礼拜天，李晓伟便打算来给她收拾下屋子、遛遛狗，至少让她能够多睡会儿。

停好车，拎着塑料袋来到楼上，楼道里静悄悄的，毕竟时间尚早。李晓伟弯腰从门前的地毯下面摸出了备用钥匙，轻轻打开门，生怕惊醒了此刻还在床上休息的章桐。在玄关换鞋的时候，他却并没有看到章桐的狗，正感到奇怪，耳畔传来了脚步声，他赶紧站起身，同时说道："真不好意思，吵醒你了……"

话音未落，等看清楚来人时，李晓伟惊得目瞪口呆，因为站在自己面前的年轻女人并不是章桐，而是一张陌生的面孔。这还不是让他感觉最恐怖的——眼前这女人的身上穿着章桐的那套紫色小熊睡衣，正温柔地冲着自己微笑："你来啦？"

"你是谁？"李晓伟顿时紧张了起来，他竭力克制住自己内心的不安，"章桐在哪？"

"你是不是睡糊涂了，连我是谁都不认识了？"年轻女人笑眯眯地伸了个懒腰，眉眼之间满是魅惑，"这就是我的家呀，你认不出我来了吗，李医生？"

惊慌之际，李晓伟手中的塑料袋瞬间掉落在地。

2.

"猫！"

"猫？"小九摇摇头，"章主任，这猫的死因不是已经很清楚了吗？"

"没错，"章桐戴上手套，从工具托盘里找出锋利的解剖刀，然后轻轻地划开冰冷的猫腹，"死因确实是外力所导致的机械性窒息，这点没有任何疑问。但是，那时候我们的注意力都集中在死者邹小琴身上，却忽视了最重要的东西，就是这只猫，杀害这只猫的凶手，我们理所当然地认为是齐媛媛，却偏偏没有想到是猫的主人邹小琴。"说着，她放下解剖刀，伸手从猫腹中取出了一团黑乎乎的东西，这才轻轻松了口气，"终于找到了。"

"这是什么？"小九凑了上来，看了半天，惊讶地说，"怎么像个微型U盘？"

章桐点点头："交给你了，我想，这里面就是死者邹小琴一直想保守的秘密。"

小九恍然大悟："这没问题，我清理过后就把它交给龙哥。只是这包得里三层外三层的，还居然没被腐蚀。”

“因为猫吞下这个后没多久就被扭断了脖子。”章桐一边说着一边摘下了手套，丢进脚边的垃圾桶里，转身看着他，“猫的胃是单胃，食管是一条直管子，食管壁虽然短却非常厚，因为缺乏足够的胃酸，所以能够很好地保护住这个塑料包装袋里面的东西不被腐蚀。但是这主人也够狠心的，直接就把它拧断了脖子。起先我还认为是齐媛媛干的，但是当我突然回想起齐媛媛的双手双臂上干干净净的，并没有猫癣的痕迹，而她又那么急切地想知道这个东西的下落时，我就推断她要找的，必定是个类似于U盘的东西，很容易被藏在凶手最不可能想到的地方。你想想，在那种场合下，什么东西能够摆在眼前却根本不会被你注意到？”

“可是，如果也被我们忽视了怎么办？死者的胆子也太大了吧？”小九感到无法理解。

章桐脸上的神情逐渐变得凝重：“是的，如果也被我们忽视了的话，那这个秘密就会和这只猫一起被焚化了。”她记起徐老伯曾经提到过那只猫有一天晚上突然不叫了，如今想来，邹小琴在受到伤害后却仍然能把猫叫过来，并且拧断它的脖子，那也只有自己亲手养大的猫才会这么听话，“猫和狗不一样，绝大部分的猫是拒绝被主人以外的人所触碰的，而那时候也只有猫的身上才是最安全的。死者在知道自己已经没有办法逃脱后，她所做的第一件事也是最后一件事，就是亲手杀死了自己的猫，然后端端正正地把它摆在自己的脚边，这样一来，凶手哪怕找遍了整个屋子，都不会发现U盘的存在。”

“真够狠心的！”小九低声嘀咕，“她为什么不直接通知我们警方？”

章桐轻轻一笑：“不到最后一刻，她绝对不会把这个证据藏起来，她舍不得毁掉，因为活着的时候这是唯一能牵制凶手的把柄，而自己都快死了，这个证据对她来说也就变得有些无所谓了。所以说，她希望我们找到，又不希望我们找到，听天由命。至于说杀猫的行为，想来就更简单了，小九，你说你会从一只流浪猫的尸体上去寻找证据吗？我们天长市那么多流浪猫。”

“确实有些不太可能。”小九皱眉看着章桐，晃了晃手中的证据袋：“那她为什么不干脆把证据交给凶手，从而换得自己不死？”

“这不可能，因为无论交还是不交，她都会死。”章桐长叹一声，“邹小琴就是杀害黄俊和法医的凶手！”

“这……这不可能！”小九是个搞技术的专业警察，刚下基层没几年，似乎很难马上就理解这种涉及人性的阴暗，“邹小琴是黄俊和法医的徒弟，我听师父说过这个，她怎么可能下得去手？”

章桐没有回答，只是挥了挥手，示意他赶紧去，有时候答案就摆在自己面前，需要时间去慢慢领悟。

重新把猫的尸体放进冷库后，环顾了一眼整个房间，章桐重重地叹息一声，便关灯走了出去。

（与此同时）

李晓伟站在房间里，暗暗吸了口气，很快便恢复了平静。他看着眼前这着装与举止都很怪异的年轻女人，职业的本能告诉自己对方肯定是病了。联想起章桐曾经提到过的那个古怪女人，如今看来，一切都是真实可信的。显然对方已经把自己的身份完美替换成了章桐，或者说，是章桐的人生。她为自己成功虚构出了一种近乎完美的人生，并且全盘接受，那么她下一步所要做的，就是除去原来拥有这个身份的人。

自己之前从未遇见过这种病例，想到这儿，李晓伟不禁暗暗埋怨起了自己，要是平日里多留心一点的话，或许刚才就不会显得那么尴尬了。只是不知道现在章桐在哪，她可不能出现啊。

想到这儿，李晓伟便拾起装有食物的塑料袋向厨房走去，边走边故作轻松地说道：“我去给你放在碗里，你洗漱一下过来吃。”

“你对我真好！”齐媛媛的脸上露出了由衷的微笑，“我这就去换衣服，你等我啊。”

看着齐媛媛的背影，李晓伟不禁一愣，暗暗苦笑，心想要真是章桐该多好，不枉自己这么多年在她身边的默默守候了。

偏偏就在这时，兜里的手机发出了一阵震动，李晓伟感觉自己的脑袋嗡嗡作响，他朝着卧室的方向看了一眼后，便匆匆走进了厨房，顺手把塑料袋放在案板上。

微信电话是章桐打来的，刚接起来，李晓伟便听到她惊讶的声音：“这么早你就来我家了？我怎么在楼下看到了你的车？”

李晓伟惊出一身冷汗，他颤抖着双手回复道：“别回来，先别回来，家里有人……”

就在这时，他听到了门锁转动的声音。

冷不丁地一回头，齐媛媛正一脸茫然地站在自己身后。

3.

开了一夜的车，回到天长的时候已经是天光放亮，童小川把车停在高速公路收费口旁的休息区里，去便利店买了包烟，然后靠在车门上抽烟提提神，顺便理一下自己脑海里纷乱的思绪。

死者邹小琴作为黄俊和法医的徒弟，对工作极为认真负责，不然的话，黄法医也不会这么爱惜人才而打算培养她，甚至在偶然得知邹小琴做出了违背职业道德的事情后，还不惜为她隐瞒，希望她能及时悬崖勒马，他对邹小琴可以说是毫无防范的，所以才会导致她有机会杀害黄法医。

可是，这作案动机又是什么？如今这当事人都死了，也就没有机会从他们口里得到真相。童小川怎么也想不明白一个本来有着大好前程的人，又极富有同情心，虽然说犯了一些错误，但这么做最多就是个处分，至于上升到杀人的层面吗？

还有就是，这黄俊和法医的妻子齐媛媛又是因为什么而杀害了邹小琴？会不会也和江城市的案件有关？

一辆渣土车快速通过童小川的身边，因为路面颠簸的缘故，扬起的灰尘与渣土几乎落了他一身，童小川懊恼地啐了两口唾沫，擦了擦嘴，烟也已经快熄灭了，便打算上车继续开回局里。

此刻，电话铃声响了起来，是郑文龙打来的。

“大龙，出什么事了？”童小川钻进警车，用力关上车门，“这么急吗？我在高速入城的地方，马上就回局里。”

“我终于知道齐媛媛杀人的动机了。”

“你？”童小川感到很意外，手指上的烟头忘了熄灭，烫得他倒吸一口冷气，赶紧掐灭烟头，追问道，“难道说你们已经找到那份丢失的检验报告了？”

郑文龙并不否认：“报告内容没啥看的，只是检验对象的身份，你或许会感兴趣。”

“谁？”

“丁小慧。”一整夜没睡的缘故，郑文龙的嗓音听上去显得异常沙哑。

“你说谁？”

“这是齐媛媛的本名，她在和黄俊和法医结婚的时候，其实还没有真正离婚，她用的是她已经去世的表妹的身份证。真正的齐媛媛则在老家农村被人用丁小慧的名字申请了死亡证明，死因是产后大出血。”说到这儿，郑文龙不由得一阵苦笑，“我想，这个丁小慧本来想换个身份重新生活，结果却被人认出来了，所以才不得不草草地和对方离婚，谁想到这潘多拉盒子一旦被打开，就再也没有机会被关上了。”

童小川边说边把警车驶离了休息区：“我还有10分钟就可以回到局里，对了，章主任在吗？”

“她刚走，说回家换身衣服洗个澡。还真的多亏了章主任从猫腹中找到那个U盘，不然的话，这案子或许永远都无法知道真相了。”郑文龙絮絮叨叨地结束了通话。

窗外，随着市区的逐渐临近，阳光变得愈发灿烂了起来。睡眠本就不足，刺眼的阳光更是晃得童小川有些眼晕。他长叹一声，最终妥协了，腾出右手从仪表盘储物箱里摸出那副粉红色镜框的偏光镜戴上，这是于博文妹妹送给他的生日礼物，于博文没好意思戴，就随手丢进了储物箱。

（与此同时）

门打开了，章桐脸上的笑容逐渐变得僵硬了起来，她看到了一身运动衫的李晓伟，还有就是身后穿着自己睡衣的齐媛媛，眼前这一幕让她半天都没回过神来。

而更让她感到诧异的是，家里的狗不见了：“‘馒头’呢？”

李晓伟没有回答她，至少家里没有闻到血腥味，也没有看到狗的尸体，多少也算是件好事。

“你找谁？怎么会有我家钥匙？你怎么开的门？”齐媛媛一边问着一边不客气地意图绕过李晓伟到门口来，和章桐面对面说话。

李晓伟可不会这么傻，他情急之下便一把抱住齐媛媛，然后对章桐使眼色，拼命摇头，示意她赶紧走。

章桐吃惊地看着李晓伟，目光落在齐媛媛近乎扭曲的脸上，顿时恍然大悟，赶紧退出了房间。等门关上的时候，她心中不由得一震——自己怎么可以就这么把李晓伟给丢在危险的状况中？他虽然是个男人，但自己可是受过专门训练的。想到这儿，她估摸着童小川也该回天长了，便掏出手机给他发了条留言，然后定了定神，抬起右手按响了门铃。

很快，细碎的脚步声便在玄关处响起，开门的是齐媛媛，虽然和章桐已经打过几次照面，只是此时的她似乎已经完全认不出章桐了。

“你怎么又来了？找谁呢？”齐媛媛不耐烦地看着章桐，目光中满是浓浓的敌意。

“哦，我找李医生，我是他医院的同事，正好经过，来送一份工作登记表，需要他本人签字确认。”这时候的章桐已经完全可以确认齐媛媛患上了严重的心理疾病，便找了个借口，目光顺势看向了屋内。

“麻烦！”齐媛媛冷冷地嘀咕了句，随即转身向室内招呼道，“找你的，还是刚才那个女人，说什么要你……”

就在这时，章桐再也不犹豫了，她看准机会猛地一拳砸在了齐媛媛的颈动脉上，瞬间便把她打晕了过去，瘫倒在墙角。李晓伟应声出现在门边，见人事不省的齐媛媛，咧嘴说道：“你这拳可真够狠的。”

章桐疼得连连倒吸冷气：“快快，把她捆起来，一会儿醒过来可就要我的命了。”

李晓伟赶紧找了根晾衣绳把齐媛媛结结实实地捆了起来。这才直起腰，对章桐说：“你也不用下这么狠的手啊，打死了怎么办？”

章桐瞥了他一眼：“你见过打死人的法医吗？”

“我”不是我

1.

天长市警局刑警队办公室外的走廊上，章桐沉着脸，双手抱着肩膀，一声不吭地看着李晓伟。李晓伟该说的都已经说明白了，“馒头”也在窝窝宠物店找到了，是它自己跑去的宠物店，毕竟那是它最熟悉的地方，算是万幸吧。

“她是病人，我是医生，哪有医生打病人这种事的？”李晓伟自知理亏，却还是搜肠刮肚地为自己找理由辩解。

“纠正一下，她是‘危险’的病人，‘危险’这个词你懂不懂？”章桐一字一顿地说道。

“我当然知道，所以我才让你走啊，我一个人对付她就行了，谁想你又回来了。”李晓伟开始碎碎念，“再说了，我是男人，你是女人，这世界上哪有女人出面为男人打架的。”

“我亲爱的李大医生，她已经杀了一个人，而且她就像个定时炸弹一样随时都可能爆发，难道你还准备继续给她唐僧念经？”章桐没好气地看着他，“邹小琴被她整整折磨了一个星期才死，我可不想你成为她的下一个目标。”

李晓伟听了，刚想开口，刑警队办公室的门被重重地推开，童小川探头出来，揉着布满血丝的双眼，沙哑着嗓门吼了句：“你们俩都吵了半个钟头了，有完没完啊？快进来吧！”

童小川的办公室里满是浓浓的烟味，桌上那包早上才买的烟已经快见底了，他一边咳嗽着一边示意两人在办公桌旁的椅子上坐下：“好了，我刚从医院那边得到消息，人已经醒过来了，没什么大碍，办完手续后就准备带回来。对了，李医生，我的人找过齐媛媛，不，丁小慧的直系亲属，没有一个愿意来的，但是她的精神状况有问题，等下审讯时你能陪在一旁吗？”

李晓伟点头：“没问题。”

“那，你能不能跟我说下目前来看，她精神方面都有些什么明显的症状？”童小川问。

“首先一点，身份认知出了问题。”

“鸠占鹊巢？”童小川不解地问。

“和这差不多的道理，就是把自己的社会身份主观地植入目标人物的生活中去，最后直接把对方挤走，或是干脆杀死。而自己则以这种新的身份继续生活下去。”

“她为什么要窃取别人的身份？她应该知道自己不可能真正成为目标人物的啊。”章桐忍不住追问。

李晓伟笑了：“那是正常人的思维，但是她不一样，我想，这种窃取别人身份的人应该有一个可悲的童年，原生家庭教育是完全失败的。她与一般的精神分裂症患者不同，后者是在自我个体中分裂出不同的人格，来起到自我保护的作用。但是她，却是直接从外部去寻找新的让她有安全感的身份，把自己想象成对方，最终，主观意识上完全接受了新的身份，目标人物的存在就成了一种可怕的多余。”说到这儿，李晓伟脸上的笑容渐渐消失了，他看了眼章桐，“这一点，你应该比我更有体会，从今天早上的程度来看，她已经在主观上完全占据了你的身份。”

“你这一说，我倒是想起来了，她不止一次跟踪过我，还在我门上留条，甚至从犯罪现场高空朝我头顶扔菜刀，”章桐皱眉说道，“那时候我就觉得很奇怪，虽然也曾经想过是针对我，但是却怎么也想不明白凶手这么做的动机。她为什么要这么做？我和她的生活轨迹根本就没有交融的机会。”

一旁的童小川轻轻叹了口气：“有，她是黄俊和法医的妻子，而你，认识黄俊和法医。黄法医也许在她面前提到过你，言语之间流露过佩服的意思，慢慢地，她就把你当成潜在的目标了。”

“强烈的自卑感会彻底扭曲一个人的人格，”李晓伟沉声说道，“这是一种很少见的外在型多重人格分裂，在这之前，我还只是在书上看到过，比起内在型的多重人格分裂来讲，这一种根本就无法治疗。”他抬起头看向章桐，“怎么说呢，你不会是她第一个看上的，也不会是最后一个，只要她还活着。”

章桐脸色一变：“无差别性谋杀。”

李晓伟点点头：“不是我危言耸听，你们仔细翻翻那些未破的旧案，或者说某些特殊的‘意外’，或许，会有一些意想不到的结果。”

“那，她本来的身份我们可能查得到吗？”童小川指了指丁小慧的户籍登记资料页，“我想就连这个，或许都是假的。”

“不是假的，是别人的，至于说这个身份原来的主人，遇害的可能性就非常大了。”李晓伟的目光中充满了同情，“从她第一次摒弃自己的原始身份的那一刻起，她就已经彻底迷失了真正的自己，像一条变色龙一样完美地融入了他人的生活，直至把目标方彻底吞噬。”

良久，李晓伟一声长叹：“真没想到，我竟然会在现实中见到活生生的例子！”

走出办公室的时候，童小川想起了什么，便叫住他们，顺势摸出手机一阵划拉，终于找到那张相片，然后便把手机递给了章桐，相片中正是邹小琴：“派出所那边昨天传来的，找到了房东，说是这个人向他租了房子，但是周围邻居说只看见丁小慧在那房间里进进出出，后来交物业费之类，也是她去交。而租房子的邹小琴，却没再出现过。房东起先觉得有些奇怪，后来也没再当回事。”

章桐脑海中浮现出早上在自己家里见到丁小慧时，对方脸上所流露出的那种神情，竟让自己产生一种“真的走错了”的错觉，现在想来，不禁心中阵阵发凉。

2.

傍晚时分，街头车来车往，十字路口的红灯亮起时，从停下的车里传出了天气预报声：“……第十九号台风羚羊预计将会在今晚至凌晨时分于我市登陆，中心最大风级将为 16 级……”

因为已经过了下班的高峰期，公交站台上显得有些冷清，章桐独自一人坐在公交站台的等候椅上，她抬头看着天空梦幻一般的紫色，不禁轻轻一笑，台风是经历过很多次，但是自己还真的从未见过台风来之前的天空中有这样的晚霞呢。

下午的审讯进行得磕磕绊绊，因为参与审讯的人不得不一次次提醒自己对面坐着的是一个“第三者”，而不是犯罪嫌疑人，他们只能用对方的思维模式来引导和发现事情的真相。

能在主观与客观思维之间做到游刃有余地随时转换，难度可不是一般的高。在李晓伟的帮助下，案情的真相才最终被呈现出来。

“丁小慧”果然不是她的最初身份，她只是“恰好知道”在丁小慧身上所发生的事情而已。在知道她的原始身份之前，也就只能用这个名字来暂时称呼她了。

当丁小慧再次逃离生活而变成齐媛媛以后，一次偶然的机会，她看到了出现场的黄法医，并且一见钟情，她想尽办法接近单身而又家庭条件不错的黄法医，两人很快就结婚了。偏偏就在婚后没多久，她在街上遇到了丁小慧的丈夫，一个知道自己过去的男人。对方认出了她，为了能彻底摆脱那个男人，丁小慧找到黄俊和法医的徒弟邹小琴帮忙，声泪俱下请她出家暴证明，出于同情，邹小琴同意了，做了违背自己职业道德的事情。丁小慧拿着那份家暴证明，又出了一笔钱，威逼利诱之下，对方同意离婚，带着钱离开了江城。

纸包不住火，出假证明的事很快就被黄俊和法医发现了，刚开始的时候，他还试着去理解自己徒弟是一时糊涂，但是后来，当他看到那份证明中熟悉的签字时，才最终发现了自己妻子身上的秘密，他愤然提出离婚。而此时的丁小慧已经不甘心失去良好的生活环境，她找到邹小琴，告诉她，黄俊和法医准备向上面领导汇报这件事，而等待邹小琴的将是永远的工作上的污点。而解决这一切的方法，就是利用机会让黄俊和法医彻底闭嘴。

正胡思乱想着，眼前出现了一个热气腾腾的纸袋子，打开一看，是两个刚出炉的红糖手撕馒头，章桐笑了，头也不回地对身边站着的李晓伟说道："你怎么知道我饿了？"

"心疼你呗！"李晓伟笑眯眯地说，"走吧，我开车送你回去。"他伸手指了指林荫道那一头的车。

章桐没再反对，便站起身，两人并肩向车走去。

"你说，死者邹小琴最后意识到自己被人算计了后，会是什么样的心情？"章桐边走边问。

李晓伟摇摇头："信任是这个世界上最宝贵的东西，给别人的时候真的要小心，不然搭上的很有可能就是自己的命了。"

一阵风吹过，一片树叶在空中旋转着落下，这是一片黄色的法国梧桐树叶，李晓伟赶紧伸手接住，心满意足地笑了。

"你笑什么？"章桐感到很好奇。

李晓伟眨了眨眼："有个传说，两个人一起走在树下，其中一个人如果能在树叶落下之前就稳稳地把它接住，那么这两个人就能一直一起走下去，白头偕老啊！"

故事三

Story Three

楔 子

总是走在你身边的第三个人是谁?
我清点人数时，只有你和我在一起
可是当我看向前方白色的路
总看见另一个人在你身旁
裹着棕色斗篷，套着头罩，向前滑动
我不知道那是男人还是女人
——可在你另一侧的那个人到底是谁?

——T.S. 艾略特，《荒原》

他又开始做梦了，一个莫名其妙的梦。

梦里，天阴沉沉的，空气潮湿而又闷热，他独自坐在家门口的台阶上，百无聊赖，一动不动地，任由汗水顺着脸颊溜进自己的脖颈，那种感觉就像活生生地吞下了一只讨厌而又肮脏的虫子。应该快要下雨了吧，空气中一丝风都没有，他大口呼吸着，尽管如此，却还是感觉自己几乎都快要窒息了。马路上人来人往，看上去似乎和平时没有什么不同，只是每个人都像在梦游一般，保持着前进的慢动作：抬腿——迈步——放下——再次抬腿……哪怕彼此之间说话的时候，也都是显得缓慢而又毫无生机。

他不明白周围的一切为什么会变成这个模样，怪异的感觉还只是其次，那一色的灰蒙蒙却让他看到了不该有的沉闷与绝望。

"当当当……" 此刻，身后的家门中传来了老式的 555 牌台钟报时的声响。3点了，他本能地回头朝敞开的家门看了一眼，还是老样子，一个人都没有，可转回头看向街面时，一切都变了！

仿佛被按下了播放器的快进键，灰蒙蒙的底色消失了，车铃声、说话声和脚步声很快便占据了他的脑海，行人脸上的表情也不再是单一而呆板。他感到很吃惊，他死死地盯着眼前走过的每一个人，试图看出为什么会变得和先前不一样。

终于，他看到了，但是周围的人却似乎并没有看到，因为他们依旧保持着轻松的步伐，而对于那个突然出现在他们中间的踉跄身影视若无睹。

从最初的小幅度挪动，几次差点滑倒，到最后的干脆瘫倒在地，那人的右手自始至终都牢牢地捂着自己的脖子未曾松开。经过他身边的人却连眼皮子都没有抬一下，只是脚步匆匆擦肩而过。

他心中一紧，就像一只无形的大手把他的心脏牢牢地攥在手中，让他透不过气来——他看清楚了那个倒地的人的脸，虽然布满血污，却非常熟悉。

他不再犹豫，从台阶上站起来，发疯似的，拼命挤过人群向前冲去，来到那个倒地的人身边，双膝跪下。喷涌而出的鲜血已经彻底染湿了那人的衣服，直至渗透进青石路面的缝隙。

“哥！哥！你怎么了？哥，你看着我……”他徒劳地试图用手去帮忙堵住那个还在往外渗血的窟窿。那窟窿，大得可怕。

随着哥身体的渐渐冰冷，眼前那张熟悉的脸竟然在悄悄地消失，最终呈现在他面前的，只是一张白纸而已，一张被血染红了的白纸。

梦境最终被定格在这张诡异的白纸上。这个梦无论出现多少次，结局都是这张诡异的白纸。

心跳加剧，一阵恶心袭来，他猛地惊醒，首先映入眼帘的是发黄的天花板和那盏摇摇欲坠的白炽灯，窗外是深秋呼呼的北风，干枯的树枝就像无数瘦骨嶙峋的手，在一次次用力拍打着玻璃窗。

这分明是大白天啊，窗外的天空为什么依旧灰蒙蒙的，像极了那个梦中的诡异天空。

他站起身，就像个游魂一般晃荡到卫生间，看着洗手台上脏兮兮的镜子，惨白的灯光下，他都不敢相信镜中的那个人就是自己，尤其是那双布满血丝的眼睛，冷不丁看上去，他像极了一头饥肠辘辘的野兽。

终于，他又控制不住了，恶心反胃的感觉一次又一次地袭来，比先前梦中的节奏愈发紧凑，紧接着便是浑身的冷汗。他放弃了抵抗，迅速拉开马桶上的盖板，然后便双膝一软跪倒在地，抱着散发着异味的马桶拼命呕吐起来。

应该是刚才那顿午餐吃坏了吧，他在心中愤愤然地念叨着，真不该相信那个笑眯眯的老板，果然是便宜没好货。

傍晚，在忙碌了一整天过后，他拖着沉重的步子走出了单位大门。天空中早已经是一片漆黑，街面上的行人与自己擦肩而过，脚步匆匆。他却一点都不急，因为除了工作以外，他几乎无所事事。

就在这时，在他不远处的林荫道旁，阴影中竟然传来了一个年轻女人尖叫的声音，起先还只是尖叫，随后便可以听清了——“杀人啦，救命啊，杀人啦……”

紧接着，披头散发的年轻女人踉跄着脚步跑了出来，她的右手捂着肚子，左手徒劳地伸向人群，嘴里呼喊着：“救救我……救救我……”

脚下被石头绊了一下，她瞬间跪倒在地，路灯光照射在她的身上，浅色风衣上沾满了深棕色的污渍，围观的人群中随即爆发出了惊恐的尖叫，却没有一个人敢上前扶住她，也没有人离开。

隔着人群，他远远地看到了这一幕，手脚瞬间冰凉，他拼命向人群中挤去，而这时候的围观人群，却犹如铁桶一般几乎水泄不通。

终于，还有不到两个人的距离，他眼睁睁地看着那个从阴影中慢悠悠地走出来的男人，他手中拿着一把长长的水果刀，神情傲慢，嘴里骂骂咧咧地来到年轻女人身边。奇怪的是，女人突然不哀求了，只是默默地闭上了双眼，泪水滚落了下来。她似乎已经知道了自己的结局。

那个犹如来自地狱的男人凶神恶煞般抓起了女人的头发，露出了脖颈，在围观人群的又一次惊叫声中，破裂的颈动脉向夜空中喷溅出殷红的血液。

眼前一黑，他瘫倒在地。

围观的人群瞬间四散奔逃，没多久，远处便隐隐传来了警笛的声音。

那个可怕的男人并没有跑，相反，只是静静地坐在死去的女人身边，絮絮叨叨地说着什么。不远处的他听得清清楚楚——你不该离开我的，真的，你不该离开我的，你看，这下好了吧，都怪你呢……

夜晚的街头，寒意刺骨。

第一节　车祸中的女人

1.

人的生命是很脆弱的。

当撞击还没有发生的时候，周围的一切都显得那么平静。深秋的午后，街头本就不多的车辆，行色匆匆的路人，偶尔啼哭的婴儿，就连一片树叶离开枝头直至飘落地面，整个过程都显得那么无声无息。谁都不会知道接下来的一秒钟里到底会发生什么。

红灯亮起，十字街头东西方向的车辆依次停下，数量不多，也就那么两三台。行人开始穿越马路，南北方向的车流也开始启动，几辆公交车缓慢通过路口。随着红灯倒计时即将结束，人行道上已经看不见有人走过了。还有 20 秒，东西方向等待的车里，司机的右手准备去放下手刹，就等绿灯亮起的那一刻，车辆就能够缓缓通过路口。

就在这时，远处传来一声声可怕的轰鸣，那是小型车辆发动机由远至近的怒吼，轮胎与地面疯狂地摩擦出了阵阵火星，一辆黑色双排座越野车高速冲向了正前方，那里有一辆正准备启动并通过十字路口的白色比亚迪轿车——一声巨响过后，那辆可怜的白色比亚迪瞬间被撞得粉碎，而车内的两个人则像两个破布娃娃一般被狠狠甩过了一条街，重重地砸落在街对面的马路边上。一片惊呼声中，不远处的公交车司机赶紧死死地踩下了刹车，这才避免了庞大的公交车碾过那两具早就已经没有了生机的躯体。

惊魂未定的路面上已经没有人再敢开动自己的车辆了，大家纷纷下车，开始围拢上前查看那两个飞出去的人，看他们是否还活着，结果当然是否定的，因为没有人会以这么一种诡异的姿势来摆放自己的头颅和双脚。有人被吓哭了，有人则赶紧打电话报警，胆子大的愤怒的，就开始四处寻找那辆后来被媒体形容为“炮弹一般飞行”的肇事车。

那车很快就被找到了，是一辆黑色的牧马人，虽然经过了猛烈的撞击，车辆整体却并没有受到太大的损害，因为惯性的缘故，直到最终撞上了最后那辆紧急刹车的公交车的中部，才算是停了下来。而那辆白色的比亚迪就没有这么幸运了，车辆几乎完全解体，所有的碎片布满了整个十字街头。如此惨烈的场面就连很快赶到现场的交警都惊得目瞪口呆。

而造成这一幕悲剧的，是一个女人，一个已经有些神志不清的年轻女人。

天长警局法医办公室里，难得的清闲时刻，章桐开始整理自己的工具箱。箱子已经用了很多年，边角都有了些明显的磨损，箱子上一任的主人还是自己的师兄。用了这么长时间，章桐都不舍得更换，与其说是节俭，还不如说是想保留自己对这一份特殊职业的初心。

身后的门被用力撞开，顾瑜神色匆匆，满脸苍白地出现在门口，章桐刚想说话，却立刻注意到了她的异样——顾瑜在发抖。

“你病了？要不要请病假休息一天？”法医处满打满算加上普通的技师在内没有超过四个人，而真正能下结论的法医也就只有她和顾瑜，所以章桐对生病很敏感。

谁想听了这话，顾瑜却只是摇头：“不需要，不需要。”说话间，她顺手拉过身旁的凳子，一屁股坐了下去，这才长长地出了口气，“吓死我了。”

下午的时候，顾瑜去检察院送季度材料，这才刚回来，却跟丢了魂儿一样。

“到底出什么事了？”

“主任，你没看新闻？”顾瑜很是诧异。

“我没有看新闻的习惯。”

“好吧，”顾瑜妥协了，她语速飞快地复述起自己刚才噩梦一般的经历，“我刚坐公交车，经过人民广场路口，那里出车祸了，简直是太可怕了。一辆黑色的越野车把一辆白色的小车给硬生生撞得飞了出去，都散了架了，我就坐在那最后一辆公交车上，那辆就像炮弹一样的黑色越野车最终撞在了我们那辆公交车上才算是停了下来。我还好，坐在另一侧的车尾，没受伤。”

章桐心中一凛，这么猛烈的撞击，那辆白色小车中的人肯定凶多吉少：“那人呢？”

“你是说……”顾瑜的眼神中流露出了轻微的PTSD症状，毕竟在目睹了那么一场可怕的撞击事故过后，能立刻跟上正常思维节奏的人是不多的。

章桐点点头：“没错，那辆被撞击的小车里的人，怎么样了？”

顾瑜摇头：“很惨，脖颈离断伤，双腿被破碎的车体切断，只剩了一层表皮挂着，身体大面积失血，我看过，整个人几乎跟车一样都被撞散架了，现在应该被拉到殡仪馆去了。”说着，她抬头看了章桐一眼，“那速度，就跟炮弹一样，交警看了监控回放，估摸着说至少有200码。”

“在十字街头开出200码的速度，是不是疯了？”章桐不敢相信自己的耳朵。

“正常的人在十字路口是开不出那种速度来的。”顾瑜皱眉看着章桐，“重案组那边已经过去人了，希望真的只是个意外。听说那个肇事者是个女人。”

“女的怎么了？女的就做不出可怕的事情来了？按照概率上来讲，女性可是更容易比男性冲动的。”章桐走到饮水机边，接了杯热水，递给顾瑜。

两人的目光不约而同地看向桌子一角那台黑色的电话机，心中隐隐感到了不安。

就好像约好了似的，刺耳的电话铃声瞬间响起，顾瑜手一抖，杯子里的水洒了一半出来，章桐沉着脸接起了电话。

电话那头是童小川："章主任呐，来趟第一医院急诊室吧，我们这边需要你做个司法鉴定。"

"是不是刚才人民广场那起交通肇事案？"

"没错，你也知道这消息了？"

章桐皱眉："我马上就到。"

2.

警车刚开进第一医院的停车场，章桐便看见了李晓伟正站在不远处的门诊部台阶上踮着脚尖努力地向自己招手，或许是生怕自己看不到，他时不时地朝上蹦一蹦，那滑稽的表情像极了一个刚被打开盒子的弹簧木偶。

开车的小九也看到了这一幕："那不是李医生吗？他在干吗？"

章桐感觉自己的耳根子有些发烫，便尴尬地低下了头："是吗？哦。"在来的路上，她给李晓伟发了条微信留言，简短地说了下人民广场车祸的事，并且希望他如果有时间的话，能在一旁帮忙参考一下肇事司机的精神状态。李晓伟回复的速度几乎可以用读秒来形容。章桐当然明白这位李大医生必定是在门诊部值班时闲得无聊，才会这么积极。

停下车，章桐打开车门钻出警车，然后快步向急诊楼方向走去。李晓伟赶紧跟了上来，顺便跟身后的小九打了个招呼："我刚才已经去过急诊部了，那女的没什么大碍，只是断了两根肋骨。"

"那么高速度的事故中只断了两根肋骨，她可真是走了大运了。"想起车祸中丧生的那两个人，章桐的心情实在好不起来。

李晓伟当然听出了章桐话语中的不满，他略微迟疑后说："话说回来她确实挺幸运的，因为这已经是她这辈子第二次死里逃生了。"

章桐猛地停下脚步，身后的小九差点撞在她身上，两个人就这么直勾勾地瞪着李晓伟："为什么说是第二次？"

"急诊室体检的时候，发现她的肺部被切除了四分之一，我同事查了她的病史档案，得知她曾经患过肺癌，早期的时候动过手术，大约半年前吧，那个手术难度很高。”李晓伟回答。

章桐当然知道患上肺癌到底意味着什么，能够被早期发现就已经是非常幸运的了，更不用说结果是被手术成功治愈。

章桐一声不吭，双眉紧锁。

三人匆匆走进了急诊部，穿过走廊，直接来到后面的急诊病房。走廊上的于博文先看到章桐，便赶紧冲病房里打了个手势。童小川走了出来，顺势反手带上了病房门。

“现在情况怎么样？”章桐问。

童小川有些发愁：“事故原因方面她什么都没说，目前也无法确定她是否认识那辆白色比亚迪里面的受害者，我们已经联系了她的丈夫，很快就会赶过来。”他看着章桐，神情凝重，“章主任，我需要你帮忙确认下她此刻是否正处于吸毒或者精神类药物控制的状态。”

章桐听了，点点头：“这个容易，做下简单的生物检材提取，然后进行测试就可以了，”她转头看了下走廊墙上的挂钟，“3 个小时之内就能出结果。”说着，她便拎着工具箱推门走进了病房，李晓伟则紧跟在身后。

因为案情特殊，这间本来能够容纳两张病床的房间内，此刻只有一张床上有人。车祸中的年轻女人被一堆急救器械环绕着，靠在床头，目光看向窗外。

“你好，我是天长市局的法医，我姓章，我现在依法对你做下生物检材提取。”章桐一边说着，一边顺手拉过屏风围住了病床。

年轻女人对于章桐的出现似乎一点都不感到意外，她茫然地配合着。半晌，屏风拉开，李晓伟见状赶紧站起身，看见章桐冲自己摇了摇头，便知道不妙。趁章桐收拾所提取的证物之际，他上前对年轻女人柔声说道：“你好，我是李医生，这是我的工作牌。”

年轻女人闻声看了看他，微微点头算是打了招呼。

“你现在感觉怎么样？头疼吗？”

得到的回复是微微摇头。

李晓伟接着问道：“那你还记得你是怎么来到这家医院的吗？”

她终于开口了：“车祸。”

李晓伟和章桐对视了一眼，又问："能告诉我你的姓名吗？"

"朱悦。"

"那你还记得自己的住址吗？"

朱悦平静地点点头。

……

走出病房后，李晓伟对童小川说："除了因车祸引起的轻微的PTSD症状外，她的精神状态基本没问题，最起码能够知道自己为什么到这家医院和自己的姓名、住址，并且回答符合一个正常人的逻辑思维。"

"但是这事故也未免太离奇了，市中心十字路口突然开出200码的速度，难道说她要自杀？"童小川有点无法接受李晓伟刚才的回答，因为"一切正常"的结论放在这个案子中，明显就是完全的"不正常"。

李晓伟想了想，说道："从她的表现分析，目前看来不太像是自杀行为后的典型应激反应。我不排除有间歇性精神障碍的存在，这个还需要结合章医生的检验结论具体分析才行。"

"间歇性精神障碍？"童小川没听明白。

"童队，你可以理解为间歇性发作的精神疾病，不发作时和正常人一样。"小九嘿嘿一笑，"跟发癔症差不多。"

"那能不能确定她就是车辆驾驶员？"

"这个可以，"章桐说，"她的左肩有车祸发生时所留下的保险带痕迹，我回局里会跟欧阳说下，在弹出的气囊上应该能提取到与她相匹配的DNA。"

走出急诊部，小九已经把车开了过来，章桐伸手拦住李晓伟，指了指他身上的白大褂："得了，你就别跟着了，回头我打你电话。"说着，便打开车门钻了进去。警车迅速开出了第一医院。

看着天空中血红的夕阳，章桐顺手打开了车窗，想了想，对小九说："回去绕一下人民广场，我想看下案发现场。"

"没问题。"小九按下转向灯，把警车开上了高架，这时候是下班高峰期，高架桥上的进城方向已经开始有了明显的拥堵迹象。过了高架就是人民广场，远远看去，一片车流在红色的夕阳中缓慢前进着。

下午的那场惨烈车祸几乎撞毁了人民广场东西方向的隔离护栏，此时，虽然路面的车辆碎片已经被清理干净，但是依旧能够看到那场车祸所留下的痕迹。

“听说，那辆肇事车根本就没有刹车，是全速撞向那辆白色车的。”小九喃喃地说道，“正常人做不出来，没仇没怨的，下这么狠的手，这是干什么呢？”

“人性是你永远都无法看透的东西。”章桐微微皱眉，“而且让人头疼。”

“主任，你说那女的为什么要这么做，难道真的只是一场事故？我想不通。”小九轻轻叹了口气，“当然了，我是见识过女司机开车的，但是这么疯的，还真是头一回。”

“不只是你会这么想，我想我们天长市每一个人知道这件事后，都会这么想吧。你看把童队给愁的。”

在等红灯的时候，从打开的车窗外飘来了随车电台的声音：“……‘关于人民广场的车祸，请问这位听众你会怎么看，是事故还是故意的？’‘明显就是故意的嘛，那么狠，就跟一枚发射的炮弹一样，那是人干的事吗？’……”

章桐突然觉得有些刺耳，便缓缓摇上了车窗。

3个小时后，结论报告出来了，毫无意外，一切都是正常的，也就是说发生那场车祸时，肇事女司机生理方面的原因已经可以完全排除。把结果通知了童小川，章桐这才疲惫不堪地回家。

坐在回家的公交车上，看着窗外静静的城市夜景，霓虹灯与漆黑的夜空交映生辉，章桐的脑海里却一遍遍地在重复着监控视频中那车祸发生的一刻。她突然意识到，自己作为旁观者，或许也不可避免地患上了轻微的PTSD。但凡是个正常人，看到那种场面，心里总会留下阴影，人的生命真的是太脆弱了。

凌晨3点刚过，急促的电话铃声响起，是童小川打来的。

“我在楼下，给你10分钟，我们马上去医院。”

“谁死了？”

“朱悦！”

第二节　杀　意

1.

朱悦死了，死得很突然。

而且很诡异！

再次走进第一医院急诊部大厅时，章桐明显感觉到了周围气氛的异样，这倒并不是因为门外停着的那几辆市局的专用车，让章桐感到意外的是那个下午的时候还是满脸笑意的小护士，此刻却是脸色惨白就跟见了鬼一样，不只是她，另外几个值班护士更是背转身去偷偷抹眼泪。

“到底是谁死了？”走过护士站的时候，章桐小声问童小川。

“接到的通知上就是‘朱悦’的名字。”童小川晃了晃手机。说话间，两人穿过走廊来到急诊病房边上，那里早就已经拉起了警戒带，先前赶来的派出所值班警员一见到两人，没开口就先长长地叹了口气，摇摇头，表示局面的糟糕程度已经不是一般的了。

“市局难道没有人值夜吗？”章桐不解地问。

童小川一边在于博文递过来的现场记录本上签名，标上时间，一边没好气地说道：“人手不够，那个当街抹人脖子的案子这不还没结案么，文书工作就一大堆。再说了，这个车祸目前为止还没定性为刑事案件，哪有人手再往这派啊？小于，死者家属呢？”

“你说死者的老公？在那呢！”他伸手一指对面楼梯拐弯处，“派出所的老邓正在陪他聊天。”

“聊天？”

于博文脸上露出了尴尬的表情：“他……吓吐了，晕了过去，刚清醒没多久。”

“那我去跟他聊聊。”童小川冲着章桐点点头，便脚步飞快地向拐弯处走去。经过出事病房的门口时，他还是忍不住朝里面看了一眼，只是一眼，他就立刻扭过头去匆匆离开了。

章桐换上一次性手术服，戴好口罩和手套，然后拎着工具箱来到病房门口。果然，刚才那股来苏水都无法掩盖住的血腥味不是没有来由的，死者仰面朝天躺着，就好像刚刚经历了一场大手术一般，糟糕的大手术，因为房间里一片狼藉。

“主任，我刚才听护士站的说了，好像死者的肺叶被全部摘除了……”刚刚赶来的顾瑜在章桐身旁小声嘀咕。

章桐的目光顺势落在了急诊病房床下那只高脚痰盂罐上，痰盂罐上到处都是血，而地上的血迹形状则各种各样的都有——滴落的、喷溅的……

“老欧阳来了吗？”章桐问。这样的现场，如果不先做血迹形状固定的话，自己根本没有办法进去。

“已经来了，我进来的时候正和小九在车上拿工具呢。”顾瑜若有所思地说道，“真没想到，明明是一场事故，转眼之间就变成了凶杀案。”

想起李晓伟下午的时候曾经提到过的死者病史，章桐便转头看向顾瑜：“别太草率下结论，目前还不能确定人民广场那边就是一场事故。”

正说着，楼梯拐弯处的方向传来了一阵激烈的争吵声——“你们怀疑我？不是我干的！我又怎么可能……”情绪失控的正是死者的丈夫，他背对着走廊，一把薅住了童小川胸前的衣服，愤怒地咆哮着。因为隔着一道门，章桐这边听不太清楚后面说了些什么，但是却能看到童小川正竭力控制着自己的情绪，在不断劝说。

死者的亲人在案发现场失控以至于做出不理智的举动是非常正常的表现，但是这么直截了当地顶刑大的人可是头一回。

“出什么事了？”欧阳工程师和小九一起拎着工具箱走了过来。

顾瑜耸耸肩：“死者老公看来要揍童队。”

“别管那么多了，老欧阳，就等你们收工，我们才好进去。”章桐下巴朝病房内努了努，“里面够你们忙活大半天了。”

老欧阳朝病房里一探头，不禁愣住了，嘴里嘀咕：“怎么会这样？”

章桐幽幽地说道：“据说凶手取走了死者的肺叶，所有的。”

“难怪了，只有肺动脉血管破了，才会搞得房间里这么乱七八糟。”老欧阳突然想到了什么，转头对章桐说，“小章啊，这里是急救室，会不会是手术失败造成的？”

“不可能。”章桐果断地摇头，“这是命案。”

说是这么说，但是欧阳的话却还是让她感到了一丝疑虑，这急诊病房人来人往，凶手又是怎么做到顺利完成杀人，又成功脱身的呢？

章桐的目光在走廊上扫了一圈。病人虽然断了两根肋骨，但是却并不影响她的活动能力，面对凶手这样的杀戮，她也不可能没有反抗。但是为什么屋里乱糟糟的，她的脸部表情却显得那么平静，就跟睡着了一样？

目光所及之处，章桐突然心中一动，死者的脸上是干净的！

“老欧阳，麻烦你看下死者的脸上有没有压痕？”章桐问道。

欧阳工程师听了，便直起腰，凑上前，用小笔电照了下，片刻后回复：“有。”

“压痕新鲜吗？在什么位置？”

“面部区域，正好遮住了口鼻。”

章桐一听，心中顿时明白了：“凶手使用了手动呼吸机器，里面装的是麻醉剂，所以死者在整个犯罪过程中才不会有任何反应。”

“为什么要使用手动呼吸机？”顾瑜问。

章桐紧锁双眉：“用乙醚氯仿的话，中间很有可能会被疼醒，急诊病房本就人多眼杂，这家伙带了一台随身用的手动呼吸机，直接把死者麻醉了。”

话音未落，看着欧阳工程师阴沉着脸用手指了指病床下的那个高脚痰盂罐，章桐瞬间明白了自己的推测是正确的。

“主任，你说死者会不会是因为下午的事被人报复了？”看着痰盂罐中满满的内容物，顾瑜默默地戴上了口罩和手套，从口袋里摸出了一个大号的证据塑料袋，然后用力抖开。

章桐先是一愣，随即喃喃说道：“下午刚发生的事，应该没这么快吧。”

此刻，身后楼梯拐弯处的争执突然升级了，死者丈夫就像一头发怒的狮子，冷不丁狠狠一拳砸在了童小川的脸上，小小的隔间里顿时乱作一团。

2.

凌晨在医院的时候，童小川虽然挨了揍，却一时半会儿还感觉不到什么，直到从现场收队回到局里，他这才痛得嘶嘶倒吸冷气，等不及回自己办公室便匆匆赶到技侦大队法医处找章桐求助。

“鼻梁骨折，并且已经产生明显的鼻梁骨移位，”章桐深表同情地摇摇头，“这一两个月内是好不了的，去医务室开点止痛药先吃着吧，尽快去医院五官科挂号去，看情形可能还得动手术。”

“有这么严重吗？”童小川心里有点发虚，脸上却还是摆出一副无所谓的架势，“明明没流多少鼻血啊，就是有点痛而已。章主任，你可别大惊小怪了。”

章桐淡淡地扫了他一眼：“如果你这个移位不及时被纠正的话，发展下去就会直接影响你鼻子的通气功能，甚至全部丧失都有可能，也就是说你以后或许就只能用嘴巴呼吸了。所以呢，好不好看还是次要的，要不要命才是最主要的。”

童小川听了，脸色顿时一阵红一阵白，神情也变得尴尬了起来。

“我说童队啊，人家揍你的时候，你怎么就不躲着点呢？”顾瑜凑上前来，上下打量了一番童小川鼻梁骨的伤势后，嘿嘿一笑，“不过说实话这拳确实够狠的，都够得上专业级别了。”

童小川感到有些委屈：“论个子，他明明比我矮了差不多10厘米，人又瘦，我怎么知道这一拳打过来居然会这么狠。再说了，他是死者家属，咱当警察的，也总该理解一下对方的情绪吧，你说对不对？”

章桐见童小川还在死命维护着自己最后的一点自尊，便长叹一声：“省着点儿力气，你还是快去医务室吧，再耽误下去的话，炎症会更厉害，到时候可就麻烦大了。总之，你放宽心，尸检结果出来我第一时间通知你就是。”

童小川这才点点头，咧着嘴不断地倒吸冷气，灰溜溜地离开了法医处。

“还是头一回见童队被人揍得这么惨。”顾瑜说。

“他们刑大的，磕着碰着是正常事，今天这个局面也只能怪童队自己，他太大意了。”

“对了，主任，你说那死者丈夫为啥要揍童队？”顾瑜不解地问道。

“这是刑事案件处理时的概率问题，”章桐弯腰整理自己的鞋带，“夫妻双方中只要有一方遇害，并且没有明显的证据来排除和锁定目标人物的话，那另一方成为嫌疑人的概率就能达到60%以上，所以童队盯着对方问时只要有一两句话没把握好分寸，遇上脾气暴躁一点的受害者家属，那场面很有可能就会失控。”

“这倒也是，我听小九说刑大那边这两天都连轴转，一个案子没来得及结案又上一个。”顾瑜伸手接过章桐递给自己的工具箱，两人并肩朝办公室外走去。

“你说的是宝来广场的那桩割喉案？”章桐问。

“没错啊。”

“人不是早就抓住了吗？据说是死者的前男友，叫冯强，案子怎么还没移交给检察院？”章桐感到不解，她伸手打开了解剖室的开关，房间里顿时一片雪亮。米黄色的裹尸袋静静地躺在正中央的解剖台上。

“没那么简单。”顾瑜长叹一声，“凶手是当场被抓住的，这一点没错，但是他半年前刚做过肺移植手术，严格意义上来讲正处在恢复期，宝来广场出事后当晚就进了医院，各项指标都不是很好。为了他的人身安全考虑，刑大还专门派了两个人24小时在医院看护他，以防万一，所以呢，这个案子最终能否进检察部门，那还得要看这凶手的身体恢复状况。”

“难怪童队的脸色不太好。”章桐小声嘀咕。

“换谁心情都不会好。”顾瑜伸手摘下了死者登记簿，“死者姓名朱悦，体长168厘米，体型中等偏瘦，营养良好，长发，不戴眼镜……”

章桐一边听着，一边伸手打开裹尸袋，片刻后点点头：“我们开始吧。”

离太阳升起的时候还不到一个小时，天空已经变得有些灰白，只是城市的路灯还没有被熄灭，空气中依旧充斥着午夜街头所独有的丝丝凉意。

他深深地吸了口气，认真地打量起了眼前的场景——早晨的人民广场十字路口显得格外荒凉，虽然已经经过了打扫和冲洗，但是这冷冰冰的地面与簇新的栅栏却依旧透露着昨天下午那一场车祸的惨烈。他注意到新换上的栅栏中间不知道被谁给挂上了一束花，孤零零的黄色花瓣和白色绸带在风中微微摇晃着，像是在哭泣，却又像是在轻声诉说着什么。

那是一束秋菊，从它被摆放的位置来看正好在红绿灯等候区上，应该是哪位有心的车主在经过时刻意放下的。

人，毕竟是善良的，尤其是看到生命逝去的时候，内心总会油然生出一丝同情。他完全能够理解这位车主的行为，但这些人毕竟只是少数。

一阵风吹来，手中的烟蒂在暗灰色的晨光中忽明忽灭。

如果能够多一丝同情，那么，自己梦中的那张脸过了这么多年就不会还是一片空白。

“惨啊，太惨了！”身旁传来一位老者无奈的慨叹。虽然并没有多说什么，但是谁都知道是为了昨天下午那场车祸而发。老者是清洁工，穿着橘黄色的工作背心，怀里抱着一把长长的扫帚，一辆三轮清洁车停在他身旁，应该是结束了清晨的工作，却放不下这档子事，所以就想随便找个路人聊聊。

他顺手从兜里摸出一根烟递给老者，微微一笑。

老者报以同样的微笑，点燃了烟，长长地吸了一口。

“是怪惨的。”他小声咕哝了句，“两条人命。”

老者点点头：“昨儿晚上那死者的父母来了，哭啊，就在那儿，”他伸手指了指十字路口旁的安全岛，“不让设灵堂，就只能哭了。听说那是个女的干的，咋这么狠心呢，你说是不是？”

他平静地扫了眼安全岛，一阵风吹过，那里空荡荡的，什么都没有。他喃喃自语：“很快就会过去的，人们很快就会忘了这件事，不会记得的。”他本想说，因为人的心是世界上最残酷的东西，可是转念之间便把这句话生生地吞了回去。

老者听了，微微一愣，刚想说什么，此时，绿灯亮起，他便头也不回地走过了十字路口。

远处的天边，一轮红日缓缓升起。

第一节　要个说法

1.

早上 7 点刚过。

章桐被手机的提示音给惊醒了。最近这段时间里，她发现自己的睡眠变得越来越少，还特别容易被惊醒，就像现在，只响了一声，她便迅速抓过手机，顺手揉了揉发酸的脖颈，身后的阳光穿过窗户洒满了大半个走廊。

打开微信页面，提示李晓伟给自己发来了一段视频，视频里，他正缩着脖子和“馒头”一起站在小区的马路边上。“馒头”脖子上系着那条红黑格子的三角巾，威风凛凛地摇着尾巴，而拿着镜头的李晓伟就惨多了，要知道早晨的街上是比较冷的，李晓伟身上却还穿着单衣，显然他严重低估了“馒头”渴望外出撒欢的迫切心情，都来不及给自己裹上一件外套，但是尽管如此，他的脸上却依旧笑得阳光灿烂。

章桐也不自觉地笑了，回复说：“辛苦你了，这几天还要义务帮我遛狗。”

“没关系的，我正好顺便锻炼身体。”

“等手头不忙了，我一定请你吃饭。”

发出这条信息后，抬头正好看见童小川出现在门口，章桐便顺手关上了手机页面。童小川一脸沮丧地走进办公室，随意拉了张凳子坐下，长长地叹了口气。

童小川的鼻子上包着纱布，纱布下的鼻梁骨比平时高出了许多。

“去过医院了？”章桐双手抱着肩膀，靠在椅背上同情地看着他。

童小川点点头，瓮声瓮气地说道：“打了封闭针，明天还得去，唉，得一个礼拜。”

“一个礼拜算最低要求了。”章桐指了指桌上的尸检报告，她当然清楚童小川这刚从医院回来就等不及找到自己门上的真正用意所在，“死因是失血过多合并脏器丢失引起的创伤性感染休克，好一点说就是她没有再醒过来。”

“什么意思？”童小川下意识地摸了摸自己裹着纱布的鼻梁骨。

“也就是说麻醉状态还未解除，她就已经死亡了，因为整个过程中我都没有发现明显的抵抗伤，而且死者双手十指指甲中也没有发现旁人的DNA，再加上她的面部表情很平静，所以走得还算是安详。”

童小川仔细翻看着尸检报告，沉吟片刻后说：“是不是专业的人干的？”

章桐脑海里出现了那一片狼藉的急诊病房，摇摇头：“证据太少，所以不好说，目前还看不出来。我只是不明白为什么要单单取走死者的肺叶。”

“有没有可能是盗取……”

“不可能。”章桐果断地否决了，“肺移植手术对供体要求非常高，氧合指数至少在110以上，而死者的肺部本身就有问题，曾经因为肺癌发现得早而被摘取过四分之一，所以根本就够不上供体的标准。”

“那……这就奇怪了，如果说是那两个死者的家属为了报复而来，也不用摘取肺叶这么复杂，最多就是冲动之下暴打一顿之类，怎么会出现这种怪事？”童小川懊恼地顺手揉了揉鸟窝一般的头发，愁眉苦脸地看着章桐，“昨天下午的那起车祸当命案处理了，不管怎么说这死者毕竟是那起车祸的直接造成者。这下可好，车祸发生得稀里糊涂，这人又死得不明不白，唉！”

章桐把“爱莫能助”四个字给端端正正地写在了自己的脸上。

临出门的时候，章桐突然想起了什么，赶紧叫住童小川：“童队，有个问题，朱悦的丈夫，也就是在医院里揍你的那个，你到底说了什么把人家给逼急了？”

童小川一愣，随即尴尬地清了清嗓子：“其实也没什么，我就问了句你妻子以前有没有过自杀的倾向，他就跟我急眼了。真是搞不懂，一点征兆都没有，直接一拳就冲我脸上呼过来了。”

“那他还是坚持认为他妻子造成的车祸只是因为驾驶不慎？老欧阳他们可是已经调查清楚了，从车辆加速到车祸发生，那辆肇事车根本就没有踩过刹车，是全速行驶的。”章桐感觉不可思议。

“那辆车整体被检查过了吗？”童小川问。以前有过车辆被控制的案例，所以一遇到这种匪夷所思的车祸，自然就会往那个方向去想。

“当然，每个零件都被仔细归档和检查了。”章桐紧锁双眉。

童小川听了，无奈地长叹一声：“不还是没有答案吗？”

等了半天，身后的章桐都没有再说什么，回头看去，她似乎根本没有听见刚才童小川所说的话，只是呆呆地看着办公桌上的文件夹陷入了沉思。

见此情景，童小川只能摇摇头，拿着尸检报告便转身离开了法医办公室。

傍晚时分，夕阳洒满天空，踩着厚厚的落叶，他站在医院楼下的拐角处，仰头看向遥远的天边。那里暮色已经缓缓聚集，要不了多久，黑夜即将到来，天长城的大街小巷也开始亮起了盏盏灯光。

他所站的位置是个风口，呼呼的风声在耳边从未停歇过。院子里的落叶时而被风卷起，时而又匆匆落下，看久了，竟然有了一种莫名的亲切感。手中的烟头没剩下多少了，再次拿起时，他愣了一下，随即狠狠地吸了一口，在自己被彻底冻僵前，把烟蒂在水泥墙上熄灭，丢进公用烟灰缸，这才转身准备离开。

“你说，这 92 床的装病得装到啥时候？”擦肩而过，一个年轻的小护士愤愤然地对身边的同伴抱怨，在她的手中是个刚洗完的搪瓷饭盆，饭盆还在往下滴着水。

“这不有人看着么，又不用你操心。”同伴似乎并不在意。

“你不明白，那家伙明明已经各项指标都正常了，还一天到晚这里不舒服那里不舒服，我们主任对他又是得罪不起。不就是做过移植手术么，把自己当大爷了，真是的。”先前那小护士说着说着，愈发火冒三丈，手中的饭盆抡得高高的。

在拐进门厅的刹那，同伴突然停下脚步，她警惕地看了下四周，见没人注意自己，这才神情严峻地压低嗓门说道：“对了，我差点忘了提醒你，小心点，别离他太近！我听精神科的李医生说过，这种人，很危险的，你没见过宝来广场那场面，天呐，太没人性了！”

“我说那人看人的眼神怎么那么奇怪，陪床的人也一脸冷冰冰的。干吗不早点通知我们当班的啊？要是出了事，谁能负责？”

同伴没好气地瞥了她一眼：“哼，告诉你们了，那谁负责 92 床啊？难不成叫你们护士长负责？”

“我跟你说啊，她保准也会撂挑子的，因为她比我胆小。”小护士脸上露出得意的神情。

就这么你来我往地说着，话题很快就转到了“胆小的护士长”身上，两人嘻嘻哈哈地一起走进了大楼门厅。

一阵风吹过，门厅外的角落里早就已经空无一人，只有烟灰缸里那枚新鲜的烟蒂，在风中最后发出了一点微弱的火光，很快便熄灭了。

午夜，医院大楼里静悄悄的，尽管急诊病房区域里时不时地传来救护车的声音，但是一墙之隔的住院楼却仿佛是另外一个世界。一楼的监控中心房间内，值夜保安长长地打了个哈欠，双眼微阖，靠在椅背上打算趁下次巡逻前小眯一会儿。

此刻，周遭的一切都显得那么平静与自然。

没多久，六楼最靠东头的那间病房窗户上突然亮起了诡异的绿色火光，火势猛烈，伴随着阵阵白烟冒起，房间里凄厉的呼救声与烟雾警报声同时穿透了整座大楼。

十多分钟后，远在城市的另一头，章桐家卧室的窗户被一颗石子磕了一下，紧接着，又是一颗……“馒头”瞅着窗户，爪子紧紧地抓着地板，喉咙里发出了愤怒的低吼。章桐被猛地惊醒，她打开灯，愕然看着一颗石子重重地敲在窗户上，发出清脆的玻璃声响。

她气冲冲地下床来到窗边，伸手推开窗，一眼就看见了楼下没有熄火的警车。于博文就像是个被抓了现行的孩子，见势不妙便迅速钻回了车里，而驾驶座上的童小川则探出头来，双手一摊，冲着章桐做了个无奈的表情。

“该死！”她低声咒骂了一句。

现在是凌晨 1 点 28 分。

2.

“哪里出事了？我为什么没得到通知？”章桐晃了晃手机，自从有了上次的教训后，自己手机里的电量就没有低于过 80%。

于博文从副驾驶座上回过身来，尴尬地笑了笑：“主任，我跟童队也是在吃夜宵的时候才刚得到消防那边的通知，说医院里突发无名大火，把我们的嫌疑人给烧死在房间里了。这不就顺便把你给捎上，省得你再打车过去嘛。”

“嫌疑人？谁？哪个案子？”章桐有些糊涂。

童小川看了眼后视镜：“宝来广场割喉案。”

“这……”一时之间，章桐不知道自己该说什么才好，憋了半天结结巴巴地说道，“怎么，怎么这么快？”

“主任，你是说怎么一下子两个嫌疑人都死了，对不对？”

章桐冲着于博文点点头：“是啊，虽然目前看两个案子之间没有关联，但是这，这也未免太巧合了点。你们确定着火这起不是意外？”

童小川听了，和于博文面面相觑：“你去了就知道了。”

说话间，警车已经开进了天长大学附属医院的住院部，看着车前方一字排列开的那几辆鲜红色的消防车，章桐心中隐约感到了一丝不安。

住院楼里的明火已经熄灭，被紧急疏散的病人和护士们正在有条不紊地返回病房。下车的时候，章桐注意到有几辆消防车已经准备离开，只留下了一辆正在收拾装备。

“火不大？”她随口问道。

“是不大，烧毁了相邻的两间病房，同一楼层的病人也及时撤离了，这场火灾的伤亡情况目前为止就是一死一伤。”医院保卫科的工作人员回答道。

“那为什么要通知我们？”

这时候，旁边停下了一位消防人员，他用力解开自己胸前的防护服，摘下头盔，脸上的神情有些异样：“是我要求的，你们是天长市局刑侦大队的人，对不对？”

童小川点点头。

“你们的人受伤了，全身深三度烧伤，这家医院没有处理白磷烧伤的专门设备，所以人已经被120接走了，去了第一医院的烧伤科。别担心，小伙子性命无忧，就是要吃些苦头了。”消防员哑声说道。

“白磷？”章桐皱眉，“你确定引燃物是白磷？”

“是的，”消防员掏出手机，“我把现场护士无意中拍下的那段视频拷贝下来了，你看看，这就是当时的场景。据说起火很突然，病房里没有配备灭火器，病床上方的烟雾探测器的喷淋装置坏了，火势才会在一开始就没有被控制好。不过你们值班的那位小伙子倒是很勇敢，就是有些经验不足，不知道是白磷，直接就用水去灭火，后来试图想打开铐子，这才会导致自己也遭了殃。房间里总体过火面积不是很大，只烧毁了一些易燃物。不过，病人没救了，当场死亡。”

看着手机屏幕中那段只有8秒的视频，绿色的火焰，白色的烟雾，伴随着声声的爆燃和值班小护士惊恐的叫声，章桐的脸色一沉：“果真是白磷，医院病房里怎么会有这种东西？”

中年消防员听了，只是摇摇头：“刚开始的时候是白磷燃烧，到后来引燃了房间里的窗帘和隔离布帘以及床上的被褥之类的可燃物，火焰就变成了黄色，由于病房门是打开的，穿堂风导致火势外延，这才波及对面的那间病房。”他接过手机，小心翼翼地塞进防护服的内衬口袋，“这就是我找你们来的原因，火是直接从 92 床的病人身上着起来的，我猜这不是一起单纯的火灾事故！”

白磷是白色或浅黄色的半透明固体，质地柔软，冷时性脆，见光则色泽变深，一旦被暴露在空气中，产生大量白色烟雾，只要温度接近 40 摄氏度就会立刻着火，火焰呈现出绿色的磷光和白烟，如果不及时隔绝空气，白磷的着火点根本不会停下来。章桐想到这儿，便追问：“死者身上最后穿的是什么衣服？”

“当然是病号服了。”一旁医院保卫科的人说，“这是我们医院病人的统一装束。”

“病号服上不应该有白磷。”童小川看了对方一眼，问道：“你们晚上一个楼层有几个护士值班？”

“就一个。另外每个科室配备一个住院医师，同时负责两个楼层，但是晚上值班的时候，住院医师没有需要是不会去病房的。”

童小川抬头看向高高的楼顶，长叹一声：“小于，通知老欧阳和小九，他们该开工了。”

于博文点点头，忙不迭地去一边给痕迹鉴定值班室打电话。

章桐因为还没有收到工具箱，便只是从兜里摸出随身带着的乳胶手套和口罩戴上，然后冲保卫科的工作人员出示了工作证件，说道：“请带我去看看死者，我是法医。”

上午，天空碧蓝无云。

再一次步行经过人民广场十字街头的时候，他惊讶地发现安全岛里竟然异常热闹——两根灯柱上挂着白色的横幅，地上堆满了菊花，三位白发苍苍的老人在两个年轻人的陪同下，跪地，神情凄然，其中一位老太太痛哭着，声音沙哑死去活来，怀里紧紧抱着的是那两位死者的遗照。

他停下了脚步，隔着马路远远地观望着。他发现凡是经过安全岛的路人，竟然都下意识地加快了脚步，似乎在躲避着什么。

见他停下了脚步围观，一旁站着的交通协管员便忍不住长长地叹了口气：“唉，都哭了一上午了，怎么劝都劝不住，就是不肯走。”

“不是听说那肇事女司机已经死了吗？”现在这年头，消息传得比风还快。

交通协管员是个年过五十的中年大叔，他无奈地摇摇头：“没错，是听说死了，但是这家属不乐意啊，俩孩子好不容易养这么大，这刚工作没多久，听说上周刚领证了的。唉，总之这事儿搁谁身上谁都难受，接受不了也很正常。”

“你是说那所谓的间歇性精神障碍吧？”他随口问道。

协管员一愣：“没错没错，是这名词，挺拗口的，没想到你还记住了，这就是死者家属始终都不接受结果的原因，你看看那横幅上写的——还我真相！唉，坑人哟！”

他听了，苦笑着摇摇头：“人死各有命，好好珍惜活着的人吧。”此时，绿灯亮起，他便冲着协管员点点头，迎着绿灯穿过了马路，身形很快便消失在人群中。

十多分钟后，一个梳着马尾辫，腰间系着棕色围裙的年轻姑娘捧着一束菊花匆匆从马路对面的商业街里走了出来，绿灯亮起，她穿过马路径直来到安全岛上，把花轻轻地放在那两幅遗像面前，然后从围裙兜里掏出了一个信封递给其中一位老者，“大爷，这是我们店里的一个客户刚才订的花，里面的钱是他指明要捐给你们的，总共一万现金，您查收下。”

信封很厚，老者感到诧异：“谁？”

姑娘没有回答，只是从围裙兜里又摸出一张小的心形慰问卡片，递给老者：“客人想说的话都写在上面了。”说着，她点头告辞，随即顺着绿灯返回了来的方向。

几位老人面面相觑，打开那张卡片一看，上面只有四个字——好好活着。

秋日的阳光很耀眼，一阵风吹过，看着那束新鲜的菊花，沉默已久的老者已是满脸泪痕。

第二节　不该活着

1.

快到中午的时候，童小川兴冲冲地冲进法医解剖室，一言不发，只是激动地在房间里来回踱步。

“主任，童队是不是吃错药了？”顾瑜小声嘀咕。

章桐摇摇头：“但凡能够刺激到人类大脑中枢神经系统的药物反应状况都不是这样的，我看他应该是听到什么好消息了吧，一时之间自我消化不了才会这样，以前我听李医生说过这种状况，叫什么‘轻度精神 PTSD’，不用吃药，很快就会恢复正常的。”

顾瑜点点头：“原来如此。”

章桐手里拿着解剖刀停在半空中，想了想，还是把刀放回了托盘：“童队，有什么你就说吧，憋心里不好。”

“万幸，真是万幸啊！”童小川就像抓到了一根救命稻草，声音沙哑，激动地挥舞着手臂，“我那负责看护病人的年轻下属，不是深三度烧伤。我刚从医院回来，那烧伤科的老教授说，严格意义上来讲是浅二度和深二度之间，完全可以恢复，脸上不会留下疤痕。要知道那小伙子还没谈过恋爱呢，我昨天都担心死了，在手术室外待到现在，要真是深三度的话，我真的无法原谅自己了……”

仔细看去，童小川的眼中竟然含着泪花，声音还微微发颤。顾瑜刚想开口，章桐便伸手拦住了她，示意让童小川继续说下去。

“深三度恢复的可能性非常低，并且对病人以后的生活质量会有很大影响，而浅二度和深二度之间的话，最多一个月，只要没有感染，就能痊愈。”章桐点点头，说话的样子突然像极了一个温柔的大姐姐在安慰弟弟：“好啦好啦，说出来心里的石头就能放下了，童队，现在心情好些了吗？我这里正好有事找你呢。”

“哦？”童小川双眼放光，“说吧。”

“童队，你确信不要休息一下，去眯会儿？”顾瑜吃惊地看着双眼布满血丝的童小川，“模式切换好快！”

童小川摆摆手，看着章桐。

“跟我来吧。”章桐摘下手套，顺手丢进脚边的垃圾桶，然后走向小隔间，来到墙角的灯箱旁，一边打开灯，一边说，“你听说过一种叫矢状劈开截骨手术吗？”

童小川茫然地摇摇头。

“好吧，硅胶假牙？”章桐利索地把两张 X 光片放在灯箱上，顿时一目了然。

“他年纪不大啊，为什么要装假牙？”童小川不解地问。

章桐摇摇头：“那我再换种说法，你应该就会明白了——他做过整容！而且是非常专业的口腔整容！”

“你看，左面这张是颅骨的正面照，右面这张是解剖后的颅骨复原图，怎么样，区别大吧？”章桐指着左面那张 X 光片，“完整地来说叫——下颌骨升支矢状劈开截骨术，之所以那么截骨，是要避开下牙槽神经，把下颌骨升支从矢状面劈开。这种手术的目的本来是解决下颌前突畸形，出血少，下牙槽神经损伤率低，但是术后需要四周时间来进行颌间固定，影响进食和发音时间长，操作不好的话，病人所受的痛苦也大。”

“这不是人脸矫正手术吗？”

章桐点点头：“是的，而且难度非常高，但是死者并没有下颌骨骨骼畸形，他的脸型是完全正常的，他之所以这么做，就是想彻底改变自己的脸部容貌和形状，为此，他还加上了一排硅胶假牙，也就是说，你看着他是四十岁的模样，其实他的真实年龄远不止这些。”

童小川脸色一变：“可是，他被抓时的 DNA 在数据库中并没有找到匹配对象。”

章桐看着他，耸耸肩：“你能保证所有案子的犯罪嫌疑人生物样本都被收集进了 DNA 数据库吗？”

“难怪了，当时看了案发现场围观群众近距离拍下来的手机视频，我就觉得他下手特别冷静和果断，完全不像是第一次杀人，这么看来，有可能他还真的有案底。”童小川喃喃说道，“当时抓人的时候，查他的身份证并没有问题，看来，还是我们大意了。”

“你也别太自责，我会尽快做一个人脸还原，通过人像对比系统可以很大程度上缩小寻找范围，尽快确定死者的真实身份。”章桐想了想，说道，“他在医院赖着不走，肯定也是担心这案子到了检察院后，闹大了，以前的老底就会被人揭出来吧。”

“还有人会记得他吗？”

章桐听了，咧嘴一笑：“给他做手术的人啊，可不是简单的角色，而且，我想没有一个口腔医生会对自己五年内曾经做过的一起古怪手术那么健忘的。”

正说着，于博文匆匆推门走了进来，先是跟章桐打了个招呼，随即说道：“童队，我正找你，朱悦车祸的事，有眉目了。”

两人的目光齐齐看向他。

“朱悦的丈夫松口了，承认自己在外面有个三儿，这事被朱悦知道了，”于博文咽了口唾沫，接着说，“朱悦娘家家境本就不错，人又清高好面子，所以本来想忍一忍。再说，她丈夫也跪下认错了，本以为这事儿就这么过去。谁想那三儿根本就没打算放过这个大金主，便三天两头盯着朱悦逼她退出，还一天到晚给她发自己和朱悦丈夫在一起的不雅相片，不依不饶的，最后那次还竟然把相片放大了给直接贴在了朱悦单位的大门上，这就是案发那天上午发生的事。朱悦的工作单位离案发现场不远，就拐个弯的距离，她直接开着自己的牧马人就冲上街头。她丈夫说朱悦最后给他打了个电话，表明想自杀。只是没想到她自己活了下来，却把无辜的人给害死了。”

章桐皱着眉：“童队，难怪你会挨揍，你说中了他的心事，他当然要急得跳脚了。可如果这人民广场的车祸案只是意外的话，那么这朱悦又是因为什么被人杀了？”

“报复？”童小川想了想，“除了这个动机，我还真想不出别的，主要是那现场，说句不好听的，过度杀戮，跟屠宰场没啥两样。”说着，他转身拍了拍于博文的肩膀，“走，下一步得深挖朱悦的背景，说不准会有什么收获呢。”

两人随即告辞，离开了法医处。

章桐掏出手机，拨通了李晓伟的电话："我想问个问题。"

"随时恭候。"

"对受害者实施过度杀戮行为的人，到底是什么心态？"

电话那头陷入了短暂的沉默，很快，李晓伟的声音响了起来："两种，一种是针对不特定目标的过度杀戮，另一种则是针对相应特定目标，前者是发泄情绪，后者则是报复。前者的加害行为体现为在同一个区域不断地重复一个单一动作，但是后者，简单来说，是有特定攻击对象目标，而为了达到这个目标，加害者不惜对受害者造成更多不必要的别的伤害，且没有特定区域。"

"原来如此，我明白了。"章桐轻轻叹了口气，挂断了电话。

2.

凌晨时分，宝来广场金辉大厦顶楼的霓虹灯在弥漫的雾气中若隐若现。

广场上空无一人，和白天的熙熙攘攘比起来，昏黄的路灯光下，这凌晨的街面上仿佛就是另外一个世界。他把车停在马路边上，关掉了所有的灯，包括手机屏幕在内，车里一片漆黑，只有烟头的火星在一闪一灭，仿佛这才是他依旧活着的标志。

他知道自己不该抽烟，但是却怎么也戒不了这烟瘾，努力过了很多次，最终还是放弃了。如今细想想，手中的烟对他而言其实也并没有什么太大的吸引力，只是自己感觉空虚的时候，自然而然就想到了它，就像一对过了大半辈子的夫妻，没有山盟海誓，有的就只是默默相守罢了。

他还记得自己第一次抽烟的时候，就是那次噩梦中醒来，他满脸泪水，双手环抱着肩膀默默抽泣，屋外是瓢泼大雨，空气中充斥着潮湿的霉味，他偶然抬头，看见了桌上那个几乎空了的烟盒。烟盒是铝制的，端端正正地摆在桌案头，上面似乎还有些温度，但是烟盒的主人却早就已经离开了。

他伸手抓过烟盒，颤抖着从枕头底下摸出一盒火柴，学着哥哥的样子，打开烟盒，抽出里面仅有的一根，叼在嘴上。那副样子真的一点都不酷，尽管他已经尽力在模仿，却依旧无法完美地复制出哥哥的影子，他就是他，哥哥再也不会回来了。

火柴被点燃了，他贪婪地吸了一大口烟，呛得胃里一阵痉挛，鼻涕眼泪瞬间糊了满脸，但是他很快就适应了，因为那是记忆里最熟悉的感觉，他不再感到孤单。

透过车窗，他的目光落在了曾经那个女人倒下的地方，地面早就已经被清洗得干干净净，案发后的第二天，就没有人再记得这里发生过什么了。只有他，怎么也忘不了那女人最后被割开喉咙的刹那，目光中所流露出的冰冷与绝望。

一个生命就这么没了，他本以为女人到最后的时候必定会哭泣，会哀求凶手放过自己，会发誓自己一生一世陪在他身边，但是女人没有这么做，这才是让人感到最痛苦的，因为女人脸上的表情竟然是平静得犹如一张白纸，一张沾满了血的白纸。

今天是惨案发生后的第七天，也是那女人的头七，广场上冷清得让人感到浓浓的寂寞。烟抽完了，他把烟头小心翼翼地在车载烟灰缸中掐灭，然后从副驾驶座位上拿起一束淡黄色的菊花，白色的飘带犹如丝绸一般顺滑。打开车门，他缓步走向那个位置，来到近前，他弯下腰把菊花放在地上，沉默了片刻后，便转身悄然离去。

车开走了，宝来广场上恢复了平静，浓雾逐渐聚集，若隐若现的灯光下，一束孤零零的菊花躺在曾经流满鲜血的地上。风吹过，花瓣微微颤抖，似乎在轻声诉说着什么。

夜深了，身边的“馒头”趴在地板上早就已经沉沉睡去，因为上了点年纪，鼾声不断，不过还好能够忍受。

右手边的咖啡杯已经冰凉，吃剩下的半块面包被随手丢在盘子里，看上去根本让人无法提起食欲。

章桐盯着电脑屏幕上的尸检相片陷入了沉思，朱悦的伤势明显是属于过度杀戮，目标是割取肺叶，得手后却又把它丢进痰盂罐，这是一种对死者鄙视的表现。如果把凶手界定为单纯的报复杀人，似乎没有什么不妥，可是朱悦生前的社交情况非常简单，没有什么所谓的仇人，为什么有人就偏偏要挑中她下手？而在这之前，医院里还从未出现过类似的疑似报复事件。

她的目光落在了尸体的一张正面照上。看着那清晰的刀痕，她突然心中一动。这看似杂乱的刀痕，其实却是有规律的——它完美地避开了几条大动脉血管和心脏要害部位，这样，死者就不会马上死去，直到肺叶被成功摘取后，朱悦才最终因为肺动脉失血过多导致创伤性休克死亡。而在此之前，自己之所以没有注意到这点，那是因为肺叶摘取的手法太过于粗糙，形同屠夫。

现在看来，凶手分明就是一个有医学背景的人！

点开火灾现场的尸检报告文件夹，章桐总有种感觉——眼前这两起命案之间存在着一种说不出的联系。她看着病房里火灾过后的相片，想了想，点击鼠标放大烟雾报警器，虽然有些熏黑了，但是这个烟雾报警器却明显是由内往外炸开的，病房里当时的火势还不至于产生这样的效果，难道说……她抓过手机拨通了小九的电话，这个时候虽然打电话显得有些不礼貌，但是对于“夜猫子”来说，也是习以为常的。

“小九啊，问你个事，你们查过天长大学附属医院着火病房顶上的那个烟雾报警器没有？”章桐问。

“这倒没有。”小九回答得很爽快。

“那你们最好查一查。”章桐一边说着，一边在草稿本上画了张草图，那是一张病床，病床正上方是烟雾报警器，“因为我怀疑那白磷的来源很有可能与这烟雾报警器有关。”

“白磷粉接触空气就会发出白色烟雾，”章桐下意识地在草图上用笔画了个圈，范围包括了整张病床，“我问过医院里的人，都说死者的病号服在那天没有更换过，而病房里的空气也是流通的，室内人的体温是将近 37 摄氏度，但是病房内有各种仪器存在，温度一般会接近 40 摄氏度，这是白磷的燃点。而一旦被白磷粉覆盖燃烧，是很难用普通的方法扑灭的，所以幸存者才会有这么严重的烧伤。我想过，只有这一种方法可以在案发当晚让死者被白磷粉覆盖，你们尽快去查一下烟雾报警器。”

挂断电话后，已经是凌晨两点，章桐靠在椅背上，看着窗外漆黑的夜空，心想如果凶手真的是如自己所料那般挖空心思想要杀害死者的话，那么两起凶案就有了一个共同的动机——报复！

3.

医生吃饭，无非就是谈谈自己的病人，要么谈病例，要么就是谈“典故”，目的都是一个——气氛轻松一点，吃饭的胃口就能好一点。

“一个人的恨到底要用长时间才能把它彻底忘记？”

轻描淡写地问出这个问题的时候，他正笑眯眯地看着眼前这位与自己年岁差不多的年轻医生。都说笑容能彻底让别人对你放松警惕，为此他还曾经花过不少时间，站在镜子前，对着镜子中的自己，一遍又一遍地在脸上摆出笑容。

“恨？”坐在桌子对面的年轻医生不免有些愕然。因为谁都不会在楼下餐厅中吃中午饭的时候突然问这么高深的问题，人不论智商还是情商，只要肚子一饿，就都会随之而大幅度下降，更何况自己现在可是饥肠辘辘。

在等待回答的时候，他的目光落在了对方的工作牌上，随即点点头，语气虔诚而带调侃：“李医生，你可是我们天长市的精神科专家级别的人物，这么简单的问题应该不会难倒你吧？”

李晓伟感觉自己的耳朵根子有些微微发烫，他依依不舍地放下了手中的筷子：“专家级别不敢当。这，这怎么说呢，你问的问题实在是太笼统了，我们人类的‘恨’有很多种，因为程度不同，自然结果也不同，而每个人的心理承受能力更是不能用一定的标准来衡量的。总之，变数太多，我还真不好用一两句话来回答你。”

听了这话，他恰到好处地笑了，然后略带惭愧地说：“李医生别见怪，我只是开个玩笑随便问问，你别往心里去。”说着，冲另一个同事点点头，“我先回。”便托着盘子离开了座位。走到门口的时候，他借着拿餐巾纸的机会回头看去，那个同事正和李晓伟交谈着什么，而后者脸上则露出了一副恍然大悟的神情。

他面无表情快步走出了餐厅，同时伸手从裤子口袋里摸出了烟盒。

也不过如此嘛！

天长大学附属医院住院楼的火灾现场内，章桐抬头看着那个已经面目全非的烟雾报警器，低声对一旁站着的欧阳工程师说："老欧阳，这明摆着就是从这里搞的白磷粉，你看看这个位置，再看看你徒弟的那张检验报告。"

欧阳工程师神色凝重："凶手应该是装了个小型遥控触发器，半径范围在50米之内，时间一到弹开烟雾报警器……也就是说，案发当晚凶手有可能就在这栋楼里。"

章桐点点头，她走到门外，招手叫来了等候已久的医院保卫科负责人。因为上次火灾，整层楼的病房早就已经空无一人，整个科室其余住院的病人都被临时调配到了别的楼层，只留下空荡荡的走廊，窗户开着，呼呼的风声充斥着整层楼。

火灾烧毁了大半个烟雾报警器，由于无法确定烟雾报警器中是否有定时装置，抑或只是单纯的接收装置，所以，很难确定案发时凶手所处的准确位置。

"我们这儿是医院，不是监狱，保安也是一些老弱病残，所以不可能完全限制大家的出入自由啊。"保卫科负责人焦头烂额，他下意识地掏出手帕擦了擦额头沁出的汗珠，"能防住一些来闹事的人就已经是上上大吉了。"

"你们的监控不是遍布整栋大楼的？"说话间，于博文合上手中的工作笔记，抬头看着他，目光中满是疑惑。

"不瞒你说，有是有，但是因为经费问题，有些已经快要不能用了也没办法更换，现在好几个地方的探头就是个摆设，即使能录入，也只是个模糊的人影。"负责人涨红了脸，想了想，又小声补充了句，"唬人的。"

"到底有几个能用的？"于博文有些生气了，"你也不早说，这得多耽误事啊！"

"就，就三楼和七楼，还有进门处的大厅……"负责人结结巴巴地说着，用手帕不停地擦汗，"别的即使有，也都不是高清彩色，不只是画面模糊不清，隐约能看见人就不错了，更别提声音了。"

"那可是20世纪的玩意儿。"于博文悻悻然嘀咕了句，"太坑人了！"

抱怨归抱怨，图侦组的还得一帧一帧地过，没办法，这是案发现场唯一的监控视频来源。

比起别的楼层好几间的大通铺而言，三楼和七楼都是属于贵宾楼层，病房都是高级别单独配置，每天的住院基本起点费用也高，服务自然就更好。

听了这话，章桐和欧阳工程师不由得面面相觑，眉宇间尽是沮丧的神情，她叹了口气："难怪消防提供的火灾现场高清视频只能从护士手里拿。"

正说着，病房内突然响起了此起彼伏的手机铃声，几个人的手机同时响起的话，这可不是什么好事，章桐掏出手机一看，果然，来电显示是市局的值班室——有人在酒吧一条街自焚，火很快被扑灭，但当事人已经身亡。

"自焚？"章桐下意识地浑身一激灵，她看了看欧阳工程师。后者也正慢慢放下手机，神情凝重地说道："听说是个老人，去看看吧。"

（半小时前）

酒吧一条街，从中午开始便是整个天长城里最为躁动不安的地方，古怪的招牌，一直环绕的重低音 hip pop，其实不用等待夕阳降临的那一刻，整条街上就已经摩肩接踵，到处都是精力旺盛的路人。

人群中只是隔着五六米远的距离，却仿佛隔着整整一条河，他看到了对方目光中所流露出的深深的绝望与悲哀。于是，他停下了脚步，站在这特殊的"岸边"，就这么双手抱着肩膀，嘴角微微翘起，静静地观望着不说一个字。

看着对方欲言又止，直至希望的火光微弱到最终熄灭的时候，他的脸上才露出了一丝得意的笑容，接着便是缓缓地摇头，果断而又坚决。做完这些事后，他便头也不回，转身汇入了远去的人群。

没走出几步，突然，身后传来了一声异常的响动，紧接着便是民众四散躲开时所发出的惊呼声——"着火啦，着火啦，快打 119……"他没有停下脚步，更没有回头，就仿佛身后所发生的那一幕悲剧与自己完全没有丝毫的关系一般。

每个人不能选择自己的出生，却有机会去选择自己死亡的方式，痛苦的或者不痛苦的……他对此毫无异议。在经过一家商店的橱窗旁时，他注意到橱窗内有一面镜子，这才停下匆匆的脚步，探身看了眼，镜子中的人是陌生的，脸部表情平淡如水，就像一张白纸，一张沾满了鲜血的白纸。

他伸出指尖，触碰了一下那冰冷的橱窗玻璃，嘴角露出一丝苦笑，这才转身匆匆离去。

4.

（半小时前，下午1点16分）

天长市局刑大办案区审讯室里，童小川已经在凳子上坐了十多分钟，他皱眉看着坐在对面的朱悦丈夫王清河，顺手摸了摸自己鼻梁上的纱布，瓮声瓮气地说道："王清河，你这一拳确实够狠的啊，往死里揍啊？"

此时的王清河已经没有了先前在医院里时的那副凶狠模样，反而是涕泪横流，苦苦哀求道："我，我真的不是故意的，对不起了……谁知道你不躲呢，说实话，你这身板……一个揍我俩都够啊。"

"我要是还手，那就叫互殴，你懂不懂？那可是犯错误的！"童小川悻悻然地哼了声，"算了算了，这事儿我也不追究你了，也怪我那时候说话没考虑周全。王清河，我们还是回到那个问题上，就是你妻子的那次肺叶切除手术，你能再讲详细一些吗？"

一听这话，王清河赶紧伸手在脸上抹了一把，抬头激动地说道："真的？真的不追究我啦？"

"什么话！"童小川皱眉，"我是看你认识到了错误，吸取了教训并积极纠正，我才不追究你的。下次再因为打架的事儿让我见到你的话，可就没这么容易了，你懂不？"

"懂，懂，懂，我当然懂，谢谢，谢谢！"王清河愈发结巴了起来。

"赶紧说说你妻子的那次手术，你是全程陪同的吗？"身旁的同事强忍住笑，一脸严肃地接着问了下去。

王清河点点头："那是当然，大手术，需要我签字的。"

"肺癌这东西啊，要么别发现，一旦发现了，就是晚期。不过我老婆运气好，因为肺结核住院，这一查还竟然就在阴影部位发现了早期癌变的病灶，就赶紧给切除了。”他边说边伸手比画，“本来以为就那么点儿大，谁想到手术足足做了四个钟头，出来以后告诉我说那么大一块，就跟那菜市场猪肉摊上卖的猪肝一样，去了一半！”

“这么严重？”童小川感到有些意外。

“是啊，有很多病灶，不打开看，你是根本发现不了的。我听那老专家说，肺结核转肺癌这病最难治，发现难不说，切除也难，手术的时候两个主刀医生都是用手剥离的病灶，真是太难了！”说到这儿，王清河不由得一声长叹，“唉，本以为捡了条命，现在看来，作孽啊！”

“等等，这么说，你妻子的手术还是算有一定难度的，对吗？”

“那是当然，”王清河用力点头，“四个钟头，两个主刀医生，院长、专家亲自到场监督指导，你说难不难？”

童小川不禁和同事面面相觑，因为死者朱悦恰恰是被人很粗暴地切除了肺叶的剩余部分，这要说是巧合的话，那就太让人无法理解了。

示意一旁的警员带走王清河后，童小川走出审讯室，正琢磨着该怎么进行下一步方案的时候，文书急匆匆走了过来，递给他一份传真件：“童队，这是内山市局刚传过来的，证实了天长大学附属医院的死者就是他们辖区的在逃犯罪嫌疑人黄之锋。”

“什么案子？”童小川心中一动。

“人命案，因为感情纠纷，当街把一个年轻人的脖子给捅了个窟窿，受害者没多久就死了，他却跑了，案发至今一直都没被抓到过。”文书脸上的表情显得有些沮丧，“30 年前的案子，那时候根本就没有条件收集凶手的 DNA，甚至当地警方手头就只有一张他的小学毕业照，那时候人才多大？刚才电话中说了，要不是我们给出了两份模拟画像，他们还真的无法确定就是死者本人。童哥，你知道吗，那老哥哥听到这消息后，在电话里都激动得哭了。”

童小川心头一酸，他完全能够理解，想想自己不也是有着同样的心结。

“这么看来，章主任的推论是正确的，这个叫黄之锋的人做过整容手术，而他的作案手法也与以前的相类似。”他一边翻看着手里的传真件，一边说，“不排除他身上还有别的案子，只是他现在死了，了解起来会有些难度。这样，你在网上发个查询函，就说未破的当街割喉案或者手法差不多的，尽量把案子都汇总过来，说不定会对咱们这个案子能有些帮助。”

文书点头，转身快步离去。因为所有办公区域都不准抽烟，童小川便想着偷空去洗手间抽根烟解解闷，毕竟连轴转了好几天，可前脚刚走进隔间，门还没锁上，烟盒还没完全掏出裤兜，耳根子边就传来了值班文书尖锐的嗓音：“童队……你在哪？有案子要马上出警！童队……”

随着脚步声越走越近，童小川懊恼地狠狠瞪了烟盒一眼，这才依依不舍地把它又塞了回去，顺手拍了拍，便悻悻然走出了洗手间：“哪里的案子？”

“酒吧一条街，一个老人当街自焚。先期赶到现场的派出所辅警汇报说案子可疑，需要我们市局刑大尽快接管现场。”值班文书神情紧张地看着童队，右手甚至还有些微微颤抖，这已经是他实习的第三周，却还是改不了一接电话就神情高度紧张的毛病。童小川若有所思地看了他一眼，私底下还真有些担心这个稚气未脱的年轻人是否能撑完整个实习期。

“明白了，叫上人，我们马上过去。”

当章桐和痕迹鉴定高级工程师欧阳力一起赶到酒吧一条街现场时，当地派出所已经封闭了整条街道，围观的人群都被统一转移到了街口，一块蓝色的防雨布被高高地撑起，遮盖住了案发现场区域。

在出示过证件后，章桐便拎着工具箱走进了案发现场：“童队还没来？”

于博文点点头：“我已经通知队里了，他们就在路上。我们离得近，所以先到。”

“什么案子？”

“我刚看了监控，一位60多岁的老人当街把自己点燃了，从火势来看，助燃物应该是汽油。”于博文一边说着，一边查看手机上的视频，再次确认自己的结论是否正确。

“自杀？”章桐停下了脚步，感到很诧异，“自杀的话，为什么不直接叫殡仪馆的车过来把人拉走？”

于博文摇摇头："姐，没这么简单，你看看这个。"说着，便把自己的手机递给她，"我刚拍下来的，据说是死者的遗书。"

"遗书？"章桐满腹狐疑地接过手机，乍看上去，字迹虽然工整，但是仍能看出写下遗言的人内心的不安与焦急，尤其是最后几个字的笔画严重偏向一旁，显然当事人已经没有足够的耐心了。

看文字，与其说是遗书，还不如说是自白书——我叫秦海涛，现年67岁，家住天长市安东区铁越胡同32号院。为了向两位被我残忍夺去生命的病人负责，今天我决定用自焚的方式来承担一切责任，包里还有5万元现金，请帮忙用于我的后事及受损商户的赔偿问题。对不起，我不配活着，我给大家带来麻烦了，最后深深地再次表示真诚的歉意。

最后还详细地备注了两位死者的名字和案发时间。

章桐抬头，吃惊地看着于博文："这是真的？"

于博文点点头："现场附近发现了一个老式公文包，棕色的，里面是死者的身份证件和5万元现金，现金5扎，都是百元钞，上面还有银行的封装纸带。两个汽油桶，24升装，里面都已经空了，"说着，他伸手指了指不远处的石凳子，"东西就在那边放着，端端正正的。有附近商户反映说，出事之前，老人在那里足足坐了一个晚上和一个上午，好像在等什么人，又好像不是，因为问他了，老人只是回答说自己出来呼吸下新鲜空气，马上就走。第二天早晨闻到了明显的汽油味，接着中午刚过就出事了。"

"这酒吧一条街本来就是年轻人来疯的地方，谁又会真正去注意一个老头子呢，你们说是不是？"欧阳工程师长长地叹了口气，"不过能有人记得，也算是不错了。"

"等等，我好像听过这个名字，"章桐皱眉看着欧阳工程师，"老欧阳，你还记得上次在华悦豪万酒店开的那次会议吗？开了一周，来了好多专家，有人房间里丢了东西，你们不是还派人专门去现场勘验了吗？"

欧阳听了，恍然大悟："一年一度的国际外科专家论坛。"

章桐的脸上露出了忧伤的神情，她伸手指了指于博文的手机："秦海涛，这个名字排在胸外科专家栏的第二个。"

欧阳力脸上的表情僵住了，半晌，暗暗咒骂了一句："该死！"

第三节　疯狂的背影

1.

秋天的夜晚总是来得这么悄无声息，5点刚过，浓浓的夜色便已经充斥着整个天长城。

安东区属于天长的老城区，很多都还是20世纪的房子和小巷，所以每到夜晚，闪耀的主干道霓虹灯背后便是纵横交错的巷道，一眼都望不到尽头。

而这里，还偏偏是天长城的特色旅游风景区，熙熙攘攘的人群不断穿梭在小巷中，沿街遍布特色小吃店和服装店，更是有好几台大型抓娃娃机吸引住了一些年轻情侣。

秋凉如水。

突然，几声怒斥，接着便是一声年轻女人的惨叫，声音未落，一阵急促的脚步声便伴随着惊恐的尖叫声彻底打破了小巷中的喧嚣。昏黄的路灯光下，路人还没有来得及反应，脚步声已经迅速远去。

就在这时候，一个年轻男人的哀号声响起，不远处路边那台抓娃娃机前，他双膝跪地，浑身是血地抱着怀中的白衣长发女孩，哭声撕心裂肺："救救她，快救救她！求你们了，给120打电话，快救救她……"

周围的路人都被眼前这可怕的一幕给惊呆了，他们瞬间躲得远远的，目光中露出了本能的惊恐，也有人掏出手机拨打了报警和急救电话。

那年轻女孩显然是已经没有救了，整个人一动不动就像一具被丢弃在街头的破布娃娃。这时候，围观的人群才注意到在她的左面胸口位置竟然插着一把刀，刀刃已经看不到了，只有刀柄露在外面。年轻男人则抱着失去知觉的女孩哭得死去活来。

终于，围观的人中有上了年纪的胆大的上前试着问道："到底出什么事了，小伙子？"

年轻男人抽泣着说道："有人，一个男人，捅了小晴，我拦都拦不住……他疯子一样冲上来就扎了好多刀……”

“行凶的人长什么样，你还记得吗？”匆匆赶来的巡逻警急切地追问道，“他朝哪个方向跑的？”

年轻男人颤抖着伸手朝巷子口一指：“那里，就是那里，他朝那个方向跑了……等等，那人我好像见过，是小晴的前男友冯强。对，没错，就是那王八蛋，就是他！”他越说越愤怒，情绪已经完全崩溃。

一听这话，围观的人群中便响起了一阵低低的议论声。而不远处，120特有的警报声已经越来越近。

巡逻警神色凝重地通过肩上的电台接通了市局指挥中心，迅速汇报了眼前发生的情况。

“等等……你说哪里发生凶杀案？”接警员似乎有些不太明白，“死者是个年轻女性，对吗？”

“安东区天长古镇月旦街，距离街口不到100米远的抓娃娃机旁，娃娃机编号是3278。对，是年轻女性，120已经到了。”

“我们这边显示就在你通报之前三分钟左右，有一通自首电话通过手机打了进来，我们正在核实号主的身份，对方所说的位置和你现在的位置相同，你能确定此刻你的周围没有第二起相同的案件发生吗？”接警员被要求处理事件时必须果断专业而又沉着冷静，很少像现在这样说话。

周围瞬间安静了下来，巡逻警左右看了看，回复说：“没有，这里此刻就发生了一起命案。”

“好，我已经通知市局出警，同时，刚才自首的犯罪嫌疑人此刻就在月旦街派出所警务室，你移交后就赶紧过去核实一下吧。”接警员匆匆说道。

自首？感情纠纷？巡逻警的心里隐隐有种不安的感觉。

120随车急救医生从死者身旁站起，摘下手套和口罩，冲着巡逻警无奈地摇摇头：“通知法医和家属到场吧，这姑娘已经没有生命体征了。”

天长市局法医解剖室里，章桐皱眉看着顾瑜：“今天你来，我做副手。”

“主任，为什么？”顾瑜有些不解。

“你总得独立担当一面，咱这人丁不旺，要是有个啥的，我分身无术。”

章桐心事重重地看了眼解剖台上的黄色裹尸袋，这是刚运回来的，“如果有疑问，我会让你知道的。”

顾瑜点点头，也就不再推辞。

这时候门外走廊上突然变得很嘈杂，起初还只是争执，很快便成了怒吼，夹杂着号啕痛哭的声音。章桐匆匆走到门口，探身一看，竟然是于博文和一老一少两个男人，老的跪在地上哀求，年轻的则在不断地诉说着什么，神情激动。

章桐走了上去，皱眉说道：“小于，别在这里喧哗影响工作。”

于博文尴尬地搓着双手：“这是死者李晴的父亲李凤山，还有她的未婚夫徐少华。他们一直闹着不让解剖尸体，我怎么解释都不听。”

章桐的脸顿时沉了下来：“这是法律规定的，公民出现意外非正常死亡，尸体必须经过相关部门进行尸检。”

“可是……”

死去女孩的未婚夫刚想开口说话，章桐的目光却被他的双手吸引住了，冷冷地说道：“请你站好，双手向前伸，十指张开。”

走廊里的喧哗瞬间安静了下来，空气中明显充斥着一股紧张的气氛。

对此要求，年轻男人一开始似乎有些犹豫，但最终还是照做了。章桐从工作服兜里摸出手套戴上，依次查看对方的手掌，一声不吭地查看完后，转身平静地对于博文说道：“麻烦把他带去你们刑大，请他留下配合警方工作。”

于博文顿时明白了章桐话中的意思，他不容分说便带着两人离开了。

匆匆回到解剖室，章桐对顾瑜说：“解剖工作先等一下，你现在马上带着工具去下刑大办公室找小于，提取死者未婚夫的右手手掌虎口处的生物检材样本，尤其是那两道挫裂伤，各个角度的相片都要拍。”

“明白。”

章桐想了想，又叫住了顾瑜：“还有，他身上的血衣，也要换下来。”

“主任，难道说你怀疑他才是真正的凶手？不是说凶手已经自首了吗？”顾瑜有些诧异。

章桐皱眉：“不知道，我只是觉得那两处伤口有些奇怪。”

刑大办案区审讯室外的走廊上，童小川身边站着的是案发时第一个赶到现场的巡逻警：“你确定是里面那个家伙投案自首的？”

巡逻警点点头：“是的，童哥，我赶去警务室的时候，这人正蹲在墙角呢，缠着我们辅警，死活赖着不走，说自己就是捅死那女孩的凶手。”

童小川是见过那女孩的相片的，人长得非常漂亮，属于那种在人群中擦肩而过，你不得不回头多看一眼的女孩。但是眼前这个犯罪嫌疑人却是长得貌不惊人，脸色晦暗，说话带喘，甚至给人一种久病缠身的感觉，落魄的穿着那就更不用说了。

“这家伙像个痨病鬼啊。你确定是他？”童小川还是无法接受这自首的犯罪嫌疑人与死者曾经是一对恋人的事实，“他的家庭状况怎么样？”

“一般，在我们天长市属于中下游的水准。”

一听这话，童小川的双眉更是拧了起来，死者家境不错，在天长还开了两家私人工厂，这完全就是两种不同的社会环境，难道说这就是所谓的“真爱”？

“无法理解！”童小川摇摇头，刚准备推门进去，审讯室里突然出现了怪异的一幕——自首的犯罪嫌疑人呼吸急促，脸色发青，嘴唇发紫，最后右手捂着胸口，脸上露出了痛苦的神情，身体缓缓地倒向了一边。

“不好！”童小川猛地推开门冲了进去，同时对下属吼道，“快叫救护车！”

夜色渐浓，他沿着酒吧一条街缓缓地向前走着，时不时身边有喝醉的人摇摇晃晃地擦肩而过，他都不予理会。因为路灯昏黄，路面上树影绰绰，所以没有人能留意到他手中正拿着一束淡黄色的菊花，白色的丝带迎风飞舞，就像两只无声的蝴蝶。路边的酒吧间里传来的音乐声时而刺耳，时而勾人魂魄，他只是淡淡地一笑，脚步不会停。

拐过那个飞马雕塑，就可以看到曾经的火灾现场，那里是他的目的地，此时，街面上的警戒隔离带早就已经被撤出，青石板地面也被清洁工用水冲洗得干干净净，石砖都发白了。除了空气中那依旧留存着的一丝烟火味外，似乎连那一刻的可怕记忆都被人给善意地抹去了。

他来到石凳上坐下，静静地仰望夜空，努力想象着那个已经逝去的生命在最后一刻的所思所想……应该不只是绝望吧？

“哎，兄弟，别坐那，你知道吗？昨天晚上那老头就是坐在你现在这个位置……太可怕了，真是太可怕了……”

他应声转头看去，映入眼帘的先是一只颤抖的手，眼前这个男人虽然竭力在用抽烟掩饰内心的不安，但这么做显然是愚蠢的，因为烟都几乎快要拿不住了。

“是吗？”他轻轻一笑，神情轻描淡写。

“我可是亲眼看见的，那老头，火烧起来的时候，连叫都不叫一声，太可怕了。”男人结结巴巴地比画着双手，终于，手中那半截烟掉落在地，他赶紧弯腰捡起烟，却懊恼地发现烟头已经被路面的积水熄灭，那是清洗路面的水，四周的路面都被洗得干干净净，这也是难免的。

男人无意中看到了石凳上的那束菊花，不禁一愣：“花？”

他微微颔首，脸上始终挂着淡淡的笑容，却一言不发。

“你是个好人！现在这年头，好人不多咯！”男人长叹一声，沮丧地返回了不远处的酒吧，他是那里的小店长。

仔细回味着对方的话，他脸上露出了释然的神情，时间差不多了，他站起身，头也不回地顺着青石板路向街外的停车场走去。而那束菊花，则被他端端正正地摆放在石凳上，一阵风吹过，花瓣在月色中微微颤抖。

回到车里，他顺手关上车门，刚要点火开车，手机响了起来，那是新闻推送的声音。他本不想看，因为实在是提不起兴趣，却又鬼使神差地从裤兜里摸出手机，只是一眼，他便愣住了——月旦街杀人案自首犯罪嫌疑人身患重病急需心脏移植，现已找到匹配心脏，网民质疑此举是否妥当。

这一刻，他感觉自己被硬生生地劈成了两半，痛苦的泪水瞬间夺眶而出……

2.

痕迹鉴定员小九终于累得靠在自己的办公椅上睡着了，报告只打了一半，眼皮就沉得像被挂上了两块重重的石头。最初的时候，他只允许自己眯两分钟，谁想这后脑勺一旦贴上椅子背，整个人就像被打开了一个特殊的开关——他仰着头，张着嘴，很快便进入了深度睡眠状态。

欧阳工程师上下仔细打量了一番自己的下属，神情复杂，半晌过后，他把一份检验报告的副本放在小九的桌案上，随即便一声不吭地转身走出了痕迹鉴定组的大办公室。

一旁的同事见状暗暗松了口气，听脚步声匆匆远去了，这才赶紧上前摇醒了小九。

“咋了？”小九睡眼蒙眬，目光在房间里四处张望，他一时半会没弄明白自己现在到底在哪儿。

“还迷糊着呐？刚才头儿的脸离你的脸就只差了8厘米不到的距离，足足盯着你看了5分钟……”同事愁眉苦脸地咕哝。

话音未落，小九便一屁股滑到了地板上，他赶紧从地上爬了起来，紧张地追问：“头儿干吗呢？你咋不叫醒我？”

“我没敢吱声，老头脸色不太好。”同事小声嘀咕，“这不案子一直都没破么，大家心里头都不是滋味。”

“心情再怎么不好，也都不会把我的脸当被鉴定物看上整整5分钟的啊，”小九急了，他总是跟着欧阳工程师出勤，当然熟悉他的一举一动，“头儿肯定有事……唉，他朝哪儿走了？”

“听脚步声是朝与电梯口相反的方向去的。”

那是法医处的方向，老欧阳应该是去找章桐了，小九刚准备去追，可是转念一想，自己的报告还没打完，要挨训，得先把活干完了再说，老头眼里是最容不得偷懒的人了。

这时候，小九才发现自己面前的文件堆里多了一份指纹检验报告，虽然上面是常规的标记，但是等看完报告的时候，他的脸色却变了——法医解剖室送来的那把凶器水果刀上总共发现了两组较为完整的指纹和两个局部掌纹，指纹和掌纹都被死者的血所覆盖，也就是说，它们都是凶手留下来的，可是，掌纹的方向却是相反的。

这意味着凶手行凶时中途换过拿刀的姿势。

可是，刑大那边却早就已经说明那起凶杀案的发案时间非常短，凶手根本不可能在短时间内用两种不同的握刀姿势来对受害者进行攻击，难道说，章主任的推测是对的？

想到这儿，顿时一阵冷汗顺着脊梁骨冒了出来，他呆呆地转头看向身边的同事："阿坤，跟我说实话，如果你的女朋友在街上被人袭击了，你会怎么做？"

对面工位上的年轻同事一时之间没明白小九问话的用意，本以为他是没睡醒在开玩笑，可是小九脸上却一点笑容都没有，这才清了清嗓子，别扭地回答："我当然是找那家伙玩命呗，对我女朋友下手算什么玩意儿，还是男人不？"

"这才是正常男人该做的事啊！"小九嘀咕，他若有所思地看着面前的电脑屏幕，实在不愿意在脑海中去再现那可怕而又阴暗的一幕。

法医办公室里，章桐手中捧着咖啡，皱眉看着欧阳力，迟疑了半晌，这才说道："总共八刀，其中除了一刀直径创面进深不到1.5厘米外，剩下的，刀刀都是在5厘米以上，正好是整个刀刃的长度，也就是说每一刀的目的都是一样的，那就是要置人于死地。我那时就奇怪，为什么八刀中有那么一刀会与众不同。我也曾经想过是因为犯罪嫌疑人刚开始的胆怯，这也是有过先例的。"

欧阳工程师点点头："我还记得那个案子，就是水泥厂职工宿舍楼那被捅死的年轻女工，三个月前的事。"

"但是差距没这么明显。"章桐果断地说道，"我刚开始时就怀疑月旦街这起是犯罪嫌疑人在克服行凶杀人时的胆怯，因为第一刀捅偏的概率非常大，后续会循序渐进，可是，差距摆在这，就让人无法接受这种推论了。"

"看来得叫童队往这方面摸排一下，看看那死者和她未婚夫之间会不会有什么不为人知的矛盾在里面。"说着，欧阳工程师顺手拿过桌上的一支水笔，来回比画了一番后，抬头问，"对了，那自首的犯罪嫌疑人换心脏的事，你知道吗？"

"我当然知道。"冷不丁地提起这个，章桐感到心里有种说不出的郁闷，她仰头一口喝完杯子里冰凉的咖啡，皱眉说道，“医院的确有这样的规定，重症病人是优先处理的，不管什么身份，哪怕是个死刑犯，只要还活着，得了这个病，并且已经处于危重级别，通过正常渠道申请，等评估结束后，就可以在等待移植的队伍中往前挪动位置。而我们这个案子，现在还没有足够的证据，病人法律上来说还是个普通公民，又因为案件的缘故，自然也就上了移植名单的首位了。”

“这太不公平了！”欧阳工程师的脸色顿时沉了下来，“那么多人苦苦等了这么久，却被一个杀人犯给抢了先。”

“你不乐意也没有办法，这就是规定。”章桐无奈地看了他一眼，“老欧阳，我再说一遍——他还不算是真正的杀人犯。”

欧阳力就像是被电击了一般，愣了会儿，随即重重地叹了口气，走了。

手机铃声响了起来，章桐点开视频，李晓伟牵着“馒头”站在街上，一副欲言又止的样子。看那风尘仆仆的样子，应该是刚遛狗回来。

“你说吧，憋着会出事儿。”章桐苦笑。

“换心脏的事，你知道了？”李晓伟的目光中充满了不安。

章桐点点头：“你有情绪我可以理解，但是这事的发展不是我所能左右的。”

李晓伟听了，却只是摇头：“我不是担心这个。”

“那你想说什么？”

镜头中的李晓伟犹豫了好一会儿，这才咬着牙说：“你还记得那两起杀人案吧，就是那个车祸案的肇事者，还有当街抹人脖子的那个？我都听童队说了，现在我很担心，担心这个要等着做手术的，会是第三个……”

震惊之余，章桐手一软，手机差点掉在地上。她非常了解李晓伟，因为这个男人总能注意到一些常常被自己忽略的案件要点。而他每次表达自己想法的时候都是经过深思熟虑的，从不说一些不着边际的话。

“等等，你为什么会这么认为……还有，你什么时候见到童队了？”章桐不解地问。

李晓伟尴尬地清了清嗓子：“他，他昨天拉我去吃晚饭了，顺便跟我聊了聊。”

“他是醉翁之意不在酒，你也太老实了，他就是要听你帮他分析。”章桐哑然失笑，“童队精明得很。不过，这个推论你到底是怎么做出来的？杀人手法、杀人目标、作案动机都不一样啊，完全是无差别杀人。”

“不，”李晓伟神情凝重地摇摇头，“这是典型的仇恨式杀人，你可别忘了，第一个死者的案发现场，你们在哪发现了那被割除的肺叶？我再问你，这些死者生前，他们都做了什么？”

办公室里的空气瞬间凝固住了，章桐呆呆地看着手机屏幕，她清晰地听到了自己的呼吸声，一阵阵，越来越响，就像步步逼近的死神。不知过了多久，她喃喃地说道：“你是对的。”

童小川只是靠在医院走廊的长椅上打了个盹，他太累了，已经记不清自己多久没合眼了，眼前走过的人变得越来越模糊不清，说话声更像是在空中飘忽，忽近忽远。他知道自己需要休息，却又不能休息。隔着那层玻璃窗，独立病房内的犯罪嫌疑人虽然已经抢救过来，但那还只是暂时的。他记得很清楚那个高个子医生对自己说的那番话——病人必须尽快进行心脏移植手术，不然的话，他都撑不过这个月。

移植？给一个当街杀人的混蛋？给了他活路，那谁又给现在正躺在法医解剖室冷库里的那个年轻姑娘一条活路？想到这儿，太阳穴一阵阵刺痛，童小川几乎叫出了声，他皱眉看着窗外的阳光，早晨了啊，又是一天，明明是阳光明媚的日子，为什么自己心里却感觉那么憋得慌？

就像一袋沉重的土豆，他歪着脖子瘫坐在长椅里，闭上了双眼。

也不知过了多久，他是被一阵嘈杂声惊醒的，再次抬起头时，管床护士正一脸焦急地看着他，劈头就问：“病人呢？你们是不是带走了？”

童小川迅速整理自己的思绪，他站起身，朝病房内张望——病床空了！因为人手不够，案子又重要，医院里也就只有自己守着，即使局里来人在大庭广众之下带走犯罪嫌疑人，也不可能不通知坐在门口的自己。

冰冷的事实就像一记狠狠的巴掌，童小川的脸上瞬间没了血色。

没有心的男人

1.

大半个刑警队的人都被抽调去了医院，办公室里静悄悄的。

隔壁，天长市局案情分析会议室里，政委看着章桐依次摆在桌面上的几张现场和死者的正面相片，另一边则是相对应案件的死者相片，不由得微微皱眉：“杀人对象不同、时间不同、地点不同、手法不同，你能确定是同一个人干的？”

章桐点点头：“并且他为了达到目的不惜一切代价。”

“可是案件受害者之间并没有相互关联啊。”政委和副局面面相觑，仍然心存疑惑。

“单从凶案角度来讲，有关联，”说着，章桐又拿出一张相片，相片中是一位60多岁的老者在主席台上讲话的情景，身后的墙上挂着一条横幅——世界外科手术论坛，“都和他有关，他叫秦海涛，67岁，一名退休的著名外科手术专家。”

“他不是自杀的吗？”副局问。

“他是自杀的，这一点没错，可是，他却给人民广场车祸案肇事者做过手术。而这位，宝来广场割喉案的行凶者，他也做过大手术，虽然没有办法确定是不是秦海涛做的，但是有一点可以肯定，那就是他的被害与前面那位的被害是一样的，都掺杂着明显的报复成分在里面。刚开始的时候，我也曾怀疑过是不是案件受害者家属的报复，但是后来却排除了这个嫌疑。”

政委探身问道：“因为什么？”

章桐把朱悦的相片单独取了出来：“她做过部分肺叶切除手术，而车祸案死者家属并不知道这点，医院也不可能向非直系亲属透露病人的病历。所以，行凶者割除了朱悦的全部肺叶，任由她创伤性合并失血性休克而死，而他把死者的肺叶丢进病床下痰盂罐的举动更是证明了一点，那就是——愤怒，无法抑制的愤怒。试想，我们一般会把什么东西随手丢进痰盂罐？”

“由此可以看出，行凶者其实与受害者并无直接利害关系，他杀的，是那些在他认为不配在这个世界上活着的人，一个践踏了他人生命的人。”她又伸手把白磷纵火案死者的相片拿到面前，“比起一般的纵火，与汽油不同，白磷更为残酷。白磷燃点极低，一旦与氧气接触就随时会燃烧，燃烧温度可达1000摄氏度以上。它的危害性非常大，只要一点点，碰到物体后就会不断燃烧，直到周围的可燃物被燃尽。据我所知，我们那位小同事虽然已经算是幸运，但是仍然吃尽了苦头，终身残疾都有可能。而这一切，仅仅只是10克左右的白磷造成的后果。而这位死者的身上，背了两桩命案。”

政委看了眼副局：“老伙计，熟悉吗？”

副局点点头：“当然，典型的‘义务警察’风格，但是，”他转头看向章桐，“放下这两桩案子暂且不论，这和那个老医生又有什么关系？他为什么要认下所有的案子，难道他真的是凶手？”

“不，他不是。他在替别人顶罪。”章桐神情凝重，“我通过关系找到他们医院曾经和他一个科室工作过的护士，得到反馈说秦海涛之所以这么早就退休，因为他再也上不了手术台了，刚动过心脏瓣膜手术，并且是危重级别。毫不夸张地说，在他周围半径两米之内，有人如果使用手机的话，那很有可能就会导致他的心脏起搏器失灵，后果不堪设想。这样的人，是不可能去做天长医大附属医院的遥控定时器纵火案的。所以我推测，他之所以包揽了全部的罪名，理由只有一个，那就是用自己的死亡来让那个人脱身。”

政委重重地叹了口气：“一开始的时候，我们就被动了。他的作案模式很简单——你杀了人，就不配拥有第二次生命。”

于博文说：“是的，政委。我们的人已经去走访死者秦海涛的家属，那个凶手和秦海涛的生活轨迹应该有相交之处，有结果我第一时间汇报给你们。”

章桐一边收拾桌面上的相片，一边说道：“我不知道月旦街杀人案的自首嫌疑人到底怎么样了，有没有被找到，他现在所处的境遇非常危险。”她看了眼于博文，“那个受害者的未婚夫还在你们队里审讯室对吗？”

“是的，传唤的时间还有，我在等摸排的结果。章主任，你为什么会认为真正的凶手就是他？”

“应该说是两个凶手合谋作案。”章桐从随身公文包中拿出那张死者李晴刀伤处的相片，“八处伤口，一处非常浅，而且着力点有明显的偏移，可以判断为持刀行凶者因为害怕而没有拿稳手里的刀，但是剩下的七刀却是刀刀致命，再加上刀柄上的发现，你说，什么样的犯罪嫌疑人会在瞬间改变自己的心理承受能力和作案方式？”

“而这个自首的嫌疑人已经病得很重，我相信他没有力气做到后面的挥刀捅刺的动作，而他真正的目的，是想得到心脏移植的机会。”章桐的脸上表情复杂，“因为他知道，只要同时符合‘病情紧急’和‘情况特殊’两个要素，就能合法插队，这是我们救治生命的原则。”

用别人的命来救自己的命，天底下到底是什么样的人才会做出这么可怕而又自私的决定？

一进医院底下一层的废弃手术室，他便动作娴熟地脱去护工外衣，换上手术衣，在地上铺上一层塑料布后，立刻戴上口罩和手套，打开工具包，接着便开始操作那台老式手术床，升降按钮，卡扣一应俱全，最后就是挪动病人。

手术室里没有窗户，隔音效果非常好，只是里面堆满了杂物而已，不过，反正没有人会来，也绝对不会有人抱怨这里的环境太差。

病人依旧昏迷着，就像一台超负荷运行了很久的发动机，实在没有办法再反抗了，也就只能保持最低程度的运行直至彻底停止运转。

操作台上还有一个小型的医用冰箱，里面装满了冰块和一个小时前他从一头180斤重的健康的猪身上刚摘取下来的心脏，养猪场的年轻老板一点都不怀疑他买猪却只要活体摘取心脏的怪异要求，反正钱一分不少，这剩下的猪肉还能卖，所以绝对不会是一桩亏本的买卖。

“你不是要换心脏吗？”他冲着迷迷糊糊快要醒来的病人粲然一笑，温柔地说道，“你是要换心脏，对吧？供体已经准备好了，我们手术马上开始。”

2.

门！门！门！

住院部大楼里，童小川脚步匆匆，不断地伸手去推开眼前这一扇扇房门，或是病房的，或是医生护士办公室的，起先的时候，他还会做一两句解释，直到后来，耐心已经被逐渐消磨殆尽，童小川心急如焚，一旦遇到难缠的，他就毫不客气地把工作证亮出来——“我是警察，执行公务！”

网安大队的郑文龙是第一个知道这个糟糕的消息的，他迅速查看了大楼外的实时监控，可以排除病人被转送出去的可能。也就是说，此刻犯罪嫌疑人还没有走出这栋大楼，可是，住院楼从上到下足足有27层，每个房间排查下来的话，即使把人找到，估计也是凉透了。

“为什么没有装监控？”在得知病人被带走的消息后，童小川第一个反应便是愤怒地伸手指着墙角，冲护士吼了句。

那里真的就只有光秃秃的杆子，监控探头已经被取走了，而从案发病房到楼梯口之间竟然一个能用的探头都没有。刚才大龙在蓝牙耳机中还不无遗憾地告诉童小川——住院部两部电梯里的探头也是装装样子的，根本没运行工作。

护士被童小川的凶样给吓哭了："病，病人隐私……"

话音未落，童小川早就朝楼道口的方向冲出去足足有两米远的距离，他没有耐心再继续听当班护士的辩解，一边电话通知市局情报中心迅速派后援封锁整栋楼及附近区域，一边自己开始一间间病房寻找。

"大龙，帮我实时监控住大楼进出的两个口子，一旦看到有嫌疑车辆或者嫌疑人进出，给我死死咬住别松口，明白不？"童小川果断地吩咐道，他就怕凶手会把病人运走。

"没问题。"自打前天的火灾过后，全市所有正规公立医院都被强制要求将监控设备与市局情报指挥中心相连接，这样一旦出事，警方就能立刻介入并进行监控搜索。

但是再考虑周全，也无法避免人的偷懒与自私。

童小川依旧一间间地进行地毯式寻找，医院的安保部门也派出保安进行分楼层搜查，整个住院大楼里瞬间变得有些人心惶惶。保卫科监控室里，安保主任脸色惨白，满头是汗。突然，他灵光乍现般地伸手指着地下一层的标记，在步话机中声嘶力竭地呼唤下属："快，快，快去地下一层，那里……那里有间废弃的手术室，我突然想起来了，快去，快去，去晚了人就完蛋啦！快去……"

很快，童小川也得到了这个消息，他和身边赶来的保安一起跑下楼，穿过两道铁门，直接冲进地下一层。因为不是走的电梯，所以，他们不得不绕过好几堆建筑废料和拆下来的破门窗，最终，在污浊的空气里，他看到了一间诡异的手术室，上面"手术中"三个字亮着红灯。

"这是什么地方？"

就连保安也感到很诧异，结结巴巴地说道："手，手术室，这里怎么会有间手术室……"

话音未落，肩膀上的步话机里顿时传来了安保主任的叫骂："还傻愣着干什么？就是那里，人就在那里面！"

空气中隐约飘浮着一股淡淡的血腥味，站在手术室门口的童小川突然感到一阵莫名的心悸，他茫然地回头看着保安，不知道自己下一步该做什么，而脑海中，那一幅早就应该被忘记的画面竟然又一次清晰地浮现在了眼前。

他不得不用力甩了甩头，驱赶走脑海中的影子，强打起精神语速飞快地问道："这门……怎么打开？"

"大哥，我，我只是保安，我也不知道，我从来都没进过手术室。"年轻的小保安慌了，他连忙摆手回绝。

这时候，电梯门打开，带头冲过来的是医院的安保主任，身后跟着很多下属，最后面是已经赶到的市局刑警大队的人。而童小川却示意大家安静下来，他伸手指了指，这时候周围人才注意到手术室的门其实是虚掩着的。

童小川探身用胳膊肘顶开了门，这样避免在门锁上留下不必要的指纹，接着，他便缩身钻进了手术室。房间分里外两进，加起来总共约10平方米，用厚厚的塑料布隔开，视线所及之处一片狼藉，地面是发黄的瓷砖，手术照明灯倒是亮着，透过塑料布，隐约可见里间的手术床上有一个黄色的影子，而空气中的异味愈发浓烈了。

除此之外，房间里似乎并没有人走动。

童小川深深地吸了口气，然后尽量靠着墙角边缘接近里间，越是靠近，他越是肯定里间手术台周围并没有脚步移动的迹象。

终于到了门边，他猛地穿过塑料布来到里间，这时候才惊讶地发现房间里除了手术台上的病人，还有旁边的一台活动轮床外，却再无第二个人。另一边的操作台上也是空空荡荡的，什么都没有。

病人还活着！

此时他已经醒了过来，嘴上套着简易的供养设施，怀里抱着个小氧气瓶，目露惊恐，死死地盯着童小川。

"人找到了，但是凶手不在，继续监控。"童小川匆匆挂断郑文龙的电话后，便上前一把摘下对方脸上的呼吸嘴，急切地追问道："人呢？劫持你的人呢？他去哪儿了？"

病人竭力摇着头，气喘吁吁地哑声说道："跑了……跑了……"

见状，童小川心中一动，他想起了章桐对自己的提醒，便直截了当地冷冷问道："冯强，你跟我说实话，在月旦街上你到底捅了李晴几刀？"

冯强颤抖着伸出一根手指，眼神中流露出了痛苦的神情，接着，他嘴里嗫嚅着，声音宛如耳语："那，那杂种骗了我，我不想，不想杀人的，小晴死了……"

"你怎么知道李晴死了？"童小川警觉地问，要知道冯强自从被羁押后，即使在医院里，和外界之间的联系也都是被严格切断的，根本就不可能知道李晴后来所发生的事，而他自首的时候，笔录上也只是记着"捅伤"两个字。

"他，是他告诉我的，后来我……问他为什么要，要杀我，他这才说出小晴当天就死了，怎么可能？怎么……"冯强再也没有力气继续说下去了，心脏严重透支，脸憋得发紫，嘴唇发青，这是极度缺氧的状态。童小川赶紧把呼吸嘴又给他套了回去，然后转身匆匆走出了手术室。

直到钻进警车，他这才清醒过来，明白手术室里的异味到底是什么，那分明就是人类排泄物的味道，由此可见冯强被吓得不轻，但是至少他躲过了一劫。

警车开出医院，迅速开上了通往环城高架的岔路，这时，章桐的电话打了过来。

"怎么样？人还活着吗？"

"活着，鬼门关上走了一遭。"童小川的嘴角划过了一丝苦笑。

"这……这怎么可能？从前面的两起案件手段来看，就根本不可能放过他啊，中间到底出什么事了？"

童小川没有马上回答这个问题。

此时，警车的正前方是红绿灯路口，两辆小车因为剐蹭，车主正在大马路中间上演着全武行，这使得东西方向的车流全被堵住了，即使红灯灭了，换了绿灯也过不去。童小川皱了皱眉，他没有心思去等交警来处理问题，便伸手打开了警灯开关，警报声骤然响起，警车便迅速冲过了红绿灯。

"你是对的，章主任，月旦街凶杀案，那家伙只捅了一刀装装样子，剩下的，都是后来那畜生干的，是他杀了李晴！"童小川心中懊悔不已，"冯强根本就不知道李晴在案发当晚就已经死了。"

“我懂了，”章桐长长地出了口气，“这就是为什么这个犯罪嫌疑人现在还活着，因为真正杀害李晴的人并不是他，而是李晴的现任未婚夫，剩下的七刀都是那家伙补的。而现在这个只剩半条命的却是被人利用了，他只是想借此机会去搏一搏，他根本就没有钱给自己看病和做移植手术。”

片刻沉默过后，电话中再次传来了童小川略带沙哑而又无奈的嗓音：“是的，你猜测得完全正确。”

“童队，我是小于，于博文，你还有多久到局里？”于博文在电话那头插话问道。

“大概还有 20 分钟吧，出什么事了？”童小川敏锐地察觉到了于博文口气中的异样。

“死者李晴的父亲半小时前急火攻心，突然脑出血住进了医院，因为他身边没有别的亲人，徐少华便向我们申请去照顾老人了，就在天长三院……不过你放心，我派人跟着他呢，应该不会出事的。”于博文不安地说道。

“你好蠢啊。”不过童小川并没有把这句话骂出口，他知道，此刻那个躲在黑暗中的家伙是绝对不会放过徐少华的。

他现在需要的是时间，所以，他只是匆匆地说道：“我马上去三院。”

电话挂断后，章桐无意中看到自己手机页面上的一条简讯，是小九从住院楼现场发来的——章主任，我想这个你有必要知道一下，病人已经送走了，这是他留下的一张纸条，是给我们警方的。

纸条上歪歪扭扭地写了一句话——他要给我换心，我看见了，他随身带着的箱子里有一颗心脏。

“这怎么可能？”章桐惊得目瞪口呆。

第四章 影子的告白

第一节　是我，还是你？

1.

安东区铁越胡同并不是一个真正意义上的胡同，它是个别墅区，一栋栋小型的复式别墅整齐有序地排列在沿海的北辰山上，浅色的外墙在阳光下显得有些耀眼。

在出示证件后，童小川把警车直接开进了小区，沿着笔直的通行小道，警车以 20 迈的速度向前龟速行驶着，寻找 32 号院。童小川边四处张望，边小声嘀咕：“李医生，这里的房价应该很贵吧？”

“不贵，心内科的主任上个月刚买，一平方米两万块钱左右。”李晓伟随口答了句。

童小川听了，咧着嘴连连倒吸冷气：“我一个月满打满算到手里才 8000 多，这两个月还不够买一个平方米的，唉，不能比不能比。”

“这房子是王主任的儿子买给他养老的，那孩子在外企做高管，月薪都赶上咱的年薪了，这才真的是不能比。”李晓伟瞥了他一眼，“所以呢，自己生活上过得开心就好，那么介意干什么？行业不同嘛。”

“对了，李医生，那个秦海涛在医学界背景咋样？我怎么没听说过。”童小川问。

“那是你不关心的缘故。打个比方吧，不闹‘非典’，你会知道‘钟南山’这个名字吗？”

童小川乖乖地摇摇头，这时候，前方 100 米不到的地方终于出现了 32 号院的指示牌。

“他相当于外科手术界的‘钟南山’。”说着，李晓伟略微顿了顿，“还真是可惜了，老人家以这种方式结束自己的生命。”

“不是他干的！”童小川果断地说道，他把车停在了 32 号院的院门外，一边拔下车钥匙，一边打开车门，“但是他却偏偏为这个而死，我真是想不通！”两人顺着门前的小道来到院内，在玄关前停了下来。

在来的路上童小川已经电话联系过了秦海涛的遗孀郑女士，所以很快就有一位黑衣老妇上前开门。童小川的目光落在老人鬓边的一朵白花上，见她面容憔悴，眼睛红肿，深知刚做完法事，便在落座后跟着李晓伟一起表示了哀思。

这个举动竟然让老人有些愕然，老人搓着双手，局促不安地说道：“你们……你们，真的谢谢你们，老秦走得太突然了……他的遗书，我……我真不知道说什么才好，唉！”

“阿姨，节哀！”童小川轻轻叹了口气，“我们今天再次来打扰您，确实有两个问题想请您帮忙补充一下。”

老人一听，赶紧点头：“我一定尽力而为，你们说吧。”

“上次我的同事来找您了解情况的时候，有些地方还不是很明白，所以阿姨，请您尽量回忆一下，秦老在世的时候，除了家人以外，有没有什么特别亲近的人？也有可能不是现在，可能是以前。而这个人并没有医学背景，他可能是你们朋友家的孩子，或者亲戚，但是曾经有段时间和秦老走得很近，所以即使你没见过，但是会听他说起过。请您仔细想想，看有没有这样一个人被忽略了。”这个问题是和李晓伟反复商讨过的，因为普通人的思维方式通常在直观空间内去寻找答案，只要通过一定的诱导，那么曾经被忽略的某个点便会彻底暴露出来。

果然，郑老太皱眉想了想，缓缓说出了一件事："我家老秦自从得知自己再也上不了手术台后，就经常会念叨起一个人，还老说他可惜。"

李晓伟和童小川互相看了一眼，便小心翼翼地追问道："谁？阿姨您还能描述出来吗？"

"一个叫朱宾阳的年轻人，我这里还有他的相片，但是……"老人没有接着说下去，她站起身回到里屋，没多久就取出了一本相册，回到沙发上坐下，直接翻到了自己要的一页后，这才把相册递给童小川，"左上角那张和老秦的合影，右面那个年轻人就是朱宾阳，是老秦带的研究生，最喜欢的弟子，一个各方面都很优秀的孩子，只是可惜，很早就去世了。我之所以记得他的名字，是因为老秦有几次还流眼泪了，说早知道现在的结局，当初就不该放纵这孩子的任性，要知道现在这年头，培养一位优秀的外科手术医生有多难啊！"

李晓伟脸色一变："等等，阿姨，您确定是朱宾阳？他后来是不是去做城管了？"

"是的是的，有一年冬天还来看过我和老秦，老秦气得回医院了，不愿意见他，是我接待的。这孩子，唉，真的是一个很不错的人，老秦是很想把他好好培养的。"老人边说边掏出手帕抹了抹眼角。

"那是什么时候的事，您还记得吗？"童小川问。

"1999 年，那年我小女儿刚考上同济大学的研究生。他在我家吃了晚饭才走。真是可惜，据说来年开春，那孩子就没了。"

"阿姨，那他的兄弟，您见过吗？"李晓伟转而问道。

老人果断地摇摇头："他没兄弟，只有个妹妹。小朱那孩子之所以改行，他跟我说了，都是因为他妹妹得病了，很麻烦的，而医学生所需的费用和精力都是他承担不起的，家里爹妈死得早，没有依靠，所以，无奈之下才改了行，这或许就是命中注定吧。"说到这儿，老人不由得一声长叹。

"最后一个问题，阿姨，"李晓伟向前欠了欠身子，神情专注地注视着老人，"你知道隔了这么多年，秦老为什么又会突然提起当年的这个学生吗？"

谁想老人却是无奈地摇了摇头："抱歉，我真的不知道原因，我问了几遍老秦，他都刻意回避了。说真的，这几年来，老秦变了许多，尤其是去年开春后，他开会回来就变了，好像有什么心事，常常坐在那里唉声叹气。我也年纪大了，管不了他了，多说几句还会嫌弃我啰唆……"老人絮絮叨叨地回忆着自己丈夫在世时的一举一动，渐渐地，泪水又一次盈满了眼眶，最终，顺着眼角无声地滚落了下来。

告辞离开后，童小川刚钻进警车便诧异地说道："怎么会是女人？我记得章主任说过这'义务探员'可是男人啊，更何况有几个现场我是亲身经历过的，光凭一个女人根本就做不到。那老太太是不是记错了？"

李晓伟摇头："不可能，她的记忆力是超过一般同龄人的，尤其是像她这样患有强迫症的老人。刚才从进屋到离开，我都仔细观察着，老人把所有东西都分门别类收拾得非常好，尤其是那本相册，你注意到没有，边上都是用不同颜色的标签纸做出了归类，标签纸上还用电文缩略语标记了照相的大概时间和地点。"

"你说的是那些点点杠杠？我还以为只是老太太闲得无聊画的花边。"

"那是一种专门的电报文，没有学过的人是看不懂的，学习这种文字的人需要有很高的记忆天赋。我恰好知道这种文字，那只是因为我的一个病人痴迷于这个，为了能和他顺利交流，我不得不恶补了一段时间，现在算是初学者吧，十成看懂一成都不错了。"言谈之间，看着童小川无意中流露出的崇拜眼神，李晓伟越发极力掩饰自己的尴尬，他可是绝对不会告诉眼前这家伙自己和病人交谈时是多么提心吊胆，那种重新回到初中课堂挨训的感觉简直成了自己这辈子最大的噩梦。

"那，这老太太精神还正常吧？"童小川终于把车用龟速开出了别墅区，出来后，刚上大道，便一脚油门把速度拉到了 70 迈。

"当然正常。"李晓伟知道他是惦记上了刚才自己讲的病人的事，便轻轻叹了口气，"童队，我看你可别犯逻辑上的错误，不是说会这种文字的人就会精神有问题。我那个病人，一个月见一次面，他都能记得很清楚上次见面时，我摸了几次鼻子！"

“这样的话，那我信了。”他瞥了眼后视镜，“真不知道医管局档案那里，大龙查得怎么样了。”

“你们去查档案了？”

童小川点点头：“医管局那里的档案是每天都有新的上传的，既然章主任说不是医生干的，那么，能这么清楚几名受害者所在的位置和他们以往的经历，就只有通过医管局这条路了，没准还能挖个‘内鬼’出来。”

话音未落，一辆严重超载的渣土车风驰电掣一般超过了警车，径直向前开去，扬起的沙尘顿时从警车开着的窗户里刮了进来，童小川刚想骂，那辆渣土车早就不见了影。

正在这时，手机铃声响了起来，是章桐打来的，因为用了免提，章桐略带沙哑的嗓音便瞬间被放大了不少：“我想，我们的凶手说不定拥有两套DNA！”

李晓伟一听，心顿时被紧紧地揪住了，他急切地说道：“嵌合体？”

谁想章桐立刻否决了：“不，是纯净的，我在另外一个地方发现的。如果不是痕迹鉴定的现场报告表明这系列案件中只有一个凶手存在的话，我真的很想怀疑是两个人合伙干的。”

（与此同时）

天长市局对面的小吃街上，于博文在煎饼摊前耐心地排着队，同时在手机上刷视频看直播打发时间。突然，他的手指停下了滑动，看着手机屏幕发呆，就连煎饼摊老板的招呼声都没听到。

“喂，年轻人，你到底要什么啊？这后面还有那么多人呐！”老板不满地抱怨，“你别堵着我的档口不说话啊，我要做生意的。”

于博文这才猛地回过神，他一边离开队伍往警局方向走，一边尴尬地连连说道：“不买了，不买了，抱歉哈。”

2.

法医办公室内，气氛有些凝固。

“不止两套DNA，”章桐脸上的神情带着一丝尴尬，她把手中的报告递给童小川，“刚出来的，这是第三套，来源是死者门牙上的血迹和牙齿缝隙间的残留物，已经排除是死者的血迹，可以确定是死前不久刚留下的。目标为一男性，年龄在 40 岁左右。”

“你说他竟然还咬了凶手一口？”童小川惊愕地看着她，“位置在哪……等等，你不会告诉我说还有第四套吧？”

章桐伸手一指报告上的附图，没有回答。

“难道说这个人被群殴了？那么短的时间内，那么小的房间？”童小川不敢相信自己的耳朵，“那天的监控视频我可是一帧一帧复查的啊，案发现场进出根本就没有那么多人，更别提竟然还有个‘女人’。”他说的女人是章桐在电话中所提到的第二套 DNA，相对应的是一位 20 岁左右的年轻姑娘。

“小九跟我说过案发现场只有两种鞋印，一种是死者的，另一种则是行凶者留下的。”章桐神情凝重，“所以，出现这种情况的话，不排除一种特殊的案例。”

一旁站着的李晓伟听到这儿，不禁恍然大悟：“难道说是一个‘不存在的人’？”

章桐点点头，见童小川有些听糊涂了，赶紧解释：“我们说的可不是什么鬼魂之类，从法律角度上来讲，这人是存在的，但是从我们法医的角度上来看的话，他或许已经不存在了，因为他的身上会同时存在几种 DNA，而属于他本人的 DNA 所占份额会越来越少，直至被忽略。之所以会出现这种情况，前提条件只有一种，那就是当事人必定经历过一次或者几次很大的外科手术，接受过不止一人的捐赠，所以不同位置会随着捐赠而把原来主人的 DNA 带过来。这个事在我们业内是有先例的，不过并不是发生在我们国内罢了。而这种人如果犯法的话，我们法医就很难单纯地从 DNA 角度来锁定真凶。”

听到这儿，童小川不由得心中一动，他转头看向身边站着的李晓伟：“那个秦海涛，他就是外科医生，而且是个很著名的外科手术专家。”

李晓伟点点头：“童队，你的意思是……”

“你还记得老秦的夫人特地提到说老秦在出事前一段日子不断地提起朱

宾阳吗？”

“没错。”李晓伟脸上的神情变得凝重了起来，“但是老人又说朱宾阳只有一个妹妹，除此之外再无别的亲人。”

章桐顿时明白了童小川想要表达的意思，不禁倒吸一口冷气：“是啊，我怎么就没想到这点？我们在死者手指指甲缝隙里所找到的 DNA 与朱宾阳的有一半联系。按照常理解释，就顺理成章地推定为他的同胞兄弟所留。但是却并没有考虑到朱宾阳兄妹或许有隐性基因遗传染色体变异，也就是说朱宾阳妹妹的染色体基因有可能是三部分组成，其中一部分与她哥哥是完全相符的，一部分是自己的，而另一部分却出现了变异，直接包含了他们家族中的一套男性染色体基因。他的妹妹，不排除是个同时拥有两套染色体基因的人，状况类似于超雄综合征。要想确认这点，我们只要查一下他妹妹的户口，患有这种染色体变异症的女性一般很难有下一代，但是却并不影响她进行医学捐赠……小顾，小顾，你在哪？我要你帮忙查个东西……”章桐一边大声招呼着，一边向里屋实验室走去。

见此情景，童小川和李晓伟面面相觑，便悄悄地退出了法医办公室，顺着走廊向外走去。

“李医生，我不是学医的，但是有时候心里也搁不住问题，”童小川瞥了他一眼，嘿嘿笑道，“能问你吗？知道你们干心理医生这一行的，脾气都很好。”

李晓伟咧咧嘴：“那是你没遇到脾气差的，你运气好。问吧，我知无不言。”

“那就好，那就好，其实我就想知道什么情况下一个人会遗传两套 DNA？通俗点就行，太深奥的道理我不懂。”童小川习惯性地伸手去裤兜里摸烟盒。

李晓伟想了想，脸上的表情有些怪异：“在排除其他所有已知或者未知的遗传疾病前提下，那就只有一个可能了——本应出生的弟弟或者哥哥被这个女孩吸收了，所以她才会拥有两套完整的 DNA。”

童小川怎么也不会想到会是这么一个答案，他脸上的表情顿时僵住了，右手卡在裤兜里，整个人的架势活生生就成了一个被惊呆的提线木偶。

“是你要问我的，我只是实话实说。”李晓伟双手一摊，满脸的无辜，“你应该听说过一个名词——寄生胎，咱这程度比这更严重就是了。”

童小川脸色一阵红一阵白，正要爆发，身后传来了一阵急促的脚步声，有人边跑边喊：“童队，童队等等我。”

于博文人还没到跟前，手先伸过来了：“你赶紧看看这段直播，我录下来了。”

童小川一脸狐疑地看着他，伸手接过手机，皱眉看了两眼：“这怎么黑漆漆的？”

手机屏幕上只是看见隐约晃动的阴影，伴随着呜呜的叫声。走廊里瞬间安静了下来，童小川来回播放了几遍后，脸色阴沉了下来，顺势把手机往于博文手里一塞：“交给郑工程师，告诉他，我一个小时以内要确定这段直播的IP方位。”

于博文转身匆匆向二楼网安大队值班室跑去。

看着他的背影，童小川紧锁双眉：“老欧阳跟我提到说有一个精神病患者失踪一周了……我担心……”

“童队，你说的是田伟光？”李晓伟掏出手机，翻到工作笔记一栏，“你看，就是这个，当街把一女高中生活活用砖块拍死，难道说这人就是刚才直播里的那个？”

“不好说，凭直觉，我觉得有可能。”童小川看了看腕上的手表，那是一块老式的双狮，有些年头了，“走吧，我请你吃中午饭，咱好好聊聊，等下开个会和兄弟们碰头，不能再让这疯子继续下去了。”

见李晓伟的目光落在自己的手表上，便转而灿灿一笑：“是我朋友的老物件儿，舍不得丢。”说是这么说，他的左手却也下意识地顺势缩进裤兜，似乎在回避着什么。

李晓伟的脸上露出了童小川最不愿意看到的同情，憋了一会儿，童小川涨红了脸，双手举得高高的，做出投降状：“好好好，我服了你，这手表是我战友的遗物，他唯一留下的一个算是完整的东西。”

“他去世了？”李晓伟感到有些意外。

童小川耸耸肩，故作轻松：“三个月前，在边境禁毒，毒贩身上绑了炸药，全炸碎了。我战友父母没了，妻子早就离婚了，无牵无挂，这块表就给我留个念想。”说着，他抬头看向李晓伟，目光中闪过一丝亮晶晶的东西，“李医生，说句实话，这人死了，其实不可怕，可怕的是死后被人忘记。我不怕死，但是我怕被人忘记，那样的话，真的是太可怜了，你说呢？”

李晓伟无言以对，只能默默地伸手拍了拍他的肩膀：“走吧，兄弟，我请你吃饭。”

站在法医办公室门口，章桐手上拿着报告，她本打算上前叫住两人，可转念一想，便打消了这个念头。

走廊上的大玻璃窗外，阳光明媚，虽已近冬季，却感到一丝温暖。

隔着马路，远远地看着童小川和李晓伟走出警局，向这边走来，他脸上露出了微笑，顺手关掉了手里的直播按钮，这时候，那家伙已经死了。

尘归尘，土归土。

第二节　清道夫

1.

人活着，总要有个目标。他当然也不会例外。

他很清楚自己该干什么，也知道总有那么一天，自己会为曾经所做的这一切而付出代价。可即使那样又何妨？市场买棵白菜都是要花钱的，更何况将来，总会有人为此而感激自己，也总会有人记住自己，这些回报就已经足够了。

他知道自己所做的一切都是值得的，而自从下定决心走上祭坛的那一刻起，他就再也没有机会回头了。

“你要记住，这是你报答我的唯一方式。”

记忆中，灿烂的阳光下，她最后伸手指了指天空，脸上露出了迷人的笑容：“如果你背叛了我的话，老天爷会看在眼里，你会得到报应，而我的鬼魂也绝对不会放过你！”

这是她留在这个世界上的最后一句话，温柔低沉的嗓音最终却用生命的终止来画上了句号。那迎着阳光的纵身一跃，对他来说似乎一点也不意外，也或许，他早就猜到了这个结局。在接下来的日子里，他已经有很长一段时间没有梦到这个场面了，除了今天。

静静地等待闹钟响过后，他睁开双眼，茫然地看着值班室泛黄的天花板，心有余悸。脑海中依旧一遍遍地在重复着当年那重重的坠地声，这是他这辈子里所听过的最可怕的声音，因为就在触碰地面的刹那，她死了，死得像个破布娃娃。而他，就像此刻盯着天花板一样盯着她一动不动的尸体，面无表情。也不知过了多久，围观的人越聚越多，他没有哭，只是默默地转身离开，然后把对死的恐惧深深地埋在心里。

穿好工作服，别上胸牌，他推门走出值班室之前，对着镜子中的自己认真地照了照。有时候，他觉得镜子中的那个人才是真正的自己，因为现实中的他，早就已经不存在了。

他不相信这个世界上存在着地狱，但是他却总觉得医管局的档案室就像是传说中的地狱，而那数据库中无数个跳动的亮点就是地狱的生死簿。

而他，是掌握这个生死簿的判官。

带着惯常的笑容，他在自己靠窗的工位上坐下，打开电脑的那一刻，他深深地吸了口气，心情像极了此刻窗外绚烂的夕阳。

“朱医生，科长说他那里缺一份今年四季度的各区精神病人人数汇总，包括等待安排住院的优抚人群，你今天什么时候能够做出来？”科长的小秘书脸上挂着发腻的微笑，讨好地看着他。

他知道这丫头心里肯定又在盘算着什么时候再次约他出去看电影。因为对于漂亮而又自傲的女人来说，只被拒绝一次是绝对不会打退堂鼓的。

“早就好了！”他同样报以绅士般的笑容，然后右手优雅地在空中画了个圈，变戏法一般把一个文件夹放在她面前，嗓音沙哑目光温柔，“‘医生’二字可不敢当，我只不过是个给人拍X光片的，你叫我‘小朱’就行了。”

“朱医生，你就尽管谦虚吧！”小秘书笑眯眯地走了，那眼神意味深长。

就像一场戏的落幕，他脸上的笑容也随之消失了。就在这时，耳畔隐隐传来一阵耳语般的交谈声：

……

“马姐，你确定刚才来的是警察？”

“那是当然，听说是来查我们的数据，可是这么多数据，查到猴年马月去啊，这不是瞎折腾人吗……”

“不是说登入都有记录吗？”

“鬼啊，你信吗？规定是规定，实行归实行，两者根本就是两码事！”

……

他一字不落地把这些话都记在了脑海里，却依旧面无表情。

打开电脑休眠屏幕的那一刻，他突然心中一动，在搜索栏里很快输入一串指令，最后输入的代码是327，那是天长市局的代码。看着电脑上随之而跳出来的一个个档案，他的目光中跳跃着火花。

每个人都有隐私，但是在档案面前，没有人能留得住自己的隐私。

（与此同时，天长市局刑警队会议室）

“清道夫？”看着童小川写在白板上的三个字，小九不解地问，“那不是鲶鱼的别名吗？”

欧阳工程师听了，禁不住一皱眉，顺手便在自己爱徒的脑门上敲了个“毛栗子”，疼得小九倒吸一口冷气，摸着脑袋委屈地咕哝：“师父，干吗？疼啊！”

“叫你长长记性！我们做痕迹鉴定的，最忌讳的就是主观武断。哪怕是一个最细小的差错都不行，更何况是这么明显的一个名词性错误！”老欧阳在局里“护犊子”出了名，但是一旦教训起徒弟来，也是毫不留情的。

“谁跟你说清道夫就是鲶鱼的？两者虽然同属于脊索动物门，但是外形以及生活环境完全不一样，鲇鱼，你懂不懂？生存水温必须在20摄氏度以上。你这么不负责任的话，以后出案子现场，能不出严重事故才怪。不懂就该虚心点，好好问！”

被激怒的老头语速飞快，搞得一旁的童小川倒是不好意思起来，他尴尬地向章桐投去了求助的目光。

“没事儿，习惯就好，严师才能出高徒！”章桐双手抱着肩膀靠在椅背上，显得一点都不在意。其实她的内心是完全能够体会老欧阳的心情的，因为哪怕是一条小小的鱼，也有可能是破案的关键所在。

终于，郑文龙匆匆出现在门口的时候，会议室里这才安静了下来。

“来迟了，来迟了，真的很抱歉。”郑文龙把一张地图用吸铁石固定在了后面的白板上，“这该死的直播网站对于IP是保护的，我费了老大的劲才挖出了真实的地址，就在这片山林里。”说着，他用三角定位方式在地图上标出了一块区域，“不超过10平方公里。”

“这时候受害者活着的可能性不大了，”章桐说，“我仔细看了那段视频，应该是个改装后的棺材，这样的空间和氧气，加上受害者的挣扎，消耗量是惊人的，十之八九直播结束没多久就已经窒息死亡。”

“我也没指望他还活着，只是必须找到尸体。”童小川说。

“那没问题，我已经通知当地派出所带熟悉路的乡民上山进行搜寻，方位已经告诉他们了，”说着，他看了看腕上的手表，“应该在太阳下山之前就会有消息，他们带上警犬了。”

童小川点点头：“医管局那边查得怎么样？”

郑文龙重重地叹了口气：“真是规定归规定，实行起来就完全是另外一码事了——他们的登入管理简直就是一锅粥，短期内根本就查不到异常的状况，我也试过那几个受害者的档案，一天之内查询就有100多次，总之，谁都能看。我听他们里面的员工说了，哪怕来个外头人，在中午吃饭的时间，空无一人的办公室里也是来去自如的，根本就没有人把自己的登入及时取消的习惯，还不都是嫌麻烦，唉！知道有内鬼也没招。”

童小川紧锁双眉。

章桐从公文袋里取出三份文件：“朱宾阳做过骨髓捐献，时间是他遇害前一年，而朱宾阳的妹妹朱爱琴，患有PMD。”

“PMD？”童小川没弄明白，歪头问李晓伟。

李晓伟神情凝重，小声回答：“进行性肌营养不良，这是一种由遗传因素所导致的原发性骨骼肌疾病，无法治愈，发病时间或早或晚，很痛苦。”

章桐看了他一眼，点点头：“朱爱琴是在32岁被正式确诊的，很可惜，病情已经被拖得太久了，33岁的时候她选择了跳楼自杀，所以，朱宾阳一家户口本上已经没有人了，唯一的一个远亲在山西那边，十年前肺癌去世，家里也没什么人了。”

“但是一个拥有朱家遗传染色体的人却在天长市杀了这么多人，就像一个清道夫。”副局沉声说道，“我们不能再让他继续下去了。”

章桐想了想，说道：“有一点很奇怪，我比对过凶手留下的染色体DNA，却发现更接近于朱爱琴的遗传特点，但是朱爱琴没有生育能力，所以我现在更怀疑真正做过骨髓捐赠的，应该是朱爱琴，而不是朱宾阳！”

“她为什么要顶替哥哥去做这件事？”童小川问。

大龙在一旁听了，忍不住一拍巴掌，激动地说：“不奇怪，有人改了医管局的档案，我们现在所有的资料来源都是医管局的档案中心，如果有人就是想让我们这么认为的话，那这就是最直接的方法了。”

章桐欲言又止。

“小章，你想说什么？”副局问。

“我担心骨髓捐献的时候，朱宾阳已经死了，所以朱爱琴顶替了哥哥，那时候医疗捐献管理不像现在这么严格……”章桐惴惴不安地看了眼李晓伟，“但是我不明白她为什么要这样做。”

2.

（半小时前）

烦躁，说不出的烦躁。

初冬的夜晚已经能让人明显感觉到彻骨的凉意，车内没有暖气，衣着单薄的他被冻得有些发抖，不得不竖起衣领拢起袖子，狼狈得缩成一团，可是双眼却仍然紧紧地盯着车前方不到两百米远的那栋灰色建筑物。

建筑物楼前是一个花园，种了很多花草。作为天长市唯一被允许收治精神障碍老人的托老中心，它的地理位置是极佳的，身后是天长山，左面有着一片很大的竹林，而前方就是天长湖，风景方面是没得说的。

要想顺利进入托老中心对他来说一点都不难，但他还得等一样东西，或者说，是一种仪式的必经步骤。而在这之前，再冷，他都必须扛着，不过还好，寒冷能使他的头脑保持足够的清醒。

他要等的是一个老案子最后的那块拼图，在医疗档案中他只是了解了那个案子的大概，但是其中的一句话却让他心中一动，就像嗅到了猎物的鬣狗，他感到兴奋不已。

当第一缕晨光在东方逐渐透明的时候，沉寂了大半夜的手机终于响了起来，看着上面的资料，他小心翼翼地松了口气，接着便关了手机屏幕，然后打开车门走了出去。

在他身后，黑暗褪去，天空逐渐透亮，微风阵阵拂过湖面，一切都显得如此安逸。

（现在）

早上6点。

法医办公室里静悄悄的，章桐靠在办公椅上和衣而卧，却怎么也睡不着，她心中总感觉隐隐地不安。

她从不相信自己的第六感，却又不得不私底下承认它的存在。而从昨晚案情碰面会后直到现在，章桐总觉得哪里不对劲，她心里慌慌的，上一次有这种熟悉的感觉都已经是多年前的事了。

她从椅子上坐了起来，随手把身上的毛毯朝边上一丢，寒意瞬间扑面而来。初冬的夜晚，办公室里的暖气还没有开，她感到两腿酸疼，便干脆站起身，在房间里来回踱着步子，希望能就此驱散一些寒意。

或许是听到了办公室里的脚步声，门被推开的刹那，一股浓烈的烟草味便涌了进来，小九探头笑眯眯地招呼："章主任，打扰了，我在三院火灾现场又找到了一条线索……"

看着小九黑黑的眼圈和布满血丝的眼球，章桐轻轻叹了口气，不禁小声埋怨："你这家伙，昨晚肯定又熬了个通宵。"她伸手接过小九递来的报告书和装有两根棉签的证据袋，边看边问，"这样本是在哪找到的？"

小九嘿嘿笑了笑："博文他们昨晚开完会后就得到个消息，是当地派出所那边传过来的，说走访到该院的两个小护士，她们案发当晚在各自楼层值班。其中一个记忆力不错，心也很细，对我们派去走访异常情况的民警提到说，晚饭时在住院部门洞角落里见过一个人，那人在抽烟，面生，而且行迹有点怪怪的，当时没太在意，只是觉得这人的眼神直勾勾的，看着让人感觉有点瘆得慌。后来，案发前一个小时不到吧，她去案发楼层找自己的小姐妹玩，因为买了个新手机，晚上值班又没什么事，就开始炫耀了起来。无意中在案发病房的方向发现一个人正好走出来，那人就是自己在门洞里见过的，看上去是没什么，因为对方穿的是套普通的维修工作服，只是出于护士的本能，她对眼前发生的那一幕感觉有些不舒服，所以，才记住了那人的特别动作。”说着，小九夸张地做了个吐痰的姿势。

章桐看着他，示意小九继续说下去。她知道作为医护人员，对于这种行为是有着发自本能的强迫性记忆的。

“先是抽烟，后是吐痰。我这不寻思着再不连夜赶去的话，可不就错过了这个证据了。”小九拍了拍手，尴尬地清清嗓子，“本来隔了一天，我担心他们医院的清洁工会给打扫干净了，等到了现场，我才知道那小护士说的‘缺德’到底是什么意思——那家伙一口老浓痰给直接糊墙壁上了！虽说被抹布擦过，但是那瓷砖缝隙可是挺大的，这也就有了足够多的样本提取。”

“没被消毒剂清理过？”章桐有些担忧。

小九摇摇头：“姐，你放心吧，我再三问过那老清洁工阿姨，她说都是用水擦的，因为工资就那么一千五百块钱，雷打不动，就为了多抠几个钱下来，她不得不偷工减料，这么干已经好多年了。”

“那没问题，我马上就处理。”章桐转身向后面的实验室走去。

“那谢谢姐了，对了，结果出来直接通知童队吧，他急着要。”

“他不在局里吗？”

“队里大部分人都去医管局摸排了。”小九伸了伸懒腰，顺便打了个哈欠，“现在办公室里就剩一值班的，童队走的时候可把狠话给撂下了——再不把这家伙给逮住，他们整个队自愿去街上巡逻维持交通，不干刑警了。”

很快，结果出来了，看着比对报告从打印机里一点点地滚动显示出来，章桐紧锁双眉，迟疑片刻后，她便果断地掏出手机，拨通了童小川的电话：

“DNA比对结果出来了。”

电话那头传来了童小川急切的声音：“有比对中的吗？”

“有，对象是秦海涛的儿子，年龄在25岁到30岁上下的年轻男性。”章桐说。

“这不可能，我看过户籍档案，秦海涛只有一个女儿，他没有儿子……”话还没有说完，童小川突然停下了，电话那头一点声音都没有。

“童队，喂喂，你还在听吗？”章桐感到有些奇怪。

“谢谢，我知道怎么做了。”童小川突然转变话锋，“对了，章主任，你是不是有个母亲住在托老中心？”

“没错，”章桐的心又一次感到了莫名的不安，“她，她出什么事了？”

“没什么，我们在进一步落实情况，你等我电话吧。”说着，电话便挂断了。

办公室里又一次恢复了寂静，章桐呆呆地看着手机，刚想打电话给托老中心核实，转念一琢磨，却还是给李晓伟打了个电话：“是我，我感觉我母亲好像有什么事，你是她曾经的主治医生，能帮我去看看吗？”

“没问题。”李晓伟回答得干脆利落，说话的时候，在他身旁传来了两声清晰而又兴奋的狗吠。这个时候，他应该在小区遛狗，章桐的心里顿时感到暖洋洋的。

早上7点30分刚过，李晓伟便把车停在了托老中心的门口，刚下车，便看到车前方停着的那两辆警车，童小川正行色匆匆地从大楼里走出来，朝自己的警车走去。李晓伟赶紧上前打招呼，童小川跟身边的于博文低语了几句后，便拉开驾驶座的门钻了进去：“上车吧！”

李晓伟愣了一会儿，便乖乖地钻进了副驾驶座，正系安全带，车就已经开动了：“童队，去哪？”

童小川脸上神情阴郁：“托老中心有人被绑架了。”

“难道是丁雅惠？”李晓伟吃惊地脱口而出。

一个急刹车，童小川避开了迎面而来的大货车，他顺势瞥了李晓伟一眼：“李大医生，你咋知道的这个消息？”

“是章桐告诉我的，她半小时前给我打了个电话，说很担心自己的母亲，说不出为什么，只能解释为是第六感。”李晓伟脸上夸张的神情消失了，“丁雅惠就是章桐的母亲，她唯一的亲人，我曾经是她的主治医师。后来，随着年龄的增加，年近八旬的老人又患上了严重的认知障碍，智商等同于 3 岁的孩子，毫无自理能力不说，就连自己亲生女儿都认不出来了，所以才把她转送到这，进行进一步治疗。”

“除了你和章主任之外，应该是不会有太多人知道这件事吧？”

李晓伟点点头：“是的，精神病人的状况本就是属于家属的个人隐私，一般情况下是绝对不会对外公布的。”

“隐私？”童小川不由得一声苦笑，“对了，你还记得秦老的夫人是怎么提到她的女儿的吗？你仔细想想。”

“……等等，她好像提到了‘小女儿’三个字。”作为一名心理医生，李晓伟的记忆力可不是一般的好。

“是的，可是户籍上却只有一个女儿，叫秦佳，在省立医院工作。”童小川脸上神情复杂，“刚才章主任电话中通知我，犯罪嫌疑人身上有一组新的 DNA 被比对上了，与秦老有着不可分割的血缘关系，从年龄上看应该是他儿子。但这情况还不是最主要的，你还记得我们在那间客厅里看到了很多相片，包括秦老的学生在内厚厚的一本，却唯独没有看到男孩的相片吗？从小到大一张都没有。”

“你说得没错，只有朱宾阳的，而他作为秦老最钟爱的弟子，这点无可厚非，可这个儿子到底去了哪？会不会出了什么意外，或者不在这个世界上了？”李晓伟不解地问。

“不可能，我都查过，这家伙还活着。”童小川冷冷地回答，“而且刚才托老中心的服务员提到说领走老人的是一个 30 岁上下的年轻人。”

李晓伟这才意识到童小川是在很短时间内就知道了托老中心出事的消息：“你是怎么知道这里出事的？”

“连夜去医管局进行电脑摸排工作的大龙传回话说查到一条很奇怪的指令，代码是 327，这个代码是我们天长局职工医疗档案的代码，上面最有可能的就只有章主任和她的母亲丁雅惠女士了。”童小川没有再继续说下去，他心事重重地看着车前方。

远处，铁越胡同别墅区在阳光下显得格外刺眼。

3.

一阵刺耳的电话铃声响起的刹那，章桐手中的玻璃杯瞬间掉落在实验室的木质地板上，很快便发出了沉闷的响声。

还好没事——玻璃杯完好无损。

弯腰捡起的刹那，章桐看到了顾瑜投来惊讶的目光，这在以前是从来都不会发生的事，但是今天却不一样。

“主任，你没事吧？”顾瑜关切地问。

章桐来不及回答，顺手便拿起工作台上的手机接听：“我是……哪里？”

实验室里静悄悄的，章桐脸上的神情逐渐变得凝重了起来，她放下手中的玻璃杯，冷冷地说：“你到底想说什么？过去的事情都已经过去了，我警告你！你不准动我母亲！”

电话那头的人似乎依旧不依不饶，而章桐脸上也很快露出了不耐烦的神情。顾瑜见此情景，深知必定出了大事，便赶紧抓了手机匆匆走出实验室，拨通了小九的电话。

“九，你在干吗呢？”顾瑜压低嗓门，语速飞快，“法医处这边好像出大事了。”

小九接连值了好几天班，睡意蒙眬，顾瑜这个电话瞬间让他清醒了过来：“你说啥？出什么大事了？你别急别急，我马上过来……”话音未落，耳根子边就传来了一连串纸箱子被碰落地面的声音，显然，他的慌乱把库房给搞得一团糟。

顾瑜尴尬地闭上了眼睛，嘴里絮絮叨叨地埋怨：“你这家伙，再搞乱东西你师父又得敲你脑壳了……我等你哈，你快过来吧……”

几乎在章桐打开实验室门的同时，小九气喘吁吁地出现在了法医解剖室的门口。见章桐的脸色不好看，他心里就有了数：“章主任，出什么事了？”

“是我母亲，她被绑架了。”章桐也不隐瞒，她深深地吸了口气，双手紧握，竭力控制着自己的情绪，“绑架者刚才给我打来电话，要我马上去给我母亲收尸，你来得正好，通知队里，随时等我电话。”

“这没问题，但是你……”小九不安地看了眼顾瑜，“姐，难道说你要去见他？”

章桐无声地点点头：“我去见他，或许还能救下我母亲。”

“那我开车送你去。”顾瑜急了。

“不行，局里必须有一个法医留守。”章桐想了想，便又补充了句，“放心吧，他如果知道当年的案件真相，便不会对我母亲下手的，我想和他谈谈，或许，能就此劝他自首。”

听着脚步声渐渐远去，顾瑜回头对小九说：“你快去副局那里，把这情况汇报一下。”

“我这就去……等等，章主任母亲是什么案子？我怎么没听说过？”小九一手把着门，回头不解地看着顾瑜。

“九啊，你怎么这么笨，绑架她母亲的人就是那个我们一直在寻找的杀人凶手，这还需要问吗？”顾瑜双手叉腰，摆出了一副横眉冷对的架势。

小九见状，赶紧一溜烟地跑了。

（与此同时）

看着铁越胡同秦海涛家冷冷清清的院落，李晓伟心中一惊，他低声拦住了正要推门而进的童小川：“童队，情况不妙，家里好像出事了。”

“怪不得一路上电话都打不通。”

童小川准备联系小区保安，这时，对面门洞里走出一个中年女人，穿着居家服，腰间围着围裙，她先是上下打量了一番这边，犹豫了会儿便径直走上前来打招呼：“你们是公安局来的？”

童小川点头，出示了自己的证件：“我们要找这家的女主人，却怎么也联系不上，请问你知道她去哪了吗？”

中年女人感到很惊讶：“你们不知道吗？昨天晚上她自杀了，就在老头的屋里，等 120 赶过来已经来不及了，后来人直接被殡仪馆给拉走了。”

一听这话，童小川和李晓伟不禁面面相觑：“我们昨天来的时候还是好好的，怎么晚上就出事了……是谁报的警？”

中年女人不由得一声长叹：“当然是她小女儿啦，昨天晚上刚从国外赶回来，听说工作忙得连自个儿老爹的丧礼都没赶上，过得这叫啥日子哟！想想啊这回家进门前还跟我打招呼来着，那时候我正好遛狗回来，结果半小时不到，那丫头就开始嚎开了，跟疯了一样。120 赶到后，我和我老公就去帮忙，本来就住得近嘛，虽然是独门独户，但两家抬头不见低头见，互相帮衬也是应该的，这冷不丁出了这档子事，心里头还是怪难受的。”

李晓伟想了想，问：“你们和秦老一家认识多久了？”

中年妇女有些夸张地扭了扭腰：“有十多年了，我们是最早搬进来的一批人，关系不错呢。”

李晓伟脸上露出了若有所思的神情：“那，大姐，能跟我说说他们家的事吗？比方说平时除了这个小女儿，秦老的儿子有没有经常回来？”

这看似很随意的一句话，却激起了让人无法预料的反应，那中年妇女赶紧厌恶地摆摆手：“别提那家伙！他就不配当个人！”

童小川双眉一挑：“哦？怎么说？”

中年妇女看了童小川一眼，嗓门瞬间压低了下来：“有一回我上郑姐那串门，她正好跟她家老头吵架。你要知道，郑姐脾气是出了名地好，结果那天被气得不行了，寻死觅活的，我劝了老半天才缓过劲儿来，她哭着跟我说她家老头当初就不该心软救那小兔崽子。都自家儿子，当娘的说出这种话，那该是多伤心啊，你说对不对？”

“等等，秦老是做外科手术的……”

“是啊是啊，据说老头子亲自上阵给他儿子做了最后那台手术，而且啊，这都已经是第三次手术了，这倔老头为了救自己亲生儿子的命，真是啥都愿意做啊。可惜却是一头养不熟的白眼儿狼！”中年女人愤愤然地说道。

“这是什么时候发生的事？”童小川问。

“两年多前，中秋！”中年女人显然记性不错。

回想起郑老太太那空洞的眼神，童小川心中感到不是滋味：“大姐，她们家到底出什么事了？为什么没听郑老太提起过自己的儿子？”

“那小兔崽子早就跟了人家的姓了，迷上了一个比他大十多岁的女人，那女人也不是什么好东西，病恹恹的。当然咯，这都是小道消息，郑姐可没跟我说，他们一家的嘴都严着呢，我是偶然听我家老公说的。我见过那家伙一次，活脱脱就是老秦头年轻时的翻版，长得可像了。据说现在还找了一份体面的工作。”

李晓伟突然打断中年女人的话：“他现在是不是姓朱？”

中年女人一愣：“你怎么知道？”

“他是不是在医管局工作？”李晓伟急切地追问道。

“这……我倒不清楚，没听说。至于说姓嘛，是保安说的。那次估计是为了手术的事来找他爸，结果换了个新保安当值，没认出他来，就让他写访客登记簿，看上面写着朱啥的，龙飞凤舞，也看不清楚。保安本来没当回事，结果老秦头送他出来后，保安就多嘴问了句是不是朋友，老秦头却嘀咕是他儿子！你说说，儿子咋会姓朱？跟老子两个姓？”中年女人一脸神秘地看着李晓伟。

李晓伟心中一沉，匆匆告辞后，便拽着童小川向警车走去。

童小川通过车载电话通知了郑文龙查实医管局姓朱的工作人员，同时把警车向出口处开去。直到快开出别墅区，童小川看李晓伟依旧一言不发，便有些不解：“怎么了？”

“我担心这事态会失去控制，真没想到会这么严重……唉，我昨天就该看出来的。”李晓伟的目光中充满了深深的懊悔。

“你是说郑老太的情绪？”

李晓伟点点头：“郑老太记忆力超乎寻常，虽然年纪大了，但是对过去发生的事却记得一清二楚。我们昨天问起秦海涛的相关情况，她之前本来就在怀疑，结果真被证实了，所以才会发生自尽的悲剧。我昨天就该意识到这点的，都是我太大意了！”

“你也别太自责。”童小川低声安慰了句。

这时，郑文龙的讯息传了过来，看着手机页面上的人员详细履历，童小川问：“只有一个叫朱文若的，李医生，难道说他就是秦海涛的儿子？”

李晓伟紧锁双眉：“应该是。”

第二节　简单的杀意

1.

他穿着白大褂，胸口的工作牌恰到好处地向内翻转着，这样的角度就没有人能够看清楚工作牌上的具体工号。对着面前的穿衣镜，他整理了一下头发，脸上努力挤出气定神闲的笑容，临了，还特意用兜里的手帕仔细地擦去脸上的汗水。他不习惯用纸巾，这么多年来，他的身上始终都带着一块手帕。

把口罩拉上，伸手推开更衣室的门，迎面便是熙熙攘攘的一幅场景，广播里不断播送着各种通知，走廊充斥着此起彼伏的高声喧哗、低声细语。经过时，看着那等候区里一张张脸上陌生而又复杂的表情，他的心中突然有了一种倦怠的感觉。

穿过门诊部与住院楼之间的廊桥时，身边经过的人都是神色匆匆，心情郁闷。推开住院楼的隔间玻璃门，这里少了一分喧哗，却多了一丝厌倦。条件再好，毕竟没有人会真正把这里当家，只是不得不住在这里，自然房间里的氛围也会变得有些怪异。

尤其是肿瘤科的病房，一两个病人在楼道里缓缓散步，而躺在病床上的，要么双眼无神地看着窗外，要么气若游丝昏睡不醒。

327 号床病人李凤山，名牌挂在门口，后面备注——B 级护理，防跌倒。这块名牌新装上去没多久，病人刚住进来，具体的检验报告还没出，但是已经可以确定是脑癌。他双手插在兜里，站在病房外，隔着病房门上的那块小玻璃窗朝里看着：房间里三张病床一字排开，病床之间都用粉红色的围帘布挡着，327 床就在靠门边的位置，床上躺着人，盖着被子，有一个年轻人坐在床边，看不清脸上的表情。

他注意到有个人显然与这房间里的其他人都不一样，他身体靠着衣柜，与病床保持一定的距离。虽然他穿着普通人的衣服，但是光凭这坐的位置就已经表明他的特殊身份，再加上他那极其不合时宜地在身上斜挎着一个小黑包的打扮，就只差在额头上表明自己的职业了。

他轻轻一笑，伸手推开了病房门，左手依旧插在兜里，大声说道："327床李凤山家属，跟我来一趟医生办公室。"

但凡在住院楼里，是没有病人家属会对这种要求做任何怀疑的，他们只会乖乖地跟在屁股后头，抱着惶恐不安的心情。果不其然，那个叫徐少华的年轻人在安慰了几句床上的老人后，便走出了病房，而那个斜挎着黑包的男人一开始也是打算跟着的，可是心想办公室就在这栋楼层隔开不到10米远的距离，所以便头也不抬地继续坐着了。

毕竟徐少华还没有被正式拘留。

听着身后急匆匆的脚步声，他脸上的神情依旧很平静，但是心里却非常高兴。倒是身后跟着的徐少华嘴里喋喋不休，让他感到厌烦："……医生啊，我家老头子到底还能活多久啊……"

"这个病的话，只要确诊，如果是晚期也就三五个月的时间。"他双手插在兜里随口应付着，来到了楼梯口。这里已经偏离了医生办公室所在的区域，徐少华根本就没有察觉到正朝着自己步步逼近的危险。

"只能活这么短的时间了？医生啊，是真的吗？"因为激动，徐少华的声音微微发颤。

他不由得心中一沉，这么迫切地想听到一个人即将死去的消息可不是什么好事，难道说这才是真正的作案动机？

或许是太激动了，徐少华毫无戒备地跟着他一直走进了楼道，直到到达底楼，他才感到有些迟疑，因为这个时候，楼道里就只有他们两人。

楼外的阳光已经渐渐散去，天空变得昏暗了起来，已近傍晚，空气中满是雨腥味和尘土相融合的味道，眼看着一场暴雨即将来袭。

"医生啊，这是哪儿？你的办公室吗，我怎么没来过这里？"徐少华感到了一些忐忑不安，他的脚步声也变得不是那么沉稳有节奏了，拖沓着步子东张西望，就好像在寻找着自己的退路。

"哦，我的办公室因为装修，就搬到了楼下，是远了点，抱歉啊。不过就在前面，很快就到了，检验报告刚出来，"他头也不回地伸手朝前一指，"咱们需要好好探讨一下后面的治疗方案。老爷子的病情应该是能够被控制的，你放心吧，我们医生也是需要家属大力配合……"

"好的，好的，那就麻烦医生你多费心了。"徐少华言不由衷地打断了他的话。

他默默地转头看了徐少华一眼。

晚上 7 点刚过，漫天的雨似乎就没有停下来的意思。还好警官学院就在市局的隔壁，章桐没再犹豫，直接就打通了李晓伟的电话："我没带伞，能开车送我回家不？我今晚必须回去。"

知道章桐是牵挂家里的狗子，李晓伟立刻答应了下来。没多久，一辆棕红色的比亚迪便开进市局大院，驾驶室的门打开后，他便撑着伞一溜小跑过来接章桐，两人一起向车走去。直到钻进副驾驶座后，章桐这才松了口气："狗子年纪不小了，最近我发觉它的食欲已经大不如从前，我真的不放心它自己在家。"

"没错，是该好好陪着它呢。"

李晓伟一边把车开出大院，一边默默地点头。他完全能够明白章桐此刻的心事，一个没有家没有爱的人，是非常在乎自己身边的每一个生命的，哪怕对方并不是人类。

"月旦街案子中的那女孩，是个小学美术老师，刚上班没半年的时间就出了这事，唉。"停下来等红绿灯的时候，李晓伟突然说道。

"是的，我听说长得很漂亮，还很年轻，真是可惜了。"章桐沙哑的嗓音在雾气朦胧的车窗玻璃上轻声游荡着。人死了，和活着的时候是不一样的，尽管是同一个人，却长了一张不同的脸。

"网上已经开始流传有关死者的一些流言蜚语了，"李晓伟微微皱眉，"把一个单纯善良的女孩说得那么不堪。"

章桐看了他一眼："这就是我不喜欢玩社交平台的原因，人的心思，实在是太复杂了。"

"没错，你说得对，"绿灯亮起，李晓伟松开手柄，踩下油门，"现在社会上很多人都只愿意相信自己早就已经在内心认可的答案，而面对事实真相却宁可选择视而不见。但是，就像眼前的这场雨，总有停的时候，你说对不对？人总要看到希望……”

“哟，给我灌心灵鸡汤？”章桐终于笑了，她靠在松软的椅背上，长长地伸了个懒腰，“我的李大医生啊，你要知道，这个世界上我见到过的死人要比活人多，要是心理不足够强悍的话，我早就打退堂鼓了。所以呢，你不用担心我，再怎么糟糕的局面，只要活着，我总是会挺过去的。”

“打开！”李晓伟似乎才想起什么，下巴朝仪表盘下的储物柜方向努了努。

章桐闻声一愣，满脸狐疑地顺着他的目光看了过去，见他依旧点点头，这才伸手打开了小小的储物柜，那里的空间刚够并排摆放三个马克杯。

“什么？”

李晓伟微微有些脸红，他一边开车，一边竭力掩饰着自己的表情：“那个红色纸袋子里的，送给你。”

章桐感到惊讶，在储物柜中她果然找到一个纸袋，红色的袋子上是金色的小星星，她不禁微微一笑，打开纸袋，呈现在她面前的是一个紫色的刘海边卡，发卡上是一只可爱的兔子。

“你把我当小孩哄啊，送给我的吗？”章桐感到很意外，却又很开心。

“我看你工作的时候，刘海总会掉下来扎眼睛，我想着就送你这个。你不是属兔的吗，又喜欢深紫色，我正好看到，就买了……”李晓伟絮絮叨叨地说着，涨红了脸。

“谢谢你！我很喜欢。”章桐轻声说道。

正在这时，手机铃声响了起来，章桐瞥了一眼手机页面，脸上的笑容顿时消失了：“我是章桐，什么地方出事了？”

“第三医院底楼太平间里发现死者徐少华的尸体，”略微停顿过后，指挥中心接警员的声音变得有些莫名的犹豫，“章法医，你最好心里有个准备，童队就在现场，他汇报说现场非常过分，还说什么——死者的心脏没了！”

“这家伙还是动手了啊，我马上就去。”章桐默默地挂上了电话，神情忧郁，“麻烦送我去第三医院吧，越快越好。我今晚回不了家了。”

“你放心，我会陪着‘馒头’的。”李晓伟心疼地看了一眼章桐，后者却把脸转向了窗外，车内的空气瞬间冰冷了下来。

车窗外，大雨倾盆，远处隐隐传来一阵阵雷鸣。

2.

刺鼻的血腥味让密闭房间里的空气变得愈发糟糕。章桐微微皱着眉，恢复了脸上的平静。

“你真的确定这是猪心？”童小川脸上神情复杂。

章桐点点头：“猪的生理活性基因虽然与人类的相似度高达 90% 以上，但结构上毕竟还是有一定区别的，只不过一般人不是那么容易看得出来。”

“那你是想说这又是一个医学疯子干的？”

“不，”章桐果断地摇头，“如果真是一个有医学背景的人干的，那么，出于职业的本能，这条明显的心脏主动脉和相对应的上下腔静脉不会被切得这么乱七八糟。”想了想，她又补充了句，“至少我干了这么多年，就没见过下手这么毛糙的，和菜场的肉贩子没啥区别。”

童小川听了，转头看了看凌乱不堪的案发现场，这并不大的房间里，不只是手术台，地上、墙上到处都是喷溅的血迹：“难道说，他是活着被……”

“是的。”章桐伸手用力在空中抖开裹尸袋，与顾瑜合力把尸体装了进去，放上轮床，“死者体重 70 公斤左右，身体血液总量 5 到 5.5 公斤，换算成体积也就是大约 5500 毫升。你仔细估算下，墙上的加地面上的，还有这手术台上的，有多少？不是全部也有八成了。而一个死人，是做不到这点的。”

“那死亡时间能初步给个范围吗？”

章桐环顾了一下四周，迟疑了一会儿：“从血迹的凝固度来看，结合房间室温，我目前只能提供一个参考范围，那就是不超过 6 个小时。”

“那颗猪心呢？有没有什么结论？”童小川见章桐要走，便赶紧上前追问。

章桐想了想，这才说：“保存得很好，不是菜场买的。而且从心脏外形来看，血管分布均匀。总的来说这头猪很健康，不是一般农家的养猪，脂肪含量不是很高，但是从心脏大小来看已经可以出栏售卖，对了，咱们天长周围应该有养猪场吧？”

“应该有，那我这就安排人过去。”这时候，痕迹鉴定组已经到达现场。

童小川匆匆走出房间，他飞快地穿过走廊径直来到医院大楼前的停车场，这才停下脚步，直至最终呼吸到了新鲜的室外空气后，他悬着的心终于放下了。

于博文紧跟在他身后：“童队，咱要不顺道吃点东西，我看你脸色不太好。”

“吃？吃啥吃，你还有胃口啊？”童小川懊恼地瞪了他一眼，知道自己短时间内是无论如何都忘不了那颗猪心了，“赶紧通知下去，马上回局里做案情汇总，我们得赶紧抓住这个‘义务警察’。”

上了警车，童小川还是感到有些心神不宁，他拨通了李晓伟的电话。

看着警车一辆辆地依次驶离三院住院部前的停车场，他站在围观的人群中，面无表情，内心深处却是一阵阵的激动。在他车后备厢里，那个车载小冰箱显得格外突兀。他已经打算好了，等下把车开出城的时候，经过那家室外养狗场，处理掉冰箱里的东西根本就不用费心思，再说了，那种人的心，只配拿来喂狗！

想到这儿，他的脸上露出了一丝得意的笑容。现在是晚上，没人会注意到自己。直到返回车边，伸手刚要拉开车门把手，眼角的余光突然看见自己的手背上有两道细细的抓痕，抓痕已经见血，那是指甲划过的痕迹，他的心便猛地沉了下去。

凌晨时分，天长市局会议室里坐满了人，案发两天来几乎没合过眼，每个人的脸上都带着浓浓的倦意。

会议室中间的桌子上放着一台打开的笔记本电脑，电脑扬声器中发出清脆的“叮咚”声，所有人顿时来了精神头。

电脑屏幕上跳出法医解剖室的画面，章桐在工作台边坐下来，摘下了头上的帽子，但还没顾得上解下口罩：“死因出来了，外伤失血性休克所导致的死亡，这与摘取心脏的结果相吻合。不过，他应该没有来得及经受后面的痛苦。”

“哦？”这有些让人感到意外。

李晓伟点点头：“他的心脏本身应该就有问题，对吧？”

“是的，”章桐回答，“刚才我的助手查了医管局的病历库，上面显示死者有心脏病家族史……”

“等等，”童小川打断了章桐的话，回头问身边坐着的于博文，“那个等待心脏移植的冯强和这个死者徐少华，你去查一下他们之间是什么关系。”

于博文点头，站起身迅速离开了会议室。

镜头中的章桐接着说：“凶手虽然拿走了死者的心脏，但是我从他心脏部位的剩余肺动脉血管中看出最近有坏死的迹象，所以推断他在凶手行凶开始的刹那，应该就已经发生了严重的心脏冠状动脉痉挛，这样的后果是直接导致昏迷，同时诱发心源性猝死，后面所发生的事虽然有些惨，但是对死者来说，估计是感觉不到了。只是我没有看见死者的心脏，无法提供具体的解剖结果，死因这块只能把这个作为疑似来推断。”

副局听了，皱了皱眉：“也就是说，不排除死者是被活活吓死的。对了，那个病历库是怎么回事，我怎么没听说过？”

一旁的郑文龙笑了：“头儿，这是最近大数据整合的结果，本身是为方便医患之间的沟通与医疗事故鉴定的透明性设立的，要求市立医院，包括民营的在内，每一份病历的书写都必须在库内留存一份备份并且不能更改，而与我们警方的联动是上周才开始的。”

“原来是这么回事。”副局点点头。

镜头中，章桐接过顾瑜递给自己的一份化验报告，边看边说：“死者的右手指甲缝隙内发现的皮屑残留物显示是一名男性，年龄在 30 到 35 岁之间，我想咱们的受害者在临死前终究还是做了反抗的，只是……”

章桐的目光停留在了中间那行有关 DNA 的标注上：“奇怪，我刚还想说在库里找不到相匹配的 DNA，但这份报告的备注上却显示在我们库里有，只是不是完整的，而是一半。”

“一半？”童小川问。

章桐点点头："没错，就是我们库里有他近亲属留下的DNA。我马上去查，有结果通知你们。"说着，她便关闭了通话镜头。电脑屏幕上恢复了天长市局的统一屏保画面。

"你们现场勘查结果怎么样？"童小川转而看向桌子对面坐着的小九。原定参加会议的欧阳工程师因为腰痛的老毛病又犯了，不得不去了临近的社区医院急诊室打封闭针。

"现场共发现两组鞋印，一组42码的皮鞋印，这与死者遗留在案发现场的那双皮鞋相匹配，另一组是43.5码的军靴印，从足印的行进方向和血迹覆盖的程度来看，能确定是凶手留下的。"说着，小九拿出一张放大的现场足迹相片，"问题是这双军靴印，由于材质特殊，光凭鞋印我们暂时无法判断出凶手的大致身高。相关的数据库资料显示，这双是进口的Danner特种战术靴，由于价格不菲，目前在国内只是在军迷范围内流行，买的人不多，但查找所有者也很不容易。因为这种靴子虽然少，但是大部分都是从境外非官方途径流入的，不只是来源不清，还往往会倒手好几次。所以我们目前只能推断凶手是个资深军迷，而且下手非常果断。"

"军迷？"童小川一愣，他迅速点开电脑屏幕，连接到法医解剖室，很快章桐便打开镜头，这时候她已经摘下了口罩，鼻梁上那副新配的眼镜在工作台灯光下反射出淡淡的紫色光。

"我正好要找你们，你先说吧。"

"尸体的刀口是什么样的？"童小川问。

"有小部分锯齿形，我仔细测量过，类似这个。"章桐顺手拿起手机，点开画面，然后递到镜头前，"看，这就是最接近凶器的范例。"

是一幅军用匕首的截图。

"刀刃非常薄，有点像厨师刀，方便携带，属于CQB类小直刀范围，看来这家伙擅长近身格斗。"副局的脸色顿时阴沉了下来。

章桐愣了一下，接着说道："这还不是最让人头痛的，刚才那个DNA我已经查到相关案件记录了，这就发到你们手机上，这个案子当年轰动了我们天长市。"

"什么案子？"李晓伟好奇地凑到童小川的手机上一看，想努力克制，却还是感到很惊愕，“城管被杀？这个案子我记得，凶手不是已经被判了死刑了吗？都过去这么多年了，难道是凶手家属报复社会？”

“不，DNA 匹配上的不是凶手，是死者。”章桐轻轻叹了口气，“凶手可能是死者的男性近亲家属。”

童小川不解地看向李晓伟：“当年的凶手已经伏法，如果真是他干的，这么多年过去了，他现在到底想干什么？”

3.

“人的梦境往往是最会骗人的……”他上下打量自己面前坑里躺着的这个年轻人，嘴里自顾自地絮絮叨叨，而后者的脸上则写满了恐惧。见状，他微微一怔，转而轻声说道：“你怕什么？我又不杀你。”

头顶刺眼的灯光是直接打在对方的脸上的，所以他一点都不用担心样貌会被自己的猎物看清楚，再说，这家伙也没机会告诉别人了。

“你不用怕，”他轻轻一笑，“到死，我连一根指头都不会碰你。不过，我真没想到你的胆子竟然会这么小，啧啧啧，那天，当着那么多人的面，你把人家小姑娘给活活打死的时候，怎么就没见你害怕过呢？”

一听这话，被绑着的年轻人顿时意识到了什么，瞬间脸色惨白，一股腥臭的排泄物气味充斥了周围的空间。从脸上哀求的表情可以看出，年轻人的情绪已经崩溃，嘴里却只能发出徒劳的呜呜声。

他摇摇头，伸手打开了摄像头边缘那个简易的暗红色开关：“我跟你说啊，今天是我最后一次来看你了，以后你就好自为之吧。这个摄像头应该还能工作 72 小时，不要怪我没提醒你，你接下来的一举一动可都是被直播出去的，所以呢，你死的样子别太难看。”

说完这些话后，不给对方任何哀求的机会，他的目光中闪过一丝冰冷，随即果断地伸手抓过一旁的铁盖子，严丝合缝地盖住了自己面前的猎物。

警察当然会找到这个地方来，也会发现那个用假身份证购买的摄像头以及无线发射器，但那已经是很久很久以后的事了。在这之前，这里将会是死一般的寂静。

有一点他撒谎了，微型摄像头还只能工作不超过 35 个小时，但这已经足够让数以万计的人得以观摩他的“死刑”了，坑里的氧气还能支撑 8 个小时以上，后面还能活多久就要看他的造化了。

要想逃出来那是完全不可能的事，因为盖子是被锁死的，上面还被铺上了一层足有 10 厘米厚的泥土和砂石，总而言之，这就是那家伙的坟墓。

随着浮土被铲平，呜呜声已经彻底消失了，耳畔恢复了深夜的山林中所特有的宁静。他迅速下山，钻进车里的那一刻，一股熟悉的成就感让他激动万分。启动车辆后，他摘下手套丢进仪表盘下的储物柜里，接着把手机夹在方向盘上，打开了直播，看着屏幕上的评论从最初的一两条，到后来越聚越多，速度越来越快，他的嘴角不禁上扬：“我早就跟你说过什么来着，不要相信自己的梦境，因为梦里的东西都是骗人的，你为什么就不听我的话呢？”

漆黑的盘山公路上，两道孤零零的车灯柱由近至远，逐渐消失在路的尽头。

（与此同时）

天长市局会议室门口，童小川从于博文手里接过了那本旧卷宗，与他低声交谈了一番后，便又回到座位上，打开：“2000 年 5 月 30 日，我市开平区发生了一起恶性杀人案，无证摊贩方刚因为不满时任所在辖区城管大队 3 中队的副中队长朱宾阳对其实施了没收三轮车的处罚措施，便怀揣西瓜刀来到城管中队门口蹲守。当朱宾阳下班时，趁其不备上前进行捅刺报复，造成朱宾阳颈动脉破裂伤重不治身亡，殁年 29 岁，同时造成其同事赵杰重伤。犯罪嫌疑人方刚在数小时后被警方抓获，因案件事实清楚且证据充分，犯罪嫌疑人方刚对自己的所作所为也供认不讳，这个案件很快便由开平区检察院向法院提起公诉，当年 7 月份下的死刑判决。”

念到这儿，童小川合上了手中的卷宗：“这就是那个城管被杀案，当时因为社会舆论上对死者家属有些不理解，所以引起了一些不必要的风波。我已经安排人去户籍科核实朱宾阳尚在世的家属，毕竟过去了这么长的时间，快 20 年了，找到他的家属，或许就能找到作案动机。对了，刚才小于跟我说死者徐少华和那个需要换心的那家伙是亲兄弟，因为从小被过继给了自己的堂叔，所以改姓徐。至于说心脏病家族史，我想他到死都不一定会知道吧。”

“他为什么杀害李晴？”副局问，“动机呢？”

“钱！”童小川双手一摊，“死者李晴是李凤山的独女，李凤山名下有 7 间拆迁房，月旦街附近那地段，往少了说至少也有 500 万吧。”

“那好好结婚不就行了，为什么要害人性命？”政委在一旁阴沉着脸小声嘀咕。

童小川听了，苦笑着摇摇头：“我手下的兄弟后来去走访了医院中的李凤山老人和拆迁办的值班人员，得知有 320 多万已经在将近一年的时间内被徐少华以老人的名义伪造委托书给陆陆续续取走了，钱的去向方面应该也不是什么秘密。李凤山老人回忆说曾经两次见过自己女儿右脸上有伤痕，他怀疑李晴遭到了徐少华的殴打，我在章法医的报告中也看到了李晴右手手臂有陈旧性骨折的痕迹，这样一来就不排除死者想与徐少华分手的可能。而对徐少华来说，只要除去李晴，然后再找机会除去已经是孤寡老人的李凤山，那笔拆迁款自然而然就到了自己的手里。至于说杀人，有人替自己背锅就是。”

小九不由得倒吸一口冷气：“妈呀，这人心思好毒辣，简直坏透了。”

不知何时走进会议室的欧阳工程师忍不住探身上前拍了自己徒弟一巴掌：“你呀，就是太老实，好好听听，这活人的心思可比死人复杂多了，以后遇事多个心眼，别见人动不动就善心大发。”

小九知道老欧阳至今还在纠结自己被骗光了工资那回的倒霉经历，便涨红了脸低头不语了。钱不钱的是小事，自己徒弟身为警察还被骗子骗得没饭吃，那可是丢人丢大了。

会议室里的紧张情绪总算是得到了一些小小的缓和。

略微停顿过后，童小川把四个案子的剪板排在一起，神情凝重地提出了一个关键性的要害点：“他的动机是‘义务警察’，可是，他到底是如何准确无误地知道这些人的特殊经历的呢？”

他拿起那份退休外科医生秦海涛的自焚案剪板，冲着一直默不作声的李晓伟笑了笑：“怎么样，李大医生，咱明儿个走一趟？”

“没问题。”李晓伟虽然心事重重，却还是恰到好处地给了大家一个轻松的笑脸。

散会后，在走廊里，欧阳力叫住了童小川：“童队，我刚才在医院急诊室打封闭针的时候，无意中在手机上刷到一条新闻，感到有点不对劲，不知道是不是我多虑了。”

“给我看看。”

童小川接过老欧阳递给他的手机，上面是一则案件追踪报道——一个月前发生在我市安南区的精神病患者当街失手打死女高中生案后续有了新的进展，据知情人士透露，该名精神病患者已经失踪一周以上的时间，至今下落不明。

“童队啊，或许是我多虑了，但是这个案子，我可是很清楚的，我有个小徒弟就在该辖区的派出所工作，他说这个行凶者因为失恋而导致精神分裂，而家里又没钱，住不起精神病院，就只能在家吃药，患病已经有大半年的时间了，时好时坏，案发前一个多月才转变得和正常人差不多，于是家里父母就擅自停药了。结果一时没看住，案发那天下午，他偷跑出去，无意中看到受害者经过，不知怎的，就上前下了狠手，活活用砖块把人家正读高三的小姑娘给打死了。后来啊，检察院因为这家伙是精神病患者，这案子就免于起诉了。”说到这儿，老欧阳脸上的神情变得凝重了起来，“我觉得这家伙的突然失踪有点蹊跷，会不会……”

童小川听了，略微沉吟了一会儿后，点点头：“还是查查比较保险，我等下就安排人过去。”说着，他伸手指了指欧阳工程师的腰，“老欧阳，你赶紧去值班室休息下，别再严重下去了。”

欧阳力嘿嘿一笑：“我这把老骨头没那么金贵，明天说不定就好了呢。”他顺势摆摆手，转身离开了。

李晓伟没有马上离开警局，他顺着走廊来到底层一楼的法医办公室，远远地看见办公室里的灯还亮着，时不时地传来脚步声。快要走到门口的时候，顾瑜走了出来，一脸的疲倦，见是李晓伟，便笑着点点头：“李医生，来看我们章姐啊？”

李晓伟有些脸红，正不知道该说什么的时候，顾瑜已经自顾自离开了，这才算是轻轻松了口气。

“你还不回家啊？”章桐问。

李晓伟不禁苦笑：“你不也没回家吗？”

一听这话，章桐便从里间探出头，微微一笑：“我今晚不回去了，你不用送我啦，赶紧回去补觉吧。”

“我，我没事，我正好顺路……”话还没说完，他无意中看到章桐的头发上的紫色发卡，心中一暖，说话也变得利索多了，“你也早点休息，我就先回去了，别担心狗子，我一定会把它照顾好的。对了，我明天医院没事，也没课，正好陪童队走走……”

“等等，”章桐走了出来，双手插在工作服口袋里，歪着头看着他，“你说，这个嫌疑人到底是出于什么动机才会这么干？”

李晓伟皱眉想了想，摇摇头：“从表面上来看，是报复，但是我总觉得哪里有些不对劲，因为当杀意变得太过于简单的时候，就麻烦了。”

片刻沉默过后，章桐清了清嗓子：“好吧，我回头再好好查查那几个案子的尸检报告，看看能不能联系起来找出点什么。”她转身回了里间实验室，一句告别的话幽幽飘了出来，“明天见。”

李晓伟站在门口，却总觉得自己有什么话还没说，他犹豫了半天，这才说道：“等等，我，我还有话说。”

章桐探头出来：“什么？”

“你，你戴上这只发卡，很好看。”说完这句话，李晓伟真恨不得狠狠抽自己一嘴巴。

一个心理医生怎么也会有变傻子的时候？唉！

落 幕

守夜者

他本来姓秦，但是现在的名字叫朱文若。

从决定改姓的那一刻起，他就彻底断绝了回头的念想。在有些人看来，一个人的名字等同于识别符号，除此之外毫无意义，但是对他来讲，却意味着自己不同人生的角色选择。

“我没办法回头了。”他笑眯眯地看着自己面前坐着的老太太，心里很清楚对方是不会明白此刻的危险处境的，因为她的灵魂与意识只生存在于自己的世界里，完全与外界隔离了。

这情形让他的心中变得有些犹豫。

阳光下，丁雅惠手中拿着一朵不知名的小野花，初冬的季节里能够在路边找到一朵小野花是非常难的，所以看着野花，老人呆滞的目光中偶尔会闪过一丝笑意，是那种年轻姑娘才会有的温柔笑意。

“你现在已经记不得自己干过什么了，但是这并不意味着你就没事了。”他依旧笑眯眯地看着眼前藤椅上的老人，口气变得越来越冰冷，“家破人亡，你女儿一辈子都得替你背着良心债，你心中难道就没有一点愧疚吗？”

老人摇摇头，回复他的，却是苍老的嗓音中所哼出来的一首儿歌。

他直起腰，略微思索后微微皱眉：“不不不，不是这样的，你不能就这么躲避自己曾经犯下的罪责，不然的话对你的小女儿太不公平了。”

身后的铁梯上传来了清脆的脚步声，那是一个女人的脚步，急促而不沉闷，很快，脚步声在他身后停了下来，相隔不到 5 米。

临近正午，楼顶天台上的风越刮越大，即使阳光耀眼，却依旧无法改变这冬日所固有的寒冷。

他微微颤抖了一下，随即站起身，因为背对着阳光，他看清楚了章桐脸上先是惊讶，随即转变成的愤怒。

“你放了我母亲，她病得很重，根本就不知道自己当初做过些什么。”

朱文若轻轻叹了口气：“这不是理由。”他的右手始终都没有放下来，一直僵硬地背在身后。

片刻死一般的寂静，只有呼呼的风声在空中回荡。

章桐伸手指着自己的母亲：“你睁大眼睛看看她，这一生中的大半辈子里她都是这个样子，难道就不是一种惩罚吗？”

“你的父亲，你的妹妹，都死了，如果不是她的背叛，你们家会家破人亡？”朱文若的口吻平静得就像在与人拉家常，而不是揭开别人的伤疤。

章桐呆了呆，片刻后，点点头：“原来你都知道了？”

“档案面前无隐私。”朱文若微微一笑，“我不仅知道这个，我还知道你不是你父亲章肖钦亲生的，你是你母亲丁雅惠当年偷情留下的，对了，你的亲生父亲姓陈……”

“闭嘴！”章桐终于忍不住了，她脸色苍白，皱眉看着朱文若，冷冷地说道，“够了，我们家的事与你无关！”

朱文若一怔，他似乎有些意外，转头看了看身边坐着的丁雅惠，又看看章桐。而离他不远处就是半人高的天台围栏，这里是天长市老城区停滞开发的拆迁工地，环顾四周满目荒凉。

“你都已经知道了，那我也就不必费这个心思了。”朱文若眯起双眼，或许是出于激动，他一字一顿地重复了一遍自己刚才说的话，“我真笨，早就该猜到这一点。你既然知道真相，这么多年来，为什么不找你母亲复仇呢？要知道你是法医，你设的局，没人能看透。”

风声消失，空气瞬间凝固了，章桐缓缓抬头看着朱文若，目光若有所思：“她活着就是对她最好的惩罚。”

听了这话，朱文若突然笑了，那笑声就像一把尖刀在玻璃上不停地来回滑动所发出的刺耳声。他笑得几乎精疲力竭，但是他的右手却始终都背在自己的身后，一动不动，仿佛僵硬了一般。丁雅惠显然是被这突如其来的笑声给吓着了，她浑身颤抖，手中那朵小野花不知何时已经掉落在满是尘埃和废墟的地面上。

“你笑什么？”章桐问。这时候，她已经用眼角的余光环顾了一遍四周。没有办法，这是天台，四层楼高，虽然能听得到不远处马路上嘈杂的车辆喇叭声，但这里却真的是一个被单独隔离开来的世界。

好不容易止住笑声，朱文若淡淡地看了她一眼：“你的内心和我是一样的，只不过我去做了，而你没有。”说话间，他的右手终于露了出来，顺势搭在了老人的肩膀上，章桐看得很清楚，那个位置离颈动脉非常近。

“住手！你到底想干什么？”章桐急了，却又不敢上前一步，生怕会彻底激怒对方，“我父亲都已经原谅我母亲了，你还要怎么样？你的复仇到底有什么意义？”

“等等，你说什么？”朱文若不解地看着她，目光散乱而又迷惑，“你是不是在骗我？为什么这么多年来你一直都不愿意说出你父亲的秘密？为什么不告诉你母亲，好让她早一点解脱……等等，原来警察的心也是挺冷的。”

看着朱文若脸上露出了鄙夷的神情，章桐愤然说道：“你别胡说八道，我父亲根本就不愿意被别人知道这件事的真相，他不愿意我母亲在自责中度过余生，而我这么做，只是信守对父亲的诺言而已。”

“诺言？刚才还在心疼你的母亲，现在就口口声声说诺言，看看到底谁才是真正的虚伪！”

章桐愣住了，许久，她轻轻叹了口气，喃喃说道：“对不起，你放手吧，我母亲已经快70岁了，也没有多少时间了，我相信她这辈子都不会原谅自己，但是我和我父亲、我妹妹，却都早就已经原谅她了。你也该放下了……”

因为正对着阳光，章桐感到有些刺眼，便下意识地伸手去揉眼睛，她无意中看到一个黑影从朱文若的背后缓缓攀了上来，是童小川，他艰难地徒手勾住了天台栏杆外围的边缘部分，借此支撑住自己全身的重量，右手准备沿着废弃的落水管爬上来。而这一切，朱文若一点都不知情。

“放下？怎么放下？”朱文若的脑海中一遍遍地出现了朱宾阳临死前凄凉的场景，他果断地摇摇头，哑声说道，“这个世界太冷漠太虚伪了，根本就没有人同情那些被无辜夺去生命的人。他们本可以拥有更加美好的生活，但是现在全毁了，你明白那种感受吗？”

章桐一时无语。

“你做法医，面对那些受害者，你的心里就没有一点同情吗？别跟我说什么‘人命关天’，那些道理谁都懂。人民广场的那场车祸，那两个无辜被撞死的人，你告诉我，你会无动于衷？”眼泪无声地从朱文若的眼角滚落了下来，因为激动，他下意识地在空中挥舞着自己的右手。

也就在此刻，章桐的心几乎停止了跳动——她终于看清楚了朱文若手中的东西，那是一根针管，里面装有淡黄色注射液的针管！眼见着童小川已经爬上了天台围栏，正准备向前扑去，试图控制住朱文若的双手，章桐忍不住发出一声惊叫：“小心！他手中有针管！”

与此同时，听到风声的朱文若猛地转身，挥手就向童小川的胳膊狠狠扎去。虽然不知道针管里面装的到底是什么东西，但是本能告诉自己可不是什么好玩意儿，童小川没办法后退，左手边是吓瘫了的丁雅惠，他便只能扭转身体顺势向右手方向斜斜地倒了下去。

躲得过一次，却不一定能躲得过第二次。虽然身上穿着夹克外套，但面对尖尖的针头，童小川很快便处于下风。见此机会，章桐赶紧上前一把抱住浑身瑟瑟发抖的母亲，拉到一旁墙边蹲下，低声安慰的同时，双眼紧张地注视着天台上的殊死搏斗。

铁梯上响起了急促的脚步声，李晓伟爬了上来，他见童小川根本就无法反制住对方，并且已经被逼到了墙角，身后毫无退路，他一着急，扯着嗓子大声吼了句：“秦文若，你给我住手！”

没想到这句话竟然起作用了，朱文若一呆，转身愤怒地看着李晓伟：“你叫我什么？”

“秦文若，这才是你的名字。”李晓伟在一旁的石头上坐了下来，慢条斯理地说道，“不管你怎么改名字，血脉传承的事实你是无论如何都改变不了的。你父亲为了你而自杀，死前替你背下了一切的罪过，我真是不明白，一个生你养你并且给了你第二次第三次生命的人，为什么就那么不值得你去好好珍惜和尊重！”

章桐紧紧地护着母亲犹如筛糠一般的身体，吃惊地看着李晓伟：“他真的是秦海涛的儿子？”

李晓伟神情凝重地点点头，转而看着秦文若的目光中充满了同情：“我想，他是被人强行灌输了记忆。”

这时候，楼下已经不断传来警车的声音。趁此机会，童小川又一次猛地扑了上去，这次他终于成功了，死死地压住了秦文若的双手，接着便大声吼道：“后援呢，后援去哪了？该死的怎么还没来！”

话音未落，楼下凌乱的脚步声已经越来越近。

被束缚住的秦文若犹如困兽一般在怒吼着，挣扎着，却再也无法动弹。

看着怀中已然平静下来的母亲，章桐紧锁双眉。

（6小时后）

把母亲重新在托老中心安顿好后，章桐走出大楼时已经是晚霞满天。

童小川的车正停在大院内，章桐有些意外，见他冲自己招手，便加快脚步走了上去。

“童队，怎么是你来接我？”章桐一边说着，一边拉开后门钻进了警车，用力关上门后，警车便开出了托老中心大院，沿着环湖公路向天长市区开去。

“那家伙正在听秦文若谈心呢，没时间，我案子交接完后，手头暂时没事了，副局就吩咐我来接你回去，以防万一。”

“他……都招了吗？”章桐问。

童小川点点头，嘴角露出一丝笑意：“有我们这心理专家帮忙，就没有拿不下的案子。不过，你猜猜，真正的凶手到底是谁？”

车后座上半天没有回复。童小川感到有些意外，便瞥了一眼后视镜，关切地问：“你是不是累了？”

“我没那么弱不禁风。”章桐目光注视着窗外不断掠过的电线杆，幽幽说道，“凶手应该是一个死人吧，对不对？”

童小川听了，不禁哑然失笑：“看来真没什么难题能把你考倒的，确实是朱爱琴，也就是朱宾阳的妹妹。对了，我们的李大医生是从心理学角度分析出来的，章主任，你是怎么看出来的？”

“心理上的问题我不清楚，但是从医学角度上来讲，不排除他的父母是近亲结婚……”

童小川一个急刹车，转头看向章桐：“可是，秦佳是正常的啊。”

章桐笑了笑：“近亲结婚的孩子遗传畸形的概率不是百分之百，正常孩子也有出生的可能。我之所以会这么说，是基于两点：其一，他所经历过的手术实在是太多了，简直就是整个人大换血，我想没有他父亲的坚持，一般人是做不到的，而一般人也不可能这么做，不只是经济上的原因，更涉及心理上的承受力，唯一的解释就是他父亲在想尽办法挽救他的生命，对抗基因缺陷所导致的自身多种遗传性疾病，这些后续还要做进一步的确诊。其二，就是他的脸型和脸色严重发育不良，尤其是眼白处，是明显的淡黄色，呈现出典型的双眼弥漫性发黄，这种病多是因为胆汁代谢异常所引起的，也就是说，他的肝脏又出了问题。我猜想是多脏器功能失常综合征，我会尽快证实我的推断。”

“他的母亲在昨天晚上自杀了……就在我们去拜访了他们家以后没多久。”童小川不禁重重地叹了口气，郑老太的音容样貌便再一次出现在他的脑海中，“老太太给人感觉非常精致优雅，也非常有学问，李医生还说老太太的记忆力很好，能记住很多东西。我们今天在得知她的死讯后感到很震惊，当时还不明白为什么老太太这么厌恶自己的儿子，甚至于秦老医生出手救他，她都是极力反对的，现在看来，是有答案了。唉，真说不清楚这到底是谁的错！”

说着，他伸手从挡风夹板中取出一张相片递给章桐：“这是朱宾阳和他的妹妹朱爱琴，你不是一直想知道朱爱琴为什么要顶替哥哥去做医学捐赠吗？”

章桐没吱声，对这种涉及个人隐私的问题，她一般都不轻易回答。

“朱宾阳遇害后，朱爱琴的心理发生了严重扭曲，她知道秦文若非常崇拜自己的哥哥，也经常去找他玩，便借此接近心灵空虚的秦文若，把自己内心的阴暗与愤怒深深地扎根进了秦文若单纯的脑海中。对了，李大医生做了个比喻，这种情况就类似于传销洗脑。秦文若本就是一个几乎被自己母亲抛弃的孩子，他在自己家找不到人生的认同感，只有在朱宾阳的身边，他才能感到被尊重。"

"我明白了，所以，他才给自己改了姓。"章桐轻声说道，"他本以为能就此为自己重新选择一个人生，却怎么也不会料到自己根本就无法摆脱那可怕而又简单的杀意。"

"是啊，他在延续一个死者的愤怒。"

远处就能看到天长市局高高的尖顶了，警车开上环城高架的时候，章桐突然说道："对了童队，你现在能顺路带我去个地方吗？我要见个人。"

"谁？"童小川本能地问。

"一个故友。"章桐深邃的目光又一次看向了车窗外。三年了。刚才在托老中心精神疾病管理区时无意中接到的一个电话，让她有些心神不宁，许久，她才叹了口气，"第七医院。"

童小川没再说什么，便把车开上了通往城郊的岔路口。

记 忆

1.

第七人民医院位于天长市北门的胭脂山脚下，占地并不大，对外也只是挂着第七人民医院的牌子，不知道的人还真的会以为这里就只是一家普通的医院而已，谁都不会多看一眼。

医院里静悄悄的，因为前来就诊的病患都是特殊人群，平时并不多，所以，很难在这里看到别的医院中天天都能见到的熙熙攘攘的场景。

向门卫出示完证件，章桐径直找到了医务科，接待她的是一个中年妇女，自称姓田，体型微胖，留着一头齐肩短发。说明来意后，章桐被带到了第五病区等候室。

十多分钟后，一个中年男人被带到了章桐的面前，他身穿蓝色长条纹病号服，异常瘦弱，脸色蜡白，头顶稀疏，眼神呆滞，憔悴不堪，口角还不断有莫名物质流出，面容还算平和，只是见到章桐的时候，眼神中闪过一丝异样的神采。

章桐先是一愣，她呆了呆，刚想开口，目光落在对方的手上，却见双手指甲盖上有一圈环状的痕迹，而十指关节处，则有明显的棕褐色物质环绕，位于皮肤下层，呈角质状态。她不由得皱眉，因为这样的环状痕迹太怪异了，不应该出现在普通人的手指上。她迅速查看了对方的眼睑，随即心里一沉，转头对身边站着的护工说道："马上报警！他中毒了！"

"中毒？"护工吓了一跳，"怎么可能？我们这边都是严格控制食物卫生的啊，怎么可能会发生病号中毒的事件？你可不能乱说话啊！”

章桐见护工还在纠结于尽快撇清自己的责任，她忍不住狠狠地瞪了对方一眼，转而掏出手机，拨通了童小川的电话：“你马上派人来第五病区，这里有个病人疑似严重的化学物质中毒，我需要对这里进行隔离处理。”正说着，章桐不经意地瞥了一眼中年男性病号的眼神。她吃惊地瞪大了眼睛，因为自己分明看到了一个正常人的目光，一改先前的呆滞，取而代之的是激动和泪花。紧接着，他的身躯软软地靠着墙滑落了下去。

很快，病人就被转到了第一医院的ICU病房治疗。站在病房外，童小川压低了嗓门对章桐说：“什么情况，你为什么不及时告诉我们？”

章桐满脸愁容：“我根本就不知道情况会这么严重，在过去的三年中，曾经有大半年时间里，他天天早上一两点给我打电话，也不说话，接通就挂断。我反拨过去，但是因为第七医院设定了呼入限制，所以一直没有打通。直到刚才我在我母亲那里时接到医院的一个电话，说第五病区的一个病人想见我，我这才来了。”

“那这个人你认识吗？”

章桐摇摇头：“我从来都没有见过这张脸！”

“那你凭什么认定对方是化学物质中毒？”童小川双手插在牛仔裤的裤袋里，目光紧紧地注视着ICU病房里来来回回忙碌的护士的身影。

“他的双手十指指关节，还有他浑浊泛白的眼睑，再加上他头顶的头发异常稀少，嘴角的莫名物质……要是我没有判断错误的话，铊中毒已经有很长一段时间了。”章桐若有所思。

“那，他还有救吗？”童小川转身对章桐说，“还有，他为什么天天给你打电话？”

“我也不知道，等他稳定下来后问了再说吧。”章桐突然想到了什么，继而问，“他的身份，你查到了吗？”

童小川点点头，从胳膊肘下夹着的文件夹里拿出一张写满了字的纸，递给了章桐：“你自己看吧。”

这是一张病员档案复印件，章桐扫了几眼后，不由得感到很疑惑：“天元国际投资有限公司？这是一个什么公司？”

童小川目光复杂：“这个人的名字叫林力挺，之前是一个搞科研的，为天元国际工作。之所以进了第七人民医院，是因为在工作岗位上突然病发，难以控制。据我们了解，入院后，他的话就不多，一个月之前，身体状况每况愈下。我真的不明白他为什么要找你，还有就是，他是从哪里知道你的私人电话的？”

正在这时，病房里一个年轻小护士推门走了出来，径直向章桐和童小川走了过来：“你们谁是章桐章法医？”

章桐心里一怔，瞥了一眼童小川，然后说道：“我是。”

“病人找你，”想想，她又加了一句，“他清醒过来后，就拒绝治疗，说要见你一面。”

章桐把挎包递给了童小川，然后接过小护士随手塞给自己的隔离服穿上，跟着就推门进了 ICU 病房。

如果不仔细看病床旁的那些心肺功能监测仪的话，躺着的林力挺和一个死人几乎没有什么两样。头发已经完全掉光了，肌肉严重萎缩，双眼浑浊空洞，全身上下瘦得几乎皮包骨。

在护士的示意下，章桐走到床头，弯腰靠近林力挺的脸，小声说道：“我是章桐，你找我？”

林力挺点点头，他艰难地睁开双眼，干裂的嘴唇抖动着，小声吐出了几个字：“我……我认识刘检察官……他，他不该死的……”

尽管对于刘春晓的死章桐早就已经知道是被害而不是自杀，但是当自己再一次从别人口中得知这个消息时，章桐依旧手脚冰凉。她屏住呼吸，紧张地追问道：“林先生，你快说，为什么？刘检察官究竟为什么被害？”

“他知道得太多了，所以，所以三年前，就被人灭了口。”林力挺挣扎着想坐起来，却被身边的护士制止了。无奈他把头转向了章桐，一脸愧疚的神情，“我就是那个给你 QQ 号码的人，刘检察官找过我，想叫我出来做污点证人，可是……可是我退缩了……”说到这儿，林力挺的目光中闪过了一丝痛苦的神情，“我很蠢……我把他找我的事情，告诉了公司里的人，没过多久，他自杀的消息就传来了。章法医……他真的不该死，是我害死了他啊！”

“那，那你的中毒，究竟是怎么回事？”章桐焦急地追问，“你自己难道就没有注意到身体上的变化？”

林力挺的脸上露出了一丝苦笑，他并没有直接回答她的问题：“如果我现在不说的话，以后可能就再也没有机会了。刘检察官一直把我当朋友，可是我……我却辜负了他。”

“是谁？是谁对你下的毒手？”

林力挺摇了摇头：“我没有证据，但是我知道，就是他们干的。不过，反正我也不想活了，我做了太多的坏事。只是对不起，拖了这么久，我才终于下决心找你。我只有那个时候，才可以，自由一点，给你打电话。”林力挺长叹一声，又一次闭上了双眼，“我好后悔，真的，我好后悔。当我知道我中毒了以后，就想到了用这个方法来引起，你的注意。”

“那我的电话，你是怎么知道的？”

林力挺的目光中闪过一丝狡黠：“有一次你过生日，已经很晚了，还记得接到过一个电话吗？刘检察官打给你的。”

章桐心里不由得一酸，她当然记得，因为那是自己最后一次接到刘春晓的电话。

“原来是那次，你就在他身边？”章桐疑惑地看着林力挺。

“没错，我记住了那个号码，座机 8880003，很好记，不是吗？我不想打手机，因为手机很容易会被窃听。刘检察官说你是法医，和他是同行。”林力挺轻轻地叹了口气，“我就知道你是他生命中最重要的人，因为我从来都没有在他脸上看到过那么开心的笑容，只有在他谈起你的时候。”

听了这话，章桐的眼泪都差点流了出来：“那你为什么不报警？”

“报警？精神病院里的病人打电话报警，你说这可能吗？110 不会有人相信的。”说到这儿，林力挺不由得笑了，紧接而来的一阵剧烈的咳嗽却几乎让他喘不过气来。

“那证据呢？我要证据，直接指证对方杀人的证据！你有没有证据？”章桐有些急了。

“我……我想，我就是证据……”林力挺挣扎着闭上了双眼，紧接着心肺监测仪发出了尖锐的叫声。ICU 病房里顿时乱作一团，心事重重的章桐被小护士毫不留情地推出了病房。身后迎接她的，是童小川复杂的目光。

两个多小时后，正坐在办公室中发愁的章桐接到了童小川从医院打来的电话，林力挺已经死亡，尸体正在运往局里的途中。

章桐总算明白了林力挺所说的证据到底是什么。他没有办法留下足够的指证对方的证据，只有选择牺牲自己，把最后的希望交到章桐的手里，这也算是对刘春晓三年前信任的回报。

只是有些东西，是再也没有办法弥补的了。

2.

人的一生，从呱呱坠地的那一刻开始，就已经注定了最终将走向冰冷的死亡。尘归尘，土归土，没有人能够改变这个规律，也没有人能够真正操控自己的生命旅程。

章桐经常搞不清楚自己究竟是属于哪一类人，看不见出生，却只看得见死亡。有人说医生是天使，但是章桐更愿意相信同样身穿白大褂的自己是一个送信的“使者”，因为法医的工作其实就是传达逝者的死亡信息——怎么死的？又是为了什么而死？

人的生命只有一次，在活着的时候，追名逐利，为了看得见的利益，可以放弃一切，包括自己的尊严，但是却往往都想不到或许会在不久的将来，会付出更高的代价乃至于生命，来赎回自己曾经为了名利所放弃的人性。

林力挺的遭遇何尝不是如此？此刻的他，形容枯槁，静静地躺在解剖台上，再也没有了活着的时候所要承受的病痛与折磨。他虽然已经不会再说话，但是章桐知道，他肯定是了无遗憾地走的。想说的都已经说了，而他留下的最后一句话，真的变成了现实——他的遗体就是证据！

五楼会议室。

“铊，是一种柔软的银白色金属，在潮湿的空气中很容易就被氧化，易溶于硝酸，不溶于碱。它的化合物有剧毒，因为铊能很快被人的皮肤和胃吸收，并且是一种累积性毒物，很难排出体外，它的溶液又无色无味，而最初中毒的现象也只是体现在会导致慢性或者急性的脱发，所以很容易被人所忽视。”章桐看着手中的尸检报告，耐心地解释说。

张局不解地问道：“章主任，我记得你说过，死者林力挺是一个智商极高的生物基因工程学方面的工程师，他也精通化工类，那死者应该能发觉自己中毒啊。可他为什么却宁愿选择一死呢？”

章桐轻轻叹了口气：“我查看过急诊科病历档案，从死者的膀胱中所提取到的尿液样本，经检验尿铊含量已经超过 5~10mg/24h，这属于急性重症中毒患者的症状。在尸检过程中，我发现死者的肾脏本身就患有先天性的囊肿病变，双侧肾有多个与外界不相通的囊肿，其中有很大一部分已经化脓病变，也就是说，死者一旦发现自己有中毒的症状时，其实就已经没有办法挽救了。而死者本身就有足够的医学常识，所以，我想，他才选择了和我联络。”

“第七医院的记录显示，死者林力挺是在一个月前出现的脱发、浑身乏力症状。我们刑警队已经查过了所有来访者记录，除了他妻子以外，并没有人去看过他。”童小川低头查看了一下记录本，说道。

“他妻子多久会去探视一次？”张局问。

“每周一次，几乎是固定的，带点吃的和换洗衣服。我们已经派人对他妻子进行问询。”童小川肯定地说道，“但是，我个人认为，即使是他妻子做的，也是无心的，她被人利用了。”

“为什么这么说？”

童小川看了一眼一声不吭的章桐，犹豫了一会儿，随即说道：“我已经把这个案件汇报给省里的调查组，因为这个案件或许和三年前刘检察官的被害有关，其中都牵涉到一个叫作天元国际投资的公司，而死者林力挺生前就在这个公司的研究部门工作，刘检察官……”

“刘检察官生前的最后一个案件就是有关天元国际的。”章桐打断了童小川的话，她缓缓说道，“而林力挺曾经拒绝了刘检察官的要求，他不愿意做污点证人，并且把这个事情告诉了公司领导部门，没多久，刘检察官就被害了。这些都是林力挺亲口告诉我的。但是目前为止，我没有任何证据能够把林力挺的死和天元国际投资联系在一起，我想，过了这么久，他们也肯定已经销毁了所有能够指证他们的证据！”

会议室里一片寂静。

“我有办法。”一直没有开口的童小川突然说，“我有办法把它们联系起来。”

“真的？”章桐吃惊地看着童小川。

“铊，我们都知道是以化合物形态见于少数矿物内，例如硒铊银铜矿和红铊矿，毒性极大，这些矿的周围土壤中，污染是不用说了。据我所知，为了避免运输途中所产生的次生污染灾害，一般把它作为研究对象的生化公司都会按照惯例就近寻找来源，而不会横跨整个欧亚大陆去国外采购。这在国际上也是不允许的！同样两种铊的化合物，分子结构会有一定的差异，而相同的，则就像身份证一样，很容易辨别。”

“你的意思是，只要我们把天元国际的铊和死者身上所提取到的进行分子比对，就可以锁定它们公司？”

童小川点点头：“如果匹配上的话，他们就必须解释这种有毒化合物为何会外流到自己公司一个前员工的身上，并且是在他离职后。而且，从下毒到死亡，持续了一个多月的时间。”说到这儿，他叹了口气，“我想，这也就是林力挺会说他自己就是‘证据’的原因。他放弃求生，找章法医，一方面，我猜，是对刘检察官的赎罪，另一方面，他的遗体也是唯一的证据。而天元国际，是绝对不会想到一个人会用自己的生命来指证他们的所作所为！”想了想，他又补充道，“至少目前还不会料到！”

“那报告出来后，马上交给省里一份。他们需要备案。”张局说道，他看了一眼章桐，“我们这个案件因为和刘检察官被害案件有关，所以必须上报。”

章桐没有说话。

毒物检验报告就放在童小川的面前，他紧锁着双眉，沉思半晌，随即站起身，走出办公室，来到欧阳力的办公室门口。房间里亮着灯，童小川伸手敲了敲打开的房门，不等欧阳回应，直接说道：“老欧阳，我担心章法医的安全。”

3.

好不容易挤下公交车的时候，天空中早就已经是一片漆黑，小区中家家户户亮起了点点灯光。章桐感到空气中有点闷热，她边走边下意识地解开了风衣的领扣。

走进楼栋的时候，或许是因为过于疲惫，章桐并没有注意到尾随自己跨进电梯门的那个人无意中所表现出来的异样的举动——他刻意躲开了电梯中监控探头的视角范围。其实，这也怪不了章桐，一整天都在想着那份铊分子结构比对报告，还有那成堆的文案工作，她真的是太累了。

电梯很快就在四楼停了下来，章桐想也没想，就走出了电梯。后面的人跟着也出了电梯，就像影子一样，悄无声息地跟在她的身后，并且始终保持着一米多的距离。

章桐皱了皱眉，在走过走廊的时候，她用眼角的余光扫视了一下自己身后，却因为光线的缘故，她根本就看不清楚对方的长相。

楼道里很黑，静悄悄的，本能促使章桐加快了脚步。虽然一层楼住了四户人家，但是其中两户却因为户主年纪大了，搬去和自己儿女居住，所以长年空置。

章桐暗自埋怨自己，这么明显的迹象，为什么却偏偏被忽视了！

眼看着家门就在眼前，突然，身后传来一声低低的吼声，紧接着，一条胳膊就如同铁钳一般牢牢地夹住了章桐的脖子，让她几乎喘不过气来。

“乖乖的，开门去，你要敢叫，我马上叫你死！”这是一个男人的声音，尽管他刻意压低了嗓门，但是却异常冷静。

章桐感觉自己的呼吸越来越困难，眼前一阵漆黑，她挣扎着将手中的钥匙摸索着插进了锁孔。

显然，选择反抗是不明智的！

门后传来了窸窸窣窣的声响，章桐的心不由得一沉——狗子在家！自己怎么偏偏把它给忘了！

果然，当门被打开的那一刹那，一条黑影迅速出现在章桐的面前。她刚想出声命令狗子离开，聪明的狗子却已经感觉到了主人异样的呼吸声，虽然还没有开灯，一向温柔并且善解人意的狗子竟然冲着门口发出了低沉的怒吼声。而这一切，显然是在袭击者的计划之外的。他咬牙切齿地咒骂了一句："把你的狗叫进去，不然的话，我宰了它！"

"你……你掐着我，我怎么……开口……"章桐挣扎着吐出了这句话。

袭击者用力把章桐朝房间里推去。在此同时，章桐看到了他手中亮闪闪的弹簧刀，上面还带着倒齿。

门在身后被用力关上了，客厅的灯随之被打开。狗子低声怒吼，弓起了后背，摆出了犬类原始的进攻姿势，它一边吼着一边时不时地转头看着章桐，等主人发出进攻的命令。渐渐地，怒吼变成了低沉的咆哮。

叫啊，章桐心想，这条傻狗，该弄出大动静的时候终于到了啊，但是她不能开口，因为那闪着寒光的刀子正牢牢地抵着她的腹部。虽然和袭击者从背靠背变成了面对面，但是危险并没有解除。

袭击者是一个30多岁的年轻男子，棱角分明的脸上，双眼露出了凶光。

有时候，恐惧也会让人发不出声音，章桐对此深信不疑。她的目光投向了袭击者的身后，唯一的逃生之门被眼前这个年轻男子牢牢地占据着。

"怎么，想逃？"借着屋里的灯光，袭击者咧着嘴笑了，"别做梦了，我今天来了，就不怕你跑！"

"你到底想怎么样？"章桐愤怒地注视着对方，"你是谁？要钱的话，我的包里有，你拿去，我不会报警的！"

"钱？"袭击者笑了，显得不屑一顾，"我要你的钱干吗？再说了，等会儿我想拿多少都可以，不用你现在施舍给我。"

"那你想干什么？"章桐尽量使自己冷静下来，她很清楚，自己一旦失控，场面将变得一发不可收拾。

年轻男子脸上的笑容突然消失了，他恶狠狠地说道："我要什么？我要你的命！”说着，他挥起弹簧刀就朝章桐的腹部捅了过来。

借着他向前冲的一股力量，章桐本能地向后退了一步。就在这时，狗子突然腾起身，疯了一般向着袭击者扑了过去。

完了！

章桐脑子里顿时一片空白，因为可怜的狗子光顾着救主人了，它是冲着明晃晃的弹簧刀扑过去的，而这一扑，几乎倾尽了它所有的力量。

一声哀鸣，狗子重重地落在了地板上，袭击者的弹簧刀毫不留情地刺进了它的胸口。

章桐的眼泪顿时夺眶而出。

电话铃声响了起来，一声声，急促而又刺耳。

章桐厉声斥责：“你这个混蛋！无耻！”

她拼命地向袭击者冲了过去，不顾一切地伸手死死地抱住了对方的腰，想尽办法不让他动弹，尤其是那只拿着弹簧刀的手。

电话铃声不断地响起。

袭击者怒吼着：“快放手！不然我杀了你！”

随着他的怒吼，弹簧刀一下下地扎进了章桐的胳膊，鲜血立刻流了出来。章桐却一点都没有感到疼痛，她仍然死死地抱着对方的腰，然后用力地向门口撞去，她要尽可能地弄出大的响动，如果可能的话，让楼下的住户能够听到，然后替自己报警求助。

一时之间，咒骂声，喘气声，翻来滚去的拳打脚踢充满了整间屋子。章桐闻到了自己身体流淌出来的鲜血所散发出的特有的铁锈味，还有自己的汗味。她拼尽全身的力量，不让那把弹簧刀靠近自己的要害部位。

袭击者做梦都没有想到看上去柔弱的章桐反抗意志会这么强烈，眼前的局面让他手足无措。

他恼羞成怒，突然用力向后一翻，右手死死地掐住了章桐的下颚骨，宽大的手掌犹如铁爪一般锁住了章桐耳朵下方的部位。

章桐心里一凉，熟悉人体结构的她知道，对方这个举动扣住了她的颈动脉和颈静脉，脑部血液一旦供应不上，不用两分钟的时间，自己就会失去知觉。

果然，黑暗迅速来临了。

再次醒来的时候，耳边已经听不到电话铃声，章桐发现自己正瘫坐在沙发上，屋子里已经被收拾过了。在她的身体下面，垫着一张沙发那么大的塑料纸。

鲜血还在不停地流淌着，而那张因为愤怒五官几乎扭曲的脸上充满了得意的笑容。随着血液的贯通，章桐感觉到肢体末端的神经细胞正在逐渐恢复知觉。可是，随着这种恢复而到来的却是痛彻心扉的痛苦。她看到对方正拿着一把特殊的尖刀，在自己的四肢上不断地划着，每划一刀，痛苦就加深一分。

章桐已经分辨不清自己脸上究竟是反抗产生的汗水还是因为疼痛和恐惧而产生的冷汗，她死死地咬着下嘴唇，不让自己叫出声来。

袭击者一边划着，一边嘴里喃喃自语："左面三刀……手腕一刀……"他仿佛就像是在背诵一种特殊的口诀。

章桐猛然惊醒，自己面前的这个年轻人，正是杀死刘春晓的凶手！而他手中的刀，很有可能就是那个案件的凶器。

"你……你想干什么！"由于失血过多，章桐的声音听上去有气无力的。

"我？哈，你还不知道吗？"年轻男子的脸上露出了狡黠的笑容，"明天这个时候，你的朋友们就会发觉你已经自杀了，原因很简单，因为过于思念三年前死去的刘检察官！"

"你胡说！"章桐怒目圆睁。

年轻男子停下了手中的尖刀，微微皱眉："怎么？难道你不想去阴曹地府见他？"

"你！……"

"我怎么了？我也是替人办事，你和那个刘检察官一个样，知道得太多了！"

"天元国际派你来的。"章桐心里顿时明白了一切。

"唉，本来不想动你了，毕竟也是一条命，都过去三年了，你却还是榆木脑袋死咬着不放。不过，你放心吧，我不会直接杀你，我会让你慢慢血流干而死，就像那个姓刘的，你们都是一路货色！"年轻男子更得意了，他把玩着手中的尖刀，"我不急，有的是时间……"

话音未落，一直静静地卧在沙发边上，似乎早就没有了生命迹象的狗子突然跳了起来，犹如一头饿狼一般，在年轻男子还没有反应过来的那一刹那，狠狠地一口咬住了他的手，尖利的牙齿毫不留情地刺入了他的手背之中。

由于难以忍受的疼痛，年轻男子发出了惨叫声，他本能地想甩开狗子。可是，狗子的牙齿却一点都不放松，它一边死死地咬着，一边嘴里发出了痛苦的呜咽声，目光直直地看着瘫坐在沙发上的章桐。很显然，它想叫主人赶紧离开这个可怕的地方。

章桐泪流满面，她拼死一脚踢向年轻男子，在他倒地之际，摇摇晃晃地向门口走去。那人的惨叫声和怒骂声不绝于耳，最让章桐心碎的是，那一声声尖刀刺入肉体所发出的噗噗的声音——狗子是用自己的生命在保护主人！

快点！快点！从客厅到门口只有短短的五六米距离，但是此刻却仿佛被无形地延长了数十倍。

终于，章桐扑到了门上，与此同时，身后的呜咽声停止了。她的心一沉，痛苦地闭上了双眼，狗子这次是真的死了。

她颤抖着双手用尽最后的力气拉开了门，泪眼蒙眬中，她看到了一个熟悉的人影。

"救……"

童小川吃惊地看着几乎面目全非的章桐。

狗子只活了短短六个年头零几个月的时间，然后以一种极为惨烈的方式离开了这个世界。不知道是哪里来的力量，让它在受了那么重的伤的前提之下，还硬是生生地咬断了袭击者的右手。鲜血早就已经浸透了它的身躯，尤其是背上，几乎都被捅烂了。看到这幅悲惨的景象，章桐不顾自己的伤痛，无力地瘫坐在地上，搂着狗子，号啕大哭起来。

袭击者因为右手掌断裂，痛晕了过去，尽管如此，童小川还是给他戴上了手铐。报警后，他接着就拨通了120的电话。在等待救援的同时，看着眼前几乎痛不欲生的章桐，童小川的眼泪悄然地顺着脸颊滚落了下来。

“你别哭了，章法医，狗子已经走了。”童小川蹲了下来，笨手笨脚地安慰着章桐。他从兜里掏出手帕，递给了她，“擦擦眼泪吧。”

章桐并没有理会童小川的好意，她推开了手帕，猛地回头，泪眼蒙眬地看着童小川，痛苦地大喊：“你知道它对我来说意味着什么吗？你知道吗？三年了，我现在，我现在……我什么都没有了啊……”

章桐的哭声，让童小川心如刀绞。

他不想再压抑自己内心的情感，于是默默地搂住章桐，让她靠在自己的肩膀上哭泣。

“哭吧……哭出来就好了……”童小川喃喃地说道。

尾　声

章桐很少看报纸，这也怪不了她，因为她没有这个闲工夫，可是，狗子走后的一个多礼拜里，她却几乎天天看报纸，虽然只是匆匆地扫一眼，却已经成了她每天必做的功课。表面看上去，章桐并没有多大的变化，被张局勒令休假一周的时间里，每天除了买菜做饭和收拾房间，更多的时候，就只是坐在沙发上看看法医学方面的书籍，很少有娱乐活动。

章桐那看似平静的外表下，内心却在焦急地期待着什么。她每天起床后的第一件事，就是查看门口的邮箱。报纸每天都到，消息也每天都不一样，她在等待。

终于，一个晴朗的早晨，章桐呆呆地站在门边，手中的这份《天长日报》是她所期待已久的！

天元国际投资公司总裁×××涉嫌雇凶杀人、倒卖人体器官，被市检察院依法提起公诉。

章桐长长地出了一口气，她的脸上终于露出了久违的笑容。

今天是个特殊的日子，马上要出门了，章桐从鞋柜里拿出自己的软底皮鞋，同时习惯性地用眼角的余光扫视着身后的客厅，可是，那里静悄悄的，没有任何脚步声。章桐知道，虽然自己已经花了一周多的时间把整间屋子里里外外地都打扫了一遍，可是，她却没有办法洗去那早就已经渗透进地板里的血腥味。尤其是靠近沙发边上的那一块，狗子就是在那里咽下了最后一口气。它到死，都没有松开嘴里的断掌。

很多朋友都劝章桐搬家，好早一点忘记那痛苦的一幕。可是，都被她逐一拒绝了。

既然决定去面对，那么就要做好准备去接受屋子里的空荡。章桐把狗子生前用过的所有东西都保留了下来，喝水的碗，装狗粮的饭盆，甚至于玩具，她不想再失去这些宝贵的记忆。

环顾四周，章桐最后从玄关的桌子上拿起一束新鲜的菊花，旁边那个小小的灰色瓦罐里装着的是狗子的骨灰。三年了，它终于可以回到原来的主人身边了。

屋外，阳光灿烂……

（全文完结）